HERMANN BROCH

DER TOD DES VERGIL

ウェルギリウスの死 上

Deutsche Literatur
ドイツ文学

第一部・第二部

ヘルマン・ブロッホ
川村二郎 訳

EIN SCHRITT VERLAG
あいんしゅりっと

目次

……運命に追われて……

ウェルギリウス『アエネーイス』第一歌第二行

……君の右手をとらしめたまえ
おお父よ　わが抱擁よりのがれたもうな
かくいいつつ彼の顔はしとどの涙に濡れぬ
三度《みたび》彼　父の首をいだかんとすれど
三度空しき影は腕よりのがれ
さながら軽き風のごとく　また翼ある夢に似たり

ウェルギリウス『アエネーイス』第六歌第六九七行—第七〇二行

かくて導きの師とわれは隠れし道をたどり
世界の明るき方《かた》をめざして
片時も休むことなく
師は先に　われは後《しり》えに立ちて進みしが
ついにまるき穴より　天のになえる
美しきもの見えたり
星をば見んと　われら穴より歩みいでぬ

ダンテ『神曲』地獄篇第三十四歌第一三三行—第一三九行

第Ⅰ部　水――到着

鋼のように青く軽やかに、それと知られぬほどかすかな逆風にゆり動かされて、アドリア海の波は皇帝の船団にむかってうちよせた。しだいに近まるカラブリア海岸のなだらかな丘を左手にのぞみながら、船団はブルンディシウムの港をさして進んでいた。きらめく陽ざしをあびながらしかも死の予感にみちみちた海のわびしさは、一転して人間の営みのかもしだす平和な朗らかさへと姿を変え、間近な人間の生活からあまねい光をうけておだやかにかがやく潮は、船団と同様に港をめざすもの、あるいは逆に港から船出するもの、それらさまざまの出船入り船をおのが上に群れつどわせ、褐色の帆をかかげた漁船はすでにいたるところで、夕べの獲物をもとめて、白い波しぶきをあげる岸辺に沿うてつらなるおびただしい村落や移住地の小さな防波堤をはなれた今このとき、海は鏡をのべたように平らかになっていた。その上には真珠母の色に照りはえて、大空の貝が口をひらいていた。たそがれはせまり、槌《つち》うつ音や叫び声など、生活の物音が風にはこばれただようてくるたびごとに、かまどに燃える木の匂いがあたりにたちこめた。

舳艫《じくろ》あいふくんで進む上甲板を張りつめた七隻のうち、軍船はただ先頭と後尾の、衝角《しょうかく》をつきだした優美な五段櫂船《ペンテリス》だけだった。あと五隻は、船足はおそいがしかしさらに威容にみちた、十段櫂《かい》ないし十二段櫂の、いかにもアウグストゥスの宮廷にふさわしいきらびやかな構造で、その中央の黄銅で覆われた舳《へさき》と手すりの下の円環をくわえた獅子の頭を金色にかがやかせ、帆柱をささえる綱には色とりどりの長旗をはためかせた、とりわけ壮麗な船の甲板には、緋色の帆の下に、おごそかな巨大な皇帝の幕屋が設けられていた。しかしそのすぐあとにつづく船には、『アエネーイス』の詩人が乗っていた。そして死のしるしが彼の額にしるされていた。

船酔いに苦しみ、いつ催すかもしれぬ嘔気《はきけ》を恐れながら、彼は終日身じろぎもしなかった。彼のために船の中央部にしつらえられた臥床に横になったままではあったが、今彼は、自分自身を、より正確にいえば、もう長年のあいだ自分のものではないような気がしていたおのが肉体とその生活とを、やすらかなくつろぎをさぐり味わう唯一の回想のように感じていた。静かな岸辺の海にたどりついたとき、このくつろぎが潮のように彼をひたしていたのだった。もしも、さわやかに力づける海風のはたらきにもかかわらず、新たな咳きこみがおこって彼を苦しめ、夜ごとの発熱による虚脱、夜ごとの不安がおとずれさえしなかったならば、潮のようにひたひたとうちよせ、やさしく人の心をやわらげるこの疲労は、まさにあますところなき幸福とさえ化していたかもしれない。このようにして彼は、『アエネーイス』の詩人、プブリウス・ウェルギリウス・マロは横になっていた。うすれた意識の中で、わが身のたずきなさをほとんど恥辱のように感じ、このような運命にほとんど憤りにちかい感情をいだきながら、彼は真珠母の色にかがやくまどかな大空をじっと見つめていた。なぜ彼はアウグストゥスの強請《きょうせい》に譲歩したのか？　なぜ彼はアテーナイをはなれたのか？　清らかな晴朗さにみちたホメーロスの世界の空が、『アエネーイス』の完成に、やさしく愛顧の手をさしのべるかもしれないという希望は、今はかき消えてしまった。それが完成したあかつきにははじまるはずだった、はかり知れぬほど新しい生活への希望、そのときは芸術に遠ざかり詩からも解放されて、プラトンの町で哲学と科学の探究に心ゆくまでふけろうという希望、イオニアの地にせめてなお足を踏みいれたいという希望、ああ、認識のふしぎさと認識の救済を待ちのぞむ思いにいたるまで、これらの希望はすべて消えうせてしまったのだ。なぜ彼はあきらめたのか？　自分の意志で？　いな！　それはさながら避けがたい生の諸力に命ぜられたかのようだった、あとかたもなく消えさることはけっしてなく、ときには眼にも見えずうかがい知ることもできない地下の世界へひそみかくれようとも、たえず思量にあまる威嚇を人間にさしむけ、ひとはのがれるすべもなくその力に屈伏しなければならない、あの、避けがたい運命の諸力に命ぜられたかのようだった。それは運命だった。彼は運命のなすがままにもてあそばれた、そして運命は彼を終局へと駆りたてていた。彼の人生の形はいつもこの通りではなかったろうか？　これとちがう生き方をしたことが、一度でもあったろうか？　真珠母色の貝殻のような大空が、春の海が、山々の歌声と彼の胸のうちにうずく歌声が、神の吹きすさぶ笛の音が、もろもろの天体からなる器のようにやがて彼をすくい入れ、無限の中にまではこんで行く事象と化さなかったことが、かつてあっただろうか？　彼は田園に生をうけていた、現世の平和な生活を愛し、農村の共同社会のつつましやかな堅固な生活がふさわしかった人間だった。その素姓からいえば、農村にとどまり、むしろとどまらねばならぬのが当然だった人間、しかしより高い運命の力によって、故郷とのきずなを失いはしないまでも、そこにいつまでも安住することは許されなかった人間だった。彼は駆りたてられた。共同社会の中から、群衆の中の、このうえなく露骨な、邪悪な、野蛮な孤独へと駆りたてられた。本然の素朴な世界から追いやられ、いよいよ錯綜の度を増すはるかな空間へと追いたてられた。そしてこのことによって何かが大きくひろがったとすれば、それは本来の生活からの距離ばかりだった。全くのところ、この距離ばかりがますます大きくなっていたのだ。彼が歩んでいたのはただおのが耕地のへり、彼が生きていたのはただおのが人生のへりにすぎなかった。彼は心の平静を失い、死からのがれながら死をもとめ、仕事をもとめながら仕事からのがれ、愛しながらしかもたえずいらだち、内と外とのさまざまな情熱にまどわされていた。彼はわれとわが人生の客人だった。そして今日、心身の精力もまさにつきはてようとし、のがれ、もとめる営みも終りに近づき、刻苦《こっく》のはてに告別の用意もなった今日このとき、刻苦のはてに、いやはての孤独を甘受し、その孤独へのひそやかな帰途につこうという覚悟のさだまった今日このとき、運命は仮借ない力をふるって、今一度彼を押しひしぎ、素朴な根源的な内奥に達することを彼にこばんでいた。またしても彼の帰路を押し曲げ、錯綜した外界への道へと歪《ゆが》め、彼の一生に影をおとしていた禍《わざわい》へたちかえるように彼を強いていた。そう、それはさながら運命が、彼のためにはただひとつの素朴さしかあましていないかのようだった——死の素朴さ、ただそれだけしか。頭上では帆桁《ほげた》が綱とすれあってきしみ、その音にまじって帆布のかすかなどよめきが聞こえた。すべるような航跡の泡だつ音、櫂をあげるごとに飛び散る銀色のしぶき、櫂うけの重苦しいきしみ、櫂がふたたび水をきるときのたたきつけるような音を耳にしながら、幾百の櫂の群れの拍子にあわせて、規則正しくしなやかに船が前進するのを彼は感じていた。白波にふちどられた海岸線が移動して行くのを眼にすると、すきま風が吹きこむのにむっとして、悪臭がたちこめ、雷のような音がとどろく船腹にうずくまる、ものいわぬ奴隷たちの鎖につながれた肉体が心に浮かんだ。櫂の拍子につれて銀色のしぶきを散らし、陰にこもってとどろくその同じ音は、前の船からも後の船からも、そのまたむこうの船からもひびいてきた。それは全世界の海原をわたってつたわり、全世界の海原から答えをよせられるこだまのようだった、というのも、いたるところで船はこのように航行していたのだから。人間を積み、武器を積み、ライ麦と小麦を積み、大理石、オリーヴ油、葡萄酒、香料、絹を積み、奴隷を積んで、ありとある海を交易の船はわたって行く。その航海はおびただしい世界の背徳の中でも、もっともいとわしいもののひとつである。今ここをはこばれて行くのは、いうまでもなく商品ではなくて、貪《どん》食漢の群れ、つまり廷臣《ていしん》たちだった。艫《とも》にいたるまでの船尾全体が、彼らの食事のために占められていた。そこでは早朝から杯盤《はいばん》の音がひびきわたり、旺盛な食欲をほこる連中は今もなお宴席をとりかこみ、臥台《がだい》（ローマ人は臥台に横たわって食事をした。臥台にはふつう三人が乗ることができた）の席がひとつでもあきはしないか、あいたが最後、先をあらそい、ひとをつきのけてでもその席を乗っとろう、と虎視眈々としてうかがい、首尾よく横になって、何度目の食事であろうと委細かまわずはじめることのできる時がくるのを、じりじりして待ちこがれていた。給仕人、というのは敏捷《びんしょう》なこぎれいにめかしたてた若者たちで、その中には美少年も少なからずいたが、今彼らは追いたてられて汗みどろになり、息をつくひまさえなかった。まなじりに冷たい視線をつつみ、心づけを頂戴しようとていねいに手をさしのべながら、たえず微笑を浮かべている給仕長が、ここへかしこへと若者たちを駆りたて、みずからも急ぎ足で甲板を行ったりきたりしていたが、それというのも、饗宴の給仕のほかに、あの連中の世話をすることもそれに劣らず重要だったからだった。つまりあの連中とは、——まったく奇妙なことに——もう満腹してしまったらしく、今は別の満足をもとめているものたちのことだった。両手を腹あるいは臀《しり》の上にかさねて、そこらをうろつきまわっているものもいれば、大仰な身ぶり手ぶりで議論しているものもおり、そうかと思えば長衣《トーガ》で顔を覆って、寝椅子の上でうたたねをしたりいびきをかいたりしているもの、坐りこんで将棋をさしているものもいた。彼らにはたえず注意をくばって、軽い間食をだす必要があった。この間食は大きな銀の盆に盛って甲板の上をつぎつぎにまわされ、彼らにさしだされるのだったが、それはいつまたあらたにめざめるかもしれない彼らの飢え、飽くことない彼らの食欲にそなえての用意だった。肥ったものにも痩せたものにも、悠長なものにも敏捷なものにも、歩いているものにも坐っているものにも、起きているものにも寝ているものにも、そのいずれを問わず彼らすべての顔に、消しがたく見あやまりがたいあざやかさで、この熾烈《しれつ》な欲望が表情となってあらわれしるしつけられていた。それは時にはえりつけられ、またねりこまれているといってもよかったが、あるいは鋭くあるいはやわらかく、あるいは悪意にあるいは善意にみちて、狼、狐、鸚鵡《おうむ》、馬、鮫の表情をうかがわせながら、いつもひとつの、それ自体で完結してしまったようなおそろしい享楽をめざし、片時も休まらぬ所有への渇望に燃え、物、金、地位そして名誉をいかに安直に手にいれようか、所有にもとづく多忙な無為の生活に、いかにして到達しようかと、千々《ちぢ》に心をくだいているのだった。どちらをむいても何かを頬ばった男の姿が見え、いたるところで、根のない巻き鬚《ひげ》でからみつきすべてを嚥《の》みこもうとする、熱っぽい欲望がくすぶっていた。そこからたちのぼる瘴気《しょうき》はゆらゆらとゆらめきながら甲板をわたって行き、櫂の拍子にあわせて先へ先へとはこばれた。これをのがれるすべもなければ、吹き消すようすがもなかった。船全体がゆらめく貪欲の中にとじこめられていたのだった。ああ、このありさまは、一度正確に描写される価値があるだろうに！　貪欲の歌がこの連中にささげられなくてはならないだろうに！　だが、それになんの意味があろうか？　詩人にはなんの力もない、いかなる禍をとりのぞく力もない。世界を讃美すると、ひとは詩人の声に耳をかたむけるが、あるがままに世界をえがくと、聞くものはひとりとしてない。栄誉をもたらすのは虚偽ばかりで、認識ではないのだ！『アエネーイス』がそれとは別の、もっとましな反響を呼びおこすということが、いったい考えられるだろうか？　ああ、ひとはこの作品をほめたたえるだろう、今まで彼が書いたものはすべてたたえられてきたのだから、この作品からももっぱら口あたりのよい部分だけが拾い読みされるだろうから、そして、警告がひとの耳に入るというおそれもなければ見こみもないのだから。ああ、彼にはおのれをあざむくことも、他人のあざむきに乗ぜられることもできなかった。あまりにも彼は読者たちのことを知悉《ちしつ》していた。認識の重荷を負うた、苦しい、本来の詩人の営為に彼らの注意をむけさせることができないのは、櫂をあやつる奴隷たちの、苛烈《かれつ》な辛酸にみちた仕事に対する場合と、まったく同様だった。彼らにとっては、詩人の仕事も奴隷の仕事も、寸分かわらぬもの、すなわち、受益者への貢物として、なんのふしぎもなく受けいれられ、とりこまれるものなのだ！　ところでアウグストゥスが、おびただしい食客が身辺にむらがるのを大目に見なければならなかったとしても、今ここでいぎたなく舌鼓をうっている連中は、けっして単なる食客ではなかった、いや、彼らのうち多くのものは、すでにさまざまな功労を積み有益な事業をはたしさえしていた。だが、船旅のつれづれのかさなるままに、平生の彼らの姿は、まさしく享楽的な自己暴露によってほとんど消えうせていた、消えずに残っていたのはただ、おぼろにかすむ欲望と、欲望にみちあふれた薄明につつまれた、彼らの盲目的な高慢ばかりだった。下では、下の薄闇《うすやみ》では、壮大に、野蛮に、獣のように、人間とは思われないありさまで、鎖につながれた漕ぎ手たちがひとかきごとに船を進めていた。あの下の連中は彼を理解しなかったし、彼のことを気にかけもしなかった、そしてこの上の連中は、彼への尊敬を口にし、自分でそう思いこんでさえもいた。しかし彼らがいつわりの趣味から、彼の作品を愛しているような錯覚をおこしたにせよ、あるいは（それに劣らぬ欺瞞《ぎまん》だが）皇帝の友人としての彼に敬意を表したにせよ、どうあろうと彼、プブリウス・ウェルギリウス・マロは、運命の力によってその圏内に追いこまれたのではあっても、この連中となんの共通点ももたなかった。彼らを見ていると胸がむかついた。もしも、今まさに沈もうとする日に挨拶をおくりながら、浜風がそよぎはじめなかったら、この微風が宴席と厨房の悪臭を船から吹きはらわなかったら、彼はまたしても船酔いにおそわれたことだろう。かたわらに『アエネーイス』の草稿をいれた行李がだれにも触れられぬままになっているのをたしかめ、西の空低く沈み行く巨大な天体を眼をほそめてながめながら、彼はおとがいの下まで外套を引きあげた。寒気を感じたのだ。

それでも時には、船尾でさわいでいる群衆のほうをふりむいて、いったい何をしているのかのぞいて見たいという気になることもあった。しかし彼はそうしなかった、そうしないほうがよかった。いや、考えているうちに、うしろをふりかえることはまぎれもない禁令だという気持ちが、ますます強くなってきた。

彼はじっと横になっていた。ブルンディシウムの狭い河のような港口に到着したときには、たそがれの最初のほのめきが明るく大空にひろがり、やさしく世界を覆っていた。空気は涼しさを増していたが、なごやかさもまた一段と増していた。潮の香はさらに濃密な陸地の息吹きとまじりあった。船団は今速力をおとして、つぎつぎに水路の中へはいって行くところだった。ポセイドンの世界（海のこと）は鉄灰色に、鉛色に変じ、さざなみひとつたたなかった。水路の左右にそびえる城郭の胸壁には、皇帝への恭敬《きょうけい》を現わすために、守備隊の兵士たちが配置されていた。おそらくそれは誕生日を祝う最初の挨拶の意味もあったろう、というのもその祝いのために、オクタウィアヌス・アウグストゥスは帰国したのだったから。もう二日たつと、そう、明後日にはもうローマで、祝典がとりおこなわれるはずだった、すぐ前の船に乗っているオクタウィアヌスは、今や四十三歳になったのだった。兵士たちの塩辛声の歓呼が岸辺からわきおこった。中隊の翼にひかえた旗手たちは、叫び声にあわせて、赤い軍旗の棹をくるくるまわしながらさっと高くかかげ、次に棹を地面に対してななめの角度に倒し、主君の前に旗をぬかずかせた。簡単にいえばここでおこなわれたことは、軍紀にさだめられた通りの、力強く無趣味な敬礼の作法であって、いかにも兵士らしいその荒っぽさも規律通りのものだった、にもかかわらずこの礼には、奇妙になごやかな、奇妙に夕暮れめいたおもむきがあった。夢みるようなおもむき、とさえいってよかったかもしれない、落日の大いなる光の中で、それほどまでかすかに叫び声ははためきながら消えて行き、燃えつきてしだいにうすずみ色にかわる大空の翳《かげ》りのもとで、あふれるばかり秋の風情をたたえて軍旗の赤はしおれて行った。光は大地より大きく、大地は人間より大きい、そして人間は故郷をめざして息づかないかぎり、けっして生きつづけることはできない、大地へ帰り、大地への回帰を通じて光に帰り、地上の存在らしくこの地上で光をむかえいれ、ただ光と化する大地を通じてのみ光にむかえいれられる、この営みなくしてはけっして生きつづけることはできない。そして夕暮れと夜明けにおとずれる薄明の時間ほど、大地が親しげに光に近づき、光が大地になつかしげに寄りそうときはない。夜はまだ海原の奥深くにまどろんでいたが、音もなくゆれる漣《さざなみ》とともに、しずかににじみだし、したたりはじめた。上下をさだかに見わけることもできぬ海の鏡のいたるところで、ビロードのようにひそやかな夜の奥処《おくか》の波が、第二の無限の波、生みかつひろがる超絶的な無限の波が姿を現わし、落日のきらめきにそっと静寂の息吹きを吹きかけはじめた。光はもはや上からくるのではなく、それ自身の内部でたゆたっていた。たゆたいながらもなおかがやきつづけはしたが、照らす力はもうなかったので、その下に横たわる風景も、異様な発光体へと局限されてしまったように見えた。数かぎりもなくすだく蟋蟀《こおろぎ》、しかもその声はただひとつの持続的なしらべとなり、耳にしみいるようでしかも一様さから生ずる静けさをたたえ、たかまりも弱まりもしない、この蟋蟀の声がたそがれて行く陸地にみちみちていた。それはいつ果てるともなかった。城砦の下の、石をつみあげた岸辺につづく斜面には、わずかばかりの草がしなしなと生えていた。これがどれほどみすぼらしく見えたにせよ、芽ぐむものは平安のしるしだった、去り行く光のもとにひろがった夜の静けさ、根の暗さ、大地の暗黒のしるしだった。しかし陸地の風景はそれからさらにまとまりのある、さまざまな植物にかざられた、色彩にあふれたものに変わり、まもなくそこには鬱蒼《うっそう》たる茂みも姿を現わした。そしてかなたの丘の上、正方形をした農家の石壁のあいだには、いよいよ深くなるたそがれの中にただよう、そっと吐く息のようにほのかな灰色の靄《もや》のかがやきをさながらに、最初のオリーヴの木々が見えてきた。ああ、このとき、眼の前にありながらしかもかぎりなく遠いこの岸辺に手をさしのべ、茂みの小暗い影に手をつきいれ、大地からもえでた簇葉《むらば》を指のあいだに感じ、いつまでもそれをしかととらえたいという願いが、とどめるすべもなくわきおこってきたのだ――願いは彼の手の中でふるえた、緑の葉を、しなやかな葉柄を、鋭くきれこみしかもやわらかな葉縁を、硬く力強い葉身をもとめる野放図な欲求のために、指はぴくぴくとふるえた。眼を閉じると、あこがれは現実の感触をもたらした。それはまさしく感覚的なあこがれで、農家に生をうけた彼の、男らしく節くれだったこぶしのように、感覚的に素朴でたくましく、しかも、まるで女のようにほっそりとしたそのこぶしの繊細さと同様に、あますところなく感覚のよろこびを味わいつくそうと待ちかまえていた。おお、草よ、おお、簇葉よ、おお、なめらかな幹よ粗い幹よ、発芽のめざましさよ、内部でいくえにも分岐して立体的な厚みに化している大地の暗黒よ！　おお手よ、感じ、さぐり、とりあげ、つつみかくす手よ、おお粗くやさしくやわらかい指と指さきよ、いきいきした肌よ、さしあげた両手にひらいた、魂の暗みのおもてを覆う表層よ！これまでいつも彼はこの奇妙な、いわば火山のような衝迫を両手に感じたものだった、奇妙なぐあいに自立した両手の生活をめぐる予感が、いつも彼の心にまつわりついていたものだった。しかしこの予感には、知覚の閾《いき》を踏みこえることはかたく禁ぜられていた、あたかも暗鬱な危険が、そのような知覚の中にひそんで待ち伏せているとでもいうかのようだった。そして、今も今とてそうしたのだが、精巧な細工をほどこした指環、あまりの精巧さゆえにいささか男らしからぬ印象さえあたえながら、右手の指にはめられていた印章指環をくるくるとまわすと（それが彼の習慣だった）、この呪法によってあの暗鬱な危険をはらい、両手のあこがれを鎮め、一種の自制へと両手をみちびくことができるような気がした。両手の不安、あこがれにみちた農夫の手の不安をやわらげることができるような気がした。この手はもはや鋤《すき》も穀種もにぎりしめることができない、手にとらえるすべもないものをとらえることをおぼえたのはそのためだった。大地を奪われたこの手の形成意志にのこされたものは、とらえるすべもない万有のただなかで、危険にさらされ危険をおかすその自律的な生活ばかりだった。この生はあまりにもふかぶかと無の中に侵入し、われとわが危険にあまりにもおびやかされていたので、いわばおのれみずからをこえてたかまった不安の予感は、人間生活の統一を確保し、人間的なあこがれの統一を維持し、この営為を通じて、瑣末《さまつ》なことしかあこがれずしかもその力も微弱な局部的生活に統一が解体してしまうのをさけようとする、はげしい努力に姿を変えた。なぜなら、両手のあこがれも、眼のあこがれも、耳のあこがれも不十分なものなのだから。十分なものはただ総体としての心情と思考のあこがれ、見、聞き、とらえ、二重の気息からなる統一の中に息づかう、無限の内面と外界のかたちづくるあこがれの全体ばかりなのだから。ただこの全体にのみ、不安にみちた個体の陰鬱な絶望的な盲目を克服する力があたえられているのだし、ただその中においてのみ、存在の認識の根からの二重の発展が成立するのだから。このことを彼は予感していた、今までいつも感じていたのだった——おお、いつも客人でしかない、いつも客人でしかありえないもののあこがれ、おお、人間のあこがれ——これがいつも変わらぬ、予感にみちて耳をそばだて息づかいするときの彼の考えだった。潮のようにあふれる万有の光の中に、万有についての到達しがたい知覚の中に、万有の無限へ接近しようとする、成就するはずのないこころみの中に、この傾聴と呼吸と思考は編みこまれていた。無限はその外縁の最先端においてさえ到達しがたく、こがれてさしのべる手もあえてこれに触れることができないほどだった。しかしそれにもかかわらず、それは接近のこころみだった、依然として接近のこころみだった、そして彼の思考は依然として、息づかいしながら待ちうける傾聴だった。ポセイドンとウルカーヌスと、二柱の神のしろしめす二重の奈落に耳をそばだてながら、彼の思いは両者をひとつに結びつけたが、それというのもふたつの領域（水の世界と火の世界）はどちらもユピテルの大空の張りわたすもとに横たわっていたからだった。呼吸することさえできそうなたそがれの光はながれるようにひろがっていた、船の竜骨がわけて行く潮と同じほどのなめらかさだった。内部と外部がひとつにとけあう浴《ゆあみ》、吸い吐く息を此岸《しがん》から彼岸へ、彼岸から此岸へとおしながす、とろけるような魂の浴が、知覚の門口をありありと示した。もちろんこれは知覚それ自体ではけっしてなかったが、すでにその予感であり、入り口について、道についての予感、たそがれの中を進む航行のおぼろにかすむ予感であった。舳ではひとりの楽士役をつとめる奴隷が歌っていた。おそらくそこに集まっていた連中（彼らのたてる物音は夜の静けさの中へ吸いこまれていた）が、その少年を呼びよせたのだろう、彼らさえ帰郷の思いに心をゆりうごかされていたのだ。手琴の調子をあわせ、たくみに呼吸をととのえてから、歌声がわきあがり、名もない少年の名もない歌が、こちらへながれてきた。夜空にかけわたされた虹の七色のように、その歌はやわらかい光をはなちながら息よりも軽くただよい、象牙のようにやさしくやわらかい光をはなちながら琴の音はひびいた。歌は人間のわざであり、琴も人間のたくみだったが、その起源をはるかにこえて人間界を遠ざかり、人間を解脱し、悩みを解脱していた、それはわれとみずからをかなでる天上の灝気《こうき》だった。あたりはいよいよ暗くなり、人びとの顔はおぼろめき、岸辺は蒼ざめ、船の姿もさだかに見わけがたくなった。ただ歌ばかりが残っていた、いよいよ明るく支配的になり、さながら船と櫂の拍子に指揮をあたえようとするかのようだった、それは肉声というおのが起源を忘れはてていたが、しかもなお、ひとりの少年奴隷の指揮の声なのだった。この歌には道をさし示す力があった、自己自身のうちにやすらいながら、しかもまさしくそれゆえに道をさし示し、永遠にむかってひらけていた、なぜならば、やすらかにしずまっているものばかりが、道しるべする力をもっているのだから、おびただしい物象のながれる河から拾いあげられた、いな、すくいだされた一回かぎりのものばかりが、永遠にむかってひらくのだから、ただ確保されたものばかりが——ああ、彼自身が、かくも真実の道をさし示す確保を、これまで一度でも成就したことがあったろうか？——ただ真の意味において確保されたものばかりが、たとえ幾百万年の大海の中のほんの一刹那であろうと、時を知らぬ持続と化し、方向を指示する歌となり、みちびきの力となるのだから。おお、ひろがって全体となり、全体を認識する圏となり、無限にむかってひらくただひとつの生の瞬間よ。かがやく歌の上高く、かがやくたそがれの上高く大空は息づいていた。きびしく晴れやかなこの空の秋めいた美しさは、幾十万年このかたそのままにくりかえされてきたのだし、さらに幾十万年も、このまままくりかえし現われることだろう。だがこの大空の息吹きは、今、ここの一回かぎりのものだった。そして明るい絹のようなその穹窿《きゆうりゆう》のかがやきはおりしもはじまる夜の静けさにひたひたとひたされていた。

もちろん歌はもうそれほど長くはつづかなかった。水路の両岸のあいだを縫うて進む航行はまもなく終りをつげ、歌は甲板一面にひろがるざわめきの中に消えうせてしまった。眼の前には内港の入り江がひらけ、鉛のようなその鏡面はすでにくろぐろと光っていた。夕靄の中に、おびただしい灯を星空のようにきらめかせ、内港を扇状の半円形にとりかこむ街が見えてきた、急にあたたかくなっていた。皇帝の御座船を先頭にだすために船団は停止した、そして今——永劫にかわらぬほのかな秋空のもとでおこなわれるこの作業もまた、一度かぎりの無限として定着されねばならなかったかもしれない——いたるところに碇泊している小舟、帆船、漁船、単檣船《たんしょうせん》、伝馬船などのあいだを無事にすりぬけて行くための、慎重な航路の選択がはじまった。さきへ進めば進むほど、自由な海面はいよいよせばまり、周囲の舟艇はいよいよ密集し帆柱、帆綱、たぐりおろされた帆はいよいよ錯綜しひしめきあった。死のような硬直ともみえ、生けるものの休息とも見える、奇妙に暗鬱な、地下の根のように交錯しもつれあった物たちのかたまりが、油のように黒くかがやく海面から、凝然《ぎょうぜん》とした夕映えの大空へと陰気にそそりたっていた。下の水面に影をうつしても、いたるところの甲板で歓迎の叫びとともにうちふられる松明の、あらあらしい光の中でふるえても、港町の壮麗な灯をまっこうからあびても、同じように妖怪じみた印象をあたえる、木と麻布でできた黒い蜘蛛の巣だった。港の家々は軒なみに、屋根裏部屋にいたるまで、窓という窓に灯をともし、柱廊の下に立ちならぶ旗亭《きてい》にもかどごとに灯がともり、松明をかかげた兵士たちが広場を横ぎって堵列《とれつ》していた。兜をきらめかせてつらなるこの兵士たちは、あきらかに、埠頭から街までの沿道警備の任にあたっているのだった。防波堤にそうた税関とその倉庫も松明にあかあかと照らしだされていた。人間の肉体にみちあふれた光りかがやくこの巨大な空間、はげしくかつ法外な期待を内に蔵したこの巨大な容器には、舗石の上をすべり、ひきずり、ふみしめ、あしずりする幾十万の足の生みだすざわめきが充満していた、たぎりたち煮えかえるこの巨大な闘技場には、高くなるかと思えば低くなる焦燥の黒い唸り声が、荒れくるう焦燥がみなぎっていた。だが皇帝の船が、今はただ一ダースばかりの櫂のあやつるままに、ゆるやかなカーヴをえがいて突堤に到達し、前もってさだめられていた位置に――そこでは、松明をかかげた兵士たちの方陣の中央に、この町の高官たちが待ちうけていたが――ほとんど音もなく横づけにされたとき、焦燥の唸りはぱったりととだえ、息もつけぬような緊張がそれにとってかわった。もちろんそのとき、重苦しくうずくまっていた群衆という動物が、歓呼の声をあげるべく待ちうけていた瞬間が到来していたのだ、そしてそのとき、歓呼の声は爆発した、片時もとぎれずいつ終るとも知れず、勝ちほこり、感動的に、放縦に、恐怖心をかりたて、壮大に、へりくだり、ひとりの人物に仮託されたわれとわが身を渇仰《かつごう》しながら。

つまりこれが、そのために皇帝が生きていた群衆だった、そのために帝国がつくられ、そのためにガリア地方が征服されねばならず、そのためにパルティアが占拠され、ゲルマニアとの戦いがおこなわれた、その群衆だった。この群衆のためにアウグストゥスの大いなる平和が招来され、平和をめざすその事業のためには、彼らをふたたび国家の規律と秩序に服させ、神々への信仰と、神々しく同時に人間的な道徳に復帰させる必要があった。そしてこの群衆なくしてはいかなる政治も営まれ得ず、アウグストゥスさえも、おのが権勢を維持しようと願うかぎりは、彼らの支持をえなければならなかったのだ。むろんアウグストゥスにほかの願いのあろうはずはなかった。そう、これが国民だった、その精神とその栄光を、彼、プブリウス・ウェルギリウス・マロが、マントゥア近郊のアンデスに生をうけた醇乎《じゅんこ》たる農夫の子が、えがきだしこそしなかったが、讃美し美化しようとつとめてきた、そのローマ国民だったのだ！　讃美して描写しなかったこと、それはあやまりだった、おお、ここにいるのが『アエネーイス』のイタリアびとだったのだ！　災厄が、高潮のようにふくれあがる災厄が、筆舌につくすすべもない、思量にあまる無際限の災厄が、巨大な容器にも似たこの広場にたぎりたっていた。五万、いな十万の口が災厄をわめきたて、たがいに吼えかわしていた、みずからはその声を聞かず、災厄についてなんの知るところもなく、しかも、地獄からひびきでるような唸り声の中で、騒擾《そうじょう》と叫喚の中でその災厄を圧殺し、もみ消そうとしていたのだった。なんという誕生日の挨拶か！　このことを知っていたのは彼ひとりだけだったのか？　大地は石のように重く、潮は鉛のように重く、そしてここにはウルカーヌス自身の手によってきりひらかれた災厄の魔界の火口が、ポセイドンの領域に接した騒擾の火口が露出していた。これが誕生日の挨拶とは似ても似つかぬものだということを、アウグストゥスは知らないのか？　哀切きわまりない同情が彼の心にわきあがってきた、オクタウィアヌス・アウグストゥスに対してと同様にここに群がる群衆に対しても、すなわち支配者と被支配者との双方にむけられた同情だった。それに劣らず悩ましい、まさしくたえがたいばかりな責任感が、同情に付随していた。この責任とはどのようなものか、説明することはできなかったが、ただ、これが皇帝の負うている重荷とはほとんど共通点のない、むしろ完全に別種の責任だということだけは、彼にもわかっていた。なぜならば、たそがれの中にわきかえる、未知の秘密にみちみちたこの災厄は、いかなる国家の方策にも、いかに強大な地上の権力にも、おそらくは神々の手にさえもあまるほどだったのだから。いかなる群衆の叫びも、この災厄を覆いかくすことはできなかった、それができるとすればむしろ、災厄の予感をかたりながら、すでに心にはげましをあたえる救済をも告知する、歌と呼ばれるかすかな魂の声だろう、認識を予感し、認識をはらみ、認識をさし示すのがすべての真の歌なのだから。詩人の責任、認識の責任、しかしこれをにない、これを成就する力は、永遠に彼にはめぐまれないのだ――、おお、予感をこえて真の知覚につき進むすべが、なぜ彼にはこばまれていたのか、救済はただその知覚からのみ期待されるものであろうのに?!　なぜ運命は彼を強いて、ここへ帰還させたのか?!　ここにあるものはただ死、死、死以外の何ものでもなかったのだ！　恐怖にみちた眼を見ひらいて、彼はなかば身をおこしていたが、今はまたのけざまに臥床にからだを埋めた。戦慄、同情、苦悩、責任感、不安、虚脱感にうちひしがれて。群衆に対して彼が感じていたのは憎悪ではなかった、侮蔑でもなければ嫌悪でさえもなかった、そもそもいまだかつて彼は、自分を民衆から区別しようとか、いわんや民衆を見くだそうなどと思ったことは、一度たりともなかったのだ。だが今眼の前に現われたのは、これまでとはちがった何か新しいものだった、これまで民衆と接触をもったいかなるときにも、けっして知ろうとは思わなかったものだった。もっとも、今まで彼がすごした所ではどこでも、ネアポリスであろうとローマであろうとアテーナイであろうと、それを知る機会はありあまるほどあったのだが、それが今ここブルンディシウムで、不意におしよせてきたのだ、すなわち、その全容をありありと現わした民衆のそこ知れぬ災厄、人間の大都市賤民への顚落《てんらく》、それに付随する人間の反人間的なものへの逆転が。生がうつろになり、その根を失い根からきりはなされて、単なる表層の欲望生活と化してしまったことが、その逆転の原因だったので、その結果、災厄をはらみ死をはらみ、神秘的な冥府の終末をはらんだ陰鬱な純粋外界の、内部と絶縁した危険な独立生活よりほか、何ひとつ存在しないことになってしまったのだ。容赦なくかきみだされた現世の大釜の中へ、その多様さの中へたちもどるようにと彼が強いられたとき、運命が彼に教えようとしたのはこのことだったのか？　これが以前の彼の盲目に対する復讐だったのか？　群衆の禍をこれほどまざまざと経験したことは、まだ一度もなかったのだ、だが今彼はいやおうなしにそれを見、それを聞き、われとわが生の窮極の根底にいたるまでさぐりつくさねばならなかった、というのも、盲目とはそれ自体災厄の一部分なのだから。くりかえしまたくりかえし、自己陶酔におちいった不快な歓呼がひびきわたり、松明はうちふられ、命令の声は船内のすみずみにこだまし、おぼろな影のように、陸から投げられた一本の鋼が甲板の被覆板の上に舞いこんだ。災厄が叫び、苦悩が叫び、死が叫んだ。深くひそみながら、しかもかくれもなくいたるところに姿を現わしている、災厄をはらんだ秘密が叫んだ。おびただしいせわしげな足踏みの行きかうさなかに、彼はじっと横たわっていた。ひょっとして持ち去られたりすることのないように、彼の手は草稿を入れた行李の把《とっ》手《て》をひしとにぎりしめていた。しかし騒音にうみ、発熱と咳にうみ、旅にうみ、やがて来るべきものにうみ疲れた彼には、この到着の刻限が臨終《いまわ》のときに変貌するのは、なんの造作もないことのような気がした。彼は死を望んだといってもよかったが、それは、死すべき時はまだこないということを彼自身よく知っていたにもかかわらず、あるいはまさしく、それをよく知っていたからこそだったろう。そう、もしここで息をひきとるとすれば、それは奇妙にすさんだ、奇妙にさわがしい死だっただろうが、それにもかかわらず、あるいはまさしくそれゆえに、彼は死を望んだのだった。ここで死ぬことはいかにも不都合に思われたが、ほかならぬその理由でほとんど願わしくさえ思われもしたのだ、なぜならば、地獄の業火を見、燃えさかるその音に耳かたむけるように強いられて、彼の心は、冥界にくすぶる人間の獣性を知ろうとつとめるよりほか、どうしようもなかったのだから。

なろうことなら、失神してはこびさられてしまいたかった、この騒音からのがれ、一瞬のたえまもなくいつ果てるともなく、怠惰な波のように広場にたゆたっている、火山や地獄さながらの群衆の咆哮と、きっぱり絶縁することができれば、どんなによかったかしれなかった。しかしそのような逃亡は禁ぜられていた、いわんや、逃亡の結果死にいたるようなことが夢さらあってはならなかった。時のどんな小部分をも、生起する事象のどんな細片をもしかととらえて、記憶のうちにえりつけよという命令はあまりにもきびしかった。ありとある死を超えて、それらが永遠に記憶とともに生きつづけるように、確保しなければならないのだった。彼はひしと意識にとりすがった、現世の生活の最高の意義がまのあたりに迫ったのを感じ、ことによるとそれをとらえそこねるのではないかと兢々《きょうきょう》としている人間のような力をこめて、ひしと意識にとりすがった。そして意識は、めざめた不安によってめざめたままに保たれて、彼の意志に従った。何ひとつ彼の心からのがれさりはしなかった。アウグストゥスの意を受けて彼のかたわらへやってきた、のっぺりした青二才、ひどくめかしこんだ医師の助手が、いかにもまめやかそうな手つきをしたり、無意味なことをべらべらと話しかけたりするのも、病みほうけ力衰えた彼を、こわれやすい貴重な品物のようにはこびさろうと、輿《こし》を甲板にかついできた人足たちが、頑迷な不快の表情を浮かべるのも、彼は見のがさなかった。彼はすべてを心にとめた、すべてをしかととらえずにはおられなかった。内部に閉じこめられたような人足たちの視線、四人で肩に荷をかつぎあげるときに、彼らがたがいにかわしあう不機嫌に唸るような口調、彼らの肉体から発する、荒々しく攻撃的な、邪悪な汗の臭い、それらを彼は心にとめた。しかしまた彼は、置きざりにされた外套を、黒い巻き毛をふさふさとさせたいかにも無邪気そうに見える少年が、急ぎ足にかけよってさっと拾いあげると、それを手にしてあとについてくるのも見おとさなかった。いうまでもなく外套は、草稿を収めた行李にくらべればさして重要なものではなかったし、その行李をはこぶふたりの人足には、輿のすぐわきにつれだって歩むようにと命じてあった。それにもかかわらず、注意力のわずかな一部は、外套にも気をくばることを忘れなかった。うとうとと睡気《ねむけ》を催させる疲労のおとずれがどれほど切迫しても、彼は注意力を集中する義務があると感じていたし、また実際その義務にしたがっていたのだ。この少年はどこから出てきたのか、と彼はわが胸に問うた。船旅のあいだ一度として眼についたことはなかったのだが、今は奇妙になつかしい、顔見知りのように思われたのだった。眉目秀麗《びもくしゅうれい》とはいえない、農家の出らしく無骨な若者で、どう見ても奴隷ではなく、侍者のひとりでもなかった。いたる所で通行がせきとめられていたので待たねばならなかったが、そんなとき、いかにも少年らしく、褐色がかった顔に眼をきらきらとかがやかせながら、手すりぞいに彼はたたずんでいた。たたずんだまま時おり、そっと視線をあげて輿のほうをうかがい、気づかれたと思うとたちまち、やさしく、楽しげに、はにかんだようなそぶりで眼をそらしてしまうのだった。眼のたわむれ？　愛のたわむれ？　病みほうけたこの身を、愚かしく愛らしい生の切ないたわむれの中に、今一度引きさらおうというのか、横臥するこの身を、直立する者たちのたわむれの中に、今一度引きさらおうというのか？　おお、その直立の姿勢において、彼らは、われとわが眼《まなこ》と顔にいかほど死が織りこまれているか、悟らないのだ、それを知ることを拒否して、彼らはただ誘いよせてはたがいにからみあうたわむれを、さらにつづけて行こうとしか思っていない、愚かしく愛らしく眼と眼を見かわしながら、接吻《くちづけ》に先だつたわむれをさらにつづけて行こうとしか思わない。愛するために身を横たえるのはすべて死ぬために身を横たえるのと同じだということを、彼らは知らないのだ。しかし、もはやすべもなくながながと身を横たえたままの人間は、そのことを知っている、かつては自分も直立して闊歩《かっぽ》していたのだと思うと、かつては自分も――それはいつのことだったか？　遠い昔のことかそれともほんの数カ月前のことか？――愛らしくほのがすみ、愛らしく盲《めし》いた生のたわむれに関与したのだと思うと、ほとんど羞恥の念さえ心にきざす。そう、今はもうたわむれの世界からも疎外され、よるべないさまで横たわっている彼に、たわむれに囚《とら》われた者たちは侮蔑の眼さえむけるのだが、その侮蔑は彼にはほとんど賞讃のようにさえ思われる。なぜならば、眼の真実とは甘い誘いではないのだから、そう、涙をたたえるときはじめて眼は見えるようになる、苦しみの中ではじめてそれは視力ある眼となり、みずからの涙をたたえるときはじめて世界の涙にあふれ、一切の存在の忘却の水にひたされて、真実にみちみちるのだから！　おお、涙にくれてめざめるときはじめて、たわむれに囚われた者たちがそこにたむろし執着する此岸の死の世界が、死を見通し、一切を見通す生に変ずるのだ。まさにそれ故にこそあの少年は――しかし彼はだれの面《おも》ざしをしていたのか？　遠い昔かそれともごく近いころ見た面ざしか？――まさにそれ故にこそ彼は眼をそむけねばならぬのだ、気散じとしてももはやその時を得ていないたわむれを、さらにつづけようなどと思ってはならぬのだ。われとわが身が死に包みこまれているのに、その運命をこえてこのまなざしが微笑を送ることができるとは、あまりにも不調和なことだった、ながながと身を横たえた人間にこのふり仰ぐまなざしが送られてくるとは、あまりにも不調和だった、横たわる人間の眼はもう答えることができない、というより、ああ、もう答えることを欲していないのに。この愚かしさ、愛らしさ、痛々しさは、盲目の営みにみちあふれ、人間に駆りたてられ人間性の衰えしなえた騒音と火の地獄のただなかでは、あまりにも不調和だった。三つの橋が船から突堤へとかけわたされた。船尾にかけたのは乗客用だったが、急にいらだってひしめきあう人の群れを、もちろん一度にさばくことはできなかった。他のふたつは貨物や行李を積みおろすためのものだった。積みおろしを命ぜられた奴隷たちは長蛇の列をなしてならび、なかには犬のようにふたりずつ首枷《くびかせ》と鎖でつなぎあわされている者もいた。さまざまな肌の色をして、眼にはいかなる品位の影も宿さず、まだ人間らしくはありながら、しかももはや人間とはいえず、ただあちこちと動かされ駆りたてられるあさましい人間獣、引きちぎれた肌衣をまとうた人影や半裸の姿が、荒々しい松明の火に照らされて、汗みどろにきらきらとかがやくのだった。おお、身の毛もよだつその忌まわしい恐ろしさよ。奴隷たちがそのような姿で中央の橋から甲板にかけあがり、ほとんど直角になるまで身をこごめて箱や袋や行李を背ににないながら、舳にかけられた橋をつたってふたたび船をくだっていたとき、その一部始終のあいだ、両方の橋板の上端にひとりずつ立っていた監督係の水夫長が、通りすぎる肉体の上に短い鞭《むち》をやみくもに振りおろしていた。だれをということもなくただ盲滅法に、なんの拘束も受けぬ力の無意味な、もはや残酷とさえいえない残酷さで、本来の目的も何も忘れはてて打ちまくるのだったが、さなくとも奴隷たちは息せききってただ急ぎに急ぎ、わが身に何がふりかかるのか、もはやたしかな覚えもなく、革紐《ひも》がぱしりと鳴りひびいても首をすくめさえもせず、それどころかにたにたと歯をむきだして見せるのだった。ちょうど甲板にのぼりついたときばったり顔を合わせた、ひとりの小柄な黒い肌のシリア人は、背中のみみずばれをいっこう気にかけるようすもなく、鎖骨の部分になるべく擦り傷を作らないようにと首枷の下にあてがったぼろ布を、おちついてまたぐいと押しこみながら、ただにやりと笑うばかりだった、かつぎあげられた輿にむかって彼は嘲《あざけ》るような笑みを投げかけるのだった。「そっからおりなよ、大王さま、おりてみな、おれたちのちょうだいしている御馳走の味もわかるってもんだぜ！」――このことばに対する答えとして、もう一度鞭がふりあげられると、すぐそれに気づいた小男はすばやく跳びのいたが、やにわに鎖はぴんと張り、そのはずみに前へぐいと引きずられた彼の相棒の肩の上に、鞭は唸りを立てて打ちおろされた。たくましいからだつきをした、綿毛のような赤い髪を生やしたパルティア人で、まるで驚いたように首をまわし、どうやら捕虜と見えたが、ふりむけた顔の半面の、乱雑にもつれ褪色《たいしょく》した傷痕《しょうこん》の中央に、赤く血にまみれじっと凝視するように、射抜かれむしり取られえぐりだされたひとつの眼があった。じっと凝視しながら、しかも何も見えないのにいたく驚いたようすだったが、それというのも、鎖を鳴らしながら前進する列によって後から突きやられる前に、もう一度、明らかにそれがもうたえまない運動になっていたせいだが、鞭が彼の頭をめぐって風を切り、耳に血みどろの裂け目を刻んでいたのだから。こうしたことすべてはほんの心臓の一鼓動のあいだしかつづかなかったのだが、それにもかかわらず、その鼓動をはたと停止させるほどには長かった。ただ傍観するばかりで、その中に割ってはいろうとする努力をこればかりもせずにいるのは、そのような試みを企てる力もなければ、そもそも企てようとさえ思わないのは、恥ずべきしわざだった、このような出来事さえも心にしかととどめようとするのは、恥ずべきしわざだった、このことさえも永遠にえりつけておこうとする記憶は恥ずべきものだった！　いかなる記憶もなしに小さなシリア人は嘲り笑ったのだ、抑圧のもとにすさみはてた現在よりほか何も存在しないかのように、未来もなくしたがって過去もなく、以後もなくしたがって以前もなく、鎖につながれたふたりづれには、青春の沃野《よくや》にたわむれた少年時代なぞかつてなかったかのように、故郷には山も牧場も花々も、夕べはるかな谷あいでためらいがちにざわめく小川すらもないかのように、記憶を失って——おお、われとわが記憶に恋々として、記憶をつなぎとめようと努めその保持に専念するのは、恥ずべきしわざだった！　おお記憶よ、つきることなき記憶よ、波うつ麦の穂にみち、野にみち、枝をきしませてざわめく涼やかな壁さながらの森にみち、青春の木かげにみちみちた記憶よ、朝まだきの眼のよろこび、夕ぐれの心のよろこび、ふるえながら浮かびあがる緑よふるえながら消え行く灰色よ、おお、おのが素姓と帰途にまつわる知識よ、華やかな記憶よ！　だが、敗者は鞭うたれ、勝者は歓呼の唸りをあげ、その一部始終の経過する空間は石と化し、眼は燃えたち、盲いた眼は燃えたち——このときなお、いかなる未見の存在のためにめざめた心を保ついわれがあったか？　いかなる未来のためになお記憶をもとめて口につくせぬ辛労を重ねるいわれがあったか？　いかなる未来になお記憶をつたえようというのか？　そもそも未来はまだ存在していたのか？

慎重に歩調をあわせた人足たちの肩にになわれて、輿がわたって行ったとき、橋板は無骨にはげしくゆれた。下には、黒く重い船体と黒く重い突堤の岸壁のあいだにはさまれて、黒い水がおもおもしく水音を立てていた。われとわが身を吐きだし、塵芥《じんかい》、野菜の葉、くさったメロン、そこにどろどろとよどむありとある汚物を吐きだす、容易に溶解しないなめらかな元素であり、重く甘ったるい死の息のけだるい波、腐敗して行く生の波であった。それは石のあいだに営まれうるただひとつの生で、ただ腐朽からの再生の希望ばかりにすがって、辛《かろ》うじて生きながらえているのだった。下はおおよそそのようなありさまだった。一方上はといえば、非のうちどころなく精妙にしあげられ、金色に美々しく飾られた輿の轅《ながえ》が、人間の姿をした駄獣《だじゅう》、人間の食物をあたえられ、人間のことばを語り、人間のように眠り、人間のように考える駄獣の肩にかつがれており、非のうちどころなく精妙にしあげられ彫刻をほどこされ、背と側面に金箔の星を散らした輿の椅子には、すでに腐朽がおりをうかがいながらその中に巣食っている、汚辱にまみれたひとりの病人がふかぶかとからだを沈めていた。こういうことすべては途方もなく不調和だった、すべてのうちにひそかな災厄が、人間よりもさらに完璧な事象の凝然たる硬直がひそんでいた。しかも岩壁を築き、彫りきざみ練りきたえ、革紐を編んで鞭を作り鎖を鍛造するのは、ほかならぬ人間自身なのだ。このことに対して眼を閉ざすのは不可能だった、忘れることは不可能だった。そして、たとえ何を忘れようと思っても、たえず新たな現実の相となってそれは再来した、新たな眼となり、新たな騒音となり、新たな鞭うちとなり、新たな硬直となり、新たな災厄となってそれは復帰してきた。そのおのおのが自分に固有の領域を要求し、たがいに恐るべき接触のうちに相手の領域をせばめあい圧服しあいながら、しかもこのうえなく異様な不調和な形で、すべてが解きがたくもつれあっているのだった。事物相互間の接触と同様に、時の経過も不調和になっていた。個々の時間はもはやたがいに適合しようとしなかった。「今」がこれほど截然《せつぜん》と「以前」から分離していたことはいつにもなかった。いかなる橋をかけわたすこともできない深い奈落が、この「今」を何かしら自立性をそなえたものにし、それを「以前」から、船旅その他以前の一切から決定的に遮断し、彼をそれ以前の全生活から切りはなしてしまっていた。しかしそれでも彼は、輿のかすかな揺れの中で、船旅がまだつづいているのか、それとももうほんとうに上陸しているのか、いえといわれてもいうことはできなかったろう。おびただしい人間の頭からなる海を彼は見わたした、人間の波浪にとりまかれて、彼は頭の海の上にただよっていた。この波の阻止を乗りこえようとするはじめのこころみは、これまですべて失敗に終っていたので、もちろん今まではただ波打ち際にたたずんでいたにすぎなかった。ここ護衛船の上陸地点では、警吏たちの沿道整備は、あちらのアウグストゥスを迎える場所にくらべれば、はるかに行き届いていなかった。たとえ幾人かの下船者が、遮二無二突進して運よくあちらへの道を切りひらくことができたとしても、人波を遮断したなかで隊伍を組み、皇帝を町の宮殿へ案内するはずのおごそかな行列に、まだどうにか加わることができたとしても、輿に乗っていたのではそれは到底不可能なことだったろう。このささやかな供まわりを護衛し、案内し、いわば看視するためにつけられていた皇帝の従者は、強引に人波をかきわけて進むにはあまりにも年老いて肥満しており、柔弱であり、またおそらくあまりにも好人物だった。彼にはどうする力もなかった、どうしようもなかったので彼はただ、賤民どもの雑沓《ざっとう》を取りしまらない警察に愚痴をこぼし、せめてしかるべき護衛を自分の加勢によこさなくてはならないだろうに、というばかりだった。そういうわけで、ついにはどこをめざしてということもなく、広場の上をやみくもに押しまくられ駆りたてられ、時にはまったく動きがとれなくなり、停滞しがちなジグザグの道をえがきながら、あるいはここあるいはかしこへと押しやられ小突きまわされることになった。少年が同行しているということが、このとき思いもかけぬ心の安らぎとなった。いかにも奇妙なことだが、草稿を入れた行李の重要性をまるでどこかで聞きつけてきでもしたように、少年は行李をはこぶ人足がたえず輿のすぐわきについているように気をくばり、自分も輿から片時もはなれず、外套を肩にかけて、群衆の圧迫に一歩も譲らぬかまえを見せながら、時おり明るく澄んだ眼を上にむけ、愉しげな敬意にみちたまなざしで、まばたきして見せるのだった。家々の門口からも路地からも、息づまるような蒸し暑さがただよいよせてきた。幅ひろい横波となってうちよせながれ、いつ終るともない叫喚に、あえぐ獣のような群衆の唸りや怒号に幾度となく寸断されながら、しかもその熱気はいっかな消え失せようとしなかった。それは水の息であり、植物の息であり、町の息であった。角石の中に押しこめられた生と腐敗して行くそのいつわりの生気からわき出る、唯一の重い蒸気、存在の腐植土が、解体に近づきながら、過熱した石の竪坑《たてあな》からかぎりもなく立ちのぼり、冷たい石の星々へと立ちのぼった。その星々が今、いともなごやかな暗黒へとしだいに変じて行く大空の奥処を覆いはじめていたのだった。解きひらくすべもない深みから生は芽ぐみ、岩塊を押しわけて伸びながら、この伸長の途上ではやくも衰滅する、上昇のさなかにはやくもおとろえ、腐朽し、冷却し、上昇のさなかにはやくもみずからを揮発して行く。だが、解きひらくすべもない高みから、不変の何ものかが、低まりつつ暗くかがやく息吹きが、石のように冷えびえとくだってくる、触れるものみなを圧伏し、凝固して深みの岩塊となり、さながらそれが此岸の窮極の現実とでもいうかのように、上も下も一面石また石――、そしてこのような流れと反流のあいだに、天の夜と地の夜のあいだに、下では赤く灼熱し、上では澄明《ちょうめい》な顫光《せんこう》をはなつこの二重の夜のただなかに、たゆとう小舟にも似た輿にゆられながら、彼は植物と動物の精気がうちあげる波の穂に身を沈め、不変の涼気の息吹きの中へたかだかとかかげられ、巨大な謎と未知なるものの海にむかってはこばれて行くのだったが、それはすでに帰還にことならなかった。というのも、はてしない波のうねうね、彼の乗る船の竜骨がすでにかきわけた大いなるひろがり、記憶の波のひろがり、海の波のひろがり、それらはまだ透明になってはいなかった、そのうちにひそむ何ものもまだ正体をあらわにしてはいなかったのだから。ただ謎ばかりが残っていた、謎にみちあふれたまま過去はその岸を乗りこえ、現在にまでうちよせていた。樹脂をおびただしく含んだ松明の濛々《もうもう》たる煙、蒸すような町の熱気、野獣めいて暗く息づく肉体からたちのぼる湯気のさなかで、だれひとり知るものもないこの広場のただなかで、まぎれもないたしかさで海の匂いを嗅ぎ、巨大な不滅の海の存在を感じたのはそのためだった。彼の背後には、船が、奇妙な未知の世界の鳥たちがたむろしていた。そこからは今もなお下知の声がひびきをつたえ、木製の巻き揚げ機のきしみが断続的に聞こえ、低音で歌う銅鑼《どら》が、海に沈んだ日輪の最後の反響のように鳴りとよみ、そのとよもすかなたには巨大なひろがりをもつ海の風があり、数知れぬ白い冠にかざられた海の騒擾があり、ポセイドンの微笑、神がその駒を駆りたてるときにはすぐさま咆《ほ》えるような高笑いに一変する微笑があり、そして海のかなたには、この海を囲繞《いじょう》しながら、岸辺を波に洗われている国々があった。それはことごとく彼の踏破した国々で、その岩、その土の上を歩みながら、その植物と人間と動物の世界に関与しながら一切のうちに織りこまれ、あまりにもおびただしい未知の前に手をほどこすすべもなく、それらを制御する力もなく、彼はただ事象と事物にまきこまれてその中をさまようばかり、国々とその数多《あまた》の都市の中にもつれこみさまよい歩くばかりだったのだ。物、国々、都市、それらすべてははるかに沈みさり、しかもなんと身近にあることか、あるいは背後に、あるいは四周に、あるいはわれとわが内部にひそみながら、それらすべてがいかに彼自身のものと化しているかことか、陽ざしのつくる影の深さ、ざわめく夜の風情、なじみはありながらしかも謎めいた、アテーナイ、マントゥア、ネアポリス、クレモナ、メディオラニウム、ブルンディシウム、ああ、そしてアンデス――、すべてはここまではこばれてきた、ここ港の灯が燃えたぎり散乱するさなか、息づくよすがもない瘴気のたちこめ、何を叫ぶとも知れぬ蛮声の喧騒をきわめるさなかで、すべてはただひとつの総体へと統一された。この統一の中では遠方はいともたやすく間近になり、間近なものははるかへ遠ざかり、その上をこえてただよう彼は、荒々しい狂躁《きょうそう》にかこまれて、軽やかにただようような覚醒に到達することができたのだった。さながら冥界のようにくすぶるものを、まのあたりにありありととらえながら、同時に彼はおのが生の消息についてもわきまえていた、過去と未来とが交叉《こうさ》する夜の流れと反流にのせられて、われとわが生が流れて行くことを彼は知っていた、火にひたされ火にとりまかれたこの交叉点、この船着き場の現在の、過去と未来のあいだ、海と陸のあいだに、われとわが生の運命が宿っていることを彼は知っていた。彼自身はといえば、さながらおのが存在の中心に、さまざまなおのが世界の交叉点、おのが世界の中心にはこびこまれたかのように、広場の中央に位置していたのだが。だがそれはただブルンディシウムの上陸地点にすぎなかったのだ。

そしてもしかりにこれが世界の中心だったとしても、そうとすればいよいよもってここにとどまるいわれはなかったろう。楽しげな熱烈な文句を書きつらねたアーチを入り口に立てた路地路地は、いよいよおびただしい群衆を広場に吐きだし、それにしたがって輿のにない手たちはまたしても広場の中央から片隅へ押しやられて行った。ここから兵士たちが人垣をつくるかなたへたどりつき、ファンファーレの鳴りわたるもとですでに行進を開始したアウグストゥスの行列につらなることは、今はもう完全に不可能だった。かてて加えて、今は音楽もここを先途《せんど》とわめきたて唸りをあげて吹きたてねばならなかったので、わきおこる騒音もひと通りのものではなかった。たかまる騒音につれて雑沓の横暴と無遠慮も増大し、ほとんど自己目的、自己満足に化したといってさえよかった。しかし、この一切の横暴にもかかわらず、彼自身をとらえつつんでいたただようような覚醒のこともなげな軽やかさは、いわば第二の照明のように、広場全体につたわり移って行くように見えた。それは眼にありありとうつる第一の照明に加わり、ゆらめく影を散らすその苛烈なまばゆさをいささかも変えることはなく、むしろそのまばゆさをいっそう強めながら、しかも眼にうつる事物の現前の中に第二の存在の連関をあらわにし、このうえなく明白直接な近傍《きんぼう》にいたるまで、間近なあたりにはすべて宿っている遠方の、夢うつつともない存在の連関を明らかにするのだった。この第二の連関のはるかに軽やかな自明さをさらに確証しようとでもいうかのように、このとき突然、供まわりの先頭に少年が立っていた。いつのまにそこへきていたのか、はっきりとはわからなかった。まるで遊戯でもしているように、そばにいるだれかの手からもぎとったらしい松明をふりまわしながら、これを武器にして少年は群衆のあいだに道をきりひらこうとしていた。「ウェルギリウスさまのお通りだ！」と彼は朗らかな声で、まっこうからひとびとに呼びかけた、「きみたちの詩人のお通りだ！」ひとびとがこのとき道をあけたのは、皇帝に仕える人間が輿に乗っていたから、あるいは、病人の黄色く黒ずんだ顔にきらめく熱に浮かされた眼が不気味だったからにすぎないかもしれない、しかしともかく彼らの注意を呼びさまし、輿の前進を可能ならしめたのは小さな先導者の功績だった。もちろん、外套をはこぶこの少年の人を食った沈着さも、燃えさかる松明も解決することのできない混乱もあるにはあった。そのようにして進行が停滞したときには、病人の不気味な相貌もなんの役にも立たなかった。むしろ逆に、輿がとまるたびごとに、はじめはただ逃げ腰で顔をそむけた無関心なそぶりが、やがて不気味ななかめに対するあからさまな嫌悪へ、なかば怯気《おじけ》づきなかば攻撃的なささやきへとたかまって行った。ついにはほとんど威嚇的な空気にまでなったが、ひとりの口さがない男が、上機嫌でもあれば刺《とげ》をふくんでもいる口調で、「魔術師だ、皇帝の魔術師だ！」と叫んだとき、それはこの空気の的確な表現だった。「馬鹿め、きまってるじゃないか」と少年は叫びかえした、「おまえみたいなやくざものは、こんな魔術師にはまだ一度だってお目にかかったことはないだろうよ。ぼくらの国でいちばんえらい、だれよりもえらい魔術師なんだぞ」邪悪な視線を避けようというつもりか、指をひろげたいくつかの手が宙に舞いあがった。顔には白粉《おしろい》を塗りたくり、脳天には金髪のかつらがななめに歪んでのっているひとりの娼婦が、輿にむかって金切り声をあげた、「愛の魔法をあたいにさずけてちょうだいな！」――「やるとも、股のあいだにな、よくきくぜ！」と、同じような作り声で、鵞鳥《がちょう》によく似た日焼けした若者がつけ加えた。明らかに水夫だったが、こういうと、青い入れ墨をした両腕で、さも嬉しそうにきいきいと騒ぐ女を、うしろから抱きかかえた。「そんな魔法ならおれだっていくらでもよろこんで伝授するぜ、たっぷりやるぜ！」

──「魔術師のお通りだ、道をあけろ！」と少年は命令するように叫ぶと、肘で思いきり鵞鳥をわきへ突きのけ、いきなり決然と、いささか人の意表をついて、右手の広場のはずれにむかって方向を変えた。草稿の行李をはこぶ人足たちがすぐそのあとにつづき、監視役の従者が幾分不承不承にあとを追い、さらに輿とその他の奴隷たちがつづいた。さながらみなが眼に見えぬ鎖につながれて、少年の背後に引かれて行くかのようだった。少年はどこへつれて行くのか？　いかなる遠方から、いかなる記憶の深みから彼は浮かびあがったのか？　いかなる過去、いかなる未来によって彼はさだめられたのか？　いかなる秘密にみちた必然性によってさだめられたのか？　そして彼みずからは、いかなる過去の秘密から、いかなる未来の秘密へとはこばれて行くのか？　これはむしろ、はかり知れぬ現在のうちにおける、不断のただよいではなかったか？　彼のまわりにはむさぼり食う口があり、咆える口があり、歌うたう口があり、驚きあきれる口があり、閉ざされた顔の中のひらいた口があった。口はすべてひらかれ、かっと割れ、赤や茶色や鈍色《にび》の唇のうしろに歯を敷きならべ、舌で装備をかためていた。彼は輿をになう奴隷たちの苔か羊毛に覆われたようなまるい頭を見おろし、彼らの顎といいきびだらけの頬の皮膚をわきからながめた。彼らの内部に脈うつ血、彼らが嘶みこまねばならなかった唾を彼は知っていた、不恰好な無骨な放縦なこれらの食欲旺盛な筋肉器械のうちにひそむ、さまざまな思いを彼は知っていた。その思いはいかにもあてどなくはかなげではあったが、永遠に失われることはなく、やさしく重苦しく、透明に暗く、一滴ずつしたたりながら落ちては消えて行くのだった。それは魂のしずくだった。いたいたしいまでに荒涼とした激情や肉欲の中でさえしずめられないあこがれ、あの鵞鳥といわず娼婦といわず、すべての人間に生得の消しがたいあこがれを彼は知っていた。けっして無に帰することはなく、せいぜい悪意と敵意にみちた相貌に歪められることがあろうと、依然としてあこがれに変わりはない、そんなあこがれを彼は知っていた。はるかに遠ざかりながらしかも名状しがたく近接して、覚醒のうちにただよいながらしかも一切の重苦しさにまきこまれて、彼は、精液をほとばしらせ精液を飲む、顔のない鈍感な肉体を見た、その肉体のうねりと四《し》肢《し》の硬直を見た。そのたまさかの情欲の起伏のひそやかさ、その和合のあげる、鈍感な戦士のように荒々しい歓呼、その老化にともなう気弱に悟りすました凋落《ちょうらく》を彼は見た。こうした一切、こうした知識のすべては、あたかも鼻を通じてつたえられるかのようだった。見えるもの聞こえるもの一切をつつんでいる麻酔的な瘴気とともに、人間獣の匂い、彼らが日々に拾いあつめ日々に消化する餌の複雑な匂いとともに、それは吸いこまれるのだった。だが今、おびただしい肉体のあいだにようやく道がきりひらかれ、広場のはずれへむかうにつれてしだいに数少なくなる灯と同様に、ようやく人影もまばらになり、ついには闇の中にもれこぼれるように散りぢりになって行く今このとき、群衆の匂いはわずかな残《のこ》んのくすぶりをあげるばかりになり、かわりにながれてきたのは、波止場に接して立ち、夕べのこのひとときには森閑としている魚市場の、ぎらぎらとかがやくなめらかな腐臭だった。それに劣らず腐敗した甘ったるさをただよわせながら、果物市場の匂いがこの腐臭につけ加わった。醱酵する息吹きにみちみちて、赤みがかった葡萄、蠟のように黄ばんだ李《すもも》、金色の林檎、地獄のように黒い無花果《いちじく》のかおりが、一蓮托生の腐朽のうちに、わかちがたく融けあっていた。踏みしだかれこすりつけられた湿潤のために、舗道の石だたみはぬめりを帯びてかがやいていた。今は広場の中心もはるか背後に遠ざかり、突堤の船も、海もはるかかなたにあった、残りなく消えうせたというわけではないが、はるかなかなただった。群衆の咆哮は、今はただはるかな唸りでしかなく、ファンファーレはもう聞こえなかった。

まるでこの土地のことならすみからすみまで心得ているとでもいったようすで、少年はいかにも自信ありげに、一行をみちびいて市場の掛け小屋のあいだを通りぬけ、倉庫や造船所のある地域に踏みこんで行った。そこは灯もともらぬ陰気な建物の立ちならぶ、市場にすぐ隣接した地区で、闇の中ではほとんどそれと知れず、せいぜいおぼろげに感じられるばかりだったが、ここからはるか下のほうへひろがっているのだった。またしても匂いが変わった。この国のすべての産物、ここに用意された莫大な量の食糧の匂いがした。帝国の領土内での交易のために用意され、どこであれ、売買がおこなわれた後には、人間の肉体と蛇のようにくねるその内臓を通って、どろどろの滓《かす》になる運命の食糧だった。シャベルですくいこまれるのを待ちながら、穀倉の前にうずたかく積まれている穀物の乾いた甘みが匂い、ライ麦、小麦、燕麦《えんばく》、スペルト小麦の袋の埃っぽい乾きが匂い、オリーヴ油の樽や桶の酸味のあるなごやかさが匂い、突堤に沿うてのびている酒蔵のひりつく渋さが匂った。木工場が匂い、どこかの暗がりに貯えられた、けっして朽ちはてることのない槲《かしわ》の木の幹の山が匂った。樹皮はいうまでもないが、木髄のしなやかな抵抗もそれに劣らぬ匂いをはなつのだった。職人が仕事を終えたとき、切りこんだおのをそのまま置きざりにして行った丸太が匂い、見事にかんなをかけた新しい船板や、かんなの刃のこぼれやおがくずの匂いといっしょに、山と積まれて火にくべられる運命を待機している、折りとられ、白っぽい緑色の、ぬるぬるしてかびくさい、貝がらの一面に付着した古い船材のはなつ、ものうげな匂いも鼻をついた。生産の営みの循環だった。かぎりない平安が匂いを重くはらんだ労働の夜からながれ出ていた、それは孜々《しし》としてはたらく国土の平安であり、畑と葡萄山と森とオリーヴ林の平安であり、農夫の子である彼自身がそこから生まれてきた農民の平安であり、たえまない彼の郷愁と、大地にむすびつき大地にむかい、大地のように恒常な彼のあこがれの的となる平安であり、とうから彼の歌がめざしていた平安だった。おお、到りつくすべもない彼のあこがれの平安だった。この到りがたさをここでも反映せねばならぬかのように、どこでも一切が彼自身の写し絵とならねばならぬかのように、この平安もやはり石のあいだに押しこめられ、抑圧され、野心や利益や市場価値や躁《そう》急さや外面性や隷属や、平安をみだす争いのために濫用されていた。内面と外界とは同じものであり、像とその写しであり、しかもなおかつひとつの総体ではない、その総体こそが知識なのだが。いたるところで彼は自分自身を見いだした。彼はすべてのものを確保しなければならなかったし、また確保することができた。それに対する義務と衝迫を感じていた世界の多様さをとらえることに、夢うつつの状態で世界の多様さに没入しながら、いともやすやすとそれに帰属しそれをわがものとすることに、彼は成功した。だがしかしそれは、その世界の多様さがはじめから彼自身のものだったから、まだいささかも偵察したり待ち伏せたり感じとったりしないうちから、彼自身のものだったからだった、記憶と確保とがわれとみずからに想起された自己自身、想起されたわれとみずからの過去以外のものだったことは、一度としてないからだった。その過去の中で彼は、まだオリーヴ油も葡萄酒も木材も存在しないうちに、葡萄酒を飲み木材にふれオリーヴ油を味わったにちがいなかった。つまりそれらは、未知でありながらしかもかつて出会ったものとの再会なのだった。あふれるばかりにおびただしい人間たちの顔や、顔ともいえぬ異様な顔、それは、その上に浮かぶ色情や欲望や肉欲や、貪欲な冷静さや、動物のように肉体的なありかたや、さらにはまたその巨大な夜のあこがれまでもふくめて、彼自身のものになっていたのだ、彼がかつてそれらを見たことがあろうがなかろうが、それらが現実に存在していたにせよそうでないにせよ、この顔々はすべて、彼の生の発端このかた、彼自身の存在の混沌とした根源の腐植土として、彼自身の肉欲として、彼自身の色情として、彼自身の欲望として、彼自身の異様な顔として、しかしまた、彼自身のあこがれとして、彼とひとつになっていたのだ。地上の遍歴をつづけるうちに、彼のあこがれはいちじるしく変化して認識にむかった、時とともに痛々しげになり、ついにはもはやあこがれでさえない、あこがれへのあこがれとさえ呼びえないほどはげしく変化した。このことははじめから、追放と隠栖《いんせい》という形において、運命のさだめるところとなっていた、追放は災厄にみち、隠栖は幸福をめぐむものだったが、人間にはほとんど耐えがたいという点では、どちらも同じことだった。しかしそれにもかかわらず、生得のものは失われることがなかった、存在の根源的な腐植土は消え失せはしなかった。それは、記憶がそれを糧としそこへ帰入する、認識と再認識の土壌であり、幸福と不幸との双方に対する防壁、耐えがたいものに対する防壁であり、窮極のあこがれであった。たとえ認識にみちあふれたあこがれにせよ、記憶の深みへ没入しようとするすべてのこころみに、ほとんど肉体的に、これをかぎりとばかり、しかもたえることなく共鳴するあこがれだった。疑いもなくそれは肉体的な、消え失せることのないあこがれだった。指をひきつったようにからみあわせると、指環が皮膚と肉にかたく食い入るのが感じられ、手の骨の石のようなかたさが感じられ、体内の血が感じられ、われとわが肉体の記憶の深みが感じられた。はるかな過去の幽晦《ゆうかい》な深みは、現在に近づき現在を照らしだすそのかがやきとひとつになっていた。彼はアンデスですごした幼時を思いだした。家や家畜小屋や納屋や木々を思いだし、いつも笑いを忘れず、黒い巻き毛をふささせて家事にいそしんでいた母の、幾分陽やけした顔にかがやく澄んだ眼を思いだした――彼女はマイアという名前だった、どんな名前もこれ以上夏めいてひびきはしなかっただろう、これより彼女にふさわしい名前はひとつとしてなかった――そして彼は思いだした、楽しげに仕事をしながら、母が身のまわりのすべてをいかにあたためたかを。暖炉のそばに坐ったままでいる祖父の世話にかかりきりで、二六時中何やかやと呼びたてられても、あるいはまたそれに劣らず頻繁に、子どもたちの恐怖をそそるほど猛烈な、骨身にしみ入る老人のわめき声をあやしすかしてやらねばならなかったときにも、母はすこしも疲れを見せず、朗らかさを失うこともなかった。慰めをもとめてそのように泣きわめくのに、祖父は機会をえらばなかったが、とりわけ、家畜や穀物の価格を談合する際に、彼、すなわちなかば鷹揚でなかば吝嗇《りんしょく》な白髪のマグス・ポルラが、売りであれ買いであれ、てっきり商人たちにいっぱい食わされたと思ったときにはかならずだった。おお、この騒音が記憶の中でなんとはげしく鳴りわたったことか、そのときいつも、まるで浮きうきしているような朗らかさでもって、母が家の中に返しあたえた、その安らぎが記憶の中でなんとやさしかったことか。それから彼は父を思いだした。父は結婚してはじめてまともな農夫になることができたのだが、独身時代に彼が従事していた陶工の職業は、息子にはとるにたらぬものとしか思われなかった。しかしそれでも、日ぐれどきに、ふくらみのある酒壺や優雅な反りを見せる油の甕をどのようにして作ったか、父が聞かせてくれる思い出話に耳かたむけているのは楽しかった。粘土をかたどる親指、へら、ぶんぶん唸る轆轤《ろくろ》、火の入れかたなどについての美しい物語で、ところどころにいくつかの古い陶工の歌がはさまれるのだった。なお、時間の中に凝然と静止しているさまざまな時の顔よ、おお、母の顔よ、いつも若いころのおもかげとして思いだされ、それから揮発し深みへ消え、死の中ですでに一切の容貌めいたもののかなたへ移ろい、さながら永遠の風景にも似ていた母の顔よ、おお、父の顔よ、最初は思いだすこともできなかったが、やがて見るまに成育して、生ける姿そのままの肖像となり、ついには死の中で、褐色に硬直したかたい粘土でつくられ、やさしく剛毅に臨終《いまわ》の微笑を浮かべている、もはや二度と消えることのないおもざしに化してしまった、忘れがたい父の顔よ。記憶のうちに根ざしていないものは、何ひとつとして現実に熟すことはできない、青春時代のかずかずのおもかげに覆われて最初からあたえられていなかったものは、何ひとつとして人間の手にとらえることはできない。なぜなら、魂は常にその発端にたたずみ、その発端の大いなるめざめにむかって立っているのだから、終局さえも魂にとっては発端の威厳をそなえているのだから。一度でも魂の琴線にふれた歌は、ひとつとして消えうせることはない。欣然《きんぜん》としてたえず新たに用意をととのえながら、魂はわれとみずからのうちに、かつて鳴りひびかせたしらべのことごとくを貯えている。そのしらべは移ろいを知らず、たえずくりかえして復帰する、今、ここでもそれはふたたび鳴っていたのだ、そして彼はふかぶかと息を吸い、時おり開けはなしの納屋の戸口から軽やかに黒くわき出てくる、土製の甕や積みあげられた樽の涼しげな匂いをとらえ、病んだ肺の中に吸いこもうとした。

もちろんそのあとで、何か有害なこと、あるいは禁ぜられたことでもしたように、彼は咳きこまねばならなかった。そのあいだにも、輿をになう人足たちの鋲《びょう》をうった靴は先へ急ぎ、石だたみの上では戛々《かつかつ》と鳴り、砂利道の上ではきしむような音をたてた。若い先導者は時たまふりむいては輿の上に微笑を送り、その手にした松明は一行の先頭でくすぶってはまたぱっときらめいていた。今では行進もかなり本調子になり、かなり速度を早めていた、宮仕えの安逸に長年なれ親しんで、でっぷり肥満した老人の従者には早すぎるほどで、彼は今よたよたと輿のあとを追いながら、それと耳に聞きとれるほどはげしく息をはずませているのだった。入りみだれて立ちならぶ倉庫や穀物小屋の、さまざまな形をした屋根が、あるいは鋭角にあるいは平坦に、あるいは心もち傾斜して、まだ夜になりきってはいないが早くもおびただしい星をちりばめた大空にむかって、そそり立っていた。起重機や木柵が通りすぎる光のもとにおびやかすような影を投げ、荷を積んだ車や空の車のわきを通りぬけて行くと、数匹の鼠が道を横ぎり、蛾が一匹輿の中に迷いこんで椅子の肘かけの上にとまり、そのまま動かなくなった。新たな疲労と眠りがそっとおとずれてきそうな気配がした。蛾には六本の脚があった。そして輿をかつぐ人足たち、貴重なこわれやすい品物かなんぞのように、彼を蛾といっしょに肩にになっている人足たちには、数えきれないほどではないにせよ、きわめておびただしい脚があった。すぐにも彼はふりむいて、背後にいる人足たちの頭数とその脚の数をたしかめようと思った。しかしまだそれを数え終えることができないうちに、一行は二棟《むね》の小屋のあいだの狭い通路にはいりこんでいた。その直後、非常に驚いたことには、一行はまた町の家々の前に立っていた、そこはかなり急な上り坂になっており、大変狭く、幾星《いくせい》霜《そう》の風雨にたえ、ところきらわず洗濯物のかかっている貸長屋が立ちならぶ路地の入り口だった。文字どおりただ立っていたので、それというのも例の少年が、さもなければまだ急ぎ足で進んで行ったはずの人足たちを――ところでたしかに、彼らは今数えて見ると、はじめのとおり四人しかいなかった――いきなり制止したからだった。ほかならぬこの突然の停止が、思いがけない光景と結びついて再会のよろこびに似た気分をかもしだした、それも不意打ちの驚きのような感じだったので、彼らはみな、主も従者も奴隷たちも、いちどきに大声をあげて笑った。この笑いに元気づけられた少年が、軽く身をかがめ誇りかに案内の身ぶりをして、路地へとみなをさし招いたとき、哄笑はひときわたかまるのだった。

だが実は、心の浮きたついわれはほとんどなかったのだ。まず何よりも、この峡谷のような路地が、そのような快活さへのきっかけになろうはずはなかった。ゆるやかな傾斜をなして階段のつらなるその暗い道には、さまざまの幻めいた存在がたむろしていた。まず目についたのは子どもたちの群れで、もうとっぷりと日も暮れたのに、まだ階段を騒々しくかけあがったりかけおりたりしており、さらに近づいて見ると、それらの幻めいた二本足に、四つ足も仲間に加わっているのがわかった、いたるところの壁沿いに、多少の差はあれどれも短い綱で杭につながれた山羊たちがいたのだ。窓ガラスもなければ大半は鎧扉《よろいど》もない窓が、くろぐろと峡谷をのぞきこみ、暗い洞窟のような地下の売店もくろぐろとつらなり、その店先からは雑多な安物の見切り品がけたたましくわめきたてていた、貧困の見切り品、一刻後の必要をみたすばかりで、翌日の用にはほとんどたたない見切り品の山だった。その隣には叩き唸りうち鳴らすみすぼらしい町工場があり、影にかしずかれ影にささげられて、あわれな騒音を立てながら作業をつづけていた。どうやらその作業のためにはあかりは一切不要だったらしく、ランプや蠟燭の光がかっとかがやき出るところでさえ、人間たちは影の中に身をひそめたなりでいた。いかなる外部の事象ともかかわりのない、悲惨きわまりない貧民街の日常生活がここで営まれていた。皇帝のための祝祭もこの路地からは幾マイルものかなたにはなれているかのように、別の市区で今何が起きているか、ここの住民は一切関知しないかのように、ほとんど無時間の生活が営まれていた。そういうわけで、突然姿を現わした輿の一行も、別段驚嘆のまなざしをひきつけはしなかった、しかしそのかわり、これはきわめて不快な、より正確にいえば敵意にみちみちた妨害を誘発したのだった。まず妖精めいた悪ふざけがはじまった、というのはもちろん子どもたちの襲撃だが、そこに山羊まで加わって、そのどちらもが人足たちの歩みを邪魔していっかな退散しようとせず、四つ足どもはめえめえ啼《な》きたて、二本足の連中は金切り声をあげ、四方の小暗い片隅から跳びだしてはまたその中へ逃げこむのだった。彼らは若い先導者の手から松明をもぎとろうとしたが、もちろんはげしい抵抗にあってそのこころみは成功しなかった。だが、いちばん始末の悪いことはこのことではなかったろう、たとえ遅々とした歩みにもせよ、ともかく前進してはいた――一段一段とこの貧民街の路地を登ってはいたのだから――いや、始末の悪いのはこの妨害ではなかった、女たちだった、窓から身を乗りだし、窓閾《まどしきい》に乳房もひしげるほど胸を押しつけ、むきだしの腕を蛇のように下に垂らし、その先には蛇の舌に似た指をちらつかす女たちが、何よりも悪質な妨害だった。そしてまた、彼女らが輿の一行を目にするやいなや、それまでの無駄話をさっときりかえて口々に罵声をあびせかける、その何やらわけもわからず狂気のようにわめきたてる悪口雑言さえ、やはり非常に始末の悪いものだった。それはそのままわめきたてる狂気であり、すべての狂気と同様に壮大で、たかめられて告発となり、真理となった、なぜならそれは罵りだったから。今ここで、立ちならぶ家という家は、開けはなしの戸口から動物的な排泄物の悪臭を放散し、風雨にさらされたこの水路のような家々のはざまを、輿の上高くかつがれて通りぬけて行くと、みすぼらしい室内が見えた。というよりいやでも眼にうつったのだが、怒り狂って無意味に真っ向からあびせかける女たちの呪いを受けとめ、どの家にもかならずいる、ぼろ布に寝かされたひ弱な乳呑み児の泣き声を受けとめ、ひびわれた壁にとりつけられた松明のあげる濛々たる煙を受けとめ、厨房とそこにある、さんざん煮炊きに使い古された脂だらけの鉄鍋の気のぬけた匂いを受けとめ、黒い穴のような住居のいたるところにうずくまり、裸体も同然の恰好でもぐもぐ口を動かしている老人たちのぞっとするような光景を受けとめた、今このとき、絶望が彼を襲いはじめた。ここ、害虫の巣食う穴のあいだで、この極端な零落と悲惨きわまりない腐朽、この極度に現世的な幽囚を前にして、邪悪な陣痛の叫びをあげる出産と邪悪な末期の苦しみを見せる死の場、生の発端と終末がこのうえなく密接に綯《な》いあわされ、その双方が暗い予感となり、時を知らぬ災厄の影深い夢の中でその双方が名状しがたいものになるこの場を前にして、およそ口にするすべもないこの夜と卑猥のさなかで、彼ははじめて顔を覆わねばならなかった、女たちが罵りさわぎ、勝ち誇って哄笑するもとで、あえて何ものも眼にすまいと顔を覆わねばならなかった、そしてそのまま彼は、一段一段と、貧民街の路地の階段をこえてはこぼれて行った——

——「下司野郎《げす》だよ、輿なんぞに乗っかってさ！」「あれ、あいつ、あたいたちよかましな人間だと思ってんだろ！」「おあしをしこたま貯めこんでふんぞりかえっているのさ」「おあしがなくったって見な、かけずりまわらなくっちゃならないんだからね！」「おんぶしてもらって仕事に行くのかい！」と女たちははやしたてた——

——彼の上に雨霰《あられ》と降りかかるこれらの雑言にはなんの意味もなかった、無意味、かぎりなく無意味でありながら、しかも正当であり、警告であり、真理であり、真理へたかめられた狂気だった。あびせかけられる誹謗のひとつびとつが彼の魂から一片の傲慢をもぎとり、ついには魂は乳呑み児やぼろの上にうずくまる老人のように裸になり、闇と記憶喪失と罪過の前に裸身をさらし、弁別しがたい裸形の存在の滔々《とうとう》たる潮の中へ没入して行くのだった——

——一段一段をふみしめながら、中休みの段へくるごとに足をとめながら、一行は貧民街の路地を通りぬけて行った——

——息づく大地の上にひろがり、昼と夜との交替のあわいに息づく大空のもとに伸び、幾百万年にわたって不変の岸辺に囲繞された裸形の被造物の潮、存在の腐植土からこぼれしたたり、やがて洋々たる大河となり、また腐植土の中へながれこんで行く裸形の生の群衆、ありとある被造物ののがれるすべもないからみあい――

――「おまえだってくたばりさえすりゃ、ほかのみんなと同じにぷんぷん匂うんだよ！」

「ちょいと、死びとをかついでるにいさんたち、そんなお荷物引きずりおろしてやんなよ、死びとなんぞほうりだしておしまいよ！」――

――時の嶺、時のはざま、おお、その嶺とはざまをこえて永劫によってはこびさられ、薄明の潮のただなか、一切有を含む無限の潮のただなかにたえずくりかえしはこびさられる巨万の被造物よ。それら被造物のどれひとつとして、不滅の霊魂をさながら永遠に無時間の世界の中をただよう思いをしなかったものはないし、また未来にもないだろう。無時間の自由の中を軽やかにただよい、潮のながれから身をひき雑沓を遠くはなれて、もはや顛落することもなく、もはや被造物でもなく、星々にまで生いたちからみ登るわびしい透明な一輪の花、ひとりはるかに遠ざかり、眼には見えない蔓《つる》に咲く透明な花のようにふるえる心――

――貧民街の悪罵の中を、一段一段とはこばれて――

――おお、何より由々しいのはこの無時間の幻覚だ。そしてまた彼の生だ、名もない夜の混沌たる腐植土から伸びあがり、被造物の叢林から成育し、無数の曲線をえがく蔓を伸ばしてここかしこにからみつき、汚穢《おわい》にも清浄にも、移ろうものにも不滅のものにも、事物にも所有にも、たえず姿を現わす人間たちにも、ことばにも風土にもとりついて、くりかえし軽蔑されながらくりかえし生きぬかれてきたこの生だ。彼はこの生を濫用した、それを濫用することによってわれとわが身を乗りこえ、われとわが身の上に高まり、一切の限界をこえ、すべての時の制約をこえようとした、あたかも彼にとってはいかなる顚落もありえないかのように、時の中へ、現世の幽囚の中へ、被造物の運命の中へ帰還する必要はまったくないかのように、彼の前にはいかなる深淵も口をひらいてはいないかのように——

「赤ちゃん！」「おむつがぐっしょりだよ！」「糞ったれ！」「おいたの報いでおんぶのお帰りさ！」「おまるにまたがって浣腸でもしておもらいな！」哄笑がいたるところの窓から雨のように降りそそいだ——

——路地は女たちの嘲りで反響していたが、のがれることはできなかった。ただ一段一段と、きわめてゆるやかな前進——

——だが、今ここでいかにももっともな嘲りを彼にあびせかけ、彼の不毛な妄想を暴露したのは、そもそも女たちの声だったろうか？ここにひびきわたる声は、現世の女たちの声、現世の人間たちの声、狂気にとらわれた現世の被造物たちの声よりも強烈ではなかったろうか？いや、嘲るように彼を呼ぶのは時そのものだった、ありとある声の多様さをはらみ、時に、ただ時にのみ固有な吸引力のすべてをかき載せて滔々とあふれみなぎる、不変の時のながれだった。時が女たちの声に化身して、彼らの悪罵が彼の名をかき消すようにたくらんだのだ、名も魂も一切の歌も、歌にひそむ無時間の心のふるえも剝奪《はくだつ》されて、彼が名状しがたい夜と存在の腐植土の中へ帰入するように、消えうせた記憶の最後の残滓《ざんし》であるあのかぎりなく苛烈な恥辱を、彼がくじけた心の底に噛《か》みしめるようにとたくらんだのだ——

——何もかも知りつくしている時の声よ、逃亡の不可能とのがれえぬ運命の罠をめぐるその知識よ！　ああ、時の声は知っていた、彼もまた不易なるものからのがれえなかったのだということを、一隻の船があって、ありとある妄念《もうねん》にもかかわらず、ついに彼も乗船せねばならなかった、そしてその船が運命のままに彼を連れもどしたのだということを。ああ、時の声は被造物の洋々たるながれを知っていた、裸形の岸のあいだを裸形のままで、両岸の太初の粘土にふちどられてものうげに前進し、いかなる船の航行もなくいかなる植物の岸辺をかざることもなく、そのいずれもが明らかな妄念でありながら、しかも運命としての現実であり不可視の妄念の現実だった、そのようながれを知っていた。さらに時の声は知っていた、人はみな運命のさだめるままにふたたびこのながれに身を沈めねばならぬのだということを、この没入の場と、かつてそこから浮かびあがったつもりでいた場との区別は不可能だということを、なぜなら帰還は運命の環を閉じなくてはならないのだから——

——「ほらとっつかまえるぞ、こののろま、おたんちん！」と罵声がひびいた——

——しかもそれは女たちの声にすぎなかった。まるで彼がいうことをきかぬ悪たれ小僧だとでもいうかのように嘲る声だった、まやかしの自由をもとめた末、今こっそりと家へもどろうとしている子ども、というよりむしろ、危険さえともなうさまざまな紆余曲折を経て家へ連れもどさなくてはならなかった子どもだとでもいうかのように。災厄にみちたそのような行程のために、そう、ただそのためだけでも、彼はさんざんに罵倒されねばならなかったのだ。しかしこの、時の暗黒にみちあふれた母たちの重い声は、たとえ悪罵であったにしても、運命の道のかたちづくる円環が無の深淵を囲繞していることを知っていた、それはすべての絶望した者たち、道に迷った者たち、疲れた者たちを知っていた、時ならぬ行路の中断を強いられるやいなや、彼らがほどこすすべもなく中心の深淵に落下して行くのだということを知っていた——ああ、だれもが行路の中断を強いられていたのではなかったろうか？行路のはてまできわめつくすことのできた人間が、かつてひとりでもいたろうか？——そして荒れ狂う罵声の中には、かぎりない不安をはらんで、永遠の母の願いがいうにいわれぬ共鳴音をひびかせていた、どの子もみないつまでも生まれながらの裸でいてほしい、最初の隠れ場に裸で閉じこめられ、滔々とながれる大地の時の中に、被造物の大河の中に横たえられ、いわば運命もなしに、やさしく抱きあげられてはまたやさしくながれの中へ消えうせてほしいという母の願いが――

――「まる裸、まる裸だよおまえは、ほんとのあか裸だよ」――

――母からのがれることはできない――、何が先導者の少年に、この道を選ばせたのか？　もうどうにも手のうちようがないのではあるまいか？　母の呼び声に呪縛されて、もはや永遠に前進を禁ぜられたかのように、一行は停止した、身の毛もよだつ待機のうちに停止していた、だがそれにもかかわらず、またしても呪縛から解きはなたれると前進がはじまるのだった、一段一段と、貧民街の路地をよじ登りながら――

――では呼び声にこもる母の力は、永遠に拘束するには十分でないのか？　呪縛の圏内にとらえた者をふたたび放免せねばならないほど、その声の知識は不備な疎漏《そろう》なものだったのか？　おお、母の無力さよ、みずから誕生そのものである母は、まさにそれゆえに、再生についてては何ひとつ知らず、知ろうともせず、誕生が正当なものとなるためには再生を望まねばならぬということ、しかし誕生と再生と、この両者とも、もしそのかたわらで無が生じなかったとしたら、もしも無が終極の生殖力として永遠不変に両者の背後に立っていなかったとしたら、けっして生起しえないのだということを理解できないのだ、そう、声ならぬ声のささやきのうちに結ばれる、存在と非在とのこの解きがたい脈絡の中から、はじめてその本来の大いさにおいて時を超えたものがかがやき出るのだということ、それは母の理解にはあまることなのだ、時を超えたものとは人間の魂の自由であり、それがうたう永遠の歌にはもはやいかなるまやかしもなく、幻覚でもなければ傲慢でもない、しかしそれはそれとして、人間の運命を愚弄することは、人間の宿業の恐るべき壮麗さを愚弄することは許されない——

——おお、たえず新たに再生の道へとみちびかれるのは、人間にひそむ神の運命、神々の運命のうちに看取される人間性、神と人間との双方にとって動かしがたい宿命なのだ、今一度円環を踏破して、以後が以前となり、行路上のすべての地点が、一切の過去と一切の未来をおのれの内部に統合することを望むのは、神と人間との双方の心のうちに絶えることのない運命の希望なのだ、そのときすべての地点は一回かぎりの現在のひびかせる歌の中に静止し、完璧な自由の瞬間をおのが上にいただくであろう、人間が神に化する瞬間、無の時間ではあるが、それにもかかわらず万有をさながら時を超えた唯一の記憶のように包括する瞬間を——

——荒れ狂う災厄の路地はいつはてる模様もなかった、おそらく罵りや罪や呪いをことごとく吐きだしてしまうまではこの道に終りがあってはならなかったのだろう、いよいよ歩度をゆるめて一段一段を踏みしめながら、一行は通りぬけて行った――

――裸形の罪の暴露、裸形の真理の狂乱――

――おお、下降せねばならないという、神のうちにひそむ動かしがたい人間の運命よ、現世の幽囚のただなかへ、悪と罪のただなかへ下降して、まず現世において災厄がことごとく尽きはてること、まず現世において円環が完結し、きわめつくされぬ無を、きわめつくされぬ誕生の根源をめぐっていよいよかたく円環が閉じることを、それは願わなくてはならないのだ、いつの日か、神と人間がその使命を成就したとき、この根源はたちどころに万有の再生の場と化するであろう――

――おお、神のために欣然として道をきりひらかねばならないという、動かしがたくさだめられた人間の義務よ、それはもはや愚弄を許さぬものの道であり、神と人間が母の手をはなれ、相たずさえてその獲得に努力する、時を超えた再生の道である――

――だがここは、一段一段と階段を踏みしめて行く、貧民街の路地だった、ここには呪いの恐怖があった、貧困から吐きだされた正当な嘲りの恐怖があった、ああ、そして彼は、貧困に眼もくらみ、呪いに眼もくらみ、顔をひしと覆いかくしながら、しかも耳に聞こえてくるものをどうしようもなかったのだ。どうして彼はここへ連れてこられたのか？　円環を閉じる幸福が彼にはめぐまれなかったのだということを、まのあたりに思い知らなくてはならなかったのだろうか？　人生の弧をただ法外なまでに先へ先へと張りひろげるばかりで、中心にひそむ無を縮小するどころかむしろそれを拡大してしまったのだということを、彼はまざまざと見知らねばならなかったのか、そのような無限の仮象《かしょう》、無時間の仮象、孤独の仮象にまとわされて、めざす再生からは遠ざかるばかり、増大したのは顚落の危険ばかりだったということを見知らねばならなかったのか？　今ここに聞こえてくるのは警告だったのか？　それともすでに威嚇だったのか？　それとも、実は早くも終極的な顚落がおとずれていたのか？　あまりにもくりひろげすぎた彼の軌道の絶頂ははかない仮象の神聖さだった、おろかな惑いのうちに歓喜と陶酔へ、権力と栄光との大いなる体験へと道は進められたのだが、進める力は彼がおろかな惑いのうちにわが詩作、わが認識と名づけていたものだった、終りを知らぬ現在の強烈な記憶、終りを知らぬ神聖な幼時の恒常性を獲得するためには、ただ一切を確保しさえすればよいと思っていたのが彼の惑いだった。そして今、ほかならぬこのことが、幼稚な仮象の神聖さ、みだりがわしい神聖さへの野望としての正体を明らかにしたのだ、ありとある笑いに、女たちの裸形の哄笑、欺かれながらけっして欺かれおおせはしない母たちの哄笑にさらされていたのだ。母たちの看視からのがれるには彼は弱すぎた、しかしとりわけ弱かったのは幼稚な神々のたわむれにふけっているときだった。ああ、何ものも裸形の哄笑に対抗することはできない、こちらから笑い返してみたところで嘲りを耐えぬくことはできない、わずかに可能なことといえば、その前にわれとわが裸身を覆いかくすこと、あらわなわれとわが顔を覆いかくすことばかりなのだ、そして彼は顔を覆ったまま輿の中に身を横たえていた、ついに一行は、すべての障碍《しょうがい》に行く手をふさがれながらも一段一段と前進をつづけた末、文字どおり一切の予測に反して、この地獄の峡谷のような路地、地獄のような哄笑の広野から脱出したのだが、そのときもなお彼は顔をあげようとしなかった。輿のゆれかたがおだやかになったので、それまでより平坦な道を進んでいるのだということには気がついていた。

路地を抜けたからといって、もちろんうって変わって前進の速度が早くなるということはなかった。またしても一足ごとの牛の歩みで、ことによると前よりおそいくらいかもしれなかった。すぐそれと感じられたことだが、もう悪意にみちた妨害のせいではなくて、ここでは群衆がまた新たなにぎわいを見せていたから、しかも明らかにますます雑沓の度を増していたからだった。それはささやきや体臭や霧のように濃密になる体温からはっきりわかることだった。だが、貧民街の路地の物音の聞こえる範囲からはもう遠ざかっているのに、あいも変わらずあの甲高い罵声が耳の中で鳴りひびいているような気がした、まるで彼ばかりを目のかたきにして追いまわし、復讐の女神さながら彼を野獣のように狩りたてさいなむようにさえ思われた。それればかりかさらには、皇帝の祝祭の間近にまたたどりついたとみえて、あたりにわきたつ群衆の騒音は急速にたかまっていたのだが、路地の声はこの騒音とひとつになって、一切の歓喜、権力、陶酔のざわめきと同化した狩りの呵責《かしゃく》が、いささかも力を減ずることなしに持続するようにもくろんでいるのだとも思われた。内と外のおびただしい声はふせぎようがなかった、このはげしい呵責はほとんど彼を失神におとしいれんばかりだったのだが、その一方では、光も音と同様に容赦なく、たえがたいまでにさわがしくたえがたいまでにまばゆくなり、まだとざしたままの瞼《まぶた》を透して遠慮会釈もなく侵入し、有無をいわせずまばたきを強いたほどだった。瞼は最初不本意げにまばたきをためらったが、すぐさま大きく見ひらかれて、身の毛もよだつ光景をながめることになった。地獄の業火をさながらの赫灼《かくしゃく》たるかがやきが彼の面前にあった、そのかがやきは、群衆が頭と頭もふれあわんばかりにひしめきあって移動して行く、かなり広い通りの入り口からはなたれて、身も毛もよだつほどぎらぎらと眼の中にさしこみ、その場の一切の動きをとめどもなくながれ行く自己運動に化してしまう、いわば一種魔術的な光源だった。輿さえもその動きとひとつになって自己運動的にただよう、というよりむしろ押しながされるようなありさまで、もはや肩にになわれているとはいえないくらいの心地だった。一足ごとに、前へすべるように動くごとに、あの秘密にみち災厄をはらみ無意味で壮大な誘引力は、いよいよひしひしと感じとられるようになり、恐怖の度を加え、切迫し、執拗になり、心臓にいよいよ接近し、たかまりふくれあがりながらついに突如としてその全容を現わした、それは、泳ぐようにたかだかとただよいながら押しやられ、引かれ、になわれていた輿が、通りの出口にいつのまにか思いもかけずたどりついていた、ほかならぬその瞬間だった。というのも、今ここで、火を花環のようにめぐらし騒音にとりまかれ、光と音の織りなすいかなる翳りもなく、一切の影をうしなった光と騒音のくるめきのさなか、きらめく王宮がいきなり視野にはいってきたのだから。それはなかば邸宅なかば要塞風の建築で、冥界の火山から噴きあげるようなかがやきをあびながら、盾状に隆起したほぼ円形の広場の中央からそそり立っていた。この広場はありとある被造物の特性を集めてひとつに押しながす潮であり、凝結して形態と化し、また形態と化しながら泡だち煮えかえる人間の腐植土であり、きらめく眼ときらめくまなざしの、情欲に燃えさかり、影もなく赫灼とかがやく唯一の目標を凝然と見つめながら、そのほかの一切は眼にうつらぬも同然のまなざしの奔流であり、この炎々たる岸辺に燃え移ろうと虎視眈々としている人間の火の潮であった。松明の波に洗われ、逆らうすべもないほど誘惑的にそびえる城館が、逆らうすべもなく誘われて突き進み、あえぎ、足をふみ鳴らす大群衆に、大群の放《ほう》恣《し》なあこがれめいた意志に意味をあたえる目標であり、目標をめざして進む彼らの放恣な欲望の終着点であり、しかしまたほかならぬそのゆえに、恐怖を呼びおこし、陰鬱に散乱しながらけっしてしかと見さだめることのできない、謎めいた力の象徴でもあった。この動物たち、この人間たちのひとりびとりには理解するすべもない謎、ああ、あまりにも不可解なので、火の館に封じこめられてそこからかがやきをはなつこの強大な魅惑が、はたしていかなる意味をもつのかいかなる根拠をもつのかという疑念が、だれもの胸のうちに惻々《そくそく》とわきおこり答えを待望しながらかけめぐるほどの謎だった。そして、たとえだれひとりとして真実の答えをあたえることはできなかったにせよ、ほんのささやかな不十分な答えでさえ、待望をかなえるようにみえた、意識の救済、人間性と魂の救済、誇りかに告知する甲斐のある存在の救済となるように見えた——、「酒だ」という声が聞こえた、「ふるまい酒だ」「近衛兵だ」という声が、「皇帝のおことばがあるぞ」という声がした、突然だれかが息せききって叫んだ、「もう銭が撒かれているぞ！」それほどまでに城館は彼らに誘惑的な光を投げかけ、この大いなる誘惑が疑わしくならないように、彼らはわれとわが身をふるいおこし、たがいに激励のことばをあびせあうのだった、あこがれのめざす神秘の城壁のほとりでは確実に幻滅が待ちうけていたのだが、幻滅に対する不安が荒々しい欲求を、利益の分配にあずかろうとする熾烈なあこがれを萎えさせることのけっしてないように、彼らははげましあうのだった。それほど大きな希望に対してはいかにも安直な答え、安直な呼びかけ、安直な激励だったが、声があがるたびに群衆の中にひとつのはげしい衝撃がはしった、肉体をつらぬき魂をつらぬいて、牡牛のように猥褻《わいせつ》で逆らいがたく、共通の目標をめざして陰鬱に前進する、一団と化した咆哮と足踏み、炎々と燃えさかる無への前進また前進だった。そして群衆の頭上には、濛々たる松明の煙に覆われて、濃密な群衆の匂いがくすぶっていた、煙は燃えかがやき、息をすることも不可能なほど胸をつまらせ咳を誘いだした、濃い褐色の瘴気がいぎたなくたたみかさなり、不動の大気の中に層々と横たわっているのだった、ああ、これこそは、わかつこともつらぬき通すこともできぬ重い地獄の霧の層だった、地獄の霧のつくりなす被覆だった！　どこにも脱出孔はなかったのか？　のがれるすべはなかったか？　ああもどることができたら、船にもどってそこで静かに死ぬことができさえしたら！　少年はどこにいるのか?!　彼がもどる道を教えてくれるはずなのだが、教えてくれなくてはならないのだが！　だれがそれを決断すればよかったか?!　ああ、群衆とその運動の接目《はぎめ》にはさみこまれて、そこではもはや決断の余地はなかった、決断をもとめて呼ばわろうとする声は、もはや呼息と弁別することもできなかった、声は盲いたままだった！　そうするうちにも少年は、まるで沈黙の叫びが聞こえでもしたように、微笑を輿の上へ投げてよこした、朗らかな釈明にみち、朗らかな確信にみち、朗らかな慰めにみちた眼の微笑で、その慰めは、もうとうに一切の決断が無用になっていること、その場その場の決断がそのまま正当なものになるのだろう、ということを知らせていた、やがて目前に現われるものがどれほど恐怖をはらんでいたにしても、これは心を軽やかにはずませるに足ることだった。あたり一面は見わたすかぎり顔また顔、日常の、とはいえもちろんすでに極度に昂進《こうしん》した状態にある飲食の欲望にあふれた、日常の顔の波だった、そしてこの昂進状態は、さらにみずからをたかめながら、文字どおり彼岸的な情欲に、動物的な彼岸に化していた、一切の日常をはるかな背後におき捨てて、この彼岸は倏忽《しゅっこつ》の現在に燃えかがやく強大な目標よりほか何ひとつ知らず、はげしく目標にあこがれ、もとめ、いどみかかりながら、この現在という瞬間が群衆の生活全体のえがく環を守り、かなたの王宮のうちなるただひとりの存在の権力、神にひとしい高さ、偉大な自由、無限性に彼らをも参与させることを願っているのだった。断続的に、波のゆれるように、こまかくふるえ、はげしく緊張して、爆発的に、あえぎうめきながら群衆は前進した、さながらその動きは何かある弾力性をもった抵抗に突きあたっているかのようだったが、同じように断続的な逆波がこの動きを迎えているところを見ると、抵抗の存在は疑うすべもなかった。そしてこの強烈無残な前進後退のさなか、いたるところで、つまずき、踏みにじられ、傷ついた者たちの叫びが、さらには瀕死《ひんし》の重傷を負うた者の悲鳴さえもが聞こえてきたが、情け容赦もなく無視されあるいは嘲弄《ちょうろう》され、叫びがあがるたびごとにそれは歓呼する万歳にかき消され、荒れ狂うどよめきにおしひしがれ、ぱちぱちはぜる火に寸断されてしまうのだった。身の毛もよだつような現在がここに賭けられていた、無限に多様化し、群衆の咆哮からたかだかと投ぜられた、いわば群衆の現在、どよめきの中に顚落しながら同時にその中からまろび出る現在が、惑乱し正気を失った狂人たちによってたかく投げあげられ、魂の喪失ゆえに意味を剝奪され、しかも全体としては、すべての過去とすべての未来がその中に併呑《へいどん》されていたほどの意味の昂進状態にあって、一切の記憶の深みの擾乱《じょうらん》をおのがうちに受けいれ、もっともはるかな過去と未来をそのざわめきに秘めていたのだ！　おお、人間の多様性の偉大さよ、人間のあこがれの広闊《こうかつ》さよ！　そして覚醒のうちにただよいながら、咆哮する顔々の上にただようようになわれ、荒れ狂うブルンディシウムの歓呼の劫火の上にかかげられ、現在のただよう瞬間の中にさしだされながら、彼は、動かしがたい力がつくりなす環の中で、時の経過が無限に短縮されるのを感じた。すべては彼の所有となり、彼とひとつになり、彼に帰属した、あたかもすべてがそもそものはじめから彼に属していて、永遠の同時性をそなえていたのかと見えるほどだった。彼のまわりに燃えさかるのはトロイアだった、けっして消えることのない世界をつつむ劫火だった、そして彼、この火の上にただよう彼はアンキーセス（トロイアの王族。女神ウェヌスとのあいだにアエネーアスをもうける）だった、盲いていながら見る力をそなえ、かぎりない記憶によって同時に小児であり老人であり、息子の肩に負われていたアンキーセス、いや、アトラスの肩、巨人の肩に負われて、彼はほかならぬ世界の現前の相でさえあった。こうして一行は歩一歩と王宮に近づいて行った。

　王宮の近辺は一隊の警備兵によってぐるりとかこまれていた。槍を水平にかまえて立ちならんだ武装兵たちが、潮《うしお》のようにうちよせる群衆の襲撃を受けとめていたが、まさしくこれが、広場のはずれですでにそれと感じられたあの波だつ潮の逆流に、くりかえしあらわになっていた弾力的な抵抗の原因だった。警備兵の背後には近衛隊が儀仗兵《ぎじょうへい》の隊列を敷いていた、近衛隊がローマからここへ派遣されているということは、明らかに尋常一様の事態ではなかった。堂々たる巨軀《きょく》の見るも恐ろしげな近衛兵たちは、別に何をするでもなく、ただいつでも戦いに臨むことができるように態勢をととのえて、巡察兵をおき篝火《かがりび》をたき、酒保の天幕をひろびろと張りめぐらしていた。天幕からはいかにもいかがわしくまことしやかに、ふるまい酒の希望と芳香が立ちのぼる気配で、だれもがそれを疑いの余地なく確実なことと思いたがるのだった。ここまでは物見高い連中の視野にもはいったが、その奥をうかがうことはできなかった。そしてここが、さながら生死にかかわる一切の決断のように、生死の双方を包含する人生の一秒一秒のように、不気味に緊張して希望と幻滅とが相対峙《たいじ》して均衡をたもつ地点だった。火のまきおこす熱気が騒擾の上をかすめてすぎ、兜につけた高い羽毛飾りをかきみだし金色の鎧をきらめかしたとき、「さがれ！」と呼ばわる警備兵の冷ややかなしわがれ声が、おしよせる騒乱の群れに投げかけられたとき、ものに憑《つ》かれたようなこの狂躁は、細くするどく噴きだす焔《ほのお》をさながらに、息もつけぬ緊張状態に達した。かわいた唇をしきりに舌でなめまわしている顔々は、とげとげしい貪欲な表情を浮かべて、瞬時に明滅する不死の花火を凝視していた、時は今や危機の絶頂にあった。もっとも無秩序な状態にあったのはいうまでもなく王宮の玄関前で、それというのも、皇帝が奥へ入った後、彼をここまで警護しみちびいてきた二列の人垣が、無思慮にもすぐ解散してしまい、堰《せき》を切ったような混乱をもはや制止することもできなかったからだった。渦巻にとらえられでもしたように、秩序も掟《おきて》もあらばこそ、一切は粘液状の流れと化して、両側にすきまもなく松明をつらねさながら火を吐く口に似た王宮の門道に吸いこまれ、ながれこみ、停滞してはまた押しもどされて、叫び、歯がみし、凶暴化し、足を踏み鳴らし、欲望にたけり狂っていた。これは行宮《あんぐう》の前ではなくて、むしろ円形闘技場の入り口ではあるまいかと思われるほど、それほど雑沓と、入場制限に逆らってまきおこるいさかいは狂気じみており、なんの権能ももたない連中が、警吏たちを瞞着《まんちゃく》し押しのけようとしてつくす手練手管は多彩をきわめ、権能をもった者たちの叫び声は激烈だった。しかしこの連中に権能があるとはだれも信じなかった、あるいは、不当に長く待たされるのは彼らのせいだと信じられていた。そこへもってきて、あの年老いた皇帝の従者、彼の随行の利点は今ここではじめて明らかになったのだが、あの従者の一言ですぐさま一行が門内に通されたとき、身分がないばかりに煩瑣《はんさ》な入門手続きに拘束されている者たちの怒りは、たちまち沸騰点に達した。自分たちがあとまわしにされたのを彼らは侮辱と感じた、彼らは人間にかかわるすべてのもの、人間のおこなう一切の処置が侮蔑に値するものだと感じた。ひとりの人間が例外扱いを受けた、それを受ける資格があったということで、とっさに彼らはそのように感じたのだが、それが死に瀕した病人と死とのために設けられた例外にすぎなかったのだということは、この場合いささかも問題にならなかった。隣の人間に対して侮蔑感をいだかなかった者はひとりとしていなかった、たえずくりかえし開いては閉じる、名づけるすべもないこの侮蔑の雑沓のさなかで、人間は人間性に到達することはできないのだという意識が、みずからに賦与された品位を人間はけっしてわがものとすることはできないのではないかという不安が、おぼろげにただよっていた。門道の狭い熱気をはらんだ渦の中で、侮蔑と侮蔑が火花を散らしていた。だから、その背後の中庭にたどりつき、渦巻く欲望の戦いから、地獄のように強烈な色彩をはなつ光の渦からようやくのがれでたとき、彼が、路地でも広場でも執拗につけまわしていた罵声から完全にまぬかれたと思ったとしても、すこしのふしぎもないことだった、そのときの心のくつろぎは、船酔いがおさまったときに味わったそれとほとんど同じものだった、といっても、彼が今上陸した地点は、どう見ても憩いの場には似つかわしくなく、むしろこの中庭は混乱のため張り裂けんばかりになっていたのだが。しかしいずれにせよ、それは見せかけの混乱にすぎなかった。この種の事態には慣れっこになっていた皇帝の従者たちは鉄の規律をいささかも弛《ゆる》めていなかった。賓客名簿を手にした廷臣のひとりが、新来者をむかえるためにそそくさと歩みよると、案内役の従者が耳うちする彼の名を平静な面持ちで聞きとり、聞きとった名前を平静に名簿から抹消した、高名な詩人の出むかえとしては無礼としかいいようがないほど平静で無関心だった、従者の申し立てを確認し強調しなければならないと彼が感じたほど、無礼だった。

「そう、プブリウス・ウェルギリウス・マロ、それがわたしの名前だ」と彼はいって、このことばに対してさえ、鄭重《ていちょう》なしぐさながらあっさりと、無関心の度合いでは先ほどにもおさおさ劣らない会釈が返されたにすぎず、口をだしてくれるものと期待していた少年さえ一言もいわず、ただ従順に随行してくるだけなのを見たとき、腹の煮えかえるような思いをした。一行は廷臣の合図に応じて、今は列柱にかこまれた第二の中庭にむかって移動して行くのだった。もちろん憤懣《ふんまん》は長つづきせず、今はまぎれもなく新来者の身のまわりをひたしはじめた静けさの前に消えて行った。噴水のさざめきを別にすれば完全な静寂に支配されているといってもよいこの中庭に輿はかつぎこまれ、皇帝が賓客の宿泊用に指定しておいた館の前におろされた。玄関にはすでにここの奴隷たちが出むかえており、輿をかついできた人足たちはもう用はないとばかりに追いかえされた。少年も同じことだった。外套が彼の手からとりあげられ、それでも彼がいっかな立ち去ろうとせず、ただ微笑を浮かべているばかりだったので、廷臣は一喝した、「何をぼやぼやしている？　とっとと出て行け！」少年は依然としてその場を動かなかった、愛嬌《あいきょう》たっぷりの、いたずら小僧のような顔つきで、微笑も依然としてそこから消えうせなかった、おそらく、かくも不作法な形で先導に謝意が表されたからか、それとも、労苦が水泡に帰したことを心の底で思いしめていたからか。その労苦を考えれば、この場から彼を遠ざけることなど、到底できるはずのものではなかったのに。だがしかし——少年がこの場を動かないとして、それになんらかの意味があったろうか？　そもそもそれは願わしいことだったか？　この少年を相手にして彼が、孤独を切にもとめる疲労したひとりの病者が、今さら何をはじめたらいいというのか?!　しかも、ひとりでいなくてはならないと思うと、なんという奇妙な不安がきざすことか！　若い先導者を今は手放さねばならぬと思うと、なんという奇妙な不安にとらえられることか！——「わたしの書記だ」と彼はいった、ほとんどわが意に反して口をついたことばだった、彼のうちにひそむ何か見も知らぬ存在が声をだしたかのよう、見も知らぬ、それでいてふしぎに親しい、彼自身のそれよりさらに大きな意志、意志を持たぬ意志、しかも逆らうすべもなく強大な力、夜、それが彼の内部から語りでたかのようだった。夜の中から伸びひろがる、ひそやかな強大な欲求。ひそやかな庭、ひそやかな花の吐息、ひそやかにさざめく二基の噴泉。秋というのにさながら春の宵めいて、暗くかすかな、ひそやかに湿《うるお》いを含んだ匂いが、花壇の上に冷たくこまやかにただよい、その匂いにまじって、ほのかにたなびく薄紗のように前の家から音楽がながれよせ、近づくかと思えばまたはるかに遠ざかるのだった、楽の音の織りなす薄紗の一ひら一ひらに、シンバルのひびきが点々と刺繍《ししゅう》され、かなたの屋内の饗宴からあふれしたたる人声の灰白色の狭霧が、たたみ重なる薄紗をふかぶかとひたしていた。かしこでは耳をつんざくばかりに鳴りひびき閃光をはなつ騒音が、ここではただなよやかな音の霧となり、巨大な夜の空間のさなかにさらさらと鳴っては消えて行くのだった。中庭の上に張りわたされた四角形の空にはまた星影がうつった、息づくようにまたたく光を投げながら、その下をながれる濛々たる煙に見えかくれしていた。しかしこの煙さえなよやかにざわめく音の霧にくまなくひたされて、中庭にみちあふれ万物を覆いつつみながらただよい消える霧のつぶやきに加担していたのだ、物と匂いと音はひとつに溶けあい、大空の夜の静寂の中へ立ちのぼり、そしてかなたの囲壁のほとりには、堅い靭皮《じんぴ》状の幹をおぼろにかがやかせ、軒の高さにまで亭々とそびえながら、黒い扇にも似た凝然たる苛酷と拒否のたたずまいを見せて、棕櫚《しゅろ》の木が立っていた、この木もまた夜を重く載せているのだった。

おお、星よ、おお、夜よ！　おお、今は夜、ようやくにして訪れた夜だった！　痛む胸に彼がふかぶかと吸いこんだのは、夜の音がかもしだす深く湿った暗黒の息吹きだった。だが、いつまでもその場に滞留しているわけには行かなかった、輿から下りる身仕度をととのえなくてはならなかった。船では煩わしい例の医師をわざわざさしむけてくれた皇帝の心づかいが、ここにまで行き届いていないことが、彼がどれほど衰弱しているか明らかにだれひとりとして知らないことが、いささか不愉快に感じられた。『アエネーイス』の行李はもう館の中にはこびこまれてしまったので、急いで後を追う必要があった。「ちょっと、手を貸してくれ」と少年に呼びかけながら彼はからだをおこし、少年の肩にすがって入り口の階段を二、三段のぼろうとした。しかしいうまでもなく、心臓も肺も膝も意のままにならず、自分の力を過信したのだと彼が気づくまでに時間はかからなかった。ふたりの奴隷が彼をかつぎあげねばならなかった。賓客名簿の巻き物をまるで指揮杖のように腰にあてがった、あの冷ややかな廷臣を前に立て、荷物を持った奴隷たちのみだれた足どりを後に従えて、四階まではこばれた。すでに用意のととのった風通しのよい客間に到着したとき、その部屋が王宮の西南角の塔状をなした一画にあるのだということはすぐにわかった。町の家並みよりはるか上にある開けはなった円形アーチの窓を通して、涼しい微風がそよぎ、忘れた陸と忘れた海への涼しい追憶がそよぎ、海と大地のかおりを載せて夜の微風が室内にそよいだ。部屋の中央の花綵《はなづな》にかざられた枝の多い燭台には、蠟燭の焔が風をうけて斜めにゆらぎ、壁龕《へきがん》に設けられた噴泉からは、しなやかな薄紗の扇のように吹きあげる水が、噴泉の上部の大理石の小階をあふれてしたたり落ち、蚊帳の下にはベッドがしつらえられ、その隣のテーブルの上には食事と酒の用意がされてあった。何ひとつ不足なものはなかった、出窓のそばには展望用の安楽椅子があり、部屋の隅には召使のための腰掛けがあった。荷物は手にとりやすいように積みかさねられ、草稿を納めた行李はとくに命じてベッドのわきに移された、何もかも、病人にとっては申し分ないほどいたれりつくせりの手筈で、物音ひとつさせずことがはこばれた。しかしいうまでもなく、これはもうアウグストゥスの力ではなかった。一点非のうちどころなく運行する巨大な宮廷組織のお座なりの配慮にすぎなかった、そこにはこまやかな心づかいが欠けていた。あたえられるものを黙って受けとり容認するよりほかすべはなかった、病気がそうするようにと強いるのだった、病気の強制、不快な、苦々しい思いを生む強制だった。しかもこの憤懣は、肉体の衰弱それ自体にむかうより、むしろアウグストゥスにむけられたのだが、それというのも明らかに、一切の感謝の念をかならずうち砕いてしまう才能を、皇帝がそなえていたからだった。アウグストゥスに対する憤懣——それはそもそものはじめから存在していたのではなかったか？　たしかに、一切は彼の恩恵をこうむっていた、平和も秩序も、一身の安全も。ほかのだれにもそれを成就することはできなかったろう、もし彼のかわりにアントニウスが覇権をにぎったとしたら、ローマはけっして平和を回復することはなかっただろう、たしかにそれはその通り、しかも、そう、しかも！　しかもこの人物に対する不信は消えなかった、すでに四十路の坂をこえながら、実はいささかも老いず、二十五歳このかたすこしも変わらぬ男、いつも同じ早熟な如才なさと狡猾《こうかつ》さで、昔に変わらず今も政治の糸を練達の手中にあやつる男――一切をその恩恵に負うている、この年をとりすぎた青年への苦々しい不信の念は、まったくいわれのないものだったろうか？　彼をきわだたせていた特徴は、如才ない円滑さ以外の何ものでもなかった、なめらかな美貌、なめらかな親切、その親切を友情と思いたいのは山々だったが、どう見ても友情ではなく、いつもただ利己的な目標をめざす手段にすぎなかった、そしてだれもが彼の術中に陥った、なめらかな罠にかかったのだ！　さてそれも一段落、するとまたしてもこの友情めかした虚偽瞞着――だがまたどういうわけでこの偽善者が、ひとりの病人をおのが隊伍に加え、イタリアへ引きもどすことを固執したのか？　ああ、ここに横たわるよりは、船の上で死んでしまったほうがまだましだったろう。一点非のうちどころない、このなめらかな宮廷機構のさなかにすべもなく身を横たえるよりは。あまりにも完璧な機構、そしてかなたの皇帝の祝祭の場では、きらめき鳴りひびく灯と音楽のもとで、奇怪な青年皇帝がにぎにぎしく祝われていた。はるかな異様なとどろきと化して、放埒《ほうらつ》にふくれあがってはまた低まりながら、その騒音はかなたから押しよせ、夜の大気をかき濁すのだった。

しかし夜の大気の中ではすべてがひとつに化していた、祝祭のどよめきと山の静けさと海のかがよい、過去、現在、そして未来、そのおのおのが他者の中へながれこみ、ひとつに溶けあっていた——彼は今一度アンデスに帰ることを許されるのだろうか？　ここはブルンディシウム、家々は櫛比《しっぴ》し街路には煌々《こうこう》たる灯がともり、出窓の下に遠くひろがっている、その出窓の前に彼はわが身をはこばせ、安楽椅子に腰をおろしていたのだが、ここは、ブルンディシウムにすぎなかった。そして彼は夜の中に耳をすませ、はるかな過去へ、甘い死のおとずれるはずだったかしこへと耳をかたむけた。いや、彼はここへくるべきではなかったのだ、何よりもこの、友誼《ゆうぎ》の影もなく鄭重にしつらえられた客間にくるべきではなかったのだ。斜めに風をうけて燃える燭台の蠟燭には、どれもその片側に燭涙《しょくるい》が一滴また一滴としたたり落ちて付着し、ぎざぎざの蠟の桟《かけはし》がたちまちうずたかくなって行った。

「御前……」廷臣が彼の前に立っていた。

「もう用はない」

廷臣は少年を指さした。「あの者を宿らせねばなりますまいか？　その心づもりはいたしてございませんでしたが……」

なるほど、この不快な男のいう通りだった。あらかじめ心づもりしておいたことではなかった。

「けれどもしあの者をおそばに侍《はべ》らすことがお望みでございましたら、御前、何をおいてもすぐお心のままにとりはかろう所存でございますが……」

「その必要はない……あれは町へ出かけるでしょう」

「それに、ここにおります男が」――「廷臣は奴隷たちのうちのひとりを指した――「終夜隣室に控えて、ご用命をお待ち申しあげるはずでございます」

「結構……格別呼びたてることもないと思うが」

「ではご免をこうむりまして……」

「どうぞ」

いたれりつくせりの手筈もすでに度をすぎていた。いらいらと手をよじり、いらいらと印章指環をまわしながら、彼はこの冷ややかな職務熱心な男が、配下の者たちといっしょに部屋を出て行く瞬間を待ちこがれていた、しかしようやく一同が退出したとき、予期に反して、廷臣が指さしたあの奴隷、厳粛な従僕ふうの顔つきをした、東洋人らしく鼻の大きい男だったが、あの奴隷だけはみなといっしょに出て行かず、まるでそういいつけられでもしたかのように、戸口の前に立ちどまっていた。

「あの男をお帰しなさい」と少年がいった。

奴隷がたずねた、「日の出の刻にお起こし申せばよろしゅうございましょうか?」

「日の出の刻に? どうして?」その一瞬、夜だというのに、太陽が空から消えうせたのではないような気がした、いかにも西方の境域に身をひそめてはいるが、しかも変わらずそこにあるような気がした、夜をしのぎ、夜を圧服し、わが身を子宮に宿していたその母よりも強大なヘリオスが。

それにもかかわらず、下命を待ちうけている奴隷には、彼は、こう答えねばならなかった、

「起こさないでよろしい。わたしは眼をさましているだろうから……」

答えが聞こえなかったのか、思わずそう考えたくなるほどだった。男は一足も動かなかった。これはどうしたことか? どういう了見なのか? 起こしてもらわない人間には新たな一日は明けない、とでもいうつもりなのか? 今は夜だった、母のようにおだやかな夜、やさしいその息吹き、この夜が永遠につづくことを思いえがくばかりでも、心はほのかなやさしさに包まれるのだった。いや、この奴隷には閉口だ、呼び起こされるおそれはもとよりだ

が、そもそもこの男自体にご免こうむりたかった、「もう休んでもらいたい……」

「ようやくすみました」と、奴隷が部屋を出て背後に扉を閉じたとき、少年がいった。

「ようやくすんだ、まったく……だが今度はおまえのことだが、小さな案内者よ……いったいおまえは、ここでまだなんの用があるのだね？　何か願いごとでもあるのかな？　もしそうならなんなりとかなえてやりたいが……」

小さな案内者はひろげた両足をふまえて立っていた、まるまるとしていささか無骨な、残念ながらどちらかといえば醜いといわざるをえない農家の若者の顔をわずかに伏せ、もちろん幾分感情を害して、下唇を突きだすとどもりがちにこういった、「わたくしも、おそばから遠ざける、おつもりのようですが……」

「ほかの者たちは帰ってもらったが、おまえを行かせはしなかったよ……ただ、ものをたずねているだけなのだ……」

「わたくしを、おそばから遠ざけてはいけません……」しわがれてかすかな少年の声はなじみ深げにひびいた、その独特の農夫めいたひびきはほとんど故郷をしのばせるほどだった。その声はさながら、はるかな、思いだすこともできぬ黙契のようだった、きわめるすべもなくはるかな、母にも似た過去の中でかわされた黙契、少年のつぶらな眼のかがやきは、彼がこの黙契を心得ているしるしだった。

「おまえをお払い箱にしようと思ったわけではないのだよ、だが、みなと同様に、おまえも皇帝のお祝いに行きたかろうと思ったものだから……」

「お祝いなぞ、わたくしにはどうでもいいのです」

「男の子はだれでもお祭りさわぎが好きなものだ、そうだといって何も恥ずかしがることはあるまいよ、おまえの案内に対するわたしの感謝の気持ちが、それで弱まるというわけのものでもなし……」

両手をうしろに組みあわせて、少年はちょっと眼のやり場に困ったようなようすだった、

「でも、行きたくないのです」

「おまえの年ごろだったら、わたしはきっと出かけたと思うね、いや、足腰さえたしかなら、今日だって出かけるかもしれない、だがもしおまえがわたしのかわりに行ってくれるなら、わたしは自分がお祝いに参加したような気持ちになることだろう……さまおもしろくあだびとの姿にまぎれ……ごらん、ここに花がある、これで花環を編んで、かぶって行くがよい、きっとおまえはアウグストゥスのお気に召すだろう」

「行きたくないのです」

「それは残念だ……いったいどうしたいのだね？」

「ここで、おそばにいたいのです」

祝宴の場に少年をまぎれこませ、アウグストゥスにお目通りさせようという空想は消えうせた。「わたしのそばにいたいのか……」

「いつまでも」

永遠につづく夜、母がこの夜を支配し、子は不易なるもののさなかにまどろみ、闇から闇へと暗黒のまどろみをつづける、おお、動かすすべもない甘美な永遠。

「だれをさがしているのかね？」

「あなたを」

少年はまちがっている。われわれがさがしているものはかなたへ沈み消えてしまった、われわれはそれをさがしてはならないのだ、というのも、それは姿を見せずにわれわれをただ嘲るばかりなのだから。

「いや、わたしの小さな案内者よ、おまえはわたしを案内してはくれた、だがわたしをさがしていたのではないはずだ」

「あなたの道はわたくしの道です」

「どこからきたのかね？」

「あなたはエピルスで船にお乗りになりました」

「そこからわたしといっしょに？」

微笑がこの問いを肯定した。

「エピルスから、ギリシャから……だが、おまえが口にしているのはマントゥアのことばではないか」

少年はふたたび微笑した。「あなたのことばです」

「わたしの母のことばだ」

「そのことばがあなたのお口の中で歌になったのです」

歌――人間界の一切をこえて、われとみずからをうたう天上の大気。「船の上でうたっていたのはおまえだったのか？」

「わたくしは聞いておりました」

おお、夜をつらぬいて鳴りわたる、母のような夜の歌よ、遠い昔にひびきはじめ、夜が明けるごとにさがしもとめられる歌よ。「今のおまえぐらいの年ごろだった、いや、もう少し若かったかもしれない、わたしが詩を書きはじめたのは。まったく、何もかもごたまぜの代物だったが……そう、あのころはそうだった、わたしは自分を見つけなくてはならなかったのだ……母はもうこの世にいなかった、ただ母の声のひびきだけは記憶に残っていた……もう一度聞くが、だれをおまえはさがしているのかね？」

「あなたがもうなさったのに、わたくしが改めてさがす必要はありません」

「ではわたしはおまえの代理なのかね、おまえはわたしのかわりにお祝いに出かけてくれないというのに？　ところで、わたしがしたと同じように、おまえも詩を書いているのだろうね？」

親しげな少年の顔に、いたずらっぽい否定の表情が現われた。鼻のつけ根のあたりに雀斑《そばかす》がひろがっているのも、いかにもなつかしい感じだった。

「では詩は書いていない……わたしはもうとうから疑っていたのだよ、おまえが、自分の書いた詩や芝居をわたしに読んで聞かせようとする連中のひとりではあるまいかとね……」

少年にはなんのことかわからぬらしかった、そうでなければ、彼のことばを少しも気にかけなかったのだ。「あなたの道は詩です、けれどあなたの目標は詩のかなたにあるのです……」

目標は闇のかなた、母に守られた過去の広野のかなたにあった。目標などと口にしようと、少年にわかることではなかった、それを理解するには彼は若すぎた、案内はしてくれたが、目標のためではなかった。「いずれにせよ、おまえがわたしのところへきたのは、わたしが詩人だからだろう……ちがうかね？」

「あなたはウェルギリウスです」

「それはそうだ……そういえばおまえは、あの下の船着き場で、みなにむかってそのことを大声でどなっていたっけね」

「でもあまり役には立ちませんでした」少年は顔に陽気な表情を浮かべたまま、眼をぱちくりさせ、いかにも滑稽に鼻に皺をよせた、鼻のつけ根にひろがる雀斑の帯はちぢんでおびただしい小さな皺になり、白くきれいにならんだ非常に丈夫な歯がむきだしになって、蠟燭の灯影にきらきらと光った。下の広場で詩人ウェルギリウスのために道をひらこうとした、そのときとまったく同じ陽気さ、遠い過去からつたわるそれと同じ朗らかさだった。

何ものかが語れと強いた、たとえ少年に理解できなかろうと語れと強いた、「名前とは衣服のようなもので、わたしたちのものではないのだ。名前の下でわたしたちは裸だ、父親が床から抱きあげてこれから名前をつけようとする子どもより、もっと裸なのだ。わたしたちが名前を実在でみたせばみたすほど、それはわたしたちから疎くなる、ひとりだちした存在になる。そしてわたしたち自身はいよいよ孤独になる。わたしたちにつけられている名前は借り物、わたしたちが口にはこぶパンも借り物、そもそもわたしたち自体が、裸のまま気疎《けうと》い世界の中へ押しこまれた借り物なのだ、ただ、一切のきらびやかな借り物をかなぐり捨てた人間だけが、目標を眼にすることができる、目標へと呼ばれ、ついには自分自身の名前と合一することができる」

「あなたはウェルギリウスです」

「かつてはそうだった。ことによったら、またそうなるかもしれない」

「まだそうではない、でも、もうそうなのです」少年の唇から、まるで確認するようにこのことばが洩《も》れた。

それは慰めのことばだった、もちろん子どもにも贈ることができる程度の慰めで、十分なものではなかった。

「これは借り物の名前のための家だ……なぜおまえはわたしをここへ連れてきたのだね？これは来客用の家なのだ」

またしても黙契の微笑が顔に浮かんだ、無邪気でいたずらっぽく、しかもかぎりなく大きい、いわば無時間の親密さにひたされた微笑だった、「わたくしはあなたのおそばに参ったのです」

　すると奇妙なことに、もうこの答えで十分だった、まるでそれがあますところない慰めでもあるかのように、しかもこれはその次の質問にさえぴったりあてはまる答えだった。次の質問とは、おそらくさらに奇妙なことだが、「おまえはアンデスからきたのか？　わたしをアンデスへ連れて行ってくれるのか？」ということになるはずだった、そののっぴきならぬ意味においてもいかにも奇妙だった。この問いをほんとうに口にだしていったのかどうか、彼にはわからなかった。ただ自分がその答えを聞きたくないこと、はいという答えもいいえという答えも聞きたくないことだけはわかっていた、というのも、この少年はアンデス生まれであってはならなかったし、他国の生まれであってもならなかったのだから。アンデス生まれだとしたらあまりにも驚くべきことだし、そうでなければあまりにも無意味なことだったろう。いや、答えはいらなかった。答えがなかったのはいいことだった。しかし少年をこの場にとどめておきたいという願いは法外に大きかった、呼吸したいという願い、息づきながら休息と予感の領域へわけいりたいという願いは切実だった、ああ、願望はそれ自体予感だったのだ。やわらかな微風をうけて蠟燭は斜めにゆれていた、風は冷たくやさしく力強いあこがれのようにながれこみながれ行き、夜の中からおとずれ夜の中へ去って行くのだった。

ベッドのそばにある銀の吊《つ》りランプは、長い鎖のさきでかすかにゆれ、窓の外では甍々《いらか》をこえて町の熱気が小きざみにふるえながら消えて行った。濃紺と黒と不可解に波うつものの世界の中で紫色にかがやきながら、紫色に溶けて行くのだった。

呼吸、休息、待機、沈黙。夜の中からおとずれ夜の中へそそぎいりながら、沈黙が潮のようにながれていた、その沈黙を彼がやぶるまでにはかなりの時間が経っていた。「おいで、わたしのそばにおすわり」といって、彼は少年を呼びよせた、しかし少年が彼のかたわらにきてうずくまったときも、まだ沈黙はつづいていた、ふたりは沈黙につつまれて、黙然とした夜にふかぶかと身をひたしていた。はるかかなたから狂躁のひびきがつたわってきた、昂奮しきった見物の群衆が荒れ狂い、祝宴の騒擾が荒れ狂い、被造物の運命がわきかえっていた。冥界のように陰暗に、まぬかれるすべもなく、誘惑の手をさしのべ、淫奔《いんぽん》でありながら逆らいがたく、凶暴でありながら同時に飽満し、盲目でありながら凝視する被造物の運命——群衆は足を踏み鳴らし、松明と篝火との影のないいつわりの光の中で、無の災厄をはらんだ奈落へとつき進んでいた。もしこの狂躁の中にさえ——耳をすましているにつれて、いよいよはっきり聞きとれるようになったのだが——そう、この狂躁の中にさえ沈黙の歌がひそんでいなかったとしたら、群衆はほとんど救いがたい、済度《さいど》しがたい存在と化していただろう。沈黙の歌はもう前からその中に含まれていた、いや、いつも変わらず存在していたのだ、沈黙の鐘のひびきがたかまっては夜の青銅のひびきとなり、あらゆる人間群のひびきとなるのだった、群衆の夜はかすかにうたい、大いなる眠りのうちで群衆は深く息をついた。存在の腐植土の奥底に、ざわめく影につつまれ幼時にひそみかくれ、運命から解きはなたれ偶然から解きはなたれ、いかなる猥雑からもまぬかれて夜が住まいしている。その中から、夜の精気のざわめきにくまなくひたされ、眠りによって受胎し、ありとあるやさしさの泉に永遠の実りを約束されて、被造物が芽をふきだす、名状しがたくもつれあいたがいに同化しあいながら、植物と動物と人間が夜の中から芽をふき、たがいに影を投げかけあう、というのも、帰還の呪いが眠りの祝福のうちにひそんでいるのだから、そしてこの被造物とは、存在のやさしい覆い、無の上にくりひろげられた無の夢なのだ。

おお、地上のものよ！　瀬気の世界と夜の世界はたえまなく息づき、深い影とめくるめくかがやきとの二重の誘惑のあいだにただよい、みちてはひきながら移ろう時は、時を止揚するふたつの極、すなわち動物の無時間と神の無時間とのあいだにいつも変わることなく張りわたされている——おお地上のもののすべての脈管の中で、大地から芽ぐんだすべてのものの中で、夜が上昇する、たえまなく覚醒と意識に変化しながら、同時に内部と外部となり、無形姿の存在を暗黒にみち影をひそめた形体へと形づくる、そして無と存在のあいだに、このようなただよいを経ながら、世界は暗黒と光に化する、影と光の中にその姿を浮かびあがらせる。あるいはかすかにあるいは音高く、しかしけっして消えさることはなく、たえず魂の中で夜の鐘がひびきわたる、群衆の鐘の音、光りかがやく明るさの中でものみなをふるわす、白昼の獅子の咆哮、被造物を嚥みこむ黄金の嵐が――おお、人間の認識よ、まだ認識とはいえず、もはや知恵ではなく、存在の腐植土から、生の根源から、母たちの知恵から萌《も》えあがり、かがやきのかなた、生のかなたの身の毛もよだつ明るさへ、燃えるような父の認識へ、寒冷の気へとたかまり行く認識よ、おお、根づくすべもなく永遠にゆれ動き、上にも下にも所をさだめず、夜と星との薄明の境界にいつまでもただよいつづける人間の認識よ、星々のかがよう境界の国にほっと息づく呼吸、夜の群衆の生と光輝にひたされた孤独の死とのあいだに、沈黙とふたたび沈黙に帰り行くことばとのあいだに息づく呼吸よ。大地のものはすべて眠りを捨てさることはできない、そして眠りの中にひそむ夜をけっして忘れぬ者のみが、円環を閉じることができる、時を知らぬ発端から時を知らぬ終末へと帰還し、たえず新たに循環を開始することができる、彼みずからはながれてやまぬ時の中の星辰《せいしん》となり、薄明から立ちのぼり薄明に消え、闇に溶け入る明るい昼に宿されて、夜を秘めた昼にはらまれて、夜の中からくりかえし生まれでてくるのだ。そう、夜はこうだった、彼の生涯のすべての夜、さすらいの夜、めざめ明かした夜、下からおびやかす喪神《そうしん》への不安にみち、上を領する影のない明るさへの不安にみちていた夜、パン（夜と暗黒を支配する神でもある）に不忠をはたらくのではないかという不安、二重の無時間の危険を知るゆえの不安にみちみちていた夜、そう、あの夜々はこうだった、二重の別離の閾《しきい》に釘《くぎ》づけにされた、変えるすべもない不動の宇宙の眠りの夜々だった。広場にも路地にも酒場にも、いたるところの町々に劫初からどう変えようもないたたずまいで、ありとある時のはるけさから聞きとりがたいひびきをつたえ、しかもそれゆえにまたひときわ強烈な印象をあたえながら、人間たちが荒れ狂っていた、だが、これも眠りのひとつにほかならなかった、いたるところの宴席で、松明と音楽のとよもすさなか、おびただしい顔から笑いをあびせられ、おびただしい肉体の切願の的となり、みずからも微笑を浮かべ切願しながら、世界の権力者たちが祝福をうけていた、だが、これも眠りのひとつにほかならなかった、篝火は城館の前ばかりではなく、はるかな戦地にも、国境にも、くろぐろとした夜の河のほとりにも、夜気をはらんでざわめく森のはずれにも、闇から現われた蕃族《ばんぞく》のけたたましい雄叫《おたけ》びのあいだにも燃えていた、だが、これも眠りのひとつにほかならなかった、はてしない眠り、悪臭をはなつ洞窟の中で、覚醒の最後の残滓もふるい捨てようとばかりに眠りこける裸の老人たちのそれのような、誕生の悲惨から未来の生活のおぼろな覚醒へと、夢みることもなくしかも夢見心地にわけ入って行く乳呑み児たちの、それのような、無感覚な蛆虫《うじむし》をさながら船腹のベンチや船板や帆綱の上にのびている、鎖につながれた一群の奴隷たちのそれのような眠り、はてしない眠り、はてしない群衆、それは平原にやすらう夜の丘のはるかなつらなりにも似て、識別するすべもない原初の土壌からたかまり、不動の母の国へと沈みこむ、まだ時間からはなれたわけではないが、しかも大地の夜ごとに無時間の世界を新たに生みだす恒常の反復の中へと沈み入る。そう、夜はこうだった、今もなおこの通り、この今の夜もこの通りだった、おそらく未来永劫にわたって、夜は無時間と時間とのわかれる絶頂に、別離と帰還との、群衆の中への没入とかぎりない孤独との、不安と救済とのいやはての境界に横たわっている、そして彼はこの境界に封じこめられ、夜ごとこの境界で、夜のへりの微光をあび世界のへりの薄明に閉ざされて、眼もうちかすみながら待ちうけていたのだ。眠りがいかにおとずれるか、その消息に通じていた、その彼が不動の存在の中へとたかめられ、みずからひとつの形姿となると、さかしまに上方の詩の圏内に落ちこんだ、地上の認識という中間の境域へ、母たちと知恵と詩との中間世界へ、夢の中へと落ちこんだ、その夢はおよそ夢なるもののかなたへ超えて、再生に接していた、逃亡するわれらの目標、詩にふれているのだった。

逃亡、おお、逃亡！　おお夜よ、詩の刻限よ。なぜなら詩とは薄明の中で眼をこらして待ちうけることなのだから、詩とは薄明を予感する深淵、閾のほとりの待機、連帯にして同時に孤独、交合にしてまた交合への恐れでもあるのだから、交合においても淫奔ではなく、眠りに落ちた群衆の夢のように淫奔の影もとどめず、しかもそのような淫奔を恐れているのだから。そう、詩とは待つことだ、まだ出発ではない、しかも永遠の別離なのだ。彼は自分の膝に、うずくまった少年の肩がそれと気づかれぬほどそっとふれるのを感じた。少年の顔は見えなかったが、それがわれとわが影の中にふかぶかと沈みこんでいるさまは感じとられた。もつれた黒い髪に蠟燭の光がたわむれているのを眼にしながら、彼はあのおそろしい、幸福なまた不幸な一夜のことを思い浮かべた、その夜彼は運命の駆りたてるままに、愛に心を燃やし切なくあこがれて、プロティア・ヒエリアのもとをおとずれ、うずくまったまま冬のようにひしと閉じ、冬のように待ちこがれている彼女に、ただ詩を読んで聞かせたばかりだった——、それは魔術をあやつる女の歌、アシニウス・ポルリオの願いと委託に応じてつくられたあの歌（『牧歌』第八歌）だったが、もしプロティアへの思いが、女性へのあこがれと不安な希求がそこにまつわっていなかったとしたら、けっしてそれほどみごとな出来ばえを示しはしなかったろう、しかもまた、その歌が成功したのは、彼が、閾をはなれて完全な合一の夜にわけ入る運命が自分にはけっしてあたえられないと、そもそものはじめから知っていたからこそであった。ああ、逃亡への意志に早くからとらえられていたからこそ、彼はその歌を読み聞かせなくてはならなかったのだ、そして恐れと期待はふたつながら成就した、それがプロティアからのわかれとなったのだった。後になって今一度、さらに壮大な形でアエネーアスが体験したのも、それと同じ別離だった、謎めいてきわめがたい詩の運命のおもむくままに強いられて、アエネーアスはディドを見捨て、呼びもどすすべもない世界へのがれる船を進めたのだった、ディドのかたわらに臥しディドとともに狩りするよろこびを永遠に断念し、現実の甘やかな影、情欲の甘やかな影だった彼女に永遠のわかれを告げ、嵐の夜の愛の洞窟に永遠のわかれを告げながら(『アエネーイス』第四歌)。そう、アエネーアスと彼、彼とアエネーアス、彼らはふたりながら、詩の執拗な告別ばかりではなく、現実の出発にのがれたのだ、生あるものにとってはなんの用にもたたぬといわんばかりに、詩の中間領域からのがれたのだ、実はそれは愛の領域でもあったのに――、この逃亡はいずこを目ざしていたのか?　母なる神ユーノーの下知に対するこの恐れはいかなる深みに根ざしていたのか?　ああ、愛とはすでに夜の鏡のもとへの沈降、夜の根源への沈下なのだ、その根源のほとりで夢は、われとわが境界の下へ没入しながら時をはなれ、おりあらば嵐のような破壊力をふるわんものと虎視眈々とうかがいつづけている無形態の不可視の存在の根源と化するのだ。ただ日中はようすが変わる、ただ日中だけは時がながれる、白昼のただなかに動くものにおいて、時はまざまざと眼にうつる。だがそれに反して、夜の眼は凝然と巨大に見ひらかれている、その奥底に愛を憩わせ、星影の中でうつろに燃えてこごりつき、夜ごと夜ごとにたえまなく変えようもなく、一切の時を超えて大地の無時間をおのが内面に更新する眼が――、そのかぎりない深みから世界を生みだし世界をからめとり、もはや何を見ることもなく、めくるめく無の閃光よりほかの何ものでもなく、この夜の眼はありとある眼を吸収する、愛する者の眼、めざめる者の眼、死に行く者の眼、愛にかすみ、死にかすみ、無時間を見入るゆえにうちかすむ人間の眼を。

逃亡、おお、逃亡! 形成する昼の営み、もろもろの形姿の夜の憩い、そのいずれもが無時間のおだやかな生起を目ざして進むのだ! 燭台の蠟燭はしだいに溶けてかたまり、その周囲を、邪悪な単調な、異様にかたい羽音をたてておやみなく蚊が狂いまわり、おやみなく壁龕《へきがん》の噴泉から水はしたたり落ちていた。この水のしたたりは、さながら、口に現わすすべもなく時をはなれ、不易の大洋のようにながれ行く彼自身の一部分のようだった。壁の長押《なげし》にきざまれた童形の愛の神々は不動のたわむれをつづけ、凝固したままかぎりない平安と静寂の図を示していた、もはやひとつの形象とはいえず、むしろ広大な宇宙にひろがり、凝然と怒号する彼岸の夜の静けさに溶けいり、その永劫不変の相に参与する平安と静寂だった——永劫の夜は影を生み影にひたされ、夢のみちひの息吹きにあたり一面をひたひたと覆いつくされた洞窟のようにたかまり、雲ひとつない夜空の星のもとで声もなくとよめく雷《いかずち》の鳥たちの羽かげにひそむ、姿なき沈黙だった。というのも、夜の中で憩うものは——平安を飲み、たがいに飲みかわし、影の脈搏《みやくはく》につらぬかれ、たがいに影を投げあい、魂と魂はひしと相寄り、夫と妻はひとつに結ばれ、少女は若者の腕に抱かれ、少年は愛人の腕に抱かれ——、そう、すべて夜の中で生じることは、さらに大きい夜の暗黒に関与する暗黒の反照なのだから、暗くふるえる夜の電光の写し絵、夢の覆いが裂きひらかれたところにまざまざと現われる嵐の深淵への顚落なのだから。夜の嵐からの保護をもとめ、どれほど泣きわめいて母を呼ぼうとも、母はあまりにも遠く記憶から失われ、ただ時おり幼時の戦慄がこちらへ吹きよせてくるばかり、もはや慰めもなければ保護もなく、たかだかとうに消えうせた故郷のなつかしくまた気疎い息吹き、嵐に先だつ安息の息吹きがただようばかりなのだ。そう、夜の微風はなまあたたかくやさしく、窓を通してさわやかに吹きこみ、その去来のうちにありとある地上のものをつつみかくしていた、陸と海とをひとつにする唯一の波うつ夜の呼息のように、オリーヴの森や麦畑、葡萄山や漁村の浜辺をつつんで吹きただよわせ、やわらかい風の手にその収穫を載せてはひとつに混ぜあわせていた、やさしく吹くその手はおだやかに垂れ、町々や広場をかすめ、顔を冷やし、濛々たる煙を吹き散らし、いきりたった欲望をなだめすかしていた、そればかりかさらには、夜の姿をその最上の表層にいたるまでみたしていることの息吹きは、夜をこえて伸びあがり、うちふるえる中空の山なみと化するのかもしれない、もはやとらえるすべもなく、もはや外部ではなく、われとわが内面の奥処に、心より深い心の中、魂より深い魂の中、みずからも夜と化してしまったわれわれの最深の自我の中にたたなわる山なみと——ああしかし、こうしたすべてのことが存在しまた生起しようと、それはなんの役にも立たなかったのだ、もうおそすぎた、もう無駄だった。群衆の眠りは依然としして災厄をはらんでいる、大地の騒擾はいささかもなだめすかされはしない、火は依然として燃えさかり、愛ははたたく無の電光にさらされ、そして夜の洞窟の上には時を知らぬ嵐がたむろしている。

逃亡、おお、逃亡！　母は呼び声に耳もかさない。われわれは群衆の根のほとりに見捨てられた孤児だ、夢の中ではいかなる名を呼ばれることもできない、あますところなき融合の暗黒の中で通用する名前はひとつとしてないのだ、――そしておまえ、先導者のようにわたしにともなってくれた小さな夜の伴侶よ、わたしにおまえの名を呼ばわることが、まだほんとうに可能なのだろうか？　おまえはおまえの、いやわたし自身の運命の命ずるままに、わたしのもとへつかわされたのだろうか、わたしがおまえに話しかけるようにと？　無時間のおびやかしをおまえも感じているのだろうか？　無時間はおまえの夜のもとにもひそんでいるのか――おまえがわたしのもとへきたのはそのためだったのか？　おお、凭《よ》りかかるがよい、小さなわが双生児の兄弟よ、わたしに凭りかかるがよい。わたしは眼をおびやかしからそむけて、おまえにふりそそぐ、荒涼たる孤独から帰郷することができるのではないか、もはやさだかに知れぬ故郷のようにわが内面に築かれている、暗い穹窿の中へおまえといっしょに帰還することができるのではないかと、これに最後の希望を賭けながら。おお、わたしといっしょにこのひそやかさへ立ち帰るがよい、およそ気疎く、しかもまたなつかしげにわが血脈をめぐるこのひそやかさを、わたしはおまえにも味わわせたいと思うのだ。そうすればおそらく何よりも気疎いものも、すなわち自分自身も、わたしにとってもはや気疎い存在ではなくなるかもしれない。おお、ひしと寄りそうがよい、小さなわが双生児の兄弟よ、わたしにひしと寄りそうがよい。もしおまえが失われた幼時を悲しむなら、今は世にない母を悼《いた》むなら、わたしのもとでひきあわせてあげよう、わたしはおまえを腕に抱きしめ、あたたかく守っているのだから。もう一度、ただもう一度だけ、ゆらめく夜の洞窟の中に身をひそめよう、そしていっしょに夜とその夢のただよいに耳をかたむけよう、中間の領域にすぎぬとはいえ、その現実の甘やかさに――、まだおまえはそれを知らない、小さな弟よ、どれほど深いわれらの内奥から夜の希望が立ちのぼるものか、若いおまえにはまだわからない、不易の相のもとでは一切を包摂し一切の魂になみなみとみちあふれ、窮地に追いこまれてもなおやさしくひそかなあこがれを約束する希望、その声に耳かたむけるまでには長い時間がかかる。この希望とそれがはらむ不安は、さながらこだまする山なみのようにわれわれを囲繞している。こだまする壁また壁、さながら未知の風景のような、しかもわれら自身の心の呼び声のような――そう、それにもかかわらず、あたかも遠い背後の過去のすべての残光が、今一度新たにきらめきをはなつかと思われるばかりに強圧的な、すべての最終的な告知がその中に含まれているかのように確信的な――、おお、小さな弟よ、わたしはそれを経験したのだ、なぜならわたしは老人になったから、おそらく年以上に老いているのだが、というのも壊敗と腐朽のことごとくを身内に感じているのだから。わたしはそれを経験した、なぜならわたしはもう終りに近づいているのだから。ああ、死への渇望のさなかではじめてひとは生にあこがれる、そしてわたしの中では死への渇望が、思い浮かぶかぎり一時の休みもなく、たえまなく脈うちながら、穴をうがち関節をゆるめる作業を営々とつづけている。生の不安と死の不安、おびただしい夜々の閾にたたずみながら、かたわらをざわめきながれ過ぎて行く夜また夜のほとりにたたずみながら、わたしはたえずこのふたつを同時に感じていた、ざわめきにつれてこの不安をめぐる知識がふくれあがり、訣別《けつべつ》をめぐる、薄明とともにはじまる別離をめぐる知識がふくれあがった。それが死だった、かたわらをながれ過ぎ、しだいに水位をたかめながらわたしに触れ、わたしを濡《ぬ》らし、わたしをとらえ、外からきたのにしかも中から生みだされた、わたしの死だった。死に瀕してはじめてひとは他者との協和を知り、愛を知り、中間の領域を知る、薄明と別離のさなかではじめてわれわれは、眠りのかぎりなく暗黒な協和には淫奔の影すらないことを知り、われわれの出発にはもはや帰還がともなってはならぬことを知り、帰還の中にひそむ淫奔の萌芽《ほうが》を知るのだ。ああ、小さなわが夜の伴侶よ、おまえもいつかはこうしたことを知るだろう、おまえもいつかは岸辺に腰をおろすだろう、おまえの中間の国の岸辺、別離と薄明の岸辺に腰をおろすだろう、そしておまえの船も逃亡の準備をととのえるだろう、そこからの帰還はかなわぬ覚醒という名の、あの誇りかな逃亡のために。夢、おお、夢よ！　詩作するかぎりわれわれは出発しない、夜の中間の領域にとどまるかぎり、われわれはたがいにありとある夢の希望を、ありとあるあこがれの協和を、ありとある愛の希望を贈りあう、そう、そのために、小さな弟よ、ほかならぬこの希望、このあこがれのために、もうわたしから離れないでおくれ。わたしはおまえの名など知ろうとは思わない、名前は影を投げるばかりだ、出発のためにも帰還のためにもわたしはおまえを呼びたてようとは思わない、呼び声は聞こえないでも、呼ばれなくとも、愛がいつまでも最終の告知の中にひそんでいるように、わたしのそばにいておくれ、薄明の中で、河の岸辺でわたしのそばにいておくれ、その河をわたしたちはながめよう、心をそこに委ねることはなしに、源泉からも遠ざかり河口からもはるかに、根源の暗黒をたたえた原初の融合にも、影のない世界に散乱する最後のアポロの光にもそこなわれずに——おお、たがいに守り守られながら、わたしといっしょにいておくれ、わたしもいつまでもおまえのそばにいるつもりなのだから。今一度、愛のおとずれ。わたしのことばが聞こえるか？　わたしの願いがおまえには聞こえるか？　運命からのがれ、悩みからまぬがれて、われとわがことばに耳かたむけながら、わたしの願いはまだおまえの答えを聞くことができるのだろうか？

遠近見わたすかぎりものみな凝然として、夜はしずまりかえっていた。すぐここの空間にかこまれた夜はさらに広濶な空間にひらけ、手をさしのべれば届くほどの近さからいよいよはるかな近傍にひろがり、山をこえ海をこえ、たえずながれながらついには到達するすべもない夢の穹窿にまで伸びひろがって行く、しかしこの夜の潮は、心からあふれ出て穹窿の縁《えん》辺《ぺん》にしぶきをあげふたたび心にもどりながら、あこがれの波また波をすくいとり、さらにはあこがれそのものさえもひとつまたひとつと消して行き、そのあこがれの発端の薄明の中にゆれている星の揺籃《ようらん》を静止させてしまう。そして下からの暗い電《いなずま》、上からの明るい電のきらめくさなか、光と闇、暗黒と白光にわかたれて、雲は二色に染められ、根源は二重と化し、嵐を重くはらみ、音もなく、空間もなく、時間もなく――おお、かっと口をひらいた内界と外界の洞窟よ、おお、大らかに歩みを進める大地よ！――夜はにわかに裂け、存在の眠りは破裂した。薄明と詩は、その領界は沈黙のうちに押しながされ、こだまする夢の壁は砕け散り、記憶の沈黙の声に嘲られ、罪を負い希望もくじけ、あふれる潮の押しながすままに、生の巨大な要請ははかない無へと沈みさるのだった。もうおそくなりすぎていた、のがれるよりほかすべはなかった、船の用意はととのい、錨《いかり》はあげられた。もうおそすぎた。

彼はまだ待っていた、夜がもう一度姿を現わし、最後の慰めを彼にささやきかけ、さらさらと音立ててながれながらもう一度彼のあこがれを呼びさますのを待ちうけていた。それはまだ希望とはいえず、むしろ希望への希望、まだ無時間からの逃亡とはいえず、逃亡からの逃亡だった。生のためにも死のためにも、もはや時もなくあこがれもなく希望もなかった。もはや期待はなく、たかだか焦燥を待ちうける焦燥があるばかりだった。両手をからみあわせると左手の親指が指環の石に触れた。じっと坐ったまま彼は自分の膝に、もたれかかりそうになるほど近づきながら、しかももたれかかってはいない少年の肩のぬくもりを感じた。できることなら、からみあわせた指をいよいよはげしくなる痙攣《けいれん》から解きはなし、そっと気づかれぬように、眼の下にある夜のように黒くもつれた少年の髪を愛撫《あいぶ》したかった、夜のようにやわらかく、ぱちぱちと鳴る紗《しゃ》の、夜めいた芽ぐみ、夜めいた人間らしさを、あこがれへの夜めいたあこがれに胸をみたしながら指にすべらせたかった。だが実は、彼は身じろぎひとつしなかったのだ。ついに、気の進まぬことではあったが、硬直した期待をうち破るために彼はいった、「もうおそすぎる」少年はゆっくりと顔をあげた、まるで何か本でも読んで聞かせられていて、そのつづきを聞きたいとでもいうような、利発な、もの問いたげな顔つきだった。この問いに答えて、自分の顔を少年の顔にやさしく近よせながら、彼はほんのかすかな声でくりかえした、「もうおそすぎる」それはまだ期待だったろうか？　夜がもうそよともゆれ動かないので彼は落胆したのか、少年が身じろぎもせず、ただ灰色の無邪気な瞳が、もの問いたげにひたとむけられたばかりなので、彼は落胆したのか？　そのおとずれを念願していた焦燥が、このとき突然わきおこった。「そうだ、もうおそい……皇帝のお祝いに行くがよい」にわかに彼は自分がいたく年老いているのを感じた。なまなましい現実が、眠りのうちに溶け入ろうとする欲求とともに、無意識の中に沈んでもはやすべないことを忘れたいというあこがれとともに姿を現わした、下顎の衰えとともにそれは現われ、さらにそこにいかにも不快な咳の発作がつけ加わったので、だれにも見られずひとりでいたいという願いを抑えることができなくなった。「お祝いに行け……行くがよい」と、辛うじて彼はしわがれ声をふりしぼり、てのひらを上にむけ、もちろんただはなれた距離からの指示にすぎなかったが、おずおずとさがって行く少年を小刻みにドアのほうへ押しやった。「行け……行け」と、もう一度、息もたえだえに彼は咽喉《のど》をふるわせた。そしてついに文字どおりただひとりになったとき、彼の胸のうちに黒い電が一閃したかのようだった。咳が胸からほとばしりでた、夜の血をまじえ、さだかな形もなく、ゆれ動いては砕けて凝固し、かっと口をひらき裂けはじけ、ほとんど意識も失われんばかりの、奈落の縁辺に接した激烈な痙攣だった。このとき奈落の底へ顛落しなかったのは、危機が今一度回避されて、噴泉がさらさら鳴り蠟燭が燃えてはぜる音をまた耳にすることができたのは、後からふりかえると奇蹟《きせき》のようにしか思われなかった。なけなしの力をふりしぼって、ようやく安楽椅子からベッドまで足をはこぶと、そのまま彼はベッドの中に倒れ臥し、身じろぎひとつせずに横たわっていた。

両手をからみあわせると、またしても指環の石が、紅玉髄にきざみこまれた翼ある精霊の姿が指先に感じられた。これが死へむかう道かそれとも生へむかう道か、注意深くうかがいながら彼は待っていた。しかし、ゆっくりと人心地がよみがえってきた——いかにもゆっくりと、辛うじて間にあったという感じで——また息をつくことができるようになり、安息と沈黙がおとずれた。

第Ⅱ部　火――下降

彼は横になったまま注意深くうかがっていた。しだいに間遠になり、新たな喀血《かっけつ》をともなうわけでもなかったが、それでもくりかえし発作がおそってきた。隣室の奴隷を呼びよせて、医師の診察をあおがねばならないか、はじめはそう思ったほどだった。しかし声をだして呼ぶのはひどく骨の折れることだったし、医師に何やかやと煩わされるのは我慢のならぬことだった。彼はひとりでいようと決心した――、くりかえしすべての存在を自己のうちに凝集し、じっと耳をそばだてているためには、ひとりでいることが何よりも肝要だった、これが何より緊急の要件だった。脚をすこし引きあげて彼は寝がえりをうっていた、頭は枕の上にやすらい、腰は敷蒲団にふかぶかと埋もれ、膝は二個の異質の存在のようにかさねられ、はるかかなたにくるぶしがあり、踵《かかと》があった。ああ、すでにいくたび彼はこのようにして、横臥という現象に注意をはらってきたことか！　この子どもじみた習慣を断ちきることができないとは、まさしく不面目きわまりないことだった！　自分にとってこのうえなく奇妙な意味をもっていたあの夜を、彼は今まざまざと思いだしていた、その夜はじめて彼は――八歳のときだったが――、ただ横になっているだけのことにも、注意をはらう値うちがあるのに気づいたのだった。クレモナでのことで、季節は冬だった。彼は自分の部屋で寝ていた。ひっそりした中庭へ通ずるドアはすきまだらけでたてつけが悪く、すこしぐらぐらしていた。

何やらうす気味の悪い感じだった。外では風が麦藁《むぎわら》で覆いをした冬の花壇の上をかすめてざわざわと鳴り、どこからか、おそらく門道にかかってゆれる懸灯《けんとう》からだったろうが、振り子のように規則正しくゆれながら、ほのかな灯の照りかえしが部屋の中へもれてくるのだった、幾度もくりかえし、さながら無限の潮の最後のこだまのように、無限の時の経過、無限に遠いひとつの眼の最後のこだまのようにそっとながれこんでくるのだった。いかにもはかなげに、たえだえに、はるけさの恐れをたたえはるけさをはらんだその風情は、さながらわれとわが身の有無を問いたださせずにはおかぬ、ひとつの要請だった――、あのときとまったく同じように、といってももちろんその後の夜な夜なの反復によって、より意識的に明確な形をとってはいたが、あのときとまったく同じようにおのが肉体の有無を問いただしながら、彼は今日もまた、ベッドに触れる肉体の部分部分をつぶさに感じとるのだった。あのときとまったく同じように、それらの部分は、その上をこえて彼という船が船足も軽く進んで行く波頭であり、そのあいだにははかり知れぬほど深い波の谷間が口をひらいていた。たしかに、こんなことはどうでもよかった、今彼がひとりでいようと思ったにしても、子どもじみた観察をつづけるためでないことはいうまでもなかった、もしそうならあの小さな夜の伴侶をそばにおいておくこともいっこうさしつかえないはずだった。いや、問題はより本質的な、よ

せ凌駕《りょうが》さえも現実性の中間領域の現実性とその詩、現実性な巨大、いたってかわにかかことなり窮極的

ねばならぬほどの巨大な現実性をそなえた何ものか、夜と薄明よりもさらに現実的な何もの

かにかかわっていた、さらに現実的なばかりではなく、それとともにまたさらに地上的でさ

えある、そのためにすべての存在を自己のうちに凝集する甲斐《かい》があるほどの何ものかにかか

わっていた。奇妙なのはただ、枝葉末節の子どもじみたふるまいを、さらに根本的に抑止で

きなかったこと、それの生みだすおびただしい幻像があい変わらずそのまま存在していたこ

と、われわれをつないでいる記憶の連鎖のうち、最初の幾環かをもっとも肝要な部分と見な

し、ほかならぬその部分こそ最高の現実性をそなえたものであるかのように考えねばならな

かったことだった。われわれに到達可能な最終最高の現実が単なる記憶の影像にすぎないと

は、ほとんどありうべからざる、というより許すべからざることのように思われた。だがそ

れにもかかわらず、人間の生活とは影像の祝福と影像の呪いのもとに営まれるものだ。ただ

影像においてのみ人生はみずからを把握することができる、影像を放逐することはできない、

それは群居生活の発端このかた人間の中にひそんでいる、それはわれわれの思考よりも古く

かつ強大で、時を知らず、過去と未来を包括している。それは二重の夢の記憶であり、われ

われより強大である。ここに横たわっている彼、その彼もまさしく影像そのものだった。眼

に見えぬ波の上を船足も軽くすべりながら、最高の現実へと針路をむける船の影像は、彼自身の影像だった、暗黒から現われ暗黒をめざして進み、暗黒の中へ消えて行く、彼みずからがその法外な船、法外な無限大の権化にほかならぬその船だった、彼みずからがこの無限大をめざす逃亡だった、のがれ行く船であり同時にその目標であり、みずからも無限大にひろがり、はかりがたく、見きわめるすべもなく、およそ思量のかぎりをこえ、彼の肉体はさながら肉体の形づくる無限の風景、すさまじくくりひろげられた夜の冥界の影像だった。統一ある生も一体をなしたあこがれも失われ、もはや彼はわれとわが身を制御する力がおのれにあろうとは信じることもできなかった。無限をこえてただひとつ伸びひろがった自我を寸断し分割する、さまざまな地区や領域のすべてを彼は知っていた、おびただしい魔霊どもが彼にかわってそれらの地域の管理を引きうけ、それぞれ分担をきめてことにあたっているのを彼は知っていた。ああ、それは掘りおこされ鋤《す》きかえされた病む肺の領域であり、およそえたいの知れぬ赤く灼熱した深みから煮えたぎりながら皮膚へのぼってくる、不気味な熱の領域であり、また底知れぬ内臓の領域でありさらに恐るべき性器の領域であった。内臓にも性器にも蛇の群れがもつれこみ蝟集《いしゅう》していた。さらにはほしいままに各自各様の生活を営む四肢の領域、またなかなかもってゆるがせにできぬ指の領域、魔霊どもの支配するすべてこれらの地域のうち、あるものは彼に近く、あるものは遠く位置し、また相互の関係においても彼に対する関係においても、あるものは友好的なあるものは敵意をいだいた態度を示していたが——もっとも近く、もっとも強く彼自身の支配下にあったのは、依然として感官だった、眼と耳とその領域だった——、肉体とそれをこえたものとのこれらすべての地域、石のような骨格のきびしい現実、それらを彼はその完全な気疎さにおいて、その朽ちおとろえた脆弱《ぜい》さにおいて、そのへだたりにおいて、敵意において、とらえるすべもないはてしなさにおいて、感覚的にも超感覚的にも知悉《ちしつ》していた、なぜならそれらはすべて、さながらいわず語らぬ黙契のように、彼をもひっくるめて、人間界と大洋の一切を覆いつくすあの巨大な潮の中にひたされていたのだから。あの壮大に波だちゆれながらみちてはひく潮、帰還のときはいつも心の岸辺に砕けてしぶきをあげ、たえまない鼓動を呼びおこす潮、それは同時に影像の現実であり現実の影像であり、底知れぬその波の奥では、どれほど寸断されたものもひとつに集まり、まだ合一してはいないが、しかも未来の再生をめざして一体となっているのだった。おお、認識の岸辺に砕ける波しぶきよ、ありとある慰めと希望の萌芽をゆたかに秘めて、永遠にたかまりつづける潮よ、おお、夜にみちあふれ、萌芽にみちあふれ、空間にみちあふれた春の潮よ。強大きわまりないこの自我の影像をとらえながら、彼は魔霊の跳梁《ちょうりょう》をある現実の保証によっておさえることができると思った、その現実の影像は名づけるすべもない領域に横たわっているのだが、しかもすでに世界の合一を包摂しているのだった。影像は現実であふれんばかりになっている、なぜなら現実とはつねにただ現実によってのみふたたび象徴化されるものなのだから――、数かぎりもない影像、数かぎりもない現実、孤立しているかぎりそれらはみなけっして真の現実性をそなえることはできない、しかしそのいずれもが、認識不可能な最後の現実、すなわちそれらの総体の象徴なのだ。長年のあいだ彼は、時の移るにつれていよいよ貪欲な好奇心を燃やして、自己の肉体の内部で進行している崩落と壊敗を追究してきた、この奇妙な戸惑いした好奇心のために、病気と苦痛の不快さをも安んじて受けいれた、そう、彼は――ところで人間が何をしようと、それは彼にとって、明瞭と不明瞭とを問わず、ことごとく象徴と化するのだ――めったに意識にはのぼらないが、しかもいらだち切迫した願いを、二六時中心にいだきつづけてきた、いよいよかりそめのものにすぎなくなる彼の肉体の統一が早く解消してしまえばよい、早ければ早いほどありがたい、そのあとでただならぬ結果が生じ、解消が救済と化し、新たな統一と化し、窮極的な意味と化するように、という願いを。こうしたことすべてが、ごく幼いころから彼につきまとってはなれなかった、すくなくともあのクレモナの一夜から後は。しかしおそらくアンデスですごした幼時からすでにそうだったのだろう、最初はただ遊び半分の、子どもじみたなんとはない不安だったかもしれないし、記憶を喪失させるほどの重苦しい恐怖だったかもしれない、今となってはどちらも心によみがえらすことはできなかった。だがそれはそれとして、これと同時に、こうしたことにはたしてどのような意味があるのかという疑問も、彼の心をはなれることはなかった、夜ごとにそれを待ちうけ、予測し予感する彼の営みのすべてに、この疑問がはらまれていた。そしてかつての彼、アンデスの幼児、クレモナの少年がベッドに横たわっていたときとそっくりそのまま、膝と膝を押しつけ、やがておとずれる夢の中に早くも心をひたし、精神も肉体ももどもわれとわが存在の船にかき載せ、広漠たる大地の面にひろがり、みずから山となり、野となり、大地となり、船となり、大洋となり、彼は内部と外部の夜をじっとうかがっていた、このようにうかがい待ちうけるのは、一生をささげてはたすべき認識の成就のために重要な行為なのだと予感しながら。昔とまったく同じことが、今ここで、今日というこの日、彼の身にふたたびおこったのだった。昔からたえずくりかえしておこり、そのたびに明確の度を増してきたことがおきたのだった。これは一生を通じてくりかえしてきた営みだった。しかし今、彼はあの疑問に対する答えを知っていた、すなわち、自分がうかがい待ちうけているのは死なのだ、と。

そうでないわけがあったろうか？　人間は直立している、人間だけが直立している、だが眠るときと愛するときと死ぬときには静かに身を横たえる――、横臥のこの三つの特性においても、人間は他のすべての存在とことなっている。直立して、成長するさだめを負いながら、人間の魂は存在の腐植土のうちにひそむ暗黒の根の深淵から、光あまねい星空にまで伸びあがる、ポセイドンとウルカーヌスの支配をうけたその幽暗な根源を上へかかげ、アポロの領するその目標の透明さを下へもたらしながら。上昇の結果光彩陸離たる形象となればなるほど、木のように枝をひろげて伸びひろがり、深い影を投げる形象となればなるほど、魂はいよいよその枝のつくりなす叢葉《そうよう》の影の中で、暗さと明るさをひとつに溶けあわすことができるようになる。しかし、眠るために、愛するために、死ぬために身を横たえたときには、みずからはるかにひろがる風景と化したときには、相反するものをひとつにするのはもはや魂の役目ではない、というのも眠り、愛し、死ぬときには魂は眼をとざすのだから。もはやそのとき魂は善でも悪でもなく、ただひとつの、無限につづく待機にすぎないのだ。無限に伸びひろがった魂、時間の円環にかぎりなく包囲され、かぎりない休止のうちで一切の成育をまぬがれ、それみずからえがきだす風景のように成長を知らず、この風景とともに魂は不易のサトゥルヌス（ユピテル以前の黄金時代に世界を支配した農耕の神）の領域となってすべての時代にまたがり、黄金時代から青銅時代にまで、さらにそれをこえて黄金時代の再来にまでわたっている。風景の中へ溶けこみ、大地へ、天の光と地の暗黒との境域をその平面においてわかつ大地の広野へ幽閉され、魂は上方と下方の両界のあいだで、その双方をわかつと同時に結びあわせる境界線となり、星のただよいと石の重み、灝気と冥界の火、その双方の領域にたえずヤヌス（発端と終末をつかさどる双面の神）のように帰属している。ヤヌスのようにふたつの方向にむけられた無限性、ヤヌスのように無限に伸びひろがり、薄明のうちにやすらう魂、うかがい待ちうけながらそれが獲得する知識にとっては、上も下も、ひとつに溶けあうことはなく、しかも同じ意味をになった地域となりうる。だが他方、魂にとってなんの意味もなく、うかがい知るにいささかもあたいしないのは、生起する事象それ自体である、というのもそれは成長と感じられもしなければ凋落あるいは枯渇と感じられもせず、快とも不快とも感じられず、ただ不断の反復と、魂みずからの存在の内部における不断の反復と感じられるばかりだったのだから。一切を包摂するサトゥルヌスの御世の反復、その中では魂と大地の風景はかぎりなく伸びひろがり、呼気も吸気も、芽ばえも実りも、豊作も不作も、死も復活も、はてしない四季もすべて弁別するよすがもなく、永遠の反復にまきこまれ、永遠にひとしい存在のえがく円環に閉じこめられ、眠り、愛し、死ぬために静かに身を横たえる——、風景と魂との待機、黄金時代と青銅時代をひとつにしたサトゥルヌスの世界が、死をまぬがれながら死に行くわれとわが身を、ひしとうかがい待ちうける。

彼は死をうかがい待ちうけていた。そうでないはずはなかった。この事実を意識しても恐怖の感情はわかず、ただ熱があがるにつれて歴然とするあの異常な明晰《めいせき》さが意識にともなっていたばかりだった。そして今、暗黒の中に横たわり、暗黒の中でうかがいながら、彼は自己の生涯を理解した、それがどれほどまでに死の展開への不断の待機であったかを理解した。意識はひらけ、そもそもの発端からすべての生にひそみそれを形成している死の萌芽はほころびる、そのおのおのが他から現われ、他に接して自己をくりひろげて行く、二重三重の展開、そのおのおのが先行するものの影像であり、ほかならぬそのことを通じて先行するものを実現する——、これはすべての影像にひそむ夢の力ではなかったか、ひとつの生を規定する力をもつあの影像にさえひそむ、夢のように喚起する力ではなかったろうか? あやしく無時間の恐怖をかきたて、星々を重く載せ永遠を告知しながら、万有の上に死の穹窿をかけわたすあの世界の夜の洞窟の影像についても、同じことがいえるのではなかったろうか? なぜなら、かつて幼い日々に無邪気な幼稚な死の心像だったもの、すなわち死体を埋葬する墓という心像が、巨大な洞窟の影像にまで発展していたのだから。ネアポリスの入り江のほとり、あのポシリポの丘（そこにウェルギリウスの墓がある）の洞窟に接して建設された納骨堂は、それゆえ、遠い幼時の心像がただくりかえされ眼にうつるようになったというより、さらに以上のものだった。いや、その建築によって、一切を覆う死の穹窿が象徴的な表現へ到達していたのだ、地上の規模へ縮小されたために、なおいささか幼稚な感じをとどめていたとはいえ、しかも一切を包摂する強大な死の空間の象徴だった。その中で彼は、目標をはじめから知りつくししかもそれをもとめていた、道をもとめながら死の穹窿の中で生涯白日夢にふけっていたのだった。この目標の一切を包摂する力のために、彼はかくも長らく、実のところ長きに失したほど、われとわが身に課せられた使命を追いもとめたのだった。知識としてはいつも知っていたがけっして自覚的にとらえたことのないこの目標のために、彼はいかなる職業にも甘んずることができず、どれも中途で放棄してしまった、医師の職にも占星師の職にも、哲学者や哲学教師のそれにもとどまることはできなかった、いわんやそこに安住することなぞできるはずはなかった。きびしく成就を要求する認識像、いかめしい死の認識像が磐石《ばんじゃく》の重みをもって彼の眼前に立ちはだかっていた、いかなる職業もその要求をみたすことはできなかった、すべての職業はもっぱら生の認識につかえる使命をになっているのだから。ただひとつの例外があって、結局彼はその道をえらばざるをえなかったのだが、それは詩と呼ばれる、死の認識につかえる唯一の職業、人間の営みすべてのうちでもっとも奇妙な営みだった。別離の中間領域に生きているもののみが――おお、その領域はすでに彼の背後にあった、もうそこへもどるすべはなかった――、薄明の中で源泉からも河口からもひとしく遠ざかり、河のほとりにいつまでもたたずんでいるもののみが、死を予感し、死のとりことなる。死につかえながら彼はさながら司祭にひとしくなる、上方と下方との仲介という、個人の職業をこえたその任務ゆえに、死への奉仕を義務づけられ、同時に別離の中間領域に居住するよう強いられている司祭にひとしい存在となる。そう、伶人《うたびと》の使命は彼にはいつも司祭のそれに似ているように思われた、おそらくそれは、すべての芸術作品の恍惚たる熱狂にひそんでいる、あの奇妙な死との交感のせいだったかもしれない。ただこれまで彼はなかなかそのことをみとめる気にはならなかった、時には拒否しさえもした。若いころの詩作であえて死に触れようとしなかったのもまったく同じ事情にもとづくもので、むしろ彼は、存在へのこまやかな愛のやさしい力によって、すでに姿を現わしている脅威に抵抗しようと努力をかさねてきたのだった。しかし彼はしだいにその種の抵抗を断念せねばならなくなった、というのも、詩作にはたらく死の力がまたたく間に優位に立ち、歩一歩と居住権をかため、やがて『アエネーイス』において、神々の命ずるままに、完全な支配権を獲得したのだったから。それは鏘々《そうそう》のひびきを発し血にまみれ、警告を投げかける、動かすすべもない運命の支配であり、一切を克服する死の支配であった、一切を克服するゆえにわれとみずからをさえ超克し止揚する覇権だった。つまり死の中にはあらゆるものが同時に埋もれている、生と詩の一切の同時性が、一切を止揚する死の中に永遠に保管されているのだ。死は昼と夜にみちあふれ、そして昼夜はからみあいながら薄明の二色に染められた雲と化する。唯一なるものから発したありとある多様さが死の中にみちあふれ、ここでふたたび凝集して新たな統一となる。死は始原にひそむ群衆の知恵と終末にひそむ個の認識にみちあふれ、その双方を存在のただ一秒、すでに非在に属するあの一秒へと凝縮してしまう、なぜなら推移する存在と死は不断に触れあいゆれ動いているのだから。死の中へそそぎ入り、死によって受けとめられ、根源へと方向を転ぜられる時のながれは、たえまなく記憶の総体へと変化し、数かぎりない世界の記憶、神の記憶へと変容する。ただ死を受け入れたもののみが、地上の円環を閉じることができる。死の眼をもとめるもののみが、たとえ無に見入らねばならぬときでも、盲《めしい》となるおそれはない。死に耳かたむけるもののみが、逃亡する必要もなくずっとその場にとどまることができる、というのも彼の記憶はそのまま同時性の深みと化するのだから。そして、記憶の中に沈潜する人間の耳には、地上のものが未知の無限にひらけ、無限の記憶の再生と復活へとひらけるあの瞬間のハープの楽音が鳴りひびいてくる――、幼時の風景、生の風景、死の風景、不変の同時性のただなかでそれらはひとつになり、神々の風景、すなわち太初と終末の風景をあらかじめ喚起し、たかだかと懸けわたされた雨の息吹きにかがよう七色の虹にかこまれて、永久に解きはなたれることはない、おお、それこそは父たちの逍遙《しょうよう》する沃野。記憶によみがえるくさぐさも、とどのつまりはただ死への待機にすぎなかったことが明らかになり、また、死にふさわしいと思われた多くのことは、ただ記憶にすぎない、けっして失われないように小心翼々として保護された、不安なあこがれの回想にすぎないのだ。海の微風が吹きかよい春が小暗い影を投げ、緑の叢葉に覆われたあのポシリポの洞窟のほとりの納骨堂についても、ほとんどたわむれに近い気持ちで建てられたあの死の家についても、事情はまさしくこの通りだった。あふれるばかりの記憶、幼時の記憶を、いちいちたしかめもせずに彼はこの朗らかな園生《そのう》に作りつけたのだが、その結果、アンデスの生家で子どもの眼がながめた一切が、小規模ながらほとんど変化のない形でここに再現されることになった。生家の門に通ずる車道は、ここでは園をつらぬく本道となり、同じようにふたつの角があり、左手は同じ月桂樹の茂みにふちどられ、右手は子どもの遊び場だった丘へとつづいていた、もっともこちらの丘は、オリーヴの老樹の林ではなくて、数本の糸杉が立っているばかりだったが。

かしこでもここでも同じようにどっしりとしたおちついた構えで、同じように鳥のさえずりに覆われた家の裏手には、楡《にれ》の木がそびえ立ち、昔も今もかわらず孤独と平和を守っていた。少年の日と同様に彼は生け垣を手でかい撫《な》でることもできただろう、それほどまざまざと過去の一切を夢によみがえらせることもできたし、それほどまざまざと、いつの時代にもあてはまるほどに、未来を夢みることもできたのだ、それは死と死への歩みへむけられた夢、幼い日々このかたのすべての夢見心地の待機の目標、記憶の目標と源泉へむけられた夢だった、それは透明で、けっして消えることのない、認識をもとめてやまぬ夢だった。とはいえむろん納骨堂の影像は、過去のながれの中のほんのささやかな、きわめてささやかな記憶の一片にすぎなかった、たとえていえば至極輪郭をとらえやすいひとつの島で、ほとんど偶然のように浮かびあがってそのささやかな輪郭をありありと見せたかと思うと、いっ時も休まぬ彼の待機の中にそそぎ入るゆたかな潮のざわめきに早くも消えうせ、忘却にこそふさわしいとしか思われないのだった。いっ時の休みもなく、洋々たる記憶の潮に載せられて、消えうせるべくもないものが彼のもとにながれよせた、いっ時の休みもなくやさしく大らかに、かつて眼にした事物の波また波が、名状しがたい風情で持続するハープの和絃《わげん》につれてぱっときらめきながらうちよせるのだった——おお、ひそやかに解放を待ちのぞむ、やさしい青春の幽囚よ――、それはさながら過去のすべての小川や池が、この記憶の潮にそそぎこまれたかのようだった。かぐわしい牧場のあいだ、蘆《あし》のふるえる緑の岸辺のあいだをさらさらとながれ行く、数かぎりもない愛らしいものの姿、それはそのまま子どもの手が摘んだ花束だった、百合、あらせいとう、罌粟《けし》、水仙、金盞花《きんせんか》の花束、永遠にめぐり歩かれ、永遠に詩にうたわれる風景の中の幼時の影像、いずこへさすらおうともたえずさがしもとめねばならなかった父たちの沃野の影像、二度とはなれることのできない彼のただひとつの生の風景の影像だった。そのはなはだしい明るさ、鋭さ、朗らかさ、透明さにもかかわらず、たえず彼にともなっていたおとろえを知らぬその多彩なかがやきにもかかわらず、この影像はどうえがき現わすすべもなかった。いくたび彼はこの影像を描写したかしれないが、しかもそのたびごとにそれは、いわれなかった部分でひびくばかりだった、それがひびきをつたえるのは、いつもただ、ことばがもはやおよばないところ、ことばがそれ自身のもつ無常の限界を乗りこえ、口にするすべもないものの境域にふみこみ、言語表現を放棄してしまうところばかりだった――わずかになお韻文という組織の中でうたいながら、ことばは胸をふさぎ息をのませんばかりの瞬刻の深淵を、語と語のあいだにひらいて見せ、この沈黙の深みでみずからも沈黙し、死を予感し生を包摂しながら、万有の総体を、永遠をその中に憩わせてながれる同時性を開示しようとする。おお、すべての詩の目標よ、一切の報知と記述をこえてみずからを止揚するとき、ことばにおとずれる開眼よ、おお、ことばがみずから同時性の中へひそみ入る瞬間よ！　記憶がことばからわきでるのか、ことばが記憶から現われるのか、もはや弁別するすべもない瞬間よ！　幼時の風景が花ひらきはじめたのはこのような瞬間だった、みずからを背後に見捨て、みずからとそのすべての記憶をこえ、すべての発端と終末をこえて成育しながら、その風景は、黄金時代の簡朴《かんぼく》なひなびた牧人世界の秩序へ、ラティウム開発の風景へ、悠揚《ゆうよう》と歩を進めつつ支配しかつ奉仕する神々の現実へと変容して行った。たしかにまだ根源の発端とはいえず、根源の秩序でも根源の現実でもなかったが、しかし、それらの象徴ではあった、なるほどまだ未知の、ことばにつくせぬほど異常な、不易のかぎりない神性からひびきでる声ではなかったが、しかもその象徴であり、その存在とさらにはその確証とからはねかえるこだまのような予感であった――、実現としての象徴、死の面前で象徴と化する現実だった。ひびきと化した不死の瞬間、溌剌と薄明の中からおどりでる生そのものの瞬間、それは死の真の姿をもっとも純粋に啓示する瞬間であり、世にもまれな恩寵《おんちょう》の瞬間であり、大よその人間たちには知られず、それをもとめるものは多少あっても到達できるのはほんの少数の人間にかぎられる、完璧な自由の世にもまれな瞬間であった――、だが、そのような瞬間を幸運にも確保しえた少数者のひとりは、あわただしくかすめさる死の姿をとらえ、不断の待機と探索のうちに死を形姿と化することに成功した人間は、その形姿の真実とともに、われとわが形姿の真実をも発見してしまったのだ、自己の死を形成すると同時にわれとわが身をも形姿と化し、かくして無形姿の腐植土への復帰からまぬがれることになるのだ。七色に神々のやさしさをたたえて、幼時の虹は存在の上にかかっている、日々に新たにながめられ、日々に新たに創造される、人間と神との力をあわせた創作、死を認識することばの強さから生まれる創作——これが希望ではなかったか、そのためにいかなるやすらかな幸福もうち捨てて、彼が忽忙《そうぼう》の生の苦悩を負わねばならなかった、ほかならぬその希望ではなかったか？　彼はこの自己放棄と今なおつづく断念の生涯をふりかえった、それは死に対しては逆らわないが、連帯と愛に対しては全力をあげて抵抗した生涯だった。河のおぼろなかがやき、詩のおぼろなかがやきにつつまれて背後に横たわるこの別離の生涯をふりかえりながら、今までにないほどあざやかに、彼は今日、自分がこの生涯全体をうけ入れたのはただあの希望のためだったのだということを自覚した。それほど巨大な生の要請がこれまでいささかも希望を成就しなかったこと、彼がはたそうとした使命が懦弱《ひよわ》な彼の力にとっては大きすぎたこと、そしておそらく、この使命をはたすためには詩法はおよそその手段としてふさわしくなかったということ、これらはたしかに彼を嘲弄と侮蔑の的とするに足ることだったろう。しかし、また彼は今、そんなことは問題にならないとも知っていた、さらに、ある使命がよしとされるかされぬかは、それが地上で解決されるかどうかとなんの関係もないこと、彼自身の力にあまるかどうか、だれかほかにもっとすぐれた力の持ち主がいるかどうか、詩のそれよりましな解決策があるものかどうかというようなことに、なんの意味もないことを知っていた。こうしたことすべてはとるに足りなかった、というのもそれは彼自身がえらんだことではなかったから。なるほど、日ごと日ごと、また一日のうちにも数えきれぬほど、彼は自発的な選択にもとづいて決定し行動してはいた、あるいは自発的な決定だったと思ってはいた、しかし彼の生の基本線は、自由意志にもとづく自己自身の選択ではなかった、それは必然だった、存在の幸不幸に組みこまれた必然、運命に命ぜられ、しかも命令を超越した必然で、彼がおのれの形姿を死のそれの中にもとめ、その営みを通じて魂の自由を得るようにと命じているのだった。なぜなら自由とは、たえずその幸不幸を賭けている魂の必然なのだから。そして彼は命令にしたがっていた、おのが運命の使命に従順にしたがっていた。

胸の痛みをやわらげるために、彼はベッドの中ですこしからだをおこした。そこに伸びひろがって、明晰さを彼に保証しているように見えた彼の自我の風景が、混乱におちいることのないように、たとえば起きあがった場合よくあることだが、それが支離滅裂になってしまうことのないように、極度の慎重さでもって。それから彼はわきにおかれた草稿の行李に手をのばし、粗革製の蓋の表面にほとんど愛撫するように指をすべらせた。熱くはげしく、労働の感情、容赦ない探検家の感情、旅行家にも似た巨大な創造の感情が彼の心中にめざめてきた。もしも同時に巨大な旅の不安が芽ばえなかったとしたら、道に迷って夜の密林の中をさまよい歩く者のおそろしい不安、あらゆる創作にともなうこの異様なまでに深い不安がわきでてこなかったとしたら、彼の胸のうちに泡だつ熱い幸福感は、死の用意をせよと警告する痛みさえもしのいだであろう、さらには呼吸の困難をも軽減し、発熱のほてりと悪寒をも忘れさせたであろう、そして何ものももはや彼がすぐ仕事にとりかかるのをはばむことはできなかっただろう、末期の息を引きとるまでにはたさねばならぬ、そしてまた臨終《いまわ》のひと息とともにはじめて真の成就をむかえるはずだった、あの使命を心に思いしめながら、意気ごんでまた仕事をはじめることを。ああ、しかし、何ものも彼を仕事から遠ざけることはできなかったはず、許されなかったはずであるのに、しかもすべてが彼をさまたげた、その妨害のあまりなはげしさのために、『アエネーイス』の彫琢《ちょうたく》はすでに数カ月このかた完全に停滞し、うちつづく逃亡よりほかには何ひとつ残されていなかったのだ。とうになじんでそれを制御するすべも心得ていた病気や苦痛に、妨害の責任があったわけではなかった、それはむしろ、のがれるすべもなく解きあかすこともできぬ不安、袋小路におちいった昏迷の恟々《きょうきょう》たる感情、たえずそこにあって今にも襲いかからんばかりの圧倒的な災厄のせいだった。この災厄の本質をたしかめるすべもなければ、その由来をたずねるよしもなく、またそれが内部にひそんでいるのか外界で待ち伏せているのか、弁別するよすがもなかった。極度に注意深く呼吸しながら、彼は身じろぎもせず暗黒の中に耳かたむけて待ちうけた。燭台の蠟燭はひとつまたひとつと消えて行き、ただ吊りランプの小さな忍耐強い光が、時おり微風をうけてかすかに鳴る銀の鎖のさきでそっと左右にゆれ、壁に蝶のようにはかなげな、蜘蛛の巣のようにふるえる振り子の影を投げかけながら、ベッドのわきにかかっているばかりだった。外では街の喧騒《けんそう》もしだいにおさまり、何やらわけもわからぬ狂躁はさまざまな哄笑やつぶやきや話し声へと解体し、唸りを立てる祝宴の騒擾は分解して、万華鏡をさながらの音の影像の中に高低とりどりのひびきを点々と散らしていたが、このときあたかも基礎低音のように、歩調をそろえて去って行く兵士たちの足音が聞こえてきた、警備隊の一部が営舎にもどって行くのだった。それからあたりは静かになったが、いうまでもなくその静けさはすぐまた奇妙な唸りを立てながら活気づきはじめた、静けさそのものが唸りだといってもよかった、というのも、突然遠くから、いたるところから――それはこの町の前にひろがる野からだったか、それともアンデスの野からだったのか？――蟋蟀《こおろぎ》のすだく声が聞こえてきたのだから。巨万の被造物の巨万の声が、静けさの中でかぎりもなく、無限をこえてひろがって行った。光りかがやく通りの祝祭の赤みがかった照りかえしも、今はしだいに静かに色褪《あ》せて行き、天井は黒くなり、ただランプの真上に明るい斑点が残っているばかりだった。ランプはさながら画筆のように軽くかなたこなたへすべっていた。窓の前では星々が暗黒の中にかがやいていた。彼がたずねている不安の根源はこうしたことだったのか？　なぜこれが不安をかもしだすのか、野卑な絶望的な騒乱がおさまって、むしろ安堵《あんど》の念が心をひたしてもしかるべきだったのに？　いや、災厄は消えうせなかった、そして今こそ彼は知った、知らねばならなかった――それは幽閉された人間の魂の災厄なのだ、魂にとってはいかなる解放も、ただ新たな幽囚にすぎないのだ、と。

彼は凝然と空に眼をむけていた。夜はその巨大な空間の中で旋回していた。巨人アトラスの肩にになわれきらめく星座をちりばめ、アトラスによって回転させられる円蓋《えんがい》、何ものをも放下しない巨大な夜の洞窟。彼は夜の音に耳をそばだてた、すると彼に、発熱して床に臥し、掛け蒲団の下でこごえるかと思えばかっとほてっている彼に、その物音は、さえきった知覚の中でことさら鋭さを増し、みな同時にまざまざと感じとられるのだった。現在の影像、匂い、音、それらはすべてこれまでに生きられた過去と経験さるべき未来のそれとひとつになり、前と後へむかう二重の想起のさなかで、拒みようもなく解き明かしようもなく不気味にふくれあがり、とらえるすべもなくのがれ行き、かぎりなくあらわな姿でしかも秘密にみちみちているのだった。昂奮と無気力を同時に感じながら、彼は混沌の中へ、散乱する声の叢林の中へまた突きおとされた——、そこから逃げおおせたはずだったあの無形姿の存在が、またしても彼に襲いかかってきたのだ、今度は群衆の始原の弁別しがたさにおいてではなく、きわめて直接的に、文字どおり手をのばせばすぐつかめるほどのなまなましさで、孤立と解体にみちびく混沌となって現われたのだ、いかに待ちうけようとひしとしがみつこうと、解体したものにまた統一をもたらすことは到底おぼつかなかった。それが現在と過去と未来のいずれに属するかを問わず、一切の散乱する声と認識と事物を包摂した魔の混沌、この混沌が今彼をめがけて迫ってきた、この混沌の手中に彼はとらえられてしまった、そう、弁別しがたくわきかえる街路の喧騒が、散乱する声の叢林と化しはじめてからは、まさにこの通りの経過だったのだ。こういうことだったのだ。ああ、ひとはみな声の茂みにかこまれている、だれもが一生のあいだその中をさまよい歩く、歩きに歩きながら、しかも鬱蒼たる声の森の中から一歩もふみだすことができない、夜芽ぐむものの中に、すべての時間空間のかなたに根づく森の木々の根の中に、だれもがとらえられている、ああ、だれもが獰猛《どうもう》な声とその触手におびやかされている、声の小枝、大枝の声、それらがたがいにもつれながらひとをからめこみ、わかれわかれに生いたって、一直線に伸びあがるかと思えばまた曲がりくねってからみあう、魔霊のようなその自立性、魔霊のようなその孤絶、秒の声、年の声、永劫の声、それらが編みあわせられて世界の網、時間の網となる、その吠えたける沈黙は理解するすべもなければつらぬきとおすすべもなく、全世界の苦痛のうめきにうるおい、全世界の狂暴な歓喜にざらついている。ああ、だれも根源の咆哮からのがれることはできない、だれひとりそれをまぬがれない、なぜならひとはみな、知るといなとにかかわらず、みずからも声のひとつにほかならないのだから、みずから声の一部となり、解きがたくわかちがたくはかりがたい脅迫の一部となっているのだから——、このときなおいかなる希望をいだくことができようか！　道に迷うたものは叢林の中にとらわれて救いをもとめる手だてもない、ただひとつの抜け穴にも空地にもたどりつくことはできない。いかにも彼はさらに希望をつむぎつづけようとするかもしれない、さらに遠く、もはや拡げようもない無限のかなたにまで、希望を投げかけようとするかもしれない、その無限の中では、すべての声の統一と秩序と万能の認識が予感されるだろう、結んではまた解きはなちながら、すべての声がひびかせる予感にみちた大いなる和音、窮極の空間にこだましてひびきかえす、世界の統一と秩序と万能の認識との和音、こだまの中に解かれる世界の使命が——だが、死すべき人間のこのような希望は僭越《せんえつ》というべきではないか、神々にとっては見るも忌まわしいものではないか、それは耳しいた壁にあたって砕け、声の叢林、認識の叢林、時間の叢林の中でかぼそく消えてしまうだろう、かぼそく消えながら臨終《いまわ》のきわの吐息と化してしまうだろう。なぜならば、時の始原にひそむ声の泉にたどりつくことはできないのだから。一切の根の深みよりなお深く、一切の声と一切の沈黙よりなお深く、秩序とことばの統一を示す星図を秘めてたたえる森の根の泉、その底をきわめるすべはない、一切の象徴の象徴をながめるすべはない、なぜならば、無限というもおろかな空間の中では、方向も無限をはるかにこえるほど多岐にわかれ、散乱するものの数も無限なら道とその交錯の数も無限なのだから。ことばと記憶の厖大《ぼうだい》な区画さえ、その方向のおびただしさとその固有の奈落のかぎりなささえ、実はきわめてささやかな、きわめて弱々しい、地上のとぼしい影像に織りこまれたある実体の反映にすぎない、その実体はいかなる思考によってもとらえられぬ、その呼息の中にありとある空間をひそめながら、しかも同時にそれはどれほどささやかな空間の一点にもひそんでいる。われとわが身を吸っては吐き、われとわが身を収斂《しゅうれん》しては放散する、その象徴性ゆえにことばにもつくせず記憶も告知も不可能な認識の救済、みずからがはなつ光芒《こうぼう》によってそれは一切の時のながれを超越し、一瞬の寸秒をさえも無時間に化してしまう。だれひとり到達することもかなわぬ一切の道の交叉点、はるかに凝然としずまりかえる永遠不動の道の目標！　錯雑した道のいずれかに針路をさだめたところで、第一歩をふみだすには、どれほど急いでも、一生涯、さらにはそれ以上の時間がかかるだろう、ただ一瞬のとぼしい記憶をつなぎとめるにも、ことばの奈落の底へただ一瞬の視線を投げるにも、無限の生が必要となるだろう。このことばの深みをうかがいながら、彼は死をうかがうことができるものと思っていた、たとえ予感のおぼろなほのめきにつつまれてにせよ、すでに地上の認識の外にあるあの限界の認識を知覚することができるものと思っていた。だが、このような希望さえ、こだまする奈落の壁からひびき上がってくるとらえがたいものを前にしては、すでに僭上にほかならなかった、それはひとつの閃光であり、しかももはや閃光とはいえず、閃光の記憶ですらなく、記憶の反響ですらなかった、それは音楽さえ確保するには十分でないほど、いわんや不可捉の無限の予感として表現することなぞ到底おぼつかないほど空漠とした、はかなく淡い息吹きだった。いや、地上の何ものも叢林を突破することはできない、いかなる現世の方策も、認識のかなたの認識をめがけて進みながら、秩序を発見し告知するという永遠の使命をはたすことはできない。いや、この使命はもっぱら地上をこえた力と方策にゆだねられているのだ、すべての地上の表現をはるか後にした表現力、声の茂みと一切の地上の言語の特性との外に存在するはずのことば、音楽以上のことば、鼓動しつつ鼓動のすみやかさで、存在をその総体において認識することを眼に許すことば、そう、この使命を成就するためにはかつて見いだされたことのない新たな地上をこえたことばが必要だろう。みすぼらしい韻文でこのことばの領界を犯そうとする努力は僭上だった、不毛な努力であり恥ずべき僭上であった！　ああ、永遠の使命、魂の救済という使命をまのあたりに見る僥倖《ぎょうこう》が彼にはあたえられていた、鋤を入れる僥倖が彼にはあたえられていた、そして彼は、そのために自分が生涯を空費してしまったことには気づかなかったのだ。生涯の空費、歳月の蕩尽《とうじん》、時の消散、それは彼が挫折したからではなかった、ただひとつの根さえ掘りおこせなかったからではなかった、そうではなくて、鋤を入れようという決意すらが無限の生を必要とするはずのものだったから、さらには、うかがいとったことばと予知した記憶の助けをもってしても死を捕えることはできないから、すべての魂を死は凌駕してしまうからだった。死はあまりにも強大だった、あまりにも強大な叢林は伐採の手をつけようもなく、道に迷ったものを冷酷に閉じこめていた。道に迷ったものは呆然と手をつかねるばかり、彼みずからがただ散乱する声の茂みにひそむよるべないひとつの声にすぎなかった。このときなおいかなる希望をいだくことができようか?! このとき人間の営みは、それがいつどのようにおこなわれるものであれ、被造物の不安の奔出として、憑かれた不安の営みとして、覆いようもなくその正体をさらけだすのではなかったろうか? この不安のほの暗い牢《ひとや》から脱出し逃亡することはかなわない、それは叢林の中にふみ迷った被造物の不安なのだから。これまでにないほど痛切に彼はこの不安を感じた、道に迷った魂のいっ時も沈黙することのない願い、死をもはやものの数ともせぬ時の彼岸への渇望を、かつてないほど明らかに彼は理解した、かつてないほど明らかに、被造物の集団がいだく消しがたい希望を彼は理解した。あの下方にたむろする群衆、それもまた数かぎりない声だったが、荒々しく絶望的に怒号しながら彼らがもとめていたものがなんであるか、彼は理解した、われとわが熱狂に、済度しがたい頑迷さで賤民的な熱狂にひしととりすがる彼らを彼は理解した。茂みの中にひときわ強くたかまった法外な声が現われてほしい、現われなくてはならぬ、彼らはそう念じながら叫びをあげ、叫びをのみこんでいた。指導者の声、それに加わりさえすれば、その余光をあびて、歓呼と陶酔と夜と神にもまがう皇帝の英姿との余光をあびて、荒々しく最後の息をふりしぼりながら牡牛《お》のように唸りをあげて突進し、存在の束縛から解放する地上の道を、とにもかくにもきりひらくことができるのではないか、彼らはそう思っていた。このありさまをまざまざと目にしながら彼は知った、理解した、かつてないほど明らかに彼は認識した、いかにも自分の努力は、その形式と不遜さにおいては、狂った群衆の粗野な、しかしそれだけ正直な暴行への欲求とことなっていたが、意味と内容においてはそれといささかもことならないのだ、まさしく同じ強さで彼をもとらえている、素朴な被造物的な不安を、彼はただ偽装したにすぎなかったのだ、一切を認識する統一的秩序へのあこがれのように、無益な、まさにそれゆえに二重にいかがわしい待機とその用意のように見せかけたにすぎなかったのだ、道をきりひらく法外な指導者の声への待望、およそ現世的なこの賤民の希望はまた彼の希望でもあったのだが、ただ彼はそれを現世の極限へ推しやったにすぎなかったのだ、その極限からいつかは希望が鳴りひびいてくるだろう、そして現世を超越するだろう、と彼はわが心にいい聞かせていたが、それは、現世にとらわれ一切の地上のむなしさにとらわれていた彼の傲慢が生みだした幻像にすぎなかったのだ、このように彼は認識した。ああ、かつてないほど明らかに彼は認識したのだ、群れをなした動物のような脱出のこころみのむなしさ、恐怖に駆りたてられたそのこころみのむなしさを。希望の唸りをあげ失望の沈黙に沈みながらくりかえしこころみられる逃亡の企ては、時の中にさまよい時からのがれるすべもなく、そのつど影ひとつ落ちぬ無の硬直に終らねばならなかった。そして彼は、自分も同じ運命にゆだねられているのを認識した、同じようにまぬがれようもない、同じようにのがれようもない、無の硬直への顚落、この無とは死をうち破るものではなく、むしろ死そのものなのだ。ああ、彼の生涯はあてどない彷徨のうちについやされてしまった、彼の歩んだ道はそもそものはじめから袋小路だった、そこでは方向をあやまった、道に迷ったという意識がかさなるばかりだった、その道はそもそものはじめから叢林のさなかの彷徨と手さぐりと昏迷であり、いつわりの断念といつわりの別離にみちた生、避けがたい失望に対する恐れをはらんだ生だった、まさしくそのゆえにこそ、希望同様この失望をも、彼は生と現世の極限にまで推しやってしまったのだ。失望よりほか何ものも残っていない今このとき、はたしてその極限に到達したことになるのだろうか？　今ここに残されたものとてはただ冷ややかな恐怖ばかり、おそらくあからさまに認めることはできないが、ひそかに四肢の力を奪い息をとめる死の恐怖、しかしさらに強いのは失望の恐怖だった。残されたものとてはただ、星辰によってさだめられた神秘的な罰のようにのしかかっている硬直ばかり、その罰がくだされるのはとりかえすすべもない前世の宿業に由来する罪、彼が犯したのではない、犯す以前からすでに僭上とさだまっていた罪、永遠に犯されることのない罪だった。

この罪が永遠に彼の背後に立ち、認識の永遠の使命に対立しながら重く彼を圧しひしぎ、みずからの任務とその成就を彼が目にすることを禁じていた。眼に見えぬ硬直にひそむ眼に見えぬ罰、時とことばと記憶を硬直させる、めざめを知らぬ眠りの罪と罰、無の中に、死の広野の中に硬直した薄明の待機――このような硬直状態のうちにかぎりなく見捨てられて、彼の肉体は横たわっていた、病みおとろえ老いさらばえ、彼自身の存在圏をこえて伸びひろがりサトゥルヌス大神の領したはるかな往時へとおぼろにかすんで行くのだった。彼の存在圏はいよいよ透明にかすかになり、魔霊どもにさえうち捨てられ、さながら何ひとつ見晴らすものもないうつろな窓のように、凝然としたままうらぶれて行くばかりだった。そのほとりにとどまっているものは何ひとつとしてなかった、何ひとつ想起できるものはなかった。その昔彼が生の賜と思っていたもの、かつては時を知らず記憶にかたくえりつけられていたもの、それらはことごとく彼より早く老いてしまった、あわただしく年をかさね姿を消し、はたされなかった創造と経験の世界へ没してしまった。かつてはかぎりなく明るく、強烈な光のあまねくかがようていた生の風景のさまざまな影像は、老いさらばえすがれ枯れはて、そのまわりに彼がからみつかせたさまざまな詩句は、枯れはて散り落ちてしまった。褐色の木の葉のようにすべては風のまにまにもてあそばれ、もはや思いおこすすべもなく、ただそれがかつてあったということがおぼろに心に浮かぶばかり、季節を通じて吹きやられ、季節を通じておとろえはて、だれひとりかえりみるものもないかすかな葉ずれの音——おびただしい、そう、おびただしいものがかつては存在していた、遠く過ぎさったもの、つい最近過ぎさったもの、それらが数かぎりもなく錯綜《さくそう》し散乱して存在していた。だがそれらが彼のもとに到達したことはついぞなかった、総体と化することはついぞ許されなかった、記憶の円環は依然として閉じることなく、それらが彼のもとに到達することは未来永劫おこりえないだろう、すでに体験のうちで拒否され、はたされることなくとどまっていたのだが、それは、たとえていえば、彼のかぎりない使命の成就が、第一歩において早くも停頓《ていとん》し、未完のままに埋没しさったのにひとしかった、すでに生涯にわたって継続しているのに、この一歩がいも変わらず、というよりむしろそもそものはじめから、すこしも踏みだされていないのにひとしかった。容赦なく襲いかかる身の毛もよだつような麻痺《まひ》、執拗なこの麻痺の中ではもはや前進も後退もなく、したがって、はたされなかった第一歩に第二歩のつづくこともありえない、というのも、生の一秒一秒のあいだの距離は橋をかけわたすことも不可能な茫漠たるうつろな空間にひろがってしまい、ここからは、歩度を速めようとゆるめようと、そもそもいかなる追蹤《ついしょう》ももはや不可能なのだから、そもそもいかなる持続ももはや不可能なのだから。はたされたこと、はたされなかったこと、心に浮かんだこと、浮かばなかったこと、語られたこと、語られなかったこと、うたわれたこと、うたわれなかったこと、そのことごとくが継続不可能だった、おお——神々よ！　『アエネーイス』さえも未完にとどまらねばならない、この全生涯と同じく継続するすべもないまま未完に終らねばならないとは！　これが真実星辰のさだめた掟なのか？　これが真実この詩の運命なのか?!　『アエネーイス』の運命、彼みずからの運命、そのいずれもが成就しないとは！　考えられることだったか、おお、これが考えられることだったろうか?!　恐怖の重い門がはたとひらき、その背後には一切を包摂する強大な戦慄の穹窿が口をあけていた。外と内とから同時に彼をとらえた恐るべき何ものかが、かぎりなくいとわしい未知の何ものかが、いきなり凶暴にはたきながら、法外な悲痛をこめて彼を高みへと引きさらった、嵐の到来を告げる最初の電光と雷鳴にひそむ、麻痺をうち破り胸もふさがんばかり自暴自棄に荒れ狂う力のすべてをこめて、高みへ彼を引きさらうのだった。死をはらみ死の脅威をはらみ、酷烈に彼の内部にわけ入りながら、しかもそれは一秒一秒をふたたび接近させ、そのあいだに横たわるうつろな空間を、生と呼ばれるあの不可解な要素でもって、電光の一閃のあいだにみちあふれさせてしまうのだ。電《いなずま》の中に今一度希望がぱっときらめいたような気が彼にはした、青銅の締め金にはさみつけられて、息もたえだえに眼もくらみ高みへ引きさらわれて行くあいだに、希望がきらめいて、おこたり失いはたさなかったものを、たとえほんの一瞬にもせよ、よみがえった安堵の呼吸のうちに回復することができるような気がした。それが希望か希望でないか、彼にははっきりわからなかった、苦痛にしびれ恐怖にしびれ麻痺にしびれて、それを知ることはできなかった、ただわかっていたのは、新たによみがえった生の一秒一秒が非常に必要かつ重大だということ、はかなく消えるにせよいつまでも燃えるにせよ、ともかくこの生の焔のために自分が高みへかりたてられている、硬直した臥床からかりたてられているのだということ、凝然と四周をかこむ息苦しい空間からのがれねばならぬ、われとわが身から、みずからの存在圏から、死の広野から眼をそむけ、もう一度視線を高みへはなたねばならぬということ、もう一度、おそらくこれをかぎりのただ一度だけ、生の全空間を覆いつくさねばならぬだろうということだった。ああ、もう一度、ただ一度だけ星をながめなくてはならなかった、からだをこわばらせたままベッドの前に立ち、全身をつらぬきしかも外からしっかととらえている締め金のこぶしにささえられて、こわばる四肢を動かし操り人形のようにあやつられ、針金の動きにつれて動くかのようにたよりなげにぎくしゃくしながら、彼は出窓のところへもどって行った。出窓の壁に疲れきって身をもたせかけ、衰弱した膝を心持ち折りながらしかも依然として立ったままで、肘をうしろに引いて規則正しく深呼吸しながら、心行くまで大気を味わおうとした、存在がふたたびひらけ、心願の国の息吹きの潮にひたされることを望んでいたのだった。

呼吸の必然、被造物としてやむをえぬ呼吸への欲求が彼をそこへかりたてたのだった。しかし同時にそれは非肉体的な欲求でもあった、眼に見えるもの、眼に見える世界、眼に見える万有のたしかさの中での呼吸へのあこがれでもあった。息づまる心地に呆然として、力強くとらえる手にささえられたまま彼は窓辺に立っていた、どれほどのあいだそうして立っていたのかはわからなかった、ほんの数瞬だったかもしれないし数時間だったかもしれなかった。時間の感覚はただ不完全に断片的に回帰するにすぎなかった、世界がふたたびきずかれ知覚がふたたび知覚となるのも、ただ断片的な、窒息の不安と窒息の苦痛にあまねく覆われたうえでの経過にすぎず、おこったことに彼が気づいたのもやはり断片的な経過、これは『アエネーイス』だけにまつわる問題ではない、今から見いださねばならない何ごとかにまつわる問題だという考えも、ただきれぎれにすこしずつおとずれてきたのだった。

静かに今世界は彼の前に横たわっていた、先ほど耐えとおさねばならなかったあの騒擾のあとでは、いささか不気味なほど静かだった。どうやら夜はもうかなり更けているらしかった、夜半をもうすぎているようだった。星々は巨大に燃えかがやきながら大らかに空をめぐり、再会の安堵からか、慰めるように力強く静穏な光を投げかけていた。そうはいってももちろん、雲ひとつない空に何か不安な影がさしてはいたので、それはさながら、星々の空間と下界の空間との中間に、つらぬくすべもなく硬い、ただわずかに視線ばかりは透過することのできる、くすんだ水晶の穹窿が張られているかのようだった。横たわったままうかがい、うかがい待ちうけながら横たわっていた先ほど、彼の肉体は魔霊によっていくつもの圏に分断されていたのだが、その分断がそのままこの外界に転移されたような気が彼にはした、肉体の場合にはかつておぼえがなかったほど、外界における分断はきびしくはかりがたくなっているような気さえした。穹窿によって地上の空間は天上の空間からみずからをわかち、みずからを覆っていたが、そのあまりのきびしさに、待ち望まれた微風がかぎりない世界からそよともおとずれることはなく、大気への渇望がいささかもいやされることはなかった。先ほど町を覆っていた煙は、夜風がそよぎはじめてもいっこうに消えうせず、散りぢりになることさえなく、むしろ一種熱気をはらんだ透明さへと変化し、いわば地上を覆う蓋の圧力のもとで、一種の黒いゼラチンに凝縮してしまった。それはどうしようもない不動不変のたたずまいで空中に浮かび、空気よりも熱く、このむっとする室内とほとんど同じほどの重苦しさで呼吸を不可能にしていた。呼吸不可能な領域は仮借なく呼吸可能な領域から遮断され、その上に水晶の蓋が、つらぬきがたい暗黒をたたえ、仮借なく張りわたされていた。上界の前庭、呼吸の前庭、世界の前庭をきびしく遮断する境壁、その前庭に、青銅の手によっておこされささえられて彼は立っていた。かつては平坦な大地に身をすりよせサトゥルヌスの沃野にながながと寝そべり、みずから上と下との境界線を形づくり、ふたつの圏に直接にむすびつきその一部となっていたのだが、今は成育のさだめをになった孤独な魂と化して、その境界を突破し乗りこえて行くのだった。荒涼たる孤立のさなかでこの魂は知っていた、上と下との深みをうかがおうと思うなら、われとわが内奥をうかがわなくてはならないのだと。大いなる上界への直接の参与は、地上の時と地上の人間にふさわしい成育の運命にゆだねられ、この双方を賜としてうけているものにはこばまれている。ただその視線と知覚によってのみ、彼ははかりがたくわかたれた上界へ滲透《しんとう》することができる、ただ見つめる眼の投げかける問いによってのみ、それをむすびあわせ包括することができる。問いかける認識にもとづきまたその認識の中においてのみ、世界の統一、同時的な統一を回復し、その領界を回復することができる、渦巻きながれる問いの中においてのみ、彼はおのが魂の現在の相を、その最奥にひそむ地上的な必然を、発端このかた変わらぬ認識の使命を成就することができる。
　時は上にながれ、時は下にながれた、ひそやかな夜の時がふたたび、彼の血管にながれこみ、星辰の軌道にながれ入った、一秒一秒はすきまなく連接し、ふたたび贈られ、ふたたびめざめた時がそこにあった、運命を超越し、偶然を放棄し、推移からまぬがれた不易の時の掟、彼をその内部にうけとめて永遠に持続する今。

掟と時は
あいわかれて生まれ
滅ぼしあいながらたえず新たに誕生へとみちびき
たがいにうつしあい　その反映ばかりを眼に投げかける
影像とその照影の連鎖は
時をかこみ　原初の像をかこみ
そのいずれをも全体としてとらえはせず　しかも
いよいよ時をはなれ　時を超え
やがて　その共鳴の最後のこだまの中に
いやはてのひとつの象徴の中に

死の象徴は　一切の生の象徴と結合する
それこそは魂の現実の像
そのすみか　時を超えたその今の時
魂の中に成就した掟
その必然。
すべては必然のうちにおこなわれていた、内と外とをはかりがたく不可解な要素に溶解し、どう見さだめようもないまでに分解し寸断してしまうあの認識の道でさえ、やはり必然の道だった。だが、こばむこともものがれることもできぬこの必然の中には、存在がふたたび共鳴することをもとめ、事象の生起と生起した事象があだではなかったことをのぞむ希望もかくれているのではなかろうか？　必然のうちにさまざまな影像は姿を現わし、必然のうちにいよいよ現実に接近する。おお、原初の像への接近、おお、原初の現実への接近、彼はその現実の前庭にたたずんでいたのだ——、ひそやかな大空にかかる水晶の覆いは今こそ引き裂けるのではなかろうか？　今こそ夜はその最後の象徴を彼の前に現わすのだろうか、夜が眼をひらけば、おのが眼の光の消えることを彼は覚悟せねばならぬのだが？　彼はまばたきもせず星々を見あげていた。運命によってさだめられ運命をさだめる星々の二千年の運行は、その軌道ごとに運命にしたがい、時の族《うから》の代々の父から子へと運命をつたえながら、やがて成就をむかえるにちがいなかった。眼に見えるものから見えぬものへとひろがり、ふたたび贈られた知覚の無欠の円環を形づくる大空の現在が彼に会釈した。かなた南西の天の縁辺から、親しげにしかも不気味に、蠍《さそり》座の示す運命の像が、危険をはらんでくねる肢体をやわらかな銀河のながれにひたしたまま、彼に挨拶を送っていた。アンドロメダはペガススの翼ある肩に頭をもたせかけ、けっして消えうせることのない北極星は眼に見えぬ挨拶の光をはなち、父祖の世よりまだ遠い昔かなたにきずかれた永劫の世界から、十個の星を燃えかがやかせて、かつての玉座をうしなった竜の星座が会釈していた。掟の像がめぐる冷ややかな石の世界を、凝然と彼はあおぎ見ていた、そこからは暗くかがやく息吹きがながれ、けっして地上に降臨することはなく、いつもただおぼろに感じられるにすぎない真実が、人間界とは無縁の必然にになわれてそこからこぼれ出ていた。真実の像をながめながら、それが形づくるさまざまな影像のゆたかさの中に真実を予感しながら、彼はおのれのうちにそよぐ認識を自覚していた、この認識が偶然の支配からまぬがれていることを知り、自己の認識能力が、いかなる焦燥からも解きはなたれて、静かに待ちうけていることを知っていた、未完のうちにおける必然的な完成をむかえる用意が彼にはできていた。このとき彼をとらえていた手はしだいにやさしくなり、やすらかな保護の手に変じた。町の甍々の上を、東の空からそそぐ月光が、緑がかった冷ややかな埃《ほこり》のように覆っていた。地上が身近なものになってきた。というのも、恐怖の最初の戸口を後にしたものは、新たな、さらに大きい未知の前庭に閉じこめられてしまうのだから。自己の問題へ帰れ、自己の掟へ帰れとうながす新たな意識にとらえられ抱きすくめられ、回帰の掟、サトゥルヌスの週期、待機の焦燥から解放されて、彼はふたたび身をおこし上にむかって伸び、自己自身へ帰る道を見いだす。彼の小舟は櫂を引きあげ、贈られた時の中でなんの期待もなくひそやかにゆれながら、ただおのずからかなたにただよって行く。上陸がすぐ間近にせまっているとでもいうかのように、偶然から解放された窮極の現実の岸辺への上陸が。

なぜなら恐怖の最初の門を後にしたものは
現実の前庭に歩み入るのだから。
みずからを見いだし　さながらこれがはじめてのように
みずからをめざす彼の認識は
万有の必然　ありとある事象の必然を
わが魂の必然として理解しはじめる。

このような経験を経たものは
存在の統一へさし入れられる
万有と人間に共通の　純粋な現在の中へ。
それはかけがえのない魂の富
その力を借りて魂はただよう　必然にみちびかれ
おびやかす口をひらいた無の奈落をこえ
人間の盲いたおろかさをこえてただよう。
永遠につづく問いにひそむ現在の中へ
永遠につづく無知の知　人間の神聖な予知の中へ彼はさし入れられる。
問いかつ問わねばならぬゆえの無知
すべての問いに先だつゆえの知
最奥の人間にふさわしい必然として
はじめから人間のみにさずけられた神聖な賜。
この必然のために
彼はたえず認識への問いをくりかえさねばならず

たえず認識から問いかけをうける。
答えにおののく人間　答えにおののく認識
認識にしばられた人間　人間にしばられた認識
かたくむすびあったどちらもが　答えを恐れ
予知にひそむ神の現実に
知りつつ投げかける問いの現実のひろがりに　うちひしがれている。
この問いに答えることは　いかなる地上の答えにも
いかなる地上の認識にもかなわない　しかもそれは
ただこの地上においてのみ　答えを得ることができ　答えを得なくてはならぬ。
魂のしたがう命令のままに
現実は真実に変じ　真実は現実に変ずる
二重の世界形成の変動と化して
この問いの必然は
この地上に成就されるのだ。
緊張して問いかける魂は

真実の救いの中にさし入れられる
認識と問いと形成の命ずるままに
確実な知覚と認識力のあいだに張りわたされ
現実をもとめる真実の中に。
それと同じく
原初の知覚に呼ばれ　知りつつ投げかけるその問いに呼ばれ
偶然を脱した存在の統一を知るその問いに呼ばれ
認識から生まれた知覚へ
その実現へ
偶然をふり捨てた掟の認識へと呼ばれ
魂はたえず出発の用意をしている
みずからの本質にむかって
掟の認識の中で偶然をふり捨てた
おのが被造物の特性　その枠をこえた特性にむかって。
魂の起点と終点はひとつにむすばれ

そこにはじめて人間は人間となる。
なぜなら知覚する魂の認識の奥底に
行為と探索　意志と思考　夢想の
認識の奥底に
人間はさし入れられるのだから。
偶然を放棄した無限の現実に
かぎりなく包括的な強大な
青銅のように堅く　しかもやさしく　かぎりなく真実な
彼みずからの現実の象徴に　人間はうちひらけ
この象徴のただなかへの　永遠の帰還をのぞみ　帰還を成就する。
みずからの象徴の現在にさし入れられ
それが恒常の現実とならんことを願う。
なぜなら人間がさし入れられた世界は
「しかもなお」と呼ぶ彼の叫びなのだから
曲閉されたものの叫び

消しがたい自由の叫び
消しがたい認識への意志の叫び
この不屈の意志は
十全に到りえない地上の運命より大きく
みずからをこえてさらに生いたち
人間性の奥底から　巨人のように「しかもなお」と呼ぶ。
まことに　人間はおのが認識の使命へとさし入れられ
このとき何ものも　彼を拉致することはできない
まぬがれがたい錯誤にさえ　その力はなく
錯誤のはらむ偶然は　偶然を脱した
使命の前にはかなく消えうせる。

いかにも人間は、十全に到りえない地上の運命のうちに幽囚の身となる――辛うじて窓の縁にしがみつき、大気をもとめて切なくあえいでいる瀕死の病人さえ、この幽閉をまぬがれはしない――、いかにも彼は失望を味わうさだめを負うている、大小ことごとくの失望を経験し一切の努力はむなしく、過去にいかなる成果もなく、未来に希望の影もない。この失望が彼を前へ駆りたて、焦燥から焦燥へ、不安から不安へと駆けめぐらせた、死をのがれながら死をもとめ、仕事をもとめながら仕事をのがれ、追われては愛の営みにふけりまた追われ、運命のさだめるままに認識から認識へと彷徨し、素朴な創造のうちにあったその昔の故郷の生活から、ありとある知識の錯雑へと追いたてられ、さらに詩へ追われ、さらに古代の玄妙きわまりない叡智《えいち》の探究へ追われ、認識をもとめていらだち、真実をもとめていらだち、ふたたび彼は詩に追いもどされた、詩と死との融和が、最後の現実の成就をもたらすことができるとでもいうかのように——おお、このこともまた失望に終った、これもまた、虚妄の道だったのだ——、いかにもこうしたすべては虚妄の道程以外の何ものでもないはずだった、そう、これまでもその通りだったし今もそうだった、第一歩をふみだそうとするかしないかに、もうその失敗が明らかになってしまうのだった。いかにもこの生涯全体は今挫折の徴候を示していた、そもそものはじめから十全に到りえぬ運命のうちに埋もれ、永遠に挫折の呪いをかけられていた、というのも、何ものも茂みをきりひらくことはできないのだから、死すべき人間は叢林をのがれるよすがもなく、絶望と偶然のとりこととなり、さまよいながらしかも身動きもならず、一切の恐るべき錯誤に釘づけにされているのだから。ああ、しかもなお、しかもなお、何ひとつ必然なしには生じなかった、何ひとつ必然なしには生じない、人

間の魂の必然、人間の使命の必然、それが一切の生起する事象を、虚妄の道にいたるまで、
錯誤にいたるまで、統轄し支配している。
なぜなら　のがれるすべもなく閉じこめられた
錯誤のうちにおいてのみ　錯誤の力を借りてのみ
人間はもとめる存在になるのだから
その本来の姿
もとめる人間に。
人間は徒労を認識しなければならぬ
その認識の恐怖　一切の錯誤の恐怖を
甘受して　認識しながら滓《おり》までのみほさねばならぬ。
彼は恐怖を知覚せねばならぬ
みずからをさいなむためではなく
ただその認知においてのみ
恐怖の超克がはたされるゆえに
恐怖の甲角の門をくぐって

存在に到りつくのは
ただそのときにのみ　はたされることであるゆえに。
それゆえにこそ人間は　かぎりなく不安定な空間に
さし入れられている　たゆとう小舟にゆられながら
いかなる船ももはや彼を載せてはいないかのように。
それゆえにこそ人間は　おのが知覚の
数かぎりない空間に
知覚する自我の空間に　さし入れられている。
それこそは人間の魂の運命
だが　おのが背後に
恐怖の門の重い扉を閉ざしたものは
すでに現実の前庭に到達している。
彼をかき載せただよわせ　認識のよすがもなくながれるもの
認識の不在　それが彼の知覚の基盤となる。
それはながれにしたがう魂の成育

成就するすべもなく未完の人間の本質。
しかも　自我がみずからを知覚するとき
たちまちゆたかにひろがり　統一と化し
移ろいを知らぬ成育のうちに　ながれる万有の統一が
彼に知覚される　同時の生起となって
眼にうつる　その現在の力によって
彼をささえる一切の空間を　ただひとつの空間と化する
唯一の根源の空間と化する同時性のさなかに。
それはまたこの空間とともに
自我をもみずからのうちにひそめ　しかも自我によってささえられ
魂にいだかれしかも魂をいだき
時のうちにやすらいながら時代を規定し
認識の掟にとらわれながら認識を創造し
ながれ行くその成育とともにただよい
たゆたい成育するその生成とともにただよう。

この生成こそは現実の根源
融けあう内と外とのはなつ光は　きわみない彼岸の大いさを宿し
たゆたいと拘束　解放と幽囚は
弁別しがたくひとつに溶けて　澄みとおる。
おお　移ろいを知らぬその必然
おお　かぎりないその透明なかがやき
視線と時と　このふたつに知られ
このふたつに姿をうつし　青銅のように堅くしかもやさしい手に
大空へとふりむけられた人間のうちひらけた面輪に姿をうつし
視線と時と　ただそればかりがたどりつく
閉ざされたかしこの上界に
運命につつまれ
星々につつまれ
かねて約束された賜が　営みの無効をいなむ確証が燃えかがやく。
偶然から解きはなたれた　永遠の賜の時

認識にひらけた地上の慰め――

そしてさらさらとこぼれる月光の中で、慰めをあたえるようにやさしく、ふたつの領界がむすびあっていた、天の領界と地の領界が永遠にむすびあい、月光にひたされた万有から胸に帰還する呼吸のように慰めにみち、何ひとつ無効ではなかった、認識のための営みはむだにおこなわれたのではなかった、その必然性ゆえに無効ではありえなかったのだと、慰めのことばを投げてよこすのだった。成就するすべもない未完の事象の中にも希望がかがやき、そのかたわらに『アエネーイス』の完成へよせる希望が、いかにもつつましやかにひかえていた。約束を告げ知らせるこだまは地上に希望をひびかせ、地上の確信の中に殷々《いんいん》と反響している。死すべき人間は、地上の存在に囲繞されて、確信をうけ入れる用意をととのえている。

慰めと確信、営みは無効ではなかったと告げる慰め。ひそやかな大空の水晶の覆いがひらかれたわけではなかったし、そこにいかなる影像が現われたわけでもなかった、いわんや最後の象徴が顕現しようはずはなかった。夜の眼は依然として、閉ざされたままで、彼自身の眼が光を失うこともなく、はかり知れぬ空間はあい変わらずただ影像とその反映においてしか連結されえない。上と下とに分離したはかり知れぬ空間が合体して生みだすのは、あい変わらず、ただ知識としてのみ得られ、視線によってのみきずかれる統一にすぎなかったし、あい変わらず彼のたたずむ場は現実の前庭、窮極の統一の充溢《じゅういつ》した現実からこばまれて彼がさし入れられたのは、地上の問いにひそむ現在の空間にすぎなかった。それにもかかわらず、慰めと確信がそこにあった。冷ややかな埃のように月光は夜の暑熱の中にしたたり、しとどに湿わせながらも、暑熱をやわらげ冷ややかさをつたえることはできなかった、それは熱い暗黒にえがきこまれた、きらめく石にみちた大空の盲いた冷ややかなこだまだった。おお、人間の確信、それは知っている、たとえ残されたものは失望ばかりで叢林をのがれる道はひとつとしてないとしても、しかも何ひとつ無効ではなかった、無効な事象は何ひとつないのだ、と。それは知っている、たとえ最後に災厄がおとずれる場合でも、体験から得た認識の利得は増加している、世界の中で認識はたえず増大をつづけ、偶然を脱した明るく冷ややかなこだまも永遠に消えることはないのだ、と。人間の地上の営みは、認識へとさだめられたその必然にしたがい、地上の本性とそこにたむろする群衆の眠りの解明に着手するごとに、はげしい力闘の末偶然を脱することができる。おお、確信にみちみちた確信、それは空からかがやきを投げるのではなく、人間の魂の中で、魂に課せられた認識への義務にもとづいて、この地上に形成されるのだ——、だがそれならば、確信の実現も、それが実現されうるものであるかぎり、同じくこの地上にはたされねばならぬのではなかろうか？　必然は常に素朴な地上の存在においてのみ成就する。渦巻きめぐる問いはいつも地上の存在のうちにのみ、その終結点を見いだす。たとえ認識の使命が時として地上をこえた世界にまで達しようとも、さらには分離した万有の領界の統合さえこの使命にゆだねられようとも、地上に出発点をもたぬ真正の使命はありえない、その解決のさまざまな可能性とともに地上に根ざしていない使命はありえない。月光の中にただよい、月光におぼろめき、地上の世界は今彼の前にひろがっていた。人間はわれとわが身の下層に引きしりぞき、眠りのうちにのがれ、眠りにあふれた家々にひそみ、おのが下層に埋もれながら空に沈む星々からへだてられていた。世界の静けさは上と下の地帯にはさまれた二重の孤独を形づくっていた。風ひとつそよがぬこの静寂をかきみだす声もなく、聞こえるものはただかすかにはぜる篝火と、外の囲壁に沿うて巡回する衛兵のものうげな重い足どりばかりだった。その歩みは輪をかいて近づいてくるかと思うと、またかなたへと遠ざかり、消えて行くのだった。しかしよく耳をすますと、この歩みにもどこかからのかすかなこだまが共鳴しているようだった。一種の伴音で、もはやほとんど反響とは呼びがたく、もはや屈折もせずただ埃のように飛散するばかりだったが、しかも広場の周辺に立ちならぶ家々の壁にあたり、路地や洞窟めいた住居の隅にあたり、町々の巨大な石の組織、山々と海の壁、くすんだ水晶の低い天の穹窿、星の光にあたり、認識するすべもないものにあたって屈折し、ほのかに飛散しながらはねかえり、波のように震動をつたえ、とらえようとするとたちまちまた消えうせてしまうのだった。しかし囲壁のかなたでかすかに鳴る篝火は、地上に存在しながら奇妙に上界とむすびつき、なおも燃えつづけていた。時には眼に見えぬこだまのように遠のいて行くこともあったが、数かぎりない影像の一環と化することもあったが、その音はさながら人間の営みが無効に終らぬことを告げ、人間の魂が生まれながらにそなえている統一への意志が、地上に由来するものであることを告げ知らせているかのようだった。それはさながら認識へのうながしのようだった、大地へ、地上の存在へとむかえ、ここで新たな活力を汲《く》め、プロメテウスの力は下の領域からわきあがるので、上から降りそそぐのではない、こう呼びかけているうながしのようだった。いかにも、地上の領域に注意をむける必要があった。息づかい荒く、窓閾《しきい》によりかかりながら、彼は待っていた、到来するはずの必然を待ちうけていた。

眼下には、井戸のような暗黒の中に、館と囲壁にはさまれた狭い空間が口をひらいていた。黒い竪坑の底は灯影ひとつない深みにあり、囲壁のかなたには篝火が燃えていたが、それもすっかり壁の影に覆われ、わずかに照りかえしが眼にうつるばかりだった。衛兵が巡回しながらちらちらとゆれるその小さな区域を横ぎると、ほのかに赤くかがやく石だたみの上を、おぼろな男の影がすべって行く。暗い吐息のようなその影は、時おりむかいの家の壁にあたって、眼にもとまらぬ早さで鋸状《のこぎり》の線をえがきながら高くはねあがった。思いもおよばぬ奇妙な敏捷さのために、それはほとんど現実ばなれして見えるほどだった。囲壁に覆われた下方でおこなわれていたのは、ごく単純な軍務の遂行だったが、それにもかかわらず、すべての人間的な義務の遂行と同様に、認識の知覚の基盤と、認識の使命そのものと無効に終らぬその意義とに奇妙にむすびついていた。そこで生起する事象は、現実の前庭で、窮極的な存在のほとりでおきることなのだ。根源の現実への突入は星々の領界にはじまるのでもなければ、星々の下にひろがる中間領域から発するのでもない、営みの無効をいなむ約束はそこでかなえられるわけではない。人間の領界において、人間の力をまってはじめて境界の突破が可能になる。人間にわかたれたこの神聖な運命、人間にあたえられたこの神聖な確信、彼の神聖な必然——たしかに、大いなる現実の成就がいつのことになるか、それを予言するのは至難のわざであろう、運命の秘奥にひそむその一大事が、体験不可能な未来におきるものか、今まさにおころうとしているのか、それとも実はもうはじまっているのか、それをたしかめることはだれにもできない。だが、運命の秘奥から有無をいわせぬはげしさで、めざめてあれと呼ぶ声がひびいてくる、すべての瞬間を確保せよ、偶然を脱した人間の掟の顕現する瞬間を待ちうけよと命ずる声がわきおこる。きわめがたい深みからたちのぼりながら、この命令は、はかなくうつけ、聞きとれぬほどかすかに鳴りはずむ、ものうげに熱くほてり月光にひたされた黒いかがやきの中にひびいていた。黒いかがやきは地上のものをいだきつつみ、薑々をこえて粛々とながれよせ、窓からそそぎ入り、そこにたたずんでいた彼をも覆いつつんだ、注意深くめざめてあれと命じながら彼をつつみかくしていた。この注意深さはさながら熱の一部分ででもあるかのようだった。熱に浮かされたまま彼は注意深く眼にうつる世界をさぐった、どこかに人影が現われることを切なく期待しながら。しかし人らしい姿はどこにも見あたらなかった。南西の地平に近く蠍座がおびやかすように明るくかがやいていた、きらめきながらかすむ大地の上で、それはかなたの町並みと、なかばこの家並みに覆われて波のようにうねる夜の丘陵とのあいだに横たわる境界線を、きらめきのうちにかき消して行った。月光にひたされて冷ややかに石化し、窮極の無限にくろぐろと背後を閉ざされた、野や森や牧場のうねり、茎の波、葉の波、それらはみな潮のようにながれよせる星々の空間の、石のように鳴りわたり石のように冷え、石のようにふるえる熱の波の中で、夜を飲み光を飲み、かなたへとすべるようにただよい、きらめきながら消えて行くのだった。蒼白いかがやきは眼に見えぬ世界の中でもはてしなくつづいていた。熱さと冷ややかさと、影と光と、二重の根源に根ざしたそのかがやきは、かなたへながれさってはまたこなたへかえし、暗黒のうちに沈み、中庭と広場と路地の竪坑にながれこみ、眼に見えしかも見えない地上にあまねくひろがっていた。筋むかいに広場へ通ずる路地があった。一直線の道なので見通しがよくきいたが、明るい月光をあび、ただここかしこ高い家の影が暗くなっているばかりだった。家並みから察すると、この路地のさきは町はずれになるらしかった、かなたの空の蠍座と同様軽く二度折れ曲がり、蠍座の方向をめざしている路地だった。この形態の類似といい、めざす方向といい、心をそそらずにはおかぬ誘惑だった、不安になるほど強い誘いかけだった。この道に沿うてどこまでも歩いて行きたい、曲がり角ではすこし足を早め、郊外へ出て、あの星座をめあてにしながら故郷をくまなくさまよい歩きたい、光と影の熱気にほてる森を横ぎって進みたい、あこがれが胸にわき、夢の中の歩みは飛ぶように軽くさわやかだった。おお、眼路のかぎりをこえて歩みでることができさえすれば。その行きつくはてにはふたたび根源が顕示されるだろう、もはや変転を知らぬ不易の永遠の相のうちに。この軽やかな道には案内者はいらない、めざめよときびしく呼ばわるものにも用はない、なぜならほのかな光をくまなくひろげる世界のまどろみは、いつはてるとも知れないのだから。ただ前進しさえすればよかった、呼び声も届かぬかなたへむかってさまよいつづければよかった。すべての境界はひらけ、何ものもこの旅人をとどめることはできない、だれひとり彼をとらえることもさえぎることもできない。神さえも彼を追い抜くことはないし、動物が彼の行く手に現われることもない、そのいずれにも彼の歩みはわずらわされない。彼の進む道は慰めと確信の道、必然の道、神の道なのだ。だがほんとうにそうだったか？　逆にむかう方向は存在していなかったか？　逆の方向をとってこちらへ歩みを進めながら、動物の世界へもどろうと、怪物の世界へ落ちこもうとするものがいるのではなかろうか？

待つよりほかなかった、かぎりない忍耐のうちに待つほかはなかった、たえがたいまでに長い時が経過した。しかしそれから、何かがやってきた。奇妙なことに、やってきたそれは、およそ一切の予期に反したものであるのに、しかもやはり必然によってここへもたらされたかのようだった。まず最初は音として聞こえてきた、すなわち、ゆっくりと静寂から分離する引きずるような足音と、何やら聞きとりにくいつぶやきとして。かなり長いあいだ影にひそんでいた後に、ようやくその音の主が姿を現わした、三つの不明瞭な白い斑点で、よろめきながらしばしばはたととまり、たがいにもつれあい溶けあうかと思えばまたはなれ、月光にさらされては闇の中に沈み、まるで不承不承にこちらへずりよってくるかのようだった。息もつけぬほど緊張して視線をこらし、呼吸をはばむ夜のかがやきの中で不安に胸をしめつけられ、痙攣する両手をからみあわせ、ふるえる指を指環に巻きつけ、ふるえながら身をこごめ窓から首を突きだして、彼は三点の幻が接近するさまを見つめていた。しばらく何も聞こえなかったが、やがて、その前の不明瞭なつぶやきとは反対に、だしぬけに鋭くおそろしくはっきりと、甲高い金切り声が耳にひびいてきた。声の主が何かぬきさしならぬ最終的な決断でもくだそうとしたかのように、ほとんどわめくような調子の告知がひびきわたった、「セステルス（古代ローマの銅貨）六枚よ」それからまた静かになった、この最終的な断定はそもそもいかなる返答をもみとめぬかのようだった。それにもかかわらず、やはり応ずる声はあった。「五枚」と別の男の声がした、底意地悪く上機嫌な、おちついたというより寝ぼけたような低い声で、明らかにそれ以上文句をつけさせまいとする口調だった。「五枚さ」――「阿呆《あほう》、六枚よ！」とひるむことなく最初の声が甲高く答えた、しばらくわけのわからぬやりとりがあった後、低い声がおちついてきっぱりといった、「五枚、びた一文それよりゃあだせねえ」彼らは立ちどまった。何をあらそっているのか見当もつかなかったが、このとき第三の声が加わった、泥酔した女の声だった。「六枚だしな！」と女は、つるつると粘っこい声を張りあげたが、いらだった高飛車なこの要求の裏には、何やら卑屈な追従めいたものがうかがわれた。しかしもちろんそんないいかたをしてもたいして役には立たなかった、というのも、もどってきた答えはただ小馬鹿にしたように咽喉を鳴らす笑い声ばかりだったのだから。笑い声とそこにこもるてこでも動かない嘲りにかっとしたのか、女の声は憤激したかすれ声に変わった。「たらふくたいらげてさ、そいでお勘定はしないのかい……肉をだせ、魚をだせ、なんでもかでもだせなんて……」吠えるような男の笑い声だけがまた帰ってきたとき、女はさらにことばをつづけた、「粉を買え、玉ねぎを買え、なんでもかでも買えなんていってさ、卵、にんにく、油、それににんにくも……にんにくも……」——あえぐような喉頭音に移行した男の笑いにいよいよ昂奮して、酔いに息をはずませながら、彼女はにんにくなぞとても買えないと頑強にいい張った——、「にんにくが食いたいだってよ……にんにくが……」——「わかったよ、あんたのいう通りさ」と高い声が割ってはいり、それからどう気が変わったのか、いきなり「静かにしねえか！」とどなった。しかし女はいっこう気にもかけず、まるでそのことばに霊妙な魔力がひそんでいるとでもいうかのように、「……にんにく……にんにくを買えってさ……」とくりかえしていた。彼らはまた闇の中に沈み、闇の中からはなおもにんにくをもとめる呼び声がひびいてきた。するとほんとうに、まるで合いことばでもかけられたように、熱気をはらんだ夜の暗黒は突然ありとある厨房《ちゅうぼう》の匂いにみなぎりあふれていた。町だけが吐きだすことのできる、重く飽満し、貪欲な油ぎった匂い、億劫《おっくう》げでしかも恐ろしい匂い、消化と腐敗の匂い、ぱちぱちとはぜ鍋の悪臭をただよわせる匂い、反芻《はんすう》の匂い――眠りをむさぼる町の養分。しばらく静寂がつづいた、奇妙に重苦しいひそやかさで、ものうげな瘴気に下の三人も呑みこまれてしまったかのように思われた。明るいところへ彼らはやがてまた姿を現わしたが、もう何もいうことはないらしかった。にんにく論議にもけりがついたとみえ、刻一刻姿を明らかにしながら、彼らは黙々とこちらへむかって歩いてきた、もちろんだまっているからといって、気分がなごやかになったわけではなかった。先頭はおそろしく痩せこけた男だった。肩をそびやかし、杖にすがりながらびっこを引き引き、立ちどまらなくてはならなくなるたびごとに、おどすように杖を振りあげ、あとのふたりについてこいと指図するのだった。すこしはなれてうしろにでっぷり肥った女がつづき、いちばん最後に、どうやら女以上に肥満しまた泥酔しているらしい、いずれにせよ女よりさらに鈍重な、もうひとりの男が現われた。太鼓腹の大男で、しだいにひらいて行く女との間隔をちぢめることができず、ついにはあわれっぽい泣き声をたて子どものように手をさしあげて、女の足をとめようとするのだった。ざっとこんなようすで彼らは近づいてきた、ゆらめく不安定なながめだったが、その不安定な感じは、通りの出口で彼らが篝火のゆらめく照りかえしの圏内にはいりこんだとき、さらに幾分強まった。こうして彼の眼の前にたどりついたとき、またもやいさかいがはじまった。先頭のびっこの男が広場を横ぎって、港へ通ずる左の道へ曲がろうとすると、女がうしろから「とんちき！」と金切り声をあげた。男は立ちどまり、左へ曲がるのをあきらめてくるりとむきなおると、杖を振りまわしながら女につめよった。女はひるむ気配もなく口ぎたなく罵りつづけたがでぶの大男がちぢみあがって、ひいひい泣きながら逃げだしたので、しかたなく後を追いかけ、引きずりもどさなくてはならなかった——これは先頭の男にとっては実に愉快な戦果だった、杖をおろすと、彼は先刻女を逆上させた、あの吠えるような、太い咽喉を鳴らす嘲笑を、これでもかとばかりに爆発させた。するとすぐさま先ほどと同じ結果が生じた、女は狂いたった。「帰るんだよ！」と彼女は笑いこけている痩せた男をどなりつけ、男が指をふり動かしながら港の方向にさしのべ、はじめの意図を強調したとき、昂奮に舌をもつれさせあえぎながら、自分も手をふりあげ、逆の方角をさし示した。「とっとと帰るんだよ、町に用なんぞあるものか……ごまかそうたってそうは行かないよ、あたいにゃちゃんとわかってるのさ、あんたがどういう了見なんだか。あんたがどこの女郎屋にしけこむのか、先刻お見とおしなんだよ……」——「ほう？」男は指をふり動かすのをやめた、手は盃《さかずき》のかたちにまるめられ、飲むしぐさを演じた。家の壁にもたれかかっていたでぶにとっては、実に啓示的な動作だった、そのおかげで彼はとっさに窮極的な決断へもどる道を見いだすことができたのだった。「酒だ」と彼は顔色をかがやかせて咽喉を鳴らすと、のろのろと動きだした。女がその行く手をさえぎった。「酒だって」と彼女は怒り狂っていった、「酒だって?……あいつはなじみのお引きずりんとこへしけこもうってんだよ、それだのに、それだのにあたいが、食わしてやらなくちゃいけないってのかい……豚が食いたい、なんでもかでも食いたいなんて……」――「豚だ」と甲高い声がきんきん鳴った。見さげはてたといったようすで女はでぶを壁に押しもどし、もうひとりの男のほうにむき直ると泣かんばかりに訴えた。「なんでもほしがって、それでお勘定はしないのかい……」――「五枚払うといったじゃねえか……こいよ、のましてやるぜ」――「あんたの酒なんぞまっぴらごめんだよ……六枚だしな」――「あいつにものましてやらあ」――「あんたの酒なんぞのむものかね」――「てめえの知ったことか、このあま。五枚きっかり、びた一文それよりゃあだせねえ。おまけにのましてやるんだ」――「五枚だ」と壁にもたれたでぶが重々しげに宣言した。女は猛烈な勢いででぶにつめよった。「なんていった? 今なんていったのさ?!」仰天して相手は逃げ口上をさがしもとめた。ようやく口をひらくと、親しげな愛想のよい口調で彼はいった、「やくたいもねえ」――「あいつになんていったのさ?!」と女は追及をゆるめなかった。切羽つまって、やけくその勇気をふるいおこすと、新たな確信の命ずるままに彼はくりかえした、「五枚よ」――「またそういうんだね、この肥っちょめ、酒袋め……だのに、あたいがおまえたちに食わしてやらなくちゃならないのかい……ただで食わしてやらなくちゃ、ならないのかい……」でぶは別段心を動かされたようでもなかった。「酒だ……あんただってのめるんじゃねえか」と彼は嬉しそうに裏声をだした、ふるいおこした勇気の報いを受けとらねばならぬとでもいうようだった。女はでぶの肌着《トウニカ》をしっかりつかまえた。「あいつは有り金のこらず、お引きずりんとこへもって行っちまうんだ……六枚払わせるんだよ、わかったかい、六枚だよ……」――「六枚」とでぶの大男はおとなしく復唱して、地べたに坐りこもうとしたが、女がしっかりとらえてはなさなかったので、もちろんこの企ては成功しなかった。この光景に歓喜とどまるところを知らずといった風情で、痩せた男はどなり散らしながら杖を振りまわしていた。「五枚といったぞ、そうよ、五枚払ってやるとも。まちがいなしだ！」――「ちがう」と女は唸った、なおも肌着から手をはなさずに、そのまま彼女はでぶにむかってわめいた、「いってやんな、六枚だよ、あいつにそういってやんな！」どれほど怒りにかすれても、女の声からは、いまだに媚《こ》びるようなもの欲しげな調子が消えうせなかった。ただしそれがだれをめあてなのかはよくわからなかった。いずれにせよ痩せた男は、しばらく笑うのをやめて、幾分妥協的になった。「全体何がほしいんだよ？　粉やなんぞは皇帝陛下からただでおもらいできるんじゃねえかよ……」女ははっとしたようすだった。彼女に引きつけられてもがいていたでぶにとっては、これは息をつくためばかりでなく、厄介な金勘定の問題から逃げだすことのできる絶好の機会でもあった。「アウグストゥス万歳！」と彼は皇帝の城館にむかって金切り声を張りあげた。すると同じように館のほうにむいていたもうひとりの男も、杖を高く振りかざしながら、このきいきい声に唱和して、どよめくように「皇帝陛下万歳！」と叫んだ。熱狂した金切り声が重ねて「アウグストゥス万歳！」と呼ばわると、痩せた男も負けじとどよめく「皇帝陛下万歳！」をくりかえすのだった——「おだまり、ふたりともだまれったら！」と女は、怒りと嫌悪に顔をしかめて割ってはいった。この制止は、実際のところ、数秒間はたしかにききめがあった。女の命令に敬意を表したというよりは、むしろ呼びかけた当の皇帝に対する敬意からだったろうが、ふたりは口をつぐんだ、それどころかからだをこわばらせさえもした、でぶは口をぽかんとあいたまま、痩せは杖を振りかざしたままで。ぱちぱちとはぜる篝火の照りかえしの中で、杖をもった影がゆれ動きながら壁につたい、女はがっしりした腕を腰にあてがって、自分のことばが発揮したみごとな効果をながめやっている、このまま永遠に静止状態が持続するのではないかと思われるほどだった。

だがやがてこの静寂は、新たにわきおこった、どよめき吠えるような哄笑によって破られた。痩せた男がいきなり吹きだすと、肥ったあとのふたりも声を合わせた、まずでぶが高らかに、文字どおり薔薇色にかがやきながらさえずると、女はただもうわけもなく笑いころげ、鵞鳥のようにやかましくわめきたてた。杖のとる拍子に合わせて三つの口から笑いがほとばしった、未知の火の燃えさかる深みからしとどに濡れてわきのぼる、ものみなをゆり動かさんばかりな笑いだった。彼らがわれとわが身にあびせまたたがいにあびせかける嘲りは、三頭の怪物となった、未知の、かぎりなく未知の神が三軀にわかれてそこに立っていた。哄笑は絶頂にむかってたかまり、痩せた男がまずそこに達した。「酒だ」と彼は叫んだ、「酒にありつけるぜ、でぶ公、ふるまい酒だ、皇帝陛下の健康を祝する酒だ！」——「ほい、ほい、ほい」と女がわめいた、彼女の笑い声はとんぼ返りをうってまるで怒りの爆発のように聞こえ、しかもいよいよ媚びるような淫らさの度合いを増して行った、「あんたの陛下ってのを知ってるよあたい……」——「陛下の粉よ」と愛国者の大男がやさしくいい聞かせながら、壁からはなれようとしはじめた、「陛下のくださる粉よ、自分で聞いたじゃねえか……陛下万歳！」そのあとまた女がにんにくの叫びをあげることも十分予期された、それほどひとつところをきりなしにうろついているような感じだった。もうひとりの男が声を張りあげてはむせびながら、念を押すように「そうともよ、明日になりゃあ分けてくれるぜ、陛下が分けてくださるぜ……一文もかかりゃしねえやな！」といったとき、女はこらえることができなくなった。「分けてくれるのはうんこだよ」――と彼女は金切り声をあげた、広場中にひびきわたる声だった――、「陛下がくださるのは、うんこだよ……うんこさ、うんこだよ、あんたの陛下ってのは。踊って、うたって、女郎買って、おまんこするんだよ、陛下さんは。ほかにはなんにもできやしない、うんこをひりだすだけさ！」――「おまんこ……おまんこ……おまんこ……」とでぶは嬉しそうにくりかえした、このかりそめのことばによって、世界にみなぎる淫欲が、そのかりそめのすべての昂奮のうちにひらけたかのようだった。「陛下がおまんこしてる、陛下万歳！」このさわぎのうちに痩せた男は、びっこを引きながら二、三歩前進していた、どうやら、衛兵が近づいてきはしないかと心配したらしかった。あい変わらず咽喉を鳴らして吠えるように笑ってはいたものの、不安げなひびきがそこにまじっていた。そびやかした肩ごしにふりかえると彼は叫んだ、「行こう、酒がのめるぜ、行こう！」もちろんこれはなんの役にも立たなかった、そもそも何をいってももう役に立ちそうにはなかった、というのも、踊っては性交する皇帝という心像にとりつかれて恍惚《こうこつ》としたでぶは、明らかに、やんごとない御方と同じふるまいにおよぼうというつもりになっていたのだから。いかにも愛国者らしく、父なるアウグストゥス、皇帝アウグストゥス、救い主アウグストゥスの万歳をたたえまつりながら、いやらしくもとめるように彼は両手をさしのべ、悪態をつきながら後ずさりする女をとらえようとしていた。不細工な足どりで鈍重にふらつき、たえまなく短い金切り声をあげ、勃然《ぼつぜん》と発情しながら嬉しげにさえずる巨人、酔いのためにまるで小踊りするような恰好になり、やみくもに目標めがけて突き進み、もしもそっと忍びよってきたびっこがいきなり杖でなぐりつけて、一場のたわむれにあっさりけりをつけなかったとしたら、いつまでもあきらめようとはしなかっただろう。いいようもないほど静かに迅速にくだされた打撃で、まるで一山の綿毛を杖がうちたたいたかのように、物音ひとつ立たなかった。驚愕《きょうがく》あるいは苦痛の叫びがひと声もれることもなければ、あえぎも吐息も聞こえず、でぶはただあっさりとひっくりかえると、すこしころがり、それからぴくりとも動かなくなった——、しかし、人殺しはそれ以上相手にかかずらおうともせず、そのままあとをも見ずに遠ざかって行った、悠然とびっこを引きながら、もちろん港と酒と女郎屋の方角にはむかわず、女にいわれた通りわが家への帰途につくのだった。女はといえば、いかにも未練がましく——ひとつの生命のかくもすみやかな消滅に衝撃をうけたのか、それとも、かりそめの情欲がかくもすみやかに消えうせたのに感慨を催しているのか——愁嘆場《しゅうたんば》を演じている役者のように死体の上にかがみこんでいたが、やがてそそくさと立ちあがると、決然としてぴっこのあとを追いかけた。こうした一切はきわめてあわただしくはるかに、熱気をはらんで動かぬ夜のかがやきにふかぶかとひたされておきたことだったので、中に割りこんで邪魔だてすることはだれにもできなかった、窓から一件を見まもらねばならなかった病人になぞ、何ひとつ手のうちようがあるはずもなかった。叫び声をあげることはおろか合図をおくるすべもなく、命ぜられた注視、課せられた苦痛の末の麻痺と硬直と呪縛に彼はおちいっていた。しかしこの呪縛は注視と苦痛のためばかりではなく、眼前の事件をどうしても正しく知覚することができなかったせいでもあった、というのは、逃げて行く殺人者の一組が、尖塔《せんとう》をいただき鋭角に前方へ張りだした囲壁のかどを曲がって姿を消すより早く、倒れた男がむくむくと動きだしたのだから。寝がえりをうってやっと腹ばいになると、彼はまるで獣のように、脚を二本なくした大きな鈍重な甲虫のように、連れの去った方角をめざしてせかせかと這《は》って行った。この架空の動物の周囲にただよっていたのは、滑稽感ではなく驚愕と恐怖だった。それがようやく後脚で立ちあがって、家の外壁にむかって放尿したときになってもなお、驚愕と恐怖は消えやらずとどまっていた。用をすませてしまうとそれは、一足ごとによろめいて壁を手さぐりしながら、千鳥足の歩みをつづけて行くのだった。この三人はなんだったのか？　情け容赦もない運命に強いられてその窓という窓をのぞかねばならなかった、あの貧民街からおくられてきた地獄の使者だったのか？　なんというものをまだ眼にしなければならないのか、なんというものにめぐりあわねばならないのか？　今となってもまだ、まだ十分ではなかったのか?!　ああ、罵声をあびせかけられたのは今度は彼ではなかった、あの三人をゆり動かした嘲りと笑いは彼にむけられていたのではなかった。どよめき吠えたけり心の底までふるえおののかす男の哄笑は、あの貧民街の女たちのそれとは似ても似つかなかった、いや、この哄笑にひそんでいたのはさらに忌まわしいもの、驚愕と恐怖だった。それはもはや人間をめざしているのではない事物そのものの恐怖だった。この窓辺で見かつ聞いている彼にむけられたのでもなければ、ほかのだれにむかっているわけでもない、たとえていえば、もはや人間相互のあいだに橋をかけわたさないことば、人間界の外に属する哄笑だった。この哄笑の嘲りがおよぶ範囲は事物の世界全体にわたっていた、一切の人間界をはるかにこえ、もはや人間を笑いものにするのではなく、ただ世界を完膚なきまで嘲罵《ちょうば》することによって、いとも簡単に人間を抹殺してしまう笑いだった。ああ、三人の哄笑はまさしくそのようなひびきにみちみちていた、恐怖を表現し恐怖を媒介する男の笑い、ふざけ散らしてどよめく恐怖の笑いだった！　どうして、おお、どういうわけでそれが彼のもとにおくられてきたのか?!　いかなる必然がそれをおくってよこしたのか？　三人の去ったあとをうかがうために、彼は前こごみに身を乗りだした——、ふり仰ぐ南の空、そこには射手の星座が、黙然たる不動のたたずまいのうちに、蠍をめがけて弓を引きしぼっていた、その射手の方角に三人の姿は消えうせたのだった。沈黙のさなかからなお一、二度、はじめは無残に引き裂け、ついでほかに縁どりされ、はじめはけばけばしくついで灰色に沈み、ついには、風のまにまにひるがえり飛び散りながら、彼らのけがらわしい罵声の残片が吹きよせてきた、つるつるとすべっこく、けたたましい女の笑い声、媚びるようでもあり横柄でもある彼女の泣き声、びっこの咽喉からもれる低声の数語、一、二度爆発する吠えるような哄笑、そして最後はただわずかにおぼろにかすむ呪い、ほとんどはるかへのあこがれのようにやさしくなり、それははるかな夜のそのほかの物音へ溶け入り、はるかなかなたからこぼれでるすべての音、すべての音の最後の残片にさえつむぎこまれ、それとひとつになった。銀の眠りをむさぼる鶏が夢の中でつくるとき、どこかほのかな光に照らされた戸外で、おそらくはどこかの建築現場、それともどこかの別荘で、月に吠えるようにたがいに呼びかけあっている二匹の犬のはかなくうつけた吠え声と、ひとつになるのだった。通じあうすべもない動物たちの対話は、さらに人間の歌のしらべとひとつになった。港の界隈《かいわい》からきれぎれにながれよせ、北からのただよいにその源を知ることはできるものの、しかもこの歌はすでにほとんど方角をうしない、酒の香の鼻をつく居酒屋で哄笑の渦巻く中にひびく猥褻な水夫の歌の一節でもあろうのに、やはりやさしく、はるかへのあこがれめいたものと化していた。さながら沈黙のはるけさが、そのはるけさにひそむ凝然たる彼岸のたたずまいが、哄笑の沈黙のことばと音楽の沈黙のことばとを、ひとつの新たなことばへとむすびあわせる場のようだった、ことばの外にあることば、人間的な制約の境界の下と上にあることばとしてのこの双方を、哄笑の恐怖さえもやさしい美の中へからめとるふしぎなことばへとむすびあわせる場であるかのようだった。とはいえその恐怖は消滅したのではなく、むしろ二重の恐怖へと強められたのだった、人間界の外のかぎりなく硬直したはるけさと孤独の沈黙のことば、ありとある母のことばの外にあることば、完全に翻訳不可能な未知のことばとなって、それは理解を絶したまま世界の中にわけ入った、理解を絶しきわめるすべもなく、それみずからのはるけさで世界を滲透しながら、必然のさだめるままに世界の中に存在し、しかもそれを変革することはなかった、まさしくそれゆえに二重に不可解な、ことばにつくすすべもない不可解な、不変の現実のさなかの必然的な非現実だったのだ！

というのも、変貌したものは何ひとつとしてなかったのだから。形姿のうちに凝結して黙然と、眼にうつるかぎり不変の相を呈して、大空の表層のもとに深く陥没しながら、おびただしい星々がきらめいていた。ヘラクレスの腕にひしがれた蛇は北をさし、威嚇する射手は南をさし、その下の眼に見えぬ世界には、暗黒にみちあふれた森々が不変のたたずまいのうちにあった。森の中には月光に照らされてきしむ夜の径がうねり、きらめく水をもとめてさまよう、夢に飽いた野獣があわただしくそこを走りぬけていた。眼路のかぎりをなおはなれた故郷めいた遠方には、静かな光を宿す山々が、かがやく頂から、その高みに照る月に会釈をおくっていた。眼に見えるはるけさのきわまるところには銀の海のざわめきがあった。見える世界と見えない世界とを問わず、すべていささかの変化をこうむることもなく、夜は彼の前にひろびろとうちひらけていた、原初から不易不変の数かぎりない夜のひとつだった。領界という領界はすべて別々に分けへだてられ、世界はさらに不可見の秘奥をひらき、現実の前庭は依然としてはじめの様相をとどめていた。ああ、変貌したものは何ひとつとしてなかった、しかもすべては、一切の間近さを止揚し、そこに滲透しながらきわめるすべもない未知のものに移し変えてしまう、あの新たなはるけさへ後退していた。それはわれとわが手さえも気疎い見知らぬものに変え、われとわが視線さえも不可見の世界へくりのべてしまう、いたるところにあまねく存在するはるけさ、下の囲壁に覆われてぱちぱちはぜる火の照りかえしに到るまで、光という光をいずことも知れぬ境へ吸収してしまうはるけさ、下を行く奇妙にわびしい衛兵の足どりに到るまで、一切の生の物音を非感覚化し、聞きとるすべもない境に投ずるはるけさだった。間近にひそむはるけさ、遠方をこえたはるけさ、両者の外と内とのきわみに横たわる境界、両者の現実のうちにある非現実、両者のうちに喚起されたはるかな惑わし――それは美だった。

なぜなら
かぎりなくはるかな境に美はかがやきでるのだから
かぎりないはるけさから　人間にかがやきをおくるのだから。
認識を遠ざかり　問いを遠ざかり
いともたやすく
美によってきずかれる世界の統一
辛うじて視線のとらえるにすぎない
はるけさのきわみの美しい平衡に　基盤を据えた統一。
それは空間の一切の点に滲透し　はるけさでみたし
さながら魔霊のように　最大の矛盾をも

ひとしい序階と意味のうちに溶かしこみ
さらには　いよいよ魔霊めいて　点という点の空間のはるけさを
時間のはるけさでみちあふれさす。
時の潮の秤《はかり》はすべての点で静止する
またしてもおとずれた　サトゥルヌスの御世の静謐《せいひつ》
消えうせぬ時の　永劫につづく現在
美の現在　そのさまをながめるとき
人間は　直立と成育のさだめを負いつつ　しかも
薄明に身を横たえた待機のうちに
ふたたび沈みさることができるかのよう。
上と下との深みのあいだにふたたび横臥し
みずからがおくる待機の視線と　ふたたびひとつになり
さながら　認識と問いからまぬがれ
劫初のかなたそのままに　認識と問いを放棄することのできる新たな参与が　深みから許さ
れたとでもいうように

善と悪との弁別を放棄し
課せられた認識の義務をのがれ
新たな　それゆえにいつわりの無垢《むく》へのがれ
捨てるべきものとはたすべきもの　禍と幸福
残虐と慈愛　生と死
理解を絶するものと明白なもの
それらがわかちがたい唯一の連帯を形づくり
統一をきずく美のきずなにからめられ
いとやすらかに　とらえる視線にかがやき入ることを　人間は期待する。
さればこそあの惑わし——惑わし惑わされながら
美は魔霊めいた力で一切を摂取する
サトゥルヌスの御世の美の平衡は一切を包容する。
しかしまたそれゆえにこそ　神の生まれ出る前の世への退行
それゆえにこそ人間の記憶は　知ることもかなわぬ
そのかみの生起にさかのぼる。

神より古い創造の生成期の記憶
誓約も知らねば成育も改新も知らぬ
わかちがたい中間の薄明のうちに営まれた創造の記憶。
とはいえそれもまた記憶　そして記憶の性《さが》として
よし誓約も生育も　はたまた改新も知らぬにせよ　いたく敬虔な
はるかに遠い美の魔霊めいた敬虔さ。
いやはての境に遠ざかり
しかも境をふみこえようとはせず
そのかみの始原への帰還をのぞむ
神の生まれ出る前の世の神聖な形相
美。

というのも、夜は一切を包摂しながら彼の前にひろがり、はるかに遠ざかり、はるけさのきわみからひびいてくる銀の塵《ちり》のようなこだまにみちみちていたのだから。夜はその中にひそむすべてとわかちがたく溶けあい、耳に届くのが歌声かどよめく哄笑か、吹きなびく獣の叫びか風のざわめきか、なんとわきまえるすべもなかった。この無知、知覚に敵意をいだくこの無知でもって、美は、さながらその傷つきやすさと脆《もろ》さを守ろうとするかのように、みずからを覆っている、というより覆わざるをえないのだが、それというのも、美によってうちたてられた世界の統一は、認識の統一よりもはかなく無抵抗で不安定なものだし、あまつさえ、いつなんどき知覚によってそこなわれないともかぎらないのだから。この無知が見わたすかぎりの四方から、美とひとつになって彼にかがやきをおくってきた。やさしくしかもほとんど魔霊めいた誘惑、あらゆるものの意味をひとしくする不遜な誘惑となって、はるけさのきわみから魔霊のようにささやきかけ、内面の秘奥にまで達する、ほのかに光る大洋のようなささやき、それが月影にくまなくひたされながら彼をひたし、ただよう万有の潮の干満にひとしくなるのだった。ささやきつつみちてはひくこの潮の力は、眼に見えるものと見えないものとをひそやかに交換し、事物の多様さを自我の統一へ、思考の多様さを世界の統一へとむすびつけながら、しかもこの双方を現実から抽出して美と化してしまう。美の知覚とは無知であり、美の認識とは認識の欠如である。前者は思考を前提とせず、後者は現実にあふれひたされることはない。凝然たる美の平衡のうちに、思考と現実との平衡を保ちながら滔々とながれていた潮は凝結する。問いと答え、問いうるものと答えうるものとがたがいに呼びかわしながら世界を生みだしていた、その営みも凝結し、美は内界と外界の潮をはかる秤を静止させ、凝然たる平衡のうちに象徴の象徴と化する。夜は彼をめぐってそのように穹窿をえがいていた。均斉のとれた美のうちに平衡を保ちながら、暗くかがやく夜の空間はサトゥルヌスの御代のようにすべての時代を覆って伸びひろがり、しかしもちろん時のうちにとどまって地上の世界を超脱することはなく、限界から限界へとかけわたされて、みずからも、ありとある地点の内的外的な極限の境界と化していた。そのように夜は彼をめぐり、また彼の内部に張りわたされていた。夜から、夜の地上的な平衡から、その美とともに象徴の象徴が彼にむかっておしよせてきた。内と外とのはるかなきわみの一切の気疎さをともない、しかも奇妙ななつかしさにあふれ、無知に覆われながらしかも奇妙にそこから姿を現わしていたが、それというのも、唐突に魔法めいてかがやく第二の照明に照らされたかのように、それが彼みずからの影像の象徴となっていたからなのだった。かぎりなく遠く、しかもさながら彼自身の手になったもののようにあざやかな、万有のうちなる自我の象徴、自我のうちなる万有の象徴、地上の存在の二重に複合しからみあった象徴だった。夜をかがやきでみたし、世界をかがやきでみたしながら、美は無限の空間のすべての境界にあふれていた。そしてこの空間とともに時の中へ沈み、時代をこえてはこばれながら、それは無限の時の限界となり、有限の時空につつまれた地上の特性をその全体において示す象徴となり、有限性のうちにやどる悲哀を啓示していたが、 それゆえにこそまさしく此岸の美なのだった。
悲哀のうちに
美は人間に姿を現わす。
象徴と平衡との
きびしい完結のうちに姿を現わし
美を見る自我と　美にみちた世界との
対立のうちにただよいながら魅惑し
そのおのおのを　それみずからの空間に局限し
おのおのを　みずからの平衡のうちに閉じこめ　まさしくそれゆえに
両者を相互の平衡に保ち　共通の空間にやどらせる。
人間にまざまざと姿を示す
美しい地上の完結性
時にになわれ時に凝結され　ただよいながらひろがる
魔法めいた美の空間の完結性　それはもはやいかなる問いにくりかえされもせず　いかなる
認識にひろがりもしない。

うちにはたらく美の平衡に支えられた
反復も拡大も不可能な　恒常の空間の全体性
空間のこの閉じられた全体が　そのありとある部分に
そのありとある地点に顕示する　さながらそのおのおのが
空間の内奥の境界ででもあるかのように。
すべての形姿　すべての事物　すべての人間の営みに
みずからの空間性の象徴となり
すべての実在を止揚するその内奥の境界となって　それは顕示する。
空間を止揚する象徴　空間を止揚する美
内部と外部の境界のあいだに美が樹立した統一によって
かぎりない有限性の完結によって　空間を止揚する
有限の無限性　人間の悲哀。
境界に生起する事象となって　美は人間に姿を現わす。
そして内部と外部の境界は
もっともはるかな地平のそれも　ただひとつの地点のそれも

無限と有限とのあいだに張りわたされ
はてなく遠く　しかもなお地上に　しかもなお
地上の時のうちにとどまり　時を局限し停滞させる
空間の境界に　晏如《あんじょ》たる時間の停滞をひきおこす。
とはいえそれは時を止揚することのない
単なる象徴にすぎぬ　時の止揚を地上にうつす象徴
真実に死をしのぐことたえてない　死の止揚の単なる象徴にすぎぬ。
いまだ自己超克にいたらぬ人間性の　それは境界
したがってまた　非人間性の境界。
人間の前に現われるのは　その本来の姿における
美の生起
有限のうちなる無限
地上にやどる仮象の無限
したがってたわむれ
地上の特性を負うた地上の人間の　無限のたわむれ

地上の窮極の境界に演ぜられる　象徴のたわむれ。
美とは　たわむれそのもの
孤独の不安から　象徴の助けを借りて――ほかに成就の見こみはない――のがれるために
われとわが象徴と　人間の演ずるたわむれ
たえずくりかえされる　美しい自己欺瞞
美への逃亡　逃亡のたわむれ。
そのとき人間の前に現われる　美化された世界の硬直
いかなる成長の力もなく　ただ恒常に
反復しつづけるばかりの　局限された美の完璧
仮象の完璧を形づくるために　たえず新たにもとめられる美の局限。
さらには　美につかえる芸術のたわむれ
その絶望　無常の存在から恒常なるものを生もうとする
その絶望的なこころみ
ことば　音　石　色彩　それらを用いて
形成された空間が

後裔《こうえい》たちのために美を示す標柱となって
時代を超越することをのぞむこころみ。
あるゆる影像の中に空間をきずく　芸術
人間のうちにではなく　空間のうちにひそみそれゆえに成長を知らぬ　不易なるもの。
ただ反復するばかりで成長を知らぬ完璧　けっしてみずからに到達することなく　完璧の度
　を加えるにつれいよいよ絶望的となる　その完璧性につながれ
発端への永劫の回帰のうちに幽閉され
それゆえに酷薄な
人間の苦悩に対して酷薄な　芸術
というのも　苦悩は芸術にとっては
無常の存在にすぎないのだから
たえざる反復のうちに
美の探索と美の発見のために用いられる
ことば　石　音　色彩以上の意味はもたないのだから。
そして人間に姿を現わす　美の残酷さ

放恣なたわむれのうちにたかまる残酷さ。
そのたわむれとは　象徴のうちに無限性の享受を約束するもの
認識をあなどる放埒な享受
地上における仮象の無限性の享受を約束し
それゆえに　たちまち苦悩と死とをもたらすもの
なぜなら　このことが起きるのははるかな境界の美の領域
わずかに視線と時とはおよびえても
もはや人間性と人間の義務には　到達しえない領域なのだから。
かくして人間に姿を現わす　認識なき掟としての美
みずからのために
ひしと閉じ　新たにひろがり展開するすべもなく
わが身を掟とさだめた美の背徳
放埒な欲情にみちた淫奔な
美のたわむれの掟としての享受
美にあふれ　美をあふれさす不変のたわむれ　それはみずから美に酔いしれて

現実の境界を擦過し
時をまぎらせながら　しかもそれを止揚することはなく
偶然をもてあそびながら　しかもそれを支配することはなく
かぎりなく反復し持続しながら　しかも
そもそものはじめから　中絶の運命を負うている
というのも　ただ人間的なもののみが神聖なのだから。
かくして人間に姿を現わす　美の陶酔のあらかじめ敗北の運命を負うた賭
賭の世界の移ろわぬ平衡にもかかわらず
そのたえざる反復の必然にもかかわらず
敗北は避けられない　というのも　反復の必然は
同時に敗北の必然でもあるのだから。
避けがたい必然のうちにたがいにとらえあう
反復の陶酔と賭の陶酔
そのいずれもが　時の持続に隷従し
いずれも薄明のうちにひそみ

成長を知らず　その残酷さにおいてはいよいよ昂揚する。
だが　真の成長とは
認識する人間の知覚の成長とは
時の持続の制約も知らず反復からもまぬがれて　時間のうちにひろがりながら
時間を無時間へと展開するもの　その結果
すべての持続を蚕食《さんしょく》しながら　時間はいよいよ現実性をまし
内と外との境界をつぎつぎに引きあけ踏みやぶり
象徴という象徴を背後に捨てさる　そしてたとえ
美の最後の象徴性がそのために破棄されることはなくとも
美の最後の均斉のもつ必然性がそこなわれることはなくとも
それに劣らぬ必然性をもって　美のたわむれにひそむ地上的な宿命が
地上の象徴のたずきなさが　暴露される。
美の悲哀と絶望が　白日のもとにさらされ
美の陶酔ははかなくさめ
認識をうしない　認識の喪失のうちに呆然とする

陶酔からさめた自我
その貧しさ――
そして彼をめがけ、この象徴としての自我、この美、このたわむれ、この推移が、まばゆい閃光をはなちながら、のがれるすべもない必然性をもつて、世界の内と外とのきわみから、夜の空間の内と外とのはるかなきわみからせまってきた。彼はこれらすべての事象をみずからのうちにない、みずからのうちにひそめ、しかも同時にそれによって閉鎖され、必然の空間の中に、彼みずからの自我の境界の空間の中にさし入れられていた、世界の境界の空間、空間の止揚を意味する象徴の中に、たわむれの空間、かぎりなくはるかでしかも近い空間、美の空間、象徴の空間の中にさし入れられていた。その空間はそのすべての地点において疑わしいものでありながら、しかも一切の疑問をこばみ、凝然と硬直しているのだった。硬直したすべての空間にさし入れられて、彼みずからも硬直していた。硬直して息もつまりながら、彼は感じた、彼は理解した、これらの空間のどれひとつとして、上界と下界とのあいだにはられた透明な覆いをつらぬくことはないのだ、と、それらはすべて〈まだ無限にはいたらぬ〉中間領域に横たわっているのだ、それらの境界とはおそらく無限とのさかいをかぎる境界にほかならない、しかしその位置する所はまだこの地上に属しているのだ、と。まだ地上に属する領域、美の領域、地上の、いまだ地上の運命をまぬがれぬ無限！　この無限の中に彼はさし入れられていた、この無限によって彼は閉鎖されていた。地上の呼吸の空間に閉鎖され、しかも天界の空間、真の呼吸の空間からは疎外されているのだった。そしてこの閉鎖を感じ、そこに一切の硬直、一切の呼吸の硬直の根拠を感じながら、彼はこの閉鎖するものを爆破しようとする荒々しい力を四周に感じとってもいた。この爆破のさけがたい必然性を、みずからの魂の奥底に、呼吸のとだえてはまたかようその奥底にひしひしと感じとっていた。感じとると同時に彼は、この爆破作業が彼自身と世界との中でどのように準備されているか、それが彼のうちにひそみながらまたどのように彼を包囲しているか、知っていた、彼はそれをまさしく身をもって感じとっていたのだった。肉体のうちにひそみながらうかがう何ものか、それが彼と眼に見えかつ見えぬ世界全体との双方を、息もつけぬほどしたたかに締めあげ、しかも魔霊のいざないのように彼の内と外にただよい、うちよせては高波をあげ頭上を躍りこえて行った。肉体にひしひしと感じられしかも肉体を蟬脱《せんだつ》した、破滅と爆砕への、万有の破滅と爆砕への誘い、自己放棄、自己譏誚《きしょう》、自己滅却への誘い、息の根もとまらんばかりに締めあげうちゆすり、しかも解放を約束する誘い。今にも躍りあがり一切を爆破しようとしているものの気配を、きわめるすべもない蒼古《そうこ》の記憶ならぬ記憶の接近を、彼はこのように感じとっていた。すでに生成を終えたものの硬直、局限された空間の外被《がいひ》、不調和のまま依然として存続しつづけるもの、それらに対するまさに古代的な叛逆《はんぎゃく》を心に味わいながら、彼はこのように感じ、知覚し、爆破するものの到来を待ちうけていた。その叛逆の思いのうちには、一切のたわむれと一切の美の背後にひそんでいる悲哀への反抗心もまじっているのだった。おお、それは身の毛もよだつような根源の情欲のいざないだった、身の毛もよだつような肉欲、世界と自我と、一切を爆砕しようという、さらに巨大でさらに古い知覚のはらむ情欲にゆり動かされた、狂おしいばかりむずがゆい肉欲だった。それは感覚と知覚の成就であり、そのうえさらには認識の成就でさえもあった。認識、ほかならぬ自己認識がそこに生まれでたのだが、それというのも、彼がその中にさし入れられていたかぎりなく深い前知の領域から、窮極的な理会がながれよせてきたのだった。倏忽《しゅっこつ》のひらめきのうちに彼は認識した、美の爆破はただ裸形の哄笑でたりるのだ、哄笑とは世界の美を破壊する使命をあらかじめになっているもの、そもそもの端初から美に付随し、いつまでも美のうちにひそんでいるものなのだ、と。微笑という形をとるときは、笑いはかぎりないはるけさの非現実的な境界でほのかにかがやくのだが、やがて吠えたけりながらはるけさの持続が屈曲する境域に躍りでる、どよめきはたたきながら時を粉砕し、一切を粉砕する魔霊めいた力となって躍りでるのだと。世界の美の敵としての哄笑、失われた認識の確信の絶望的な代償としての哄笑、美への支離滅裂な逃亡の終点、支離滅裂な美のたわむれの終点としての哄笑。おお、悲哀のための悲哀、たわむれとのたわむれ、享楽の追放から味わわれる享楽、二重の悲哀、二重のたわむれ、二重の享楽、哄笑とは再三にわたる隠れ場からの逃亡であり、たわむれからも世界からも認識からも解放されて世界の悲哀を爆砕するものであり、男の咽喉にやどる無限のむずがゆさであり、美に硬直した空間を爆砕してがばと裂け目をひらくものであり、そこにひらかれた名づけるすべもない無言の世界では、無さえ消えうせることはなく、沈黙に荒れ狂い、哄笑に荒れ狂う――とはいえ哄笑は依然として神聖なのだ。

なぜなら
神々と人間の特権は笑いなのだから。
蒼古の世にそれは　みずからを認識した神から生まれた
沈黙の予感のうちに　神の予知から
みずからの亡びにまつわり
被造物の亡びにまつわる神の予知から　それは生まれた。
創られつつ創る営みに関与して生きながら

神は世界認識から自己認識へと成育し　さらにこれをこえ
笑いのわきでる源
予知の領域へと回帰する。
おお　神々の生誕と人間の生誕　おお　神々の死と人間の死
おお　永遠にもつれからみあう両者の始原と終末
おお　神々すらも神聖ではないと知る
神と人間のひとしくいだく知覚から
彼岸と此岸のあいだに張りわたされた
不穏な　不気味に透明な　魔霊めいた両者の提携から
生まれでる笑い
その提携の　おぼろげな魔霊の領域で
神と人間はめぐりあいをはたす　あるいはめぐりあいをのぞむ。
そして　男神たちのまどいでまず笑いはじめるのがゼウスならば　神々の笑いをひきおこす
　のはほかならぬ人間
それはさながら

諧謔《かいぎゃく》と厳粛にみちた再認識のたえまない循環のさなかで
動物の挙措《きょそ》が人間の笑いをひきおこすのにひとしく
神が人間のうちに　人間が動物のうちにふたたびわが身を見いだす
その消息にひとしい。
かくて動物は　人間にとって神へとたかめられ
神は動物を通じて人間へと回帰し
神と人間は悲哀のうちに合一し　しかも笑いに打ちひしがれている　というのも
笑いとはすべての圏を倏忽の間に混和するたわむれなのだから。
その運命の法則によって
神と人間とをあいともに規制し
倏忽の間に露呈する根源の親近性のたわむれ
諸圏を一丸とする大いなるたわむれ
美を破壊し秩序を廃棄し
創造する神性と被造物の性を汞和《こうわ》し
愉しげに両者を偶然にゆだねる　神々のたわむれ。

知覚を統べる母神の恐怖と怒り
認識から解きはなたれ認識をあなどる神の嬉戯《きぎ》と冒険
その上にひたひたとあふれる笑い
というのも　たちどころに諸圏を結合するこのような嬉戯は
認識と問いのほんのわずかな影もやどさず
そのほかいかなる営みも必要とすることなしに
ただ自己放棄の形において成就されるのだから。
晴れやかに軽率な
偶然への　時への捨身《しゃしん》
思いもかけず予知されたもの　予知された思いもかけぬものへ
欲情にはやる唐突な予知へ
ことと次第によってはまた
死へさえ　身をゆだねて悔いない嬉戯。
きわめがたい領界から生まれる嬉戯　そのあまりの大いさゆえに
掟の最後の残滓《ざんし》はくだけ散り

秩序は失われ　境界もそこにかかる橋も消え
硬直した空間とその美は崩落し
美の空間は崩落し
本源かつ窮極の転回がそこに示現する
認識ははてしない無に帰し　名状するすべもなく言語は消え
かけわたす橋もない空間の虚無への転回が。
へだてられかけはなれた　神の予知と人間の予知を
それはくつがえしてひとつにし
神と人間のともにいそしんだ創造を崩壊させそれにかわって
至近の距離に落ちかかる永劫のはるけさを切りひらく。
創造以前の永劫のはるけさの発現
神の予知にさえとらえがたい
記憶ならぬ記憶にやどる創造以前の像の発現
そのはては　現実と非現実
生あるものと生なきもの

意味深いものと忌まわしいものを
むすびあわせて　一様の無思慮と化する
無差別の混沌——
うかがうよしもない無何有郷《ニルゲントヴォー》の発現
星々は茫洋たる水の底ひにただよい
層々とたたみ重なることもかなわぬほど
遠くはなれたものは何ひとつなく
すべてが滑稽な宙返り　はねあがると見れば顚落し
偶然の命ずるままにひとつになるかと思えば散乱して躍りでる。
見るも笑止な
時の経過の無差別な偶然にもてあそばれるくさぐさの実体
たがいのうちにひそみ入る
神々の群れ　人間の群れ　動物の群れ　植物の群れ　星の群れ。
哄笑の無何有郷《ニルゲントヴォー》の発現
笑いのうちにたちまち顚落する世界

さながら　創造の誓約はかつて存在しなかったかのよう
神と人間がたがいにとりかわす
認識と　現実を生みだす秩序のための誓約
相互の責務をまことの責務と化する助力のための誓約が
かつて存在しなかったかのよう。
おお　それこそは叛逆の笑い
いとも心やすげな不信義の笑い
創造以前の邪悪な放逸
それこそは
邪悪な伝来の遺産　激発する哄笑を内にひそめた萌芽
すべての世界創造に　その端初からはらまれていた
根絶やしにするすべもない萌芽　それはすでに
創造以前のやさしい優美さをたたえた
晴れやかな　意味ありげな微笑のうちに現われ
創造以前の仮借なさにみちた知覚のうちに現われる。

この知覚の統べるところ　身の毛もよだつものさえ美に酔いしれて
同情も凝固し消えさるはるけさへと変容し
さらにはすべてのはるけさをこえ　内外の極限をひとつにむすぶ――
そしてまた笑いの萌芽は　道化てしかも恐ろしい　無の空間の表層に現われる。
時の限界に到達して　美はこの表層にくつがえり
みずからの最深の奥処に横たわるもの
くりかえし美から生まれる　美に生来の
形成するよしもなく　創造にさからう異形のものを躍りあがらす。
美から生まれ　美から躍りたち　美から奔出する
笑い
創造以前の言語――
なぜなら、何ひとつ変化しなかったのだから、おお、何ひとつとして変わってはいなかったのだから。だが、凝固した形姿に閉ざされて黙然と、大空の穹窿のうちに陥没して、哄笑につつまれた偽誓《ぎせい》が待機していた。手をさしのべるよすがもない星々の歌のさなか、大地を沈黙ではらませ、大地の沈黙をみずからもはらみ、見えるものにも見えぬものにも、鳴りひびいて歌となる美の中にも、およそありとある世界の事象の大いなるほのめきのうちにひそみながら、嵐の前の一触即発の緊張をつつんでかすかにふるえ、荒々しく刺激し息の根をとめんばかりに重苦しく、美と同胞のちぎりをむすんだ哄笑が待機していた。爆裂を待ちのぞむ内と外との誘惑、それが彼をつつみ彼のうちにやどっていた。恐怖を表現し恐怖を仲介する創造以前の言語、ふたつのもののあいだに橋をかけわたす役割はいささかもはたさない言語、それが活動する空間は名をもたず、その上に散らばう星々も名をもたず、諸圏を混和するこの言語の空間、あらゆる美が避けがたく解消するこの空間の孤独には、名前もなければ一切の関連も表現も欠けていた。美をながめながらすでに新たな空間にさし入れられて、この空間は恐怖の熱気にほてっていた、いや、彼みずからが恐怖の熱気にほてっていたのだ。現実へ通ずるいかなる道もないことを、もどることも不可能なら変革するすべもなく、ただ現実を破滅にみちびく哄笑があるばかりだということを彼は知っていた。哄笑によって露呈された世界にはもはやいかなる現実の妥当性もないのだと彼は知っていた。答え、認識への義務、この義務の徒労でないことをさとす大いなる希望、それらはすべて放棄されていたが、それはその空しさゆえではなく、この硬直した美の空間、美の崩壊する空間、哄笑の空間の中では、それらがもう余分なものになってしまっていたからだった——。哄笑は群衆の眠りよりさらに邪悪であり有毒である。苦痛のもとでなければ、たかまる死の残酷さ——美の小手先が演じてみせると、それは至極愉快に見えるのだが——の悪意のもとでなければ、だれも夢の中で笑いはしない、おお、何ものも、下界に顚落してまやかしの人間性をそなえる神と、上界に闖入《ちんにゅう》してまやかしの神性をそなえる人間ほど悪に近いものはない。神と人間と、そのいずれもが悪へ、災厄へ、創造以前の動物性へといざなわれ、そのいずれもが破滅と、魔霊にみちびかれた自己滅却とたわむれているのだ。この破滅から彼らをへだてているのはわずかに一刻の偶然にすぎない、というのも、小止《おや》みなくながれ行く時は、その刻々の次の瞬間には、何をひきおこすともはかりがたいのだから。神と人間と、そのいずれもが偶然にゆだねられたおぼつかなさゆえに笑い、おぼつかない一刻に生ずる唐突な激変ゆえに笑う、いともたやすくはたされた義務と誓約の破棄をよろこぶ哄笑、偶然にくすぐられ偶然に刺激される哄笑が彼らをとらえている。一切の認識が余剰となるとき神性も人間性も廃棄され、災厄をはらんだ存在が美の悪から躍りいで、一切の非現実は現実となる、それゆえに彼らは笑い、創造の誓約の破棄に歓喜し、こぼたれた誓いの結果としてのいつわり多い非行と無為の成就に歓呼しながら、錯乱におちいって行く。このとき彼ははたと思いあたった——あの三人、よろめきながら下を通って行ったあの三人は、偽誓の証人だったのだと。

彼らは彼を否認する証言をはたしたのだった。それが彼らのになう必然だった、そのために彼らはきたのだ。そしてそのために彼は彼らを待ちうけねばならなかったのだ。証人兼原告として彼らは姿を現わし、彼が彼らと同罪なのだと、同じように誓いを破り同等に有罪な共犯者なのだと申したてたのだった。なぜなら彼は彼ら同様、すでに破られさらに破られつづけたその誓いについては何も知らなかったのだから。そもそものはじめから誓約を忘れ義務を忘れ、忘却によって罪をいよいよ重くさえしていたのだから。たとえ必然が彼の生を、彼らと同じく、運命のさだめるままにこの地点へ、この再度の遺棄の地点へとみちびいてきたのだとしても、その罪に変わりはなかった。創造はふたたび遺棄され、神と人間もふたたび遺棄されていた、生にも死にもひとしく無意味さの呪いをかける、創造以前の未生の状態へとふたたびゆだねられていた。というのも、誓約があってはじめて義務が生じ、誓約があってはじめて意味が生じるのだから、義務に付随する一切の存在の意味が。義務の忘却のうちに誓約が破られたとき、もはや何ものも意味をになうことはできない。その誓約とは、たとえだれひとりそれを知ることなくとも、神々も人間も守らねばならない、幽晦《ゆうかい》な根源の端初に立てられた誓いなのだ。この誓いを知るものはただ未知の神のみであろう、天上の一族のうちでももっともひそやかなこの神から、ありとあらゆる言語が現われ、やがてこの誓約と祈りの保護者、義務の保護者のもとへと回帰して行くのだ。この未知の神を待ちうけながら、彼は視線を大地へとそそいでいたのだった、義務から生まれ義務を生む神のことばが新たに言語を活気づけ、それを誓約をになった一個の協同体の言語と化してくれるようにと、わき目もふらずうかがっていた。そのようにして言語が、人間によっておとしいれられた——これもやはり人間の特権なのだが——本来の言語以上、あるいは以下の境遇から、もう一度救いもどされるように、雲のように茫漠たる美ときれぎれに引き裂けた哄笑から救われ、言語を幽閉する鬱蒼たる叢林から救いだされ、誓約の手だてとしての機能を回復するようにと、彼は希望していたのだ。それはむなしい希望だった。創造以前の、いかなる意味ももたぬ未生の状態にまた落ちこみ、いかなる地上の死も飛びこえることのできない死以前の死の山なみに縁どられて、世界は彼の前にひろがっていた、美にくまなく織りなされ哄笑に爆破され、言語を失い連帯を失ったそのたたずまいは、みずからが犯した破約の罪の帰結だった。未知の神のかわりに、義務をめざして誓約をになう行くもののかわりに、義務と正反対のものをになったあの三人がおとずれてきたのだった。

義務、地上の義務、助力の義務、めざめよと呼ばわる義務。そのほかの義務は存在しない、人間の神への責務、神の人間への責務といえども、やはり助力の一種なのだ。そして彼、運命の必然にみちびかれてどうしようもなく反義務の加担者たちの一味になってしまった彼は、彼らと同じく義務をいとい、彼らと同じく助力をいとうたのだった。おそらく一見無欲に似た彼の態度は、実は助力に対する反抗にほかならなかったのだろう。四方から彼にむけられる援助を、感謝もせずに彼は受け入れていたのだが、その点においても彼は、さまざまな贈りものをのぞみはするが、おのれ自身に援助の能力が欠けているために、真の援助をことごとくしりぞけてしまう賤民たちにひとしかった。そもそものはじめから破約のさだめを負うているもの、石の洞窟の中で成長しそこでくらしているもの、かくしてそもそものはじめから破約者の不安を項《うなじ》に感じているもの、その種の人間は、青春時代このかたあまりにも知識をもとめすぎ小心翼々とし、享受に飽くことなくしかも才知にはしりすぎて、おぼろによどむ欲情に直接の快楽を約束しないもの、何もかも許されている無法状態の中での卑猥な交合をめざしていないもの、それはともかくとして少なくともセステルス貨幣で現わしうる利得をもたらさないもの、そのような何ものをも認めることができない。下の連中が粉やにんにくや酒を欲していたのかどうか、あるいは他の連中が円形闘技場へ行きたがっていたのかどうか、それはどちらでもよい――血みどろの茶番をながめながら人はわれとわが不安をおし殺そうとする、美と哄笑とをわかつ境界の一線上に両者の残酷な忌まわしい結合を示す、その奇怪な虐殺のたわむれによって自己をあざむき神々をあざむきながら、人は天上の諸力に、偽誓をつぐなういつわりの犠牲をささげようとする——、享楽かそれとも神々との宥和《ゆうわ》か、それはどちらでもよい、いずれにせよそれはめざめよと呼ばわることではない、助力、まことの助力とはならない、むしろこれによって要求されるのはただ利得、かけねなしの利得ばかりなのだ。そして皇帝が無法者たちをしずめてふたたび掟に従わせようとのぞんだときには、いつも競技と酒と粉とが、随順の代償として支払われねばならなかった。しかも、実に思いもおよばぬようなことだが、民衆は皇帝を愛してもいたのだ、彼らはだれも愛さないし、いかなる連帯を保つこともなかったのに。ただし賤民の非連帯とも呼ぶべき社会は別で、そこでは一切の共通の認識もなく、だれも他人を愛することなく、助力もせず、理解もせず、心をよせもしない、だれにも他人の声は聞こえない、それは沈黙の非連帯、言語を奪われた個々ばらばらの人間たちの非協同体である。彼らの小心な不安と半可通な不信の念にとっては、認識は完全に余計なものとなり、享楽も利得も生みださず、しかもそれ以上に狡猾なことばをでっちあげさえすればたちどころに瞞着されてしまう、単なる妄語と化する。このことによって、愛、助力、理解、信頼、言語といった、相互に規定しあう要素はすべてはかなく消えて無に帰し、その結果ただ指折り数えられるもののみが、たしかなよりどころとして残るにすぎないように思われる。だが、彼らにはこの数えうるものさえも、実は十分信頼のおけるものではないのだ、どれほど熱中してセステルスを数えたり計算したりしようとも、それで不安をしずめることはできない、これもまたはかない幻像だと、彼らは先刻承知しているのだ。それゆえにこそ、ほとんど自暴自棄の状態におちいり、自分たちが最後の、とはいえいまだにこざかしく知的かつ享楽的な自己嘲弄へとかりたてられて行くのを、彼らは感じている。哄笑が彼らをゆり動かすのは、心の内奥にひそむ不安に対しては何ものも抵抗できないから、計算できるものでさえ、あらかじめしかるべき呪文を唱えて貨幣に唾を吐きかけてからでなければ、安心して信頼をよせるわけには行かないからなのだ。奇蹟なら一も二もなく信じてしまうくせに——本質的にはこの軽信は、彼らのもっとも人間的な、いずれにせよもっとも友好的な特性なのだが——、真実に対してははなはだ疑いぶかい、ほかならぬこのことが、きわめて打算的だと自負している彼らを、計算づくではどうにもならない存在としてしまい、不安に閉ざされた彼らの心を、見すかすことも不可能な状態、とどのつまりはまったく始末におえぬ状態におとしいれてしまう。もしも青年時代の意図どおりに医師となって彼らに近づいたとしたら、彼らは彼の助力を、たとえそれが一文のついえもかからぬものであっても、手ひどく嘲罵しはねつけて、どこかそこらの薬草採りのばばあのほうがましだといっただろう。彼らはいつもこうだった、いつも事情はこうだった。そしてそれが、結局職業を変えようと決心した理由のひとつだった。だが、この理由はそのとき十分根拠のあるように彼には思われたのだが、今になってみると、それはすでに彼自身の賤民の世界への下降の第一歩だったのだ。彼は医学を放棄してはならなかっただろう。医学のさしのべる援助の手がこばまれようと、いつわりの助力の希望よりその拒否はまだ名誉あることだっただろう。医学を断念して以来彼はそのいつわりの希望を詩人としての歩みにかけ、そうでないことが頭ではわかっているのに、美の力、歌の魔力がいつかは沈黙の奈落に橋をかけわたすのではないか、そして、詩人としての彼を、連帯を回復した人間社会に認識をもたらす存在へとたかめるのではないか、そのとき彼は賤民の世界から解きはなたれ、ほかならぬこの解放によって賤民の世界そのものをも止揚し、オルペウスのように人類の指導者に選ばれるのではないか、と、あだな望みをつないでいたのだった。ああ、オルペウスにさえそれはおよびもつかぬことだった、不死の偉大さのうちにあった彼さえ、かくも驕慢《きょうまん》な自負にみちみちた栄誉の夢を、かくも罪深い詩人の過大評価をよしとすることはなかったのだ！　たしかに地上の美はおびただしい、歌、おぼろにかすむ魂、琴の音、少年の声、韻文、彫像、円柱、庭園、一輪の花、これらはすべて人間におのが内外の極限をうかがわせる神聖な力をそなえている。それゆえにまた、オルペウスの崇高な芸術《たくみ》に、河の流れを変えたり、森の野獣をおびきよせてやさしく手なずけたり、牧場に草食む羊をやさしく見守りながらとらえとどめる力が帰せられていたのも、ふしぎとするにはあたらぬことである。すべての芸術が夢想する願いは、夢のように魔法めいた魅惑のうちに成就され、そのとき世界はひたすらに耳をそばだてうかがいながら、歌と、そこからあふれ出る救いとを待ちうける。だが、そうとしても、救いは歌より長くはつづかない、とらえとどめるひそやかな注視は長く持続しない。そして、歌はそもそもあまりに長くひびいてはならないのだ、さもないと、河の流れは歌が終らぬうちにこっそりともとの河床へもどってしまうかもしれない、森の野獣はふたたび罪のない牧場の羊におそいかかってなぶり殺しにするかもしれない、人間は昔ながらの残酷な習慣にまた落ちこんでしまうかもしれない。というのも、陶酔とは、たとえ美によって生みだされたものであろうとも、長つづきはしないものだからなのだし、そのうえ、人間と動物とをとらえつつんでいたやさしささえ、美の陶酔の一半にすぎず、これに劣らず強力、というよりむしろ通例はるかに強力な他のなかばは、世にも忌まわしくたかぶった残酷さからなっているのだから——ほかならぬ残酷きわまる人間こそが、一輪の花をながめて恍惚とするのだ——、それゆえ、ゆれ動きながら平衡を保つこのやさしさと残酷さとのありかたに気をくばることなく、ただその一半ばかりを人間にむけようとするならば、美はたちまちその力を失ってしまう、芸術の表現する美にいたってはいうもおろかなことである。どこでどのように芸術の営みがなされようと、それはかならずこの約束に従う、そう、この約束への随順こそが、芸術家のもっとも重要な美徳のひとつなのだし、また、いつもそうとはかぎらないまでも、多くの場合作品の主人公の美徳でもあるのだ。同情の念がきざしたためか、あるいは詩に美しい緊張をあたえるためか、アエネーアスは宿敵を仆《たお》そうとして一瞬ためらう（『アエネーイス』第十二歌九三八行――九四一行）。この瞬間におとずれた心の弱さをもし徳行高いアエネーアスがもちつづけていたとすれば、もし彼が間をおかずによりよい方策を思案し、残忍な行為へと心をかためなかったとすれば、彼はけっして仁慈の亀鑑《かがみ》とはならなかったろう、いかなる詩もその描写をためらうような、女々しく退屈な人物になってしまっただろう。アエネーアスであれ、その他いかなる英雄とその事業であれ、芸術において問題となるのはどこでも平衡を保つことであり、かぎりない遠方の大いなる境界の平衡であり、名状するすべもなくただようつかのまのその象徴である。この象徴はそもそもどんな個々の内容をもつこともなく、いつもただ個々のものの関係を受け入れるばかりなのだが、それというのも、ただここから出発することによってのみ、当初の意図を達成することができるから、ただこの関係のうちにおいてのみ、存在のさまざまな対立はあいともに平衡を形づくり、人間のすべての衝動の生みだす対立はひとつに統合されるのだから——さもなければどうして芸術が人間によって創造され理解されるだろうか！——やさしさと残酷さとを統合する美のことばの平衡、自我と万有とのあいだに保たれる平衡の象徴、ひとつの総体の陶酔にみちた魅惑、それは歌のつづくかぎり持続するのだが、それ以上長くはつづかない。オルペウスと彼の詩についても、事情はまったくこの通りだったにちがいない、なぜなら彼は芸術家であり、詩人であったのだから、ひそかに耳そばだてる人間たちを魅惑する魔術師だったのだから。歌い手も聞き手もひとしく薄明のうちにとざされ、ひとしく魔霊めいたありさまで美に没入している。神聖な天賦の才をいだきながらしかも魔霊めいて、人間に陶酔をもたらしはするが救いをもたらしはしない存在——そう、彼は救いをもたらすことはできなかった。救いをもたらす指導者は、美の言語をかなぐり捨ててしまうものだ。そのような人物は美のことばの冷ややかな表層の下、詩の表層の下へとかいくぐり、素朴なつつましやかなことばをめざして突き進んで行く。それは、死に近づき死を認識するゆえに、かたくなに閉ざした隣人の心の扉をたたき、その不安と残酷さをやわらげ、安んじて真の助力を受け入れさせることのできることばなのだ。直接の善意にあふれた素朴な言語、直接にふれてくる人間的な美徳の言語、覚醒をもたらす言語へと彼は突き進んで行く。エウリュディケーをたずねて冥界へ降って行こうとしたとき、オルペウスがもとめていたのはほかならぬこの言語ではなかったか？　彼もまた、芸術家には人間的な義務をはたすことができないと知った、それを知って絶望した人間ではなかったか？おお、運命によって芸術の牢《ひとや》に投げこまれたものは、もはやそこからのがれることはできない。踏みこえるすべもない境界のうちに封じこめられて、その境界のほとりにこの世ならぬ美の形象がながれすぎて行くのをただながめているばかりなのだ。十分な力をそなえていなければ、このような幽囚のうちにあるものははかない夢想家となる、非芸術に渇望する野心家となる。しかしもし真の芸術家であれば、彼は絶望におちいる、というのも境界のかなたからは叫び声が聞こえてくるのだが、彼はそれを詩の中に確保することができるばかりで、叫びについて行くことは許されないのだから。禁令に身じろぎもならず呪縛され、境界のこちら側でひたすらに彼は書く、クマエの巫女《みこ》の命にこたえ、アエネーアス同様敬虔に誓いを立てながら、巫女の高い祭壇にとりすがったというのに——

——冥界への径を降るはたやすし、夜も昼も冥府の門は開けはなたれてあり。されどやすからぬは帰路、暗き森、コキュトゥス（冥府の河）の流れ、その淵《ふち》その渦、ことごとく帰路をおびやかす。この道をつつがなく越ゆるはただ、徳行ひとに秀でたるもの、はたまた神々の族《うから》にして、ユピテルにさえ愛せられたるもののみ。されどもし、ステュクス（冥府の河）をこえて黄泉《よみ》の恐怖にいたりかつそこより帰る、この往還を汝《な》が心のぞむとならば、おごりたかぶりたる汝が心のぞむとならば、はたさではかなわぬ務めを聞けよかし。小暗き谷間、いとあらけなき森の茂みあいたる藪《やぶ》のただなかに、下界の女神にささげられたる枝ひとつ、黄金の葉によそわれて、黄金のかがやき燦爛《さんらん》と生いいでたり。汝プローセルピナ（冥府の神の后）の意をむかえ、そがために、永久《とことわ》に生いかわるこの木の金の茂りより、かがやく小枝を折りとらんまでは、冥界への下降はかなわざるべし。さればこの枝を眼《まなこ》高くあげてもとめよ、運命の汝に幸いせば、赤手もていとすみやかにそを折りとることを得ん、されどもし一切を領する運命の禁《とど》むるならば、いかに力をふるうとも、鋭き刃《やいば》の力を借らんも、そを裂きとらんすべはよもあらじ。かつまた運命は、今ひとつの務めを汝に負わせたり、そは、魂魄《こんぱく》失せし汝が朋友《とも》（アエネーアスの友ミセーヌス）のいまだ葬られざる骸《むくろ》、贖《あがな》いの牲《にえ》を汝よりもとめつつ、墓に入らんことをのぞむゆえ、おのが権利と汝が義務のはたされんことをのぞむゆえなり——

——つまり、共通の意志をもつ神と運命との双方に呼ばれたあの男には、境界がひらかれていたのだ、神聖な最後の義務の成就と助力をはたすことができるあの男には。だが、運命と神とのそのような二重の意志によって芸術家となるべくさだめられたもの、ただ知覚し予感し、書きしるし語るよりほか何ごともはたしえぬ呪いを受けたもの、彼には生死いずれの道にあっても贖罪《しょくざい》は拒まれている、墓さえも彼にとっては美しい建造物、おのが骸のための世俗的な住居にほかならない、それは入り口でも出口でもない、はかり知れぬ下降の入り口でもなければ、はかり知れぬ帰還の出口でもないのだ。運命は彼に黄金の導きの枝、認識の枝をあたえない、ユピテルが彼の有罪を宣するのもまさしくそれゆえである。こういうわけで、彼もまた破約の罪を負い、同時に破約者のよるべない孤独に追いやられていたのだった。そして地上へと強いられた彼の視線は、石だたみの上を千鳥足で歩いてきた三人の破約の共犯者、有罪宣告の伝達者よりほかとらえることができなかった、さらに深く、舗石の表層をつらぬき、世界の表層をつらぬき、ことばの表層をつらぬき、芸術の表層をつらぬいて滲透することは、彼の視線には許されなかった。下降する道をたどるよしもなく、いわんや深みからの帰還、人間性の真実を保証する帰還のかなうはずもなかった、創造の誓約を新たにするために上昇するすべはなかった。いつも心得ていたことではあるが、かつてないまでにまざまざと今彼は、自分が、救いをもたらすものの助力の、永久におよばぬ所にいることを会得した、なぜなら誓約にもとづくその助力と人間の助力とはたがいに規定しあうものだし、両者の協調においてのみ、地上に生をうけ天上へとむかう巨人《ティタン》に課せられた、連帯を確立し人間性を確立するという任務がはたされるものなのだから。ただ人間性のうちにおいてのみ、真の連帯のうちにおいてのみ、全人類の総体を映し人間性を映しながら、神聖な問いと答えの認識をになない認識にになわれた循環が完結する、この環は援助の手をさしのべる力のないもの、義務をはたす力のないもの、誓約を守る力のないもの、つまりは彼を排除するのだが、それというのも、巨人のように人間存在を克服し成就し聖化する営みから、彼がわれとみずからをまぬがれさせてしまったからなのだ。たしかに、このことを彼は知っていた、

そして彼はさらに知っていた、芸術にとっても同じことがいえるのだと、芸術もただ――おお、芸術はまだ存続しているのか、存続を許されるのか？――誓約と認識を保つかぎり、人間の運命となり存在の克服となるかぎり、まだ克服されぬものにふれて新たなよそおいをこらすかぎり、存続することができるのだと。そのような営みは、芸術が魂に呼びかけて自己克服へとうながし、魂にみずからの現実の層また層をあばかせ、層また層と深みへ突き進んで行かせることによって遂行される。魂はその存在の秘奥の叢林を分けて、層また層と、到りつくすべはないが、しかもたえず予感され知覚されている暗黒への道を降って行く。そこから自我が生まれそこへ自我が回帰する、自我の生成と消滅をつかさどる暗黒の領土、魂の入り口と出口、しかしそれはまた同時に、魂にとって真実な一切のもの、小暗い影の中に

道を示す金色の枝によって魂にあかされた一切のものの入り口であり出口である。金色にかがやくこの真実の枝は、いかに力をつくしても見いだすことも折りとることもできないが、それというのも発見にまつわる天恵は下降にあたってさずけられるそれと同じ、自己認識の天恵なのだから、共通の真実として、共通の現実認識として魂にも芸術にもそなわっている、あの自己認識の。たしかにこのことを彼は知っていた、

そして彼はさらに知っていた、このような真実にすべての芸術家の義務がかかっているのだと。自己を認識しながら真実を見いだし真実を述べる義務、それは芸術家のはたすべき使命となり、その使命の成就したあかつきには、魂は自我と万有との大いなる平衡をさとり、万有のうちにふたたび自己を見いだすはずなのだ、自己認識によって成育し自我につけ加わったものを、万有のうち、世界のうち、いな、そもそも人間性一般のうちに成育する存在においてふたたび見いだすはずなのだ。いかにもこの二重の成育は、はじめから美の象徴性に、美の境界の象徴性に制約された、単なる象徴にすぎないかもしれない、すなわち象徴的な認識にすぎないかもしれない、だがほかならぬそのような象徴性ゆえに、それは踏みこえるよすがもない内外の存在の境界をものの数ともせず、新たな現実へと展開することができるのだ、新たな形式ばかりではなく、現実の新たな内容がそこにくりひろげられるのだが、まさ

しくそれは、このうえなく深い現実の秘密、自我の現実と世界の現実との照応の秘密がひらかれるからにほかならぬ。象徴に鋭い正確さをあたえそれを真実の象徴へとたかめる照応、真実を生みだす照応、そこからは一切の現実の創造がはじまり、層また層と前進し、手さぐりしつつ予感しつつ到りつくすべもない発端と終末の暗黒の領土をめざす、万有と世界と隣人の魂のうちなる不可思議な神性をめざし、無頼きわまる魂の中でさえ、見いだされ呼びおこされるのを待ちうけている、あの窮極のひそやかな神をめざして進んで行く——このこと、自己認識から得られたおのが魂をめぐる知覚によって、神性を顕示すること、これこそが芸術の人間的な使命なのだ、人間性のための使命、認識のための使命、したがって芸術の存在理由なのだ、この理由の正しさが証明されるのは、暗黒の死のほとりに課せられた芸術の滞留によってだが、それというのも、ただこのような死への接近においてのみ、芸術は真の芸術となることができるからだし、それゆえにこそうちひらけて象徴と化した人間の魂と呼ぶことができるからである。たしかに、このことを彼は知っていた、

だが彼はさらに知っていた、象徴の美は、たとえどれほどきびしく正確な象徴であろうとも、けっして自己目的とはなりえないのだと、かりに美が自己目的を僭するならば、芸術は根底からゆるがされるのだと。なぜならその場合、芸術の営む創造の行為は必然的に逆転し、

生みだす力は生みだされた結果と、現実の内容はうつろな形式とたちまち交替してしまうのだから。たえまない混同のうちに、いかなる改新の余地もなくひしと閉じた、たえまない交替と逆転の円環のうちに、認識の正確さは、ほかならぬ単なる美のために、もはや何ひとつ展開することもなければ発見することもない、無頼のうちにひそむ神性も、人間のいだく神性のうちなる無頼も見いだされることはなく、ただうつろな形式とうつろなことばに酔いしれて、あやめもわかぬ混沌のうちに誓約も忘れはて、芸術を非芸術に、詩を文士のわざくれにおとしめてしまうのだ。たしかに、このことを彼は知っていた。痛いほど切なく知っていた、

そしてまさしくそれゆえに、彼はすべての芸術家のありかたの内奥にひそむ危険を知っていた、芸術家となる運命を負うた人間の内奥にひそむ孤独を知っていた、芸術家に生得の孤独、それが彼をさらに深い芸術の孤独へ、言語を喪失した美へと駆りたてるのだと知っていた。おおよその人はこのような孤立のために挫折してしまう、孤独のために彼らは盲目になる、世界も見えず、世界や隣人のうちなる神性も眼にうつらず、孤独に陶酔しながらわずかに自己の神との相似を見てとるばかり、さながらこの相似が彼らのみにあたえられた栄誉だと思っているかのように。みずからを偶像視し、他人からもそう見てもらいたいという欲求

が、ついには彼らの創造の唯一の内容と化する――、それこそは背信、神と芸術との双方に対する背信である、というのも、このようにして芸術作品は非芸術となり、芸術家の虚栄をおおう淫らなマントとなり、いたずらにきらびやかな安物の装身具となってしまうのだから。この破廉恥な装身具の影では、得々として展観に供されたわれとわが裸身さえ、いつわりの仮面に変じてしまうのだ。そしてたとえこの種の非芸術の、淫らな自己満足、美への陶酔と効果意識、新たによみがえらすすべもない短命とひろげるよしもない限界、それらが真の芸術にはおよびもつかぬほど容易に人びとへの道を見いだすとしても、それはまやかしの道にすぎない、孤独からのがれる道ではあっても、真の芸術が人間的な努力のうちにもとめる連帯へと通ずる道ではない、いな、それは賤民との連携、誓約を破る、というよりそもそも誓約をになう力のない賤民の群れとの連携にほかならない。この賤民の群れはいかなる現実を支記することも創造することもなく、そうしようという気すらなく、むしろ現実を忘れはてて呆然とうつけたまどろみに落ちて行く。非芸術にひとしい現実喪失、文士のわざくれにひとしい現実喪失、すべての芸術家のありかたにひそむ秘奥の危険。おお、痛いほど切なく彼はこのことを知っていた、

それゆえにまた彼は知っていた、非芸術と文士のわざくれのはらむ危機が、遠い昔から彼

みずからをとらえていた、今もたえずとらえているのだと。だから――ついぞ率直に自認しようとは思わなかったことだが――彼の詩を芸術と呼ぶことは、実は許されなかったのだ、なぜなら、更新し展開するいかなる力ももたず、それはただ現実創造を欠いた淫らな美の製品にすぎなかったのだから、『アエトナ山の歌』から『アエネーイス』にいたるまで、終始一貫してもっぱら美のために仕え、とうの昔にだれかが考え認識し形成したことを、ただ美しく仕上げるだけのために欣然としていそしんでいたのだから。文飾の壮麗さ、豪華さがたえまなく増大することを別にすれば、そこには内的な意味での真の進歩はいささかも見られなかった。それはみずからの内的な力によって存在を支配し、真の象徴へとたかめる力をもたない非芸術だった。ああ、われとわが生のうちに、われとわが作品のうちに、彼は非芸術の誘惑を経験していたのだ、生みだす力を生みだされたものに、連帯をたわむれに、生々発展する創造を硬直に、認識を美に変えてしまう、すりかえの誘惑を。このすりかえと逆転を彼は知っていた、それが彼自身の生の道程にともなうものであっただけに、ひとしお痛切に感じられたのだった。災厄にみちたその道が、彼を故郷の大地から大都会へ、孜々《しし》とした創造の営みから自己欺瞞的な巧言令色へ、人間性に対する責任から、さまざまな事物を一段高い所から見おろし、真の助力のためにすこしもふるい立とうとはしない、いつわりの同情へとみちびいたのだ。輿にゆられ、輿にはこばれ、掟のさだめた連帯から偶然にゆだねられた孤立へとむかう道、道というよりむしろ、賤民の世界への顚落、その世界のもっとも忌まわしい現われとしての、文士のわざくれへの顚落！　それと意識したことはほとんどなかったが、彼は再三にわたって陶酔のとりことなっていたのだ、美、虚栄、芸術のたわむれ、忘却のたわむれ、どのような形で現われた陶酔にせよ、彼の生は、さながらすべるように旋回する蛇状の円環に囲繞されたかのように、それによって規定されていた。たえまない転回と逆転の、眩暈《めまい》をよびおこす陶酔、非芸術の誘惑の陶酔、みずからの生をふりかえり見る今このとき、その陶酔ゆえに彼は深く心に恥じた、時の境界に到達し、たわむれの中断も目前に迫っている今このとき、冷えびえとした陶酔のめざめの中で、彼はわれとわが身にいい聞かせなくてはならなかった、おまえはなんの意味もないあわれな文士の生活を送ってきたのだ、バウィウスとかマエウィウスとか、かねがね腹の底から軽蔑していたおろかなことばの職人たちのそれにくらべて、すこしもましなことはない生活を、と。そう、すべての軽蔑のうちにはかならずなにがしかの自己侮蔑がひそんでいるものだが、それが今またまぎれもなくあらわになり、汚辱にみちた鋭い苦痛をともなって、彼のうちにたかまり彼をかき乱したのだ、この自己侮蔑からのがれる唯一の確実な、そして望ましい手だてといえば、今はただ自己滅却、死あるのみだった。だが、彼をおそったのは、実は屈辱とは別のもの、屈辱以上のものだった。陶酔からめざめておのが生をふりかえるものは認識する、彼の道程はあやまっていたが、その一歩一歩には避けがたい必然性があった、それはどうしようもなく明白なものだったのだ、と。運命と神々の力によって、はじめから彼は逆転する道をたどるようさだめられていたのだ、それゆえに彼は、どれほど前進しようと努力しても、いつもひとつ所に釘づけにされ、影像やことばや音の叢林の中にあてどなく踏み迷うよりほかはないのだ、運命の命ずるままに内界と外界の枝群の中にもつれこみ、牢《ひとや》の四壁をなす叢林に導きもなくさまよいながら、金色にかがやく枝を折りとろうという望みも、運命と神々の禁令によって、みたされるよすがさえない。このようなことを認識してしまったもの、このようなことを認識しているものは、いよいよ深く心に恥じ、身の毛もよだつ恐怖にとらえられる、というのも、天上の存在にとっては、一切の事象は同時に進行するのだと、まさにそれゆえにユピテルの意志と運命の意志は合一し、恐るべき同時性のうちに、罪と罰の解きがたい一致を地上のものに啓示することができたのだと、彼は知っているのだから。おお、運命によって、連帯をにない助力の手をさしのべる義務を達成するようにさだめられている、そのような人物のみが徳行の高さを誇ることができるのだ、彼のみがユピテルに選ばれて、叢林から連れだす運命の手を期待することができるのだ。だが、ユピテルと運命との双方が義務の達成を許そうとしない場合には、助力することができないのと助力する気がないのとは、ひとつことと見なされてしまう、そしてどちらにも、いかなる助力も得られないよるべなさという罰がくだされるのだ。助力することもかなわず、助力しようという気もなく、連帯の世界にひとりよるべなく連帯を避け、芸術の牢に幽閉された詩人、導きもなく導く力もなく孤立無援の境涯におかれた詩人、たとえ彼が運命に逆らおうとしても、たとえ薄明のさなかで助力の手をさしのべ、呼びさます役をつとめ、それによって誓約と連帯に回帰する道を見いだそうとしても、そのような試みは最初から挫折の烙印《らくいん》を押されているはずなのだ――おお、それとさとってはげしい恥辱にまみれよとばかりに、あの三人が彼のもとに送りつかわされたのだった！――彼の助力はまやかしの助力、彼の認識はまやかしの認識にすぎない、かりにそれらが人間たちに受け入れられるとしても、それはいつもただ災厄をもたらす誘惑の役目しかはたさないだろう、救いの道を示すいかなる導きからもはるかに遠く、救いからはるかに遠い誘惑。そう、これが行きついたはてだった――みずからは認識を欠きながら、認識を欲しない人間たちに認識をもたらそうとするもの、みずからはことばの職人でありながら、ものいわぬ人間たちにことばを呼びおこそうとするもの、みずからは義務を忘却しながら、義務を知らぬ人間たちに義務を負わせようとするもの、みずからは足なえの身でありながら、よろめく人間たちに歩行を教えようとするもの。

彼はふたたび見捨てられていた、ふたたび見捨てられた世界に、うらぶれうち捨てられていた。おお、いかなる手ももはや彼を支えてはくれず、彼を保護し慰めてくれるものは、もはや何ひとつとしてなかった。彼はただ落ちるがままに委《まか》されていた。窓の胸壁にくずおれるように凭《よ》りかかり、埃にまみれ熱気をはらんだ生命《いのち》のない煉瓦に、生気のない手でひしとすがりつき、この過熱した根源の粘土を覆う埃を指の爪のあいだにまざまざと感じとり、硬直した根源の土にひしとすがりつきながら、彼は熱い石と凝然たる形姿からなる四周の夜の沈黙のうちに、沈黙の哄笑が鳴りひびくのを聞いていた、そこに聞こえるのは徹底的に遂行された破約の沈黙、ことばも認識も記憶も喪失した罪の意識のかたくなな沈黙、創造以前の世界に仮借なく増大する死の沈黙だった。この無条件の死にとっては、再生もなければ世界創造の更新もありえなかった、というのも、この死へとさだめられた道はいかなる神聖さも知らないのだから。おお、いかなる被造物も、人間ほど無条件に、人間ほど神聖さから遠ざかって死の運命に委ねられているものはない、なぜなら、いかなる他の存在も、人間ほど誓約を破棄することはできないのだから。放縦無頼の道へ走れば走るほど、人はいよいよ重く死の運命をになう、しかしだれにもまして誓約を破り、死を重く負うているのは、大地に親しむことを忘れて舗石の上ばかりを踏みしめる足の持ち主、もはや耕すことも種をまくこともなく、星辰の運行によって万事を律することも知らず、森の歌も青らむ野の歌も耳にしない人間である。まことに、何ぴとといえども、何ものといえども、街路をのたうち忍び歩きうごめきまわり、たえず千鳥足でよろめくために正常な歩行を忘れてしまった大都会の賤民ほど、死に委ねられているものはないのだ。いかなる掟にも守られず、みずからのうちにいかなる掟をはらみもせず、かつてはそなえていた知恵をも失い、認識をいとい、ふたたび支離滅裂の状態におちいった群衆、動物のように、そう、下等動物のようにありとある偶然に身を委ね、ついには記憶も希望も不死の運命も失って、偶然の命ずるままに消滅して行く群衆。彼が甘んじなければならなかったのもそれと同じ境涯、彼みずからが、その一片と化している、四分五裂の賤民の群れとともにわかちあう境涯だった、運命の必然によって、この境涯が避けるすべもなく彼に課せられているのだった。思いがけぬ驚愕の領域をすでに彼は背後にしていたが、そのあとでは、身の毛もよだつような思いで、賤民の世界に顛落したわが身、底辺を完全に欠いた表層に顛落したわれとわが身をながめなければならないのだった――、顛落はさらに持続するのか、さらに持続せねばならぬのか？　表層から表層へ転々としながら、ついには最後の、純粋な空無の表層にまで、終極の忘却の表層にまで落ちこまねばならぬのか？　昼も夜も冥府の門はひらかれている、顚落は避けがたく、そこから帰還する道はいずこにもない。顚落の陶酔にとらわれると、それがさながら高みへむかう衝迫ででもあるかのように思われてくる、しかしやがて、無時間の天上の事象が、突如としてその同時性を、地上の領域における同時的な結合を明らかにするとき、その時間の境界で人間は神性を奪われた神にめぐりあう、永劫の哄笑がはたたき四周をつつむさなかを、同じように顚落して行く神に追いつかれ、追いぬかれる。両者ともども同じ幻滅と自己放棄のうちに投げこまれ、身の毛もよだつ恐怖にさらされているのだが、その恐怖とは、かたくなな反抗的な羞恥にとらわれて笑いながら、しかも同時に、さらに恐るべき未来の恐怖を予感し、笑いによってこれの到来を妨げようと念じている恐怖なのである。さらにあらわな恐怖、さらにあらわな屈辱、さらにあらわな正体の暴露へと、運命の命ずる旅路はのび、顚落の道はのびて行く。その道のきわまるはてにあるのは、それまでのどれにも増して忌まわしい破滅と自己滅却だった、それまでの孤独のすべて、夜の孤独と世界の孤独のすべてにまさり、人間にばかりではなく物という物一切にさえうち捨てられた、新たな孤絶の境だった。放恣な存在のむなしい表層が倏忽《しゅっこつ》の間にそこに露呈していた、そして内外の両界のいずれも十全に到りえないままに、夜は、依然としてかがやく暗黒の球体をなしていたとはいうものの、いずこともない無何有郷《ニルゲントヴォー》に溶解してしまっていた。それはみずからを偶然に委ねながら、認識も知覚も無用の長物と化し、無用のままに消え行かせる世界だった。記憶も希望も消えうせていた、放恣な偶然の強圧のために消えうせていた、一切のうちに姿を現わすのがほかならぬこの偶然、創造なき世界を支配するのがれがたい偶然なのだった。創造以前の一切のよるべなさにもとづく陶酔と失われた記憶につつまれ、生もなく死もない創造以前の世界の冷ややかな焔に照らされて、それは、およそ名状しがたい孤独にひとしいこのあらわな偶然は、今やふたたび主権をもとめて呼ばわっていた——、これこそが旅路のはて、今はじめて眼にうつる顚落の道の終点、名状するよしもない存在それ自体だった。

名状しがたい偶然の孤独、そう、彼が目前にしていたのは、危く顚落もしかねまじき姿勢で、というより実はもう落下しながら窓辺に立っていた彼が見ていたのは、まさしくこの孤独だった。よるべなくうち捨てられながらしかも不屈な放恣の相貌を見せて、異様な存在と化した夜が熱を帯びた彼の視線の前にひらけていた、依然として不動のまま、しかも異様に、夜は月のやさしいきびしさをたたえた息吹きに愛撫され、不動のたたずまいのまま銀河のやわらかな流れにひたされ、沈黙の星の歌のうちに、美とその魅せられつつ魅する統一のうちに沈められていた、美化された世界のただよい消えて行く統一のうちに、凝固しつつ凝結させるその世界のかぎりないはるけさのうちに沈められていた。このはるけさ同様美しく凝固した巨大な空間に、魔霊めいた力によって見も知らぬ異様さへと変容しながら、はるけさと相たずさえて、夜は時間の中をはこびさられて行った、夜とはいえそれはまた時のうちなる不死であり、永劫に属しながらしかも永遠を知らず、人間的な一切から遠ざかり、人間の魂と無縁になっていた、というのも、はるけさにひたされはるけさをひたしながら成就したこの静かな合一は、いかなるものにももはや関与を許さないからだった。現実の前庭は非現実の前庭へと変貌していた。存在の諸圏の秩序は消えうせ、音もなく鳴りひびくその銀色の空間は、およそ思量にあまるものに閉ざされて異様に変化しながら、一切の人間性のおよそ思量にあまる部分をみずからのうちに閉じこめて異様に変化させ、凝然と沈黙していた。月、銀河、星辰、それらはもはや名をもたなかった、到達するすべもない遠い孤立のうちにあってそれらは彼には未知のものと化していた。橋をかけわたすことも呼び声を届かすこともできず、しかも重く彼の上に覆いかぶさって押しひしぎおびやかす、熱い透明なこの孤絶、それは宇宙の過熱した冷ややかさだった。彼の周囲にあるものはもはや彼を囲繞してはいなかった、夜の洞窟に閉ざされながら、しかも彼はその外側にたたずみ、みずからの運命からも他者の運命からも切りはなされていた、眼に見えかつ見えぬ世界の運命から、一切の神性と一切の人間性から、認識と美から疎隔されていた、なぜなら眼に見えかつ見えぬ世界の美も、名状しがたいものの中に消えうせ、もはや記憶にはとどまらなかったのだから——

——おお、プロティア、わたしはまだおまえの名を知っているのだろうか？　おまえの髪には夜が宿っていた、星々をちりばめ、あこがれを予感し、光を告知しながら。そしてわたしはこの夜の上に身をこごめ、甘くかがやく夜の息吹きに酔いしれたのだが、その中に沈みこみはしなかったのだ！　おお、失われた存在よ、このうえなくなつかしい気疎さよ、このうえなく気疎いなつかしさよ、いともはるかな間近さ、ありとあるはるけさのこのうえない間近さ、おごそかな魂の最初と最後のほほえみよ、おお、昔も今も一切を意味するおまえ、なつかしく気疎く、近くまたはるかなほほえみよ、運命をになう一輪の花よ、わたしはおまえの生命《いのち》をわたしの生に溶け入らせることができなかったが、それはその生命のあまりにも重いはるけさのため、あまりにも重い気疎さのため、あまりにも重い間近さとなつかしさのため、あまりにも重い夜の微笑のため、そして運命のため、おまえの運命のためだった。おまえがこれまでみずからのうちにになってきた、そしてこれからもになって行くであろう運命、おまえにもわたしにもおよびがたい運命、あまりにも重いそのおよびがたさがわたしの心を引き裂くことを恐れて、わたしはそれをわが手に受けることができなかったのだ、わたしはただおまえの美しさばかりを眼にして、おまえの生命を見ることはなかったのだ！　おお、ためらいがちに去って行くおまえを、わたしは呼びもどさなかった、あこがれに恵まれたおまえを呼びもどすことは、わたしにはこばまれていた、きわめるすべもうかがうすべもない世界に二度と帰らず消えて行く、ああ、いとも軽やかな足どりよ、影のかなたに失われた光よ、おまえの帰還はどこに成就するのか？　どこにおまえはいるのか？　かつておまえはいた、そしておまえの指から指環を抜きとり、それをわたしの指にはめたのだった、暗黒にとりかこまれ暗黒を閉じこめながら、暗黒とともにわたしたちをひしと閉ざして、鳴りひびきながれて行くときのことだった。おお、プロティア、わたしにはもうよくわからない――

――消えうせたもの、かつては現実だった、現実以上だったものは、もはや記憶にとどまってはいなかった。かつて彼が愛した女性はもはや名前でもなく、光でもなく、影でもなかった、彼女はきわめがたい偶然の中に沈みこんでしまい、そのなごりとてはただ、かつて存在していたものをめぐる驚き、ひびき消えたもの、ひびき消えた美の音楽、その昔の驚嘆と不可解なほど強烈な忘却をめぐっていぶかり怪しむ気持ちばかりだった。ほかならぬこの忘却を、狂熱家の執拗ないぶかりの念でもって、彼はさぐりもとめていたのだ、そう、記憶のうちでさえいぶかしいのは、美がかつて存在していたということ、それが鳴りひびいた、鳴りひびきえたということだった。美はさながら永遠から生まれ永遠からふともらされたかすかな吐息のように、人間の面輪にひそみながら、たえずくりかえしてその面ざしからかがやきをはなつ、異様に間近い夜の微笑をたたえたほのかな光、水蠟樹《いぼた》の白い花のようにはかなく消えて行くその光、人間的な一切の上にひろげられた死のこまやかな薄紗の網目、人間的なものの薄紗、それが美のうちに凝縮し、しかも同時により透明になったのだが、それはあたかもこの美によって、忘却それ自体が魂の中に溶け入ったかのよう、魂それみずからが忘我の境に入り、美のうちにかなえられる地上の不死へ、美による忘却そのものへとむかうかのよう、人間的な美の中にあのとうにはかなくなった希望、うかがいがたくおよびがたい死をめぐる知識へとむけられた希望の、わずかに残った最後の一片がまたたいているかのようだった。しかし今、そのような美は影も形もなかった。ただ不屈の死ばかりが、たえずくりかえしたちもどってくる甘い死にひたされた人影の背後に立ちはだかっていた、野放図にぬっくと身をもたげて、死ははかり知れぬ宇宙の中にのびあがり、諸圏をみたし結合しながら、星々の世界にまで達していた。そしてこの死とともに、死の沈黙に呼びおこされ動かされて、その沈黙をみたしみずから沈黙と化しながら、死につつまれた一切がにわかにざわめきはじめていた。沈黙のうちにざわめきたつ死、沈黙のうちにざわめきたつ死につつまれた存在、死の手に落ち死に呪縛され、偶然から生まれ偶然にとらわれた存在、死を待ちうける人間の形姿の多様さ、跛行《はこう》するものも大兵肥満《だいひょう》のものも、金切り声でまくしたてるものもすべて幾重にも倍加され、ついにはそれらの密集した人影のために、石を敷きつめたうつろな広場はあふれかえらんばかりになり、雑沓はさらにすべての空間に闖入して行くのだったが、いうまでもなくそのために広場のうつろさ、空間のうつろさがすこしでも変化することはないのだった。それはさながら時それ自体が炸烈《さくれつ》し放散したかのようだった、同時性のうちにある死者の群れ、地上の人間の多様さ、多様な変転の環に閉ざされた地上の人間、その骨格と頭蓋、円形の頭蓋、扁平《へんぺい》な頭蓋、塔状の頭蓋、草や亜麻のような毛で覆われた、あるいはつるりと禿《は》げた、あるいは弁髪を垂らした、頭蓋また頭蓋、頭蓋の下の顔の多様さ、動物のような顔、植物のような顔、鉱物のような顔、奇妙なぐあいに皮膚で覆われ、あるいはなめらかな、あるいはにきびだらけの、あるいは皺だらけの、肉ではちきれそうなあるいはだらしなく弛んだ、顔、噛んだりしゃべったりする顎、石のような歯を敷きならべた顔の洞穴、多様な皮膚と空洞の匂いをそなえた顔の人間、その微笑、間のぬけた微笑、狡猾な微笑、歯をむきだした微笑や途方にくれた微笑、極悪非道のかぎりにおいてさえ感動を引きおこす神聖な微笑、それは一瞬人間の顔をひらくが、すぐまた哄笑が、非人間的な創造の壊滅を眼にすることのないようにと、その顔を閉ざしてしまうのだ、見る眼を恵まれた人間、大きな眼、すわった眼、水晶のような眼、黒い眼、生きいきした眼、眼の中に現われる運命、眼の中にひそむ内心の動き、運命をになう人間、ほかならぬその眼の力に宿る、運命によって課せられた屈辱、屈辱にみちあふれしかもなお語る人間の、顎と舌と唇から恥知らずにうるおって導きだされる声、息をのせた声、ことばをのせた声、連帯をもとめる声、人間の中から躍りでる、しわがれ、脂ぎり、媚び、どよめき、動きまたこわばり、あえぎ、ひからび、泣きわめき、吠え、しかも変容して歌と化すことのできる声、人間、この驚くべく恐るべき統一体、解剖学上の実体から、ことばから、表現から、認識と非認識から、夢うつつの放心から、ステルスの勘定から、欲望から、謎からなりたっているこの統一体、分解して器官となり、生活圏となり、実質となり、原子となり、幾層倍にも増大し多様化する、この存在の多様、正しく接合することも不可能な、この人間の構成要素の錯雑、この被造物の密林、石のような骨格、死の骨格にひとしく地上的なその現実、この肉体の叢林、四肢の叢林、眼の叢林、声の叢林、創造の中途にあるこの未完の叢林、偶然の欲情から生まれ、くりかえし分離するかと思えばまた新たな偶然の欲情におそわれて交合し、混合し、交接し、紛糾し、分岐し、分岐と更新をさらにつづけながらたえまなく死滅し、死滅し朽ち凋《か》れたものは大地へ落ちる、植物と動物の生気と死の宿命をはらんだこの人間の叢林、それが今、死の姿とともに浮かびあがってきた、死とともにざわめきたち、沈黙の騒音を鳴りひびかせはじめたのだ。それは諸圏をみたす死そのものだった、人間の作りなす偶然の混沌だった、そのあまりな偶然性と死に委ねられたその性格ゆえに、たまたま目前に姿を現わした生者が、実はすでに死んでいるのではないか、それともまだ生まれてさえいないのではないか、死の前の死にいるのか、未生の生にいるのか、われわれにはわきまえ知るよしもない——。プロティア、おお、プロティア、たえて姿を見せぬ、見いだすすべもないものよ！　おお、死者の叢林の中に彼女を見いだすことはできなかった、彼女はよるべなくうち捨てられた地下の世界に沈みこんでしまっていた。そして彼はといえば、彼女とかかわりをもつというよりむしろひとりの死者とのかかわりをもっていた、つまり彼自身も死者だったのだから、非創造の世界の死に先だつ死におちいり、偽誓し跛行し彎曲《わんきょく》するものへ、よるべなくうち捨てられた都会の賤民に似た、文士のなりわいへとおちいっていたのだから。このなりわいはまやかしの逆転の道程へ死までも引き入れてしまい、死を美と、美を死と結合しながら、ついには解体を志向するこの不潔な同化において、到達しがたいものにも到達したかのような幻覚をいだき、うかがうよしもない死の知識をさも獲得したかのように見せかけ、そればかりかさらには、このようなすりかえにひそむ享楽的な要素を美にさえもくりのべ、美において不潔な放縦なたわむれを絶頂に達せしめようとするのだ。なぜならば、愛する力のないもの、愛にもとづく連帯に加わる力のないものは、四周から隔絶した孤独をのがれるためには、美の中にわけ入らなくてはならないのだから。残酷な情感にくすぐられて彼は美の探究者となり、美の崇拝者となるのだが、愛することはついに学ばない、ただそのかわりに、愛のうちなる美の観察者となり、美によって愛を生みだそうと念ずるばかりなのだ。生みだす力と生みだされたものとを混同しながら、彼は愛のうちにも陶酔を感じとり、さぐりあてる、死の陶酔、美の陶酔、忘却の陶酔。そして美のたわむれと死の愛に夢うつつのうちに没入しながら、この忘却のよろこびに心ゆくまでふけり、愛の本来の使命などあっさり念頭から放下してしまう、たとえ美の創造という力を恵まれているにしても、愛はけっして美をめざしているのではない、ただひたすらにその根本使命を、すなわち、すべての使命のうちでもとりわけ人間的な、いつもかならず「愛するものの運命の受容」と呼ばれる使命をめざしている、このことを彼はわざと忘却のかなたへ押しやってしまう。ああ、これこそが、これのみが愛だというのに。しかし死者たちはいかなる連帯を形づくることもない、彼らはたがいに相手を忘れてしまったのだ――

——おお、プロティア！　またと忘れがたいものよ！　美にひたされたものよ！　おお、愛があるとすれば、人間の密林の中に弁別する愛の力があるとするならば、それはわたしたちがいっしょに黄金の枝を見いだすということ、手をたずさえて、忘却の無の泉にまで、冥界の最後の覚醒にまで降って行くということにあるのだろう、わたしたちは降って行く、夢から醒めきって、根源の深みにまで、わたしたちがくぐるのは、はいったが最後だれひとりもどることはできない美しい象牙の夢の門ではない、なんの飾りもない角でできた入り口、それをくぐってわたしたちは帰還する、手をたずさえて上昇する帰路をたどる、運命の消滅する最後の場から新たな運命を、愛の消えうせる最後の場から愛を、新たに創造され、やがて成就をむかえようとする運命を、地上へともたらしながら！　おお、プロティア、幼児《おさなご》のように無垢な、しかももはや幼児ではないおまえ！　わたしたちに受け入れることができるのは、生成途上にある運命ばかりで、すでに成就してしまった運命ではない。生成しつつある運命のみが愛の現実なのだ。わたしたちはそれを、春に芽ぐみ花咲く一切のうちに、茎という茎、花という花、生いたつ若やかなもののすべてのうちに、しかしとりわけ幼児のうちにもとめ、形成を待ちうけているまだひらかぬ運命——それのためにわたしたちはすべての初《うぶ》なものに心をよせるのだが——を、生成途上にあるものを、すでに成就したものの中へむかえ入れ、強固に形成された成人の中へ少年をむかえ入れるのだ。おお、プロティア、もしも愛が存在するならば、一切の偶然の欲情をまぬがれた愛の弁別力が、かぎりなく真実な愛のたしかさを保証するならば、わたしたちにはこの運命が、生成の途上にある運命があたえられるのだろう、そしてそのとき、この運命みずからが愛となるのだろう、愛の生成と存在、記憶を絶した深淵へ下降し、記憶にある一切の世界へとふたたび上昇する愛、無へ消滅し、不易な同一性の世界へと回帰する愛、茎や花や幼児と同じくいささかも変化することのない愛、しかもそれは、見いだすよすがもない愛の黄金の枝にかがやかされて、変容した愛なのだ——

——おお、黄金の枝のかがやきをあびることもなく、死者たちはいかなる連帯を形づくろうともしない、彼らはたがいに相手を忘れてしまっている。そしてプロティアの姿、かつては一切の影の背後に宿るほのかな光とも思われた、忘却のうちにありしかも忘れがたい彼女の存在は、すでに影の中に消えうせ、影の国の死者たちのひしめきにまぎれて見さだめるすべもなく、みなぎる死滅、みなぎる顔や頭蓋や肉体の一部分、というよりもはや一部分ですらなくなっていた。それらすべてが彼にとっては見さだめるすべもなく名状しがたい存在となり、放散し消滅していたのだが、それは彼らがそもそものはじめから彼にとっては死者だったから、生者に真の助力の手をさしのべようとはかつて一度も思わなかったからだった。むしろ彼は――運命と神々の双方の呪いによって助力の意志を奪われ、罪なくしてしかも罪に落ち――はたされぬ最初の助力のこころみのために、はたされぬ最初の一歩のために、そのまやかしの一歩への最初の踏みだしのために、全生涯をついやしてしまったのだ、なんらかの生きた助力の連帯に加わる力もなく、ましてやひとりの人間の運命を引き受けることなぞできようはずはなかった。ああ、彼がすごしたのは死者たちの非連帯のうちにある一生だった、いつも死者とばかり生活し、生者をも死者にふくめて考えていた、いつも人間を死者扱いし、死のうちに凝結する美を生みだしととのえるための礎石としか見なしていなかったのだ。それゆえにこそすべての人間たちは、放恣な、いかなる認識も生まれない永遠の非創造の世界へ消えさってしまったのだった。なぜならば、人間が人間的な立場で受け入れる使命にのみ、救いをもたらす認識がかかっているのだから。使命を欠いたために彼はこの救いをも失ってしまった。まめやかな助力も愛にもとづく行為もはたす力なく、手をこまぬいて彼は人間の苦悩を観察していた、もっぱら淫らさへと硬直した記憶のために、もっぱら淫らな美をしるしとどめるために、彼は恐るべき事象の生起をながめていた。彼がついに真実の人間像を形成しえなかったのは、飲み食らい、愛し愛される人間を形成することができなかったのは、まさしくそれゆえだった。いわんや足をひきずりながら通りをよろめき歩き、罵声をまき散らす人間をえがくことなぞ、彼の力におよぶわけはなかった。その獣性、途方もない助力を必要とするその窮乏、ましてそのような獣性にさえ天恵があたえられるという、人間のふしぎさにいたっては、彼の造型力をはるかにこえていた。人間とは彼にとっては無にすぎなかった、お伽噺《とぎばなし》の生物、美に覆われた美の演技者にすぎなかった。そしてそのような存在として彼は人間をえがいた、お伽噺の王、お伽噺の英雄、お伽噺の牧人、夢の中の生物、その美にうつけ美の夢にふけるさま、さながら神にもまごうこの世ならぬそのたたずまいに、なろうことならあやかりたいものと——この点においても彼の願いは賤民のそれとひとしかった——彼は思っていたのだし、もしそれが真の夢の像だったとしたら、おそらくあやかることもできたのだろう。だが、実際はおよそそれとはほど遠かった、彼のえがいた人間は単なることばの形象にすぎなかった、詩の中で辛うじて生命を得たかと思うと、次の角を曲がったか曲がらぬうちにもう死んでしまう、ことばの叢林の闇から浮かびあがり、ふたたび偶然の中へ、愛の不在の中へ、硬直の中へ、死の中へ、沈黙の中へ、非現実の中へと沈みこんでしまう、それはちょうどあの三人と、二度と姿を現わすことなく消えさったあの三人と、そっくり同じことだった。彼らをふるわせていた邪悪な沈黙の哄笑が、その消えうせたあとに世界を爆砕せんばかりにとどろきわたり、第二の静寂となって下の広場と路地の静寂を悪意にみちてつらぬき、夜の沈黙をつらぬき、偶然から生まれ異様な雰囲気をみなぎらせ、とどろきながら空間を爆破し空間を止揚するのだった。もちろんこの完全な破約の哄笑は、むざむざと爆破される宇宙の沈黙のどよめきは、時を止揚することはなかった。

残ったものはただ、ある消えうせた記憶、生気を失った淫らなまやかしの記憶と化した、その記憶にとどまる嘲りに盲いた屈辱ばかりだった。いかなる地上の焔に呼びさまされることもなく、天の火は黙然と無名の存在に変じていた。世界の中心は町々の舗石に覆われて沈黙し、無の息吹きを冷えびえとあびながら、外部のはての境界とひとつになっていた。永遠をその中に憩わせる同時性の流れも今は凝結していた。ああ呪うべき錯迷の道のまやかしの転回、それは、過去と未来を無時間の永遠の今にむすびつける、大いなる循環を錯覚させるのだ。呪うべき破約の転回、呪うべきまやかしの無時間、それこそは一切の陶酔の本質であり、陶酔のよろこびを維持するために、たえずくりかえし生みだされたものを生みだす力をとりかえねばならず、美にかつえ、血にかつえ、死にかつえて、犠牲を瞞着し歪曲して享楽的な陶酔と化してしまうものだ。呪うべき記憶の淫らな虚栄、いささかも現実を知らず、ただ追憶のためにのみ記憶する、その虚栄、呪うべきこの存在の逆転、誓約は更新するによしなく、焔をあおぎおこすすべもなく、いかほどの美、いかほどの血、いかほどの死が提供されようとも、たわむれはついにはむなしく終らねばならない。時の転回点においてたわむれはなんの力ももたぬ、そしてこのとき地上の無限は寸断されてしまうのだ。まことに、犠牲がふたたび真の犠牲とならぬかぎりは、災厄を避けることはできない、おぼろにうつけた眠りからの覚醒はありえない。倨傲《きょごう》なるものは、誓約をないがしろにする資格があると自負している倨傲な人間は、災厄の環にとらえられて永劫そこからのがれでることはできない、内界と外界との誘惑的な同時性、うちよせてはまたひく世界の潮の干満、美にふちどられた世界の境域の誘惑的なながめ、こういった誘惑を彼はあのまやかしの逆転を許す機縁と考えているのだが、それは記憶に酔いかつ忘却に酔ったものの逆転の道で、どちらの場合も同様に現実を喪失しているのだ——、ああ陶酔におちいったものの嘆かわしさよ、倨傲と頑迷のうちに偽誓を固執し、記憶の洪水にひたされたにせよそうでないにせよ、そのためにみずからの人間性を忘れてしまうもの、存在の燃えかがやく中心を失って、彼はもはや自分が上昇するのか下降するのか、前を見ているのかうしろをふりかえっているのかわからない、環状の道程にはいかなる方向もなく、しかも彼の頭はのけぞるように背後にむけられている、硬直した笑止千万なていたらくで。死者たちを呼びおこすことはできない、死んだ女を呼びおこすることはできない、忘却の空間は灰白の潮のように彼女を覆いつくしていた。みずからの生を凝視しなかった男のはこばれて行くさきは、最後の覚醒、最後の忘却なのだということを、あの貧民街の女たちは先刻承知していたかのようだった。彼女らの嘲りはやはり正しかったのか？　残された道はやはりただ、無への顚落、無の境界のもとに冥府のようにひろがるむなしい表層の世界への顚落ばかりだったのか？　おお、女たちは正しかったのだ、激烈な屈辱感を味わいながら、彼は嘲りと呪いを受け入れねばならなかったのだ、なぜなら、彼が罪なくして犯した淫らさの罪は、賤民たちのいかに無恥な偶然の淫奔よりも、なおはるかに非道なものだったのだから。彼は自発的な顚落という淫らな罪にまみれていた、たとえそれが運命に命ぜられたものであったにしても、自発的に彼は偽誓をたてる無頼な徒輩の一党に加わっていたのだ、いかなる結合も知らず、無の舗石の上をよろめき歩き、動物のように火をもたず、植物のように冷たく、鉱物のように呼びおこすすべもなく、叢林のうちにさまよいながらみずから叢林と化し、弁別しがたい窮極的な石の世界へと没入した徒輩一党に。無頼非道の徒輩にむけられる威嚇のおびやかすままに彼はなっていた、彼もその徒輩の同類だったのだ。恐れおののいて身をかくすものたちといっしょに彼は潜伏していたが、その威嚇は、あらけない運命の力のままに途方もなく巨大な威嚇の世界から生まれ、いかなる哄笑のどよめきに阻止されることもなく、いよいよ沈黙を深めながら、のがれるすべもないほど堅牢な結晶体の暗黒のうちに、音を凝固させ光を凝固させるのだった。夜のうちに溶解し夜のうちに凝結する威嚇、それがはてしもなくたかまって行くのだった。すべてが威嚇にさらされていた、すべてが安定を失っていた、威嚇それ自身さえも不安定になっていたのだが、それは危険が変化して、生起する事象の圏から固定的な持続の圏へと移動していたからだった。夜は堅忍不抜な持続の相を示していた。くろぐろと澄みきった黄金の夜の翼は冷ややかに燃えかがやき、凝然たる地上に、乾いた月光に彩られて石のようにたむろする四周の人間の住居を、くまなく覆いつくしてひろがっていた。そして凝然たる世界は星の光をふかぶかと吸いこみ、その内奥の火の深みにいたるまで透明な石と化し、大地に口をひらいた結晶体の堅坑に投げかけられた、透明な石の影、うかがうすべもない存在の水晶のこだまと化していた。きわめがたい底ひにまでうねって行くかと思えば耳に届く範囲にまで躍りあがる、それはさながら石と化するものの最後の切ないあえぎ、存在の息吹きをもとめる石のあえぎのようだった。影によって石化されつつ影を石化するものの波だつ上下、終始変わらず執拗に時をかぞえながら囲壁のかなたをめぐる衛兵の歩調さえ、この動きにまきこまれていた、石ひとつになって、鳴りひびく舗石から現われふたたび底に沈んで行く、おごそかに鳴りひびく無の影の歩みだった。時とともにいよいよかがやきを増す光のもとで、囲壁の上縁に植えこまれた鉄柵の、硬くとがって鋭い影を投げる櫛《くし》の歯状の尖端が眼にうつるようになり、それに劣らず明るい光と透明の影の交錯する中に、囲壁と館とのあいだの深みが口をひらいた。諸圏のかがやきがその奥底までも銀緑にひたし、光によって石化し光によって乾き、光によって沈黙の音をひびかせる砂と砂利の地面、動きひとつない茫漠たる坑の底には、そこばくの灌《かん》木《ぼく》の乾いた影に、およそ名をあげるまでもないような各種各様のがらくたが見えた。銀緑にかがやく茂みの枝になかば覆われて、みずからも影を投げる板片や道具類、しかもそれらは何か恐ろしいほどにいかめしく、さながら石化した万有の沈黙への、わびしい、奇妙に品位を失ったこだまのような風情だった。そこには危険が反映し、復讐が反映し、威嚇が反映していた、というのも、無は無に反映するものなのだから、透明なものは塵に反映し、どちらも不動の夜の翼に触れられ、どちらも悲哀のために麻痺しているのだから。しかもそのいずれからも、引き裂けきれぎれになった、聞きとるよしもない死のあえぎがたちのぼる——

——されどキコニアの女《おみな》らは、死せるものへの愛ゆえにしりぞけられしとき、神々の宴《うたげ》のさなかに、バックスの酔いにとらえられかの男《お》の子（オルペウスのこと）を千々に引き裂きぬ。野の面にあまねく四肢は散りぼい、頭《こうべ》さえ大理石《なめし》なす項《うなじ》より裂きとられたり。されどこの頭にはいまだ声あり、すでに父なるヘブルスの流れに投ぜられ、さわまく渦にまかれつつ、そはいまはの苦しき息に「エウリュディケー」と叫ぶ、「エウリュディケー、幸うすきエウリュディケーよ」と、その声岸辺にこだまして、「エウリュディケー」とひびきをかえす――

――そして彼自身の声にかえすこだまはなかった。不動の終極へむかってそびえたつ冥界の荒涼たる山々のはざまに、こだまをひびかせもせず鳴りわたる死の反響、凝然と涸渇《こかつ》する内界と外界の沈黙の反響、乾いたはざまと石化した結晶体の竪坑のうちに、切なくせきあげるあえぎの沈黙の反響。彼は眼も見えぬ一個の頭蓋となって、忘却の影の磯辺の砂礫《されき》の中へ、薄明の河の岸辺の、ふみわける道もない枯れた茂みのもとへ、忘却さえもかき消す絶望的な無の中へとまろび入っていた、胴体もなく、声もなく、肺臓もなく、呼吸するすべも奪われ、うつろに凝視する盲いた眼ばかりになって、彼は地下の世界の真空の盲目のうちに投げだされていた。影を消すのが彼の使命だった、しかも彼は影を生みだしてしまったのだ、地上に大いなる結盟をもたらす誓約が彼に課せられていた、しかも彼はそもそものはじめから誓約を破っていたのだ、おお、これこそが彼にあたえられた使命だった、今一度墓を覆う石をとりのけること、人間性を再生へと導くこと、生ける創造が恒常の同時性という掟となって、時の経過をたえぬくこと、神をくりかえし犠牲の焔のたちのぼる現在から同時性へと呼びおこし、自己創造という誓約をはたすようにもとめること、誓約によって神をふるわせ、誓約によって硬直をはばみ、誓約によって焰をかきたてること、おお、これこそが彼の使命だった、しかも彼はこの使命を遂行しなかった、遂行することを許されなかったのだ。未知の誓約を成就するために墓石をずらすこと、そう、ただ墓石にふれることさえ許されぬうちに、腕をあげることさえかなわぬうちに、腕は重くなり、麻痺し、透明になり、石化した世界へ、透明に乾き、あやめもわかぬ不動の石の潮の中へさしこまれてしまった。そしてこの不動の潮は、みずから石と化し他を石と化しつつ、すべての領界から世界の中心におしよせるかと思えばまたその境域に引きしりぞき、生あるものもないものも影の結晶体の中へ吸いあげながら、ただ一個の石となり、万有を犠牲に供する石となり、花環にかざられもせず、燃える火にあたためられもせず、頑として動かず、はかり知れぬものを覆いながらみずからも不可測な世界の墓石、犠牲を奪いさられた世界の墓石となっていたのだ。おお、詩人の運命よ！愛ノ記憶ノ力ハ、オルペウスヲ強イテ冥界ノ深ミニ分ケ入ラシメタガ、ソノ窮極ノ奥処ニマデ降リ行クコトハ許サナカッタ、カクテオルペウスハ、アヤシク地下メイタ記憶ノウチニサマヨイツツ、時ナラヌ帰路ニツカネバナラナカッタノダ、ソノ貞潔ニオイテサエナオカツ淫リガワシク、災厄ノウチニ引キ裂カレテ。コレニ対シテ彼ハ、ソモソモノハジメカラ愛ヲ知ラズ、愛ノ記憶ヲ先ダテルコトモ回想ニ導カレテ歩ムスベモナカッタ、彼ハソモソモ鉄ヲ領スルウルカーヌスノ最初ノ深ミニサエ到達シエナカッタノダ、マシテヤ掟ヲサダメル父タチノ領域ニ、サラニ深ク、世界ヲ生ミ記憶ヲ生ミ幸イヲ生ム無ノ領域ニ、分ケ入ルミチノアロウハズハナカッタ。硬直シタムナシイ表層ニ彼ハトドマッテイタ。ひとたび収拾のつかない無秩序の事態が生じると、あるいは収拾可能だったかもしれぬ一切もその中に引きさらわれてしまう。認識もなく掟もない無名の大いなる沈黙に吸いこまれ、生をになって燃えあがりまた消えうせる大いなる潮の干満も、今は沈黙していた。発端と終末の干満も、火に照らされた激動とやさしくながれる慰藉《いしゃ》との干満も、その双方がたがいに相手を生みだし相手と交替する営みも、ことごとく沈黙のうちに沈み、世界全体は、その呼吸、物象、事象、推移を、未来永劫にわたって喪失していた。万有の沈黙につつまれて世界はその被覆を剝奪され、沈黙の視線となり、見えかつ見えぬ裸形の宇宙の視線そのものとなり、もはや窮極的に存在をやめて、眼さえなく、しかもなおかつ投げかけられる視線となった。上にも硬直した石の眼、下にも硬直した石の眼、おお、久しく待ちうけていたもの、たえず恐れていたものが今こそ到来していた、ついに到来していた、今こそ彼は見た、名づけようもなく予感しがたい存在、予感するすべもない無名の存在に見入らなくてはならなかった。この存在のために彼は生涯にわたってのがれつづけ、この存在のために、おのが生をはやばやと切りあげようとあらゆる努力をつくしたのだった。それは夜の眼ではなかった、なぜなら夜は石の中に溶けさっていたのだから、またそれは憂慮でもなければ恐怖でもなかった、なぜならそれはいかなる憂慮よりも、いかなる恐怖よりも大きかったのだから。それは石化した空無の眼、かっと見ひらかれた運命の眼だった、生起するいかなる事象にも関与しない、時の推移にも時の止揚にも、空間にも空間の喪失にも、死にも生にも、創造にも非創造にもかかわらぬ、冷ややかな一眼、その視線にとってはいかなる発端も終末も同時性も存在せず、一切の存在、今なお存在しているものから解きはなたれ、わずかにただ威嚇と威嚇的な待機、そこになお継続している猶予の時によってのみ、この眼は存在との関連を保ち、威嚇されながらなお存在しつづけているものの、その恐怖におびえた視線のうちに反映していた、威嚇するものとされるものとが、時の最後の残滓のもとで、たがいに呪縛のうちにからめあっていたのだった。もう逃亡は不可能だった、ただ逃亡を願って息もたえだえにあえぐばかり、のがれるために前進することはもはや不可能だった――そもそもどこへ行く道があったろう?!――、そしてそのあえぎは、目標をすでに背後にしながら、自分がどこにも到着しなかったのだ、どこにも到着することはありえないのだ、と知っている走者のあえぎに似ていた。なぜならば、誓約を破棄した空間ならぬ空間の中では、いかほど焦燥にかられて走りに走ろうとも、目標に達することは到底かなわぬことなのだから。目標なき創造、目標なき神、目標なき人間、こだまをひびかせぬ創造、こだまをひびかせぬ神と人間、それが空間ならぬ空間を生むふたたびうち捨てられた無法の世界のただなかにあった。彼の周辺に存在するものは、もはや何ひとつ象徴と化しはしなかった、それは非象徴であり、何ひとつうつす力のないもの、何ひとつ反映せぬ存在それ自体であった。しかもそればかりではなく、これは象徴の零落ゆえの悲哀、創造された一切の空間とまだ眠りのうちにある根源の腐植土の中に、夢みながらふかぶかと身をひたしている、あの空間ならぬ空間、非空間の悲哀だった、象徴を剝奪されながら、しかも個々の象徴の萌芽をみずからのうちにひそめ、空間を欠き、しかも時になわれた美の最後の一片のように空間に規定された、非空間の夢の悲哀、それはありとある眼の底に宿っていた、動物の眼にも人間の眼にも神の眼にも、そう、万有の空無の眼にさえも、創造の最後の息吹きのようにほのかにきらめいているのだった。かぎりなくはるかな記憶にとどまる、創造以前の呵責のうちに悲しみまた悲しまれながら、あたかも非空間が悲哀の中にはじまり、しかも同時に悲哀もくりかえし非空間の中にはじまるかのよう、この両者の合一にすべての創造の根源的な宿命が、萌芽の形ではらまれるかのようだった。人間と神に属する一切をおびやかす、根源の運命に導かれた災厄、人間と神との両者に共通する運命への畏怖、両者いずれにもくだされる運命の罰、そもそものはじめから顚落の呪いを受けている偽誓者の畏怖、はじめから宿命的に、はたされぬ行為、犯されぬ非行につきまとっている贖い、運命が神々にさえ要請する贖い、認識しがたい掟によってさだめられた認識喪失の罰、盲目の必然にもとづくうつけた放心の牢《ひとや》に幽閉される孤独の罰、認識シガタイ必然ノウチニオケル非認識ノ孤独——それが今、いよいよ間近にせまってきた、沈黙のうちにあえぎせきあげる災厄の悲哀に駆りたてられ、しかも動くとは見えぬほど緩慢に、悲哀と災厄のうちにさまよい、悲哀と災厄さえも吸いつくしてしまう空虚さのうちにあてどもなくさまよいながら。内部と外部のすべての竪坑から、威嚇を現実に化しながら、石か鉛のように重苦しくそれはたちのぼってきた、視線を投げかける空無のたかまり、嵐にも似たその襲来、まだ到来しないものの顕現も、今は一刻の猶予もあたえぬほどに接近し、攻囲する視線はいよいよ石のように堅くなり、沈黙の壁となって、知覚をも麻痺させんばかりに黙々とおしよせてきた、みずからのものでもあれば諸圏のものでもあるその沈黙は、いよいよ重くのしかかり、いよいよかたく締めつけ、戦慄を呼びおこす視線は、いよいよのびひろがりながら世界の死の中心へとせまってくるのだった。そして自我は、この中心にとらえられその環の中に閉じこめられ、視線の壁にはさまれあやめもわかぬ内界と外界に圧迫され、二重の悲哀に、今なお存在しつづけている万有のかぎりない悲哀に、ひたと息の根をふさがれていた。悲哀がその法外なひろがりの中へすべてのものを多様化し倍化させてとり入れ、とり入れながら無へ還元するとき、自我もともどもに還元され、かぎりない悲哀の空無に吸いこまれ圧しひしがれるのだった。そしてこの空無の戦慄をひきおこす予感が、二重の驚愕、二重の恐怖をもたらし、しかも同時にみずからのうちに溶解するとき、自我もともどもに溶解し、四囲にみちみちた威嚇の視線の中へ溶け入り凝結してしまうのだった。視線に威嚇される自我、みずからももはやただ凝視する視線にすぎず、威嚇にあえなく屈伏する自我、それはおのが本体の極小部分にまで圧縮され、創造も思考も存在しない非空間にまで抹消され、もはや認識されもしなければ認識する力もなく凋落する存在の極微の一点にまで追いやられ、みじろぎもせず空無の触手の抱きすくめるがままになっていた、おお、追いやられ投げかえされ、身も砕け散らんばかりのはげしい悔恨、つきることない悔恨の中へ投ぜられ、のがれるすべもない悔恨の必然に、もはや存続しえないむなしい世界の悔恨に屈伏していたのだ。みずからを失い、みずからの人間性を奪われた自我、その人間性のわずかななごりといえば、かぎりなくあらわな魂の裸形の罪ばかり、自己を喪失ししかもなお人間の魂にほかならぬ、その魂はただむなしい悔恨におののく裸身をさらしながら、威嚇する沈黙の眼の何ひとつ反映せぬむなしさに屈従し、吸いこまれていた。何ひとつ反映せぬ悔恨、何ひとつ反映せぬ自我、何ひとつ反映せぬ魂、何ひとつ反映せずうち捨てられた、うすれ行く眼の力——。沈黙、空無、非空間、無言、だがしかし、万有の無言の黒水晶の壁のかなた、無限のかぎりないはるけさに、たえ入らんばかりにかすかな、たとえていえばうらぶれはてた存在の聴覚像、しかもすでにすべての存在をのりこえて、細くさえ、女性的な恐ろしさをたたえ、名状しがたく小さい一点、諸圏の遠いきわみの一点が鳴りひびいた、このうえなく忍びやかなふくみ笑いがひびいた。それは空無のむなしい忍び笑い、うつろな無の忍び笑いだった。おお、救済のみちはどこにあったか?! 神々はどこにいたのか?! ここに生起したことは神々の最後の威力の顕現だったのか、うち捨てられた恨みを報いようとする神々の復讐、みずからうち捨てられながら神々を見捨てる人間への復讐だったのか?! 人間の悔恨をよろこび、よろこびのあまり忍び笑いしていたのは女神たちだったのか?! 彼女らは人間性が失われたことをよろこんでいたのか、偽誓が避けがたく世界にみちあふれることをよろこんでいたのか?! いかなる答えを聞きとるすべもないまま、彼は混沌の中に耳かたむけていた。しかし答えはどこからもあたえられなかった、というのも、動物に質問することができないように、偽誓者にはいかなる問いを発する力もないのだから。そして石は死んでいた、死んで、発せられぬ問いに対していささかも反響しなかった、万有の石の迷路も死に、竪坑も死に、その坑の奥底に、問いを発する力もなく答えを得るすべもなく、無にまでうち砕かれた裸形の自我がひそんでいるのだった。おお、もどろう！　暗黒へ、夢へ、眠りへ、死へもどろう！　おお、もどろう、もう一度だけもどろう、おお、のがれよう、もう一度存在へのがれよう！　おお、逃亡！　だが、まだ逃亡できるのか？　そもそも逃亡ということがあり得るのか？　そもそも逃亡ということが考えられたのか？　彼にはわからなかった。おそらく以前はわかっていたのだろうが、今はもうわからなかった。彼はすべての知識のはたらく範囲をこえ、知識の空無のうちにあった、一切の空無のうちに、したがって駆りたてられ追われる一切の焦燥と不安をまぬかれた所に立っていた。ああ、悔恨に心砕けたものはすでに一切の逃亡のかなたにあるのだ。しかし、逃亡のかなたにあって偽誓におしひしがれている今、あたかも誓約を破ったものみずからが破りこぼたれねばならぬとでもいうように、もはや永劫に直立することは許されぬとでもいうかのように、彼は膝がくりと折れるのを感じた。盲いたままこゆるぎもせず、眼に見えぬ透明さのうちにある世界の空無を、途方もない重荷のようにまるめた背に負い、逃亡の思いに硬直し麻痺したまま、重荷を負うた両肩を深くこごめ、生気のない乾いた両手で盲滅法に部屋の壁をさぐりながら、明るく乾いた日光を浴びた壁の面に落ちる盲目の影を盲滅法に手にふれながら、彼は壁ぞいにそろそろと歩いて行った。深く身をこごめた影がかたわらをつたって移動した。自分が何をしているのか、あるいは何をしていないのか、わけもわからず、はげしくふるえながら彼は闇の中へもどろうと手さぐりし、動物のように水にいざなわれ、動物のように生きいきと動く地上のものをもとめてあえぎながら、壁龕《へきがん》に設けられた噴泉をめざした。頭を垂れ、動物のようにはいつくばって乾いた硬直の中を通りぬけると、彼は動物の何にもましてもとめる目標、水に近づき、もっとも動物的な必然の命ずるままに深く身をこごめ、動物のように、さらさらとながれる銀色の液体に口をひたそうとした。

くだりくる恩寵を受けるにふさわしいふるまいを見せぬ人間の嘆かわしさよ、みずからの悔恨にたええぬ心砕けしものの嘆かわしさよ、存在を放棄しようとしない、というよりむしろ、空無の中でさえかぼそい記憶の火がまだついているために、放棄することができない、破滅にとりのこされた被造物の嘆かわしさよ。その悔恨にもかかわらず、永劫不変に被造物の呪いから解かれない人間の嘆かわしさよ！　彼をめぐってまたしても笑いがわきおこる、もはや女の笑いでも男の笑いでもなく、神々の笑いでも女神たちの笑いでもない、恐怖の笑い、無のうつろな忍び笑い、たとえ無の中へおちいろうとも、死すべきものからはけっして消えうせることのない存在の残滓が忍び笑いし、高笑いへとはじけ、無の中の存在、存在の中の無としての正体をまざまざとさらけだす、それはまたまやかしの生とまやかしの死との合一であり、まやかしの死のうちにある生をめぐる、今にも笑いころげんばかりな知識であり、空無のうちにのこった恐るべき知識の残滓であった。狂気をはらみ狂気へといざなうその沈黙の笑いが、たかまりたかまったその末には、空無は激烈に転回してあらわな戦慄に変ずるのだった。なぜなら、悔恨が人間の本質的な特性をとらえるにつれて、それはまた被造物としての人間の動物性にも、いよいよ仮借なくおそいかかり、いよいよ熾烈に動物的な不安は悔恨をめざして奔出するのだから。身の毛もよだつ恐怖にかりたてられた人間の不安、被造物の孤独に投げこまれ、道にはぐれた一匹の獣のように、もはや群れにもどることのできない人間の不安、それはすべて群居生活を営むさだめを負うた生物に原初から固有の、被造物の世界をこえた死の空無に対する強烈な不安だった、それは――たかまる不安に委ねられた、その最後の一刻には、すでに死のかなたに踏みこえた――動物の無言の恐怖、眼に見えぬ強大な力にとらえられ、気も遠くならんばかりにふるえながら、みずからの死のさまをだれの眼にもふれさせまいと、暗い下藪にもぐりこむ、小さな孤独な動物の恐怖だった。課せられたささやかな孤独にたえる力のない、砕けた心の嘆かわしさよ、その矮小《わいしょう》さは意識の喪失へとみちびき、謙抑《けんよく》の恩寵はむなしい屈従へと変化するのだ。事態はもうそこまで達していたのか？　わきおこるかぎりの彼の思考はすべてうち砕かれ、おきるかぎりの彼の行為はすべて動物のそれにひとしく、盲目の哄笑は耳に開こえぬ領界にみなぎっていた。前後のわきまえもなくとっさにベッドに倒れ伏すと、彼はよにもあわれなていたらくでその中にもぐりこんだ、咽喉はしめつけられ、四肢のすみずみにまで乾いた悪寒が走り、悔恨に砕けた心と動物的なふるまいの上に二重にひろがった、眼に見えぬ暗黒の力に身を委ねたまま、憂慮のかなた、驚愕のかなた、恐怖のかなた、死のかなたの領域に身を委ねたまま、彼は意識をうしなっていた。しかしそれにもかかわらず、憂慮、驚愕、恐怖、死の新たな突発をまぬかれるよしもなく、感じとるよすがもないものから戦慄を感じとり、認識しがたいものから戦慄を認識しながら、彼は落下するがままにまかされていた。そしてまたそれにもかかわらず、今なお支えられていた、戦慄のうつろな空間にさし入れられていたのだった、おお、戦慄の中にさし入れられ、しかも同時に彼は戦慄にみちあふれていたのだった。発端の記憶と終末の記憶はふれあい、そのいずれもが、生の叢林、声の叢林、影像の叢林、記憶の叢林の中にさまよいながら、そこからのがれることのできない孤独だった。たとえいかほどの歳月の影に覆われようと、発端が消えうせることはなかった、群れをはなれてさまよう獣の記憶、根源的な戦慄の記憶が消えうせることはけっしてなかった。この記憶こそが最初からのこった唯一のもので、他のすべてはこの戦慄にみちた唯一の記憶の変化の相にひとしかったが、それが記憶の茂みの枝という枝にまたがって、叢林の道にふみ迷い二進《にっち》も三進《さっち》も行かなくなったものをながめて嘲るように忍び笑いし、嘲るように高笑いしながら、みずからも叢林となって、踏みわけるすべもないその圏内に人を閉じこめるのだった。一足も動かぬ記憶の旅路、たえまない発端とたえまない終末の旅路、記憶の非空間をたどる旅、静止する彷徨の非空間、思いおこすべもないまやかしの生の非空間をたどる旅、一足も動かずしかもかなたへとむかい、非空間のさまざまな変化の相を轟然《ごうぜん》と擦過する旅、いつもかならず、その変化にともなわれ、覆われた、非空間的なまやかしの静止、非空間的なまやかしの運動、それにしてもたえずつきまとって消えないのは非空間の戦慄、というのもそれは、恒常に存続し、そこからのがれでる方途《ほうと》はたえてない、鉛のようなまやかしの死の牢なのであり、その中では戦慄に囲繞されて人間のまやかしの生が営まれるのだから——、そう、彼はまやかしの死の非空間にさし入れられていたのだった。じっと横になったままで、ほんの指の幅ほどもどちらかの方向へずりはしなかったのだが、身のまわりの部屋がほんのわずかようすを変えることもなかったのだが、しかも彼は、自分が前方へはこびさられるような心地がした、いや、実際には彼ははこびされたのだ、眼に見えぬものの中へ、眼に見えぬ力によって、知識以前の知識、記憶以前の記憶の力によって引きたてられて行ったのだ。多彩な記憶が彼の前に立って疾駆し、あたかも彼をおびくことができるかのよう、それによって旅の行程を早めることができる、早めねばならぬとでもいうかのようだった。横たわる身を覆いつつむ戦慄によって彼ははこばれ、始原に存在する戦慄の目標へとはこばれて行った、そして部屋は、すこしも変わらずしかも旅路にふさわしく変形し、時の中に凝固ししかもたえず変化しながら、彼とともにただよった。硬直したまま童形の愛の神々は長押《なげし》から身をもぎはなし、しかも依然としてその中にとどまっていた。壁画や壁の上塗りからアカントスの葉がはなれ落ち、人の顔のようになり、茎から痙攣した鷲《わし》の爪が生いでてきた。ベッドのわきをただよいながら、握力の強さをためそうとでもするかのように、鉤爪《かぎ》は閉じたりひらいたりし、葉の顔からは髭がはえたりまた引っこんだりした。微動もせずただよい、幾度もとんぼ返りをうつかと思えば、不動の旋風にまかれたように回転したりする、それらのものはいよいよ数を増し、たとえ壁画が始終新しくなっているのだとしても、そこから出てくるよりはるかにおびただしい数になっていた。絵から舞いたち、あらわな壁から舞いたち、どこにもない世界から舞いたつそれらは、眼に見える領界といわず見えぬ領界といわず、内界といわず外界といわず、いたる所に口をひらく冷たく泡だつ無の火山から吐きだされるのだった、それは火山の熔岩だった、存在の生成以前の頽落《たいらく》の、気化した瓦礫だった、数を増せば増すほどいよいよ多彩になり、空無から生じさらに生じつづける形態、目もあやなまやかしをくりひろげながら、結びついたりはなれたりしてさらに変化を重ねる形態、統一ある形姿にもたらしようのない畸型《きけい》の物象、葉のようにひるがえり、蝶のようにひるがえり、柱状のもの、熊手状の尾をはやしたもの、長い鞭のような尾のあるものもあれば、眼にも見えず耳にも聞こえず、沈黙の恐怖の叫びのように飛びまわるばかりの透明なものもあり、そうかと思えばまた、至極おっとりとしてうつけた透明な微笑に似たもの、陽ざしの中に舞う埃のように数かぎりなく、羽虫のように野放図にはかなく群がり、室内の中央の燭台をめぐって踊り、火の消えた蠟燭をねぶり、もちろんすぐまた夜の荒れ狂うざわめきにおしのけられ突きやられてしまうもの、形姿をもたぬうつろな雑沓、その中では顔、顔ともいえぬ顔、ふたつの軀幹をそなえたスキュルラ（六頭の海の女怪）、異様な海獣、鎌首をもたげたヒュドラ（九頭の蛇）の隣で、包帯にくるまれ、蛇のようにもつれあう髪をふりみだしながらすさまじくせまってくる血みどろの頭の隣で、ありとある畸型のものが躍り狂い、ありとある肉体、足あるもの、蹄《ひづめ》あるもの、発育のとまった、あるいはまだ未完成の半人半馬、その残片、翼あるもの、翼ないもの、それらことごとくが唸りをあげ狂いたっていた。地獄をはらんだ室内の空間は醜怪な動物たちのためにはじけ、ひきがえる、とかげ、犬の前脚のたぐいが姿を現わし、脚の数の一定しない虫類、無脚、一本脚、二本脚、三本脚、百本脚の虫けらどもが、底なしの淵の中で足をばたつかせるかと思えば、木のように硬直した脚をながながとのばして宙を滑走し、あるいはまた、性別もないのに飛びながら交合しようとでもいうかのように、ぴったりとからだとからだをおしつけたり、あるいは矢のようにすばやくたがいにつらぬきあったりするのだった。それはさながら彼らが透明な瀕気であるかのよう、瀕気から生まれ瀕気に浮かぶ生物であるかのようだった、そして実際に彼らはその通りだったのだ、というのも、飛びながらころびはいずりとんぼ返りをうち、上を下へとひしめきあう彼らの姿は、たがいにさえぎり覆いかくしていたにもかかわらず、ひしめきにみちみちた室内の最後の境界にいたるまで、その細部の逐一にいたるまで、いともたやすく視野におさめることができたのだから。おお、これこそは瀕気の鱗《うろこ》によそわれ瀕気の羽毛にかざられて、永劫の火山から生まれでた瀕気の一党、断続的な噴火のたびに吹きあげられ、奔流のように、潮のように、たえず気化し蒸発するその営みゆえに、室内はくりかえし空虚になり、諸圏のように、宇宙のようにうつろになり、わずかにただ一頭の孤独な馬が、たてがみを逆立てて宙をふみ鳴らし駆けるばかり、ただひとりの男のトルソーが、ベッドのほうにむけた透明な扁平な顔を、鏡に映じるようなむなしい嘲笑へと歪めてただよい行くばかり、しかしそれからまた戦慄の害虫どもが新たな潮となってふくれあがり、部屋中にみなぎりあふれるのだった——、そしてこれらの生物のどれひとつとして呼吸するものはなかった、なぜなら誕生以前の世界には呼吸は存在しないのだから。部屋は復讐の女神たちの居室となり、戦慄すべきすべての事象の生起する場となっていた、しかもその事象はとめどもなく増大して行くのだった。部屋の天井が高くなるということはなかったが、しかも燭台は巨大な樹木に成長し、燭台の枝は途方もなくのびて、影深い楡の木から突起する年古《ふ》りた枝となり、その葉群の一ひら一ひらには、露の玉のように凝集した夢が、ぎらぎらと光りながら宿っていた。壁がひろがるということもなく、しかもこの四壁のあいだには、世界のありとあらゆる町々が存在していた、すべて火につつまれて燃えあがる、かぎりなくはるかな過去と未来の都市、人間のざわめきにみち、人間に手荒くさいなまれた都市、名前は記憶から遠ざかり、しかも心にしたしい都市、エジプトの都市、アッシリアの都市、パレスティナの都市、インドの都市、玉座を追われ威力を失った神々の都、その神殿の柱は倒れ、囲壁は崩れ、塔はこぼたれ、街路の石だたみはひびわれ砕けていた。この小さな部屋が全世界の大いさをおさめるのに十分こと足り、しかも町も野も空も森も、いささかたりとも縮小されることはなく、むしろすべてが同時に大きくかつ小さく、圧倒的といってよいほどの意味の重さ、意味のひとしさのうちに姿を現わしていた。意味のひとしさがみとめられる所では、楡の木かげに、さながらその葉群が中空を覆う雷雲でもあるかのように、見はるかすすべもなく大らかに恐ろしげに、もろもろの都市のうちでももっとも巨大なもっとも呪われた都、永遠に回帰する破壊のさなかに傲慢の心もくじけた都ローマがきずかれ、その路地という路地には、獲物をもとめて鼻を鳴らす狼どもが、都をふたたびおのが支配下におかんものと徘徊していた。部屋は全世界をかこみ、全世界はこの部屋をかこみ、町々はたがいにかこみあっていた。何ひとつ外部にあるものはなく、何ひとつ内部にあるものはなく、すべてが宙にただよい、その上はるか、火山よりなお高く、石化した世界よりなお高く、楡の葉群よりなお高く、一切から孤立して、強大な灰色の天の穹窿のただなかに、不動の鉄の翼を怒りをこめて鳴らしながら、鋼鉄の彫像のようにきらめき唸りをあげ、しかも音もなく、憎しみの鳥たちが重い大きな輪を、恐怖の国々の上にえがいていた。臆病で残忍なこの鳥どもは、歓喜に狂いながら爪をひらいて舞いくだり、農夫の血みどろな畠《はたけ》に、血をしたたらす心臓にその爪をうちこもうとしていた、臓腑《ぞうふ》を裂き臓腑を食らいながらベッドのわきの蝶や狼の行列に加わり、彼らとともによるべない絶望の岸辺へ、噴火口が口をひらき竜のようにうねる草木の生い茂る岸辺へ飛びさって行くのだった、認知され名ざされたことはついぞなく、しかもたえず知覚されている、それは蛇行する動物性の岸辺だった。いかなる創造以前の火山がなおそこに口をひらかねばならなかったのか？　いかなる新たな怪物をその火口が吐きだすというのか？　さなくとも一切はすでに窮極の裸形をさらけだしていたのではないか？　四周の動物の世界に、およそ考えうるかぎりのありとある恐怖は、すでに絶頂に達していたのではないか？　それとも、透明な不安は、新たな不安の知覚を、さらに深い新たな不安、さらに深い地平に横たわる予測しがたい新たな存在をさし示していたのか？　すべてはひらかれていた、何ものももはや確保することはできなかった、何ものももはや確保することを許されなかった、ただわずかにのこったものは飛びさって行く運動の仮象、遠近もなければ上下も明らかでない、冷ややかな方向喪失のおぼろな灰色の光ばかりだった。しかし彼は、怪物の群れとともに飛びながら、冷ややかな光の中を、方向を喪失した世界の中を飛びながら、ひしととらえられ支えられていた、飛び行く無形の植物の手に、度しがたく放恣なその指にとらえられていた。そして彼はまやかしの死を、灰色の硬直を認識した、その硬直の非空間を彼ははこびさられて行くのだった。彼をめぐってながれる影像は、象徴性を欠いた氷のような戦慄だった、動物でもないものから垂れた尾、かっとひらいてしかも噛みつかぬ口、やにわにおそいかかりしかもつかみとらぬ爪、突きかかってもこないのに羽毛をさかだて、効力もない毒をまき散らし、尾をうち尾を巻き、ただ無言の威嚇を加えながら、しかもいかなる咆哮より、いかなる暴力よりなお恐ろしく、透明なものにおそいかかる透明な存在。戦慄それ自体がすでに透明化していた、赤裸々な戦慄の本体がその根源にいたるまで露出していた、そしてその深奥に、泉のもっとも深い奥底に、時の蛇が円環をえがき、さらさらと鳴る無を氷のように冷ややかに閉じこめていた。そう、それはまやかしの死の凝然たる戦慄だった、そして動物の顔、もはや顔とはいえず、ただ透明な植物的な形態、茎から萌えあがり、茎をからみあわせ、綯《な》いあわせられて尾の形をとり、蛇状の茎に締めつけられ、はかりがたく見いだしがたい根の深みから、はかりがたい根の編み目の統一から高みへ躍りあがり、その根の怪物めいた様相をおのがものとした動物の顔、それがまざまざと露出して、世界の中心の無によって養われる一切の特性をもたぬ戦慄と化するのだった。いかなる死の不安もこの極端な恐怖に拮抗《きっこう》することはできなかった、なぜならそれは動物以下の、動物以前の存在にかこまれた、まやかしの死の恐怖だったのだから。傷害、苦痛、あるいは窒息にまつわるいかなる不安も、息の根をとめんばかりなこの恐怖にはおよばなかった、とらえがたいこの恐怖はもはや何ものも確保させはしなかった、まだ完結にいたらない創造の中では、呼吸を奪われたその息苦しさの中では、何ひとつとして確保されるものはないのだった。未完の創造の息苦しさ、その純粋な透明さ、その中では動物も植物も人間もことごとく透明となり、たがいに見わけのつかぬほど似かよったものとなり、息もつけぬ恐怖のために、断ちきることのできぬ無との絆《きずな》のために、――それはまだ生のうちになく、しかも個別化された生をはげしくあこがれている無なのだが――このような相似と熾烈な敵意のために、彼らはたがいに息の根をとめあう、いかなる特性もない動物性をみずからの存在ともいえぬ存在のうちに認識する、動物の戦慄的な不安、それが彼らすべてにみなぎりあふれている。おお、息づまる万有の不安！　おお、それはいつも変わらず存在していたのではなかったか？　かつてこの不安から真に解放されたことがあったろうか?!　戦慄の嵐を防ごうとするこころみはいつもむなしかったのではなかろうか?!　おお、夜また夜はすぎさり、年は来り年は行き、青春のように遠く昨日のように近い夜また夜、彼ははかない自己欺瞞にとらわれて、死に耳かたむけているのだと思いこんでいた、だがそれはただ、まやかしの死の戦慄を防ごうとする、夜ごとにおとずれるまやかしの死の影像を防ごうとする営みにすぎなかったのだ、それらの影像について何も知ろうとは思わず、見ることさえ拒否していたのだが、それにもかかわらずけっしてそれらは消えうせはしなかった——

……おお、トロイアの燃ゆるとき、たれか眠らんと欲せしや！　くりかえしまたくりかえし！　すばやき櫂の打撃にひき裂かれ、水脈《みお》引く船に、その三叉の船首にたち割られ、海は泡だつ……

——影像を追いはらうことはできなかった、夜ごとに戦慄は彼をかき乗せて、妖怪のすだく火口の沈黙の中を、創造以前の記憶ならぬ記憶の中を、再度にわたって遺棄され、永劫のはるけさから眼と鼻のさきに顚落した存在の中を、力なくうらぶれた曠野《こうや》の中をはこんで行くのだった。一切の人間と事物とから見はなされ、創造はふたたびそれみずからのうちに遺棄されていた。夜ごと彼が連れさられたさきは、冷ややかな強圧的な不動の非現実、すべての神々より前に存在し、神々のほろびの後にもなおふみとどまり、神々の無力を確証する非現実の現実だった。モイラ（運命の女神）を、酷薄に待ちうける三人の女神たちを彼は眼にしていた、彼らの姿はまやかしの死のありとあらゆる形姿の化身だった。みずから麻痺におちいりつつ他者を麻痺にみちびく彼らの力なき力を前にして、彼は眼を閉じようとした、錯迷のうちで盲目にあこがれ、さながら火花を散らすような無の嘲笑に耳を閉ざそうとしたのだが、陶酔からめざめたよるべない人間はついにこの嘲りからのがれることはできないのだ、創造以前の単調な運命の哄笑に耳をかすまいとしても、それはどう抑止するすべもない無名無差別無形態の存在を彼にさし示し、彼の心を千々にうち砕くのだ、おお、たえまない威嚇とたえまない防禦《ぼうぎょ》、それはまさしくこのようなことにほかならなかった。数多の歳月はただ一夜の滔々たる潮のように、凝然たる戦慄のうちに目もあやな影像をみなぎらせ、目くるめく影像ににになわれていた。夜ごと夜ごとにおとずれた不可避の必然、今はもう防ぐよしもない、まやかしの死への遺棄がもたらす戦慄的な痙攣、この死のうちに、彼は横たわることになるのであろう、棺に覆われ、墓に覆われ、動かぬ旅路のためにながながと寝そべり、ただひとり、介添えもなく、とりなしもなく、助力もなく、恩寵もなく、光もなく、永遠もなく、いかなる復活のおりにももはや口をひらかぬ不動の墓石にかこまれて。おお、墓窖《ぼこう》！　墓窖さえこのせまい室内に存在していた、楡の枝にふれ、復讐の女神たちの踊りに、復讐の女神たちの嘲弄にとりまかれていたのだ。おお、墓窖はそれみずからを嘲り、自己欺瞞からめざめようとしなかった彼を嘲り、彼の子どもじみた希望を嘲っていた、いつも変わらぬたたずまいを見せる静かなネアポリスの入り江、陽をあびた大らかな海の晴れやかさ、故郷にもまがう広大無辺な海のかがやき、そのような風景の力がいつかはひそやかに死をむかえ入れ、かつてうたわれたこともなく、ついぞ歌となってひびくよしもない音楽へと死を変容させるのではないか、この音楽がたえず待ちうけかつ待ちうけられる生を、死へと呼びおこすのではないか、彼がおのが心につむいで見せたこのようなはかない希望を、墓窖は嘲っていた。おお、嘲りにつぐ嘲り、その廟宇《びょうう》は今、風景の影もない非空間の中に立っているのだった、その背後にひらけるものは何ひとつとしてなかった、海も、岸辺も、野も、山も、石も、無形態の根源の粘土にいたるまで、何ひとつ姿を現わさず、ただ、とらえがたい空漠、とらえがたい無の威嚇があるばかりだった。あらわな嘲りの堂宇をかこむのはたえまなくただよう潮ばかり、その同じ潮流に彼もあたりの奇怪な生物どもといっしょにひたされ、おしながされて行くのだった。彼をかき乗せつつんでいるのは、空気でもなければ水でもなく、呼吸することもできなければ飲むこともできずただ渇きをかきたてるばかりの灝気のかがやき、ありとある不安の火からたちのぼる透明な煙の息吹き、さらさらと乾いたひびきをたてて指のあいだに消えて行く創造以前の呼息ならぬ呼息だった。ほかならぬこの恐るべき要素、動物に飽満し動物を生産し、動物をさらさらとおしながす灝気につつまれて——動物性のうちに顚落した人間をそれは吸いこんでしまうのだが——なかば鳥めいた生物が、恐ろしい墓窖の鳥、魚の眼をしたまやかしの鳥が軒蛇腹《のきじゃばら》の上に目白おしにならんでとまっていた、梟《ふくろう》のような頭、鷲鳥のようなくちばし、豚のような腹をして灰色の羽毛に覆われ、水かきのついた人間の手のような足をもち、風景のない世界から飛んできた鳥、この鳥の飛翔にはそもそも風景など縁もゆかりもなかったのだ。眼をぎょろぎょろ光らせながら、たがいにからだをこすりつけあいながら、彼らは戦慄の空無のうちにうずくまり、彼らにふちどられた墓窖は、なおこの出窓のうちにありながら、同時に到達するすべもないはるけさに存在していた。すべては層々とたたみかさなり、空漠たる天ならぬ天は出窓の円形アーチによって覆われ、そのいずれもが墓窖の上に反り、いずれも非空間によって織りなされ、しかも、星をちりばめた大空の穹窿のビロードのような黒さのために、すみずみまでほのかな光をたたえていた。そして世界の穹窿は楡の枝のまつわる中にそのすべての距離間隔を途方もなく拡大していたが、その拡大とは同時に途方もない縮小にほかならないのだった。風景を欠いた世界が風景の中に滲透し、風景に滲透され、非空間が空間に滲透しかつ滲透される、象徴性を欠いた世界で象徴的におこなわれるその経緯は、動物性がまやかしの死のうちに滲透し滲透されるのと同じことだった。生の象徴は消えうせ、意味にみちた大空の動物たちの形象は消えうせていた、空無に覆われてそれらは冷えこごえ、しかも死の象徴ばかりは、たとえ表現も思考も予感もおよばぬ創造以前の象徴を欠いた世界にもせよ、依然として消えなかった、本質的に表現をもたぬ動物の渋面のうちにそれはとどまっていた。まやかしの死からはいでてくるそれら戦慄的な形象、さながら空無から直接に生まれでたかのように、無をうつし無にうつされる無、たえず知覚され恐れられてはいるが、けっしてとらえることはできず、時と被造物の本性の永劫の深みに営みをつづける根源の孤独の、一切の表現を破壊するその営みのうちに統合された一対の影像。象徴の円環は表現を失った世界に閉じる、諸圏がたがいに滲透しあう創造以前の脈絡を喪失した世界の中で、むなしい永劫のはるけさが、すぐそこに見えるむなしい動物の渋面へと顚覆する、まさしくその顚覆の場において閉じるのだ。たとえていえば、根源の孤独の知覚像が無限の影像の全領域を横ぎって、反映から反映へとはこばれ、とどのつまりは、影像のない世界に、これ以上あらわになりようのない裸身をさらす、とでもいう感じの顚覆、そしてこの露出、沈黙のとどろきをあげる創造以前の存在のこの突出、むなしい渋面の怪物どものはかない攻撃欲を形づくる、ありとある悪意とともに発現する創造以前の孤独、それらのうちにまざまざと災厄が浮かびあがってきた。すべての創造と非創造のかなた、創造以前のすべての孤独のはるけさのかなたに予感される災厄、予感のうちに威嚇しながらまやかしの死の災厄を呼びおこし、予感のうちにそれが明らかにしたのは、すべての逆転の道、すべての硬直とたわむれと陶酔の道は必然的に動物性へとみちびき、すべての美の道は避けようもなく渋面の戦慄へと通ずる、ということだった。そして、死を美に変容させる目的で建てられた墓窖の屋根の上には、災厄の鳥たちが目白おしにとまっていた。あたり一面には地上の町々が風景なき風景のうちに燃えあがり、その囲壁は崩れ、その石だたみはひび割れ砕け、野の面には死の匂いにみちた濛々たる血煙がたちのぼっていた。あたり一面に神にそむき神をもとめる犠牲への狂熱が荒れ狂い、供犠の陶酔のたかぶるままにまやかしの犠牲を纍々《るいるい》と積みかさね、狂熱に浮かされたものたちは隣人をうち殺して、まやかしのおのれの死を相手に転嫁しようとこころみ、神をわが家に勧請《かんじょう》するために、隣人の家をうちこわし火をはなつのだった。災厄に狂い災厄に歓呼する騒擾、神をたたえるための犠牲、殺人、放火、破壊、それは神みずからがのぞんだことだった、神みずからがわれとわが戦慄を、運命にまつわる知覚をおし殺さねばならず、そのために哄笑と破滅を切望し、人間のあいだに不和を解きはなったのだった。陶酔ゆえの不和、犠牲ゆえの不和、力を失った神がよろこび参加するその争い、神も人間も同じ破滅へとむかう熱狂的な不安にかりたてられ、まやかしの死の孤独の中に石化する不安、硬直の不安にかりたてられていた。静止したままかりたてられる血に飢えた神々の喚声、血に飢えた人間たちのたわむれ、魂の無の火山、そして要素ならぬ要素の潮にかき乗せられて滔々とながれ、しかも凝然と静止している火。町々は燃えながら灰ともならず、焔はさしのべたまま硬直した舌のように、直立した鞭のようにゆれ動いていた、深みから躍りあがる焔ではなかった。ずたずたに引き裂け、われとわが身を噴出させるために口をひらく表層のもとには第二の表層はなく、いわんや深みのあろうはずはなかった。つまり焔とは、硬直した表層にかきたてられた騒擾以外の何ものでもなかったのだ。焔をめぐって荒れ狂うのは、瞬時にかすめる鉤爪に似た影のような叫びをあげる、麻痺した声の硬直した茂み、爆砕されふたたび遺棄された、よるべない創造の無言の威嚇だった。あたり一面に新たな建築が凝然と廃墟《はいきょ》から生いたち、褪せた灰色の光の中へ、鈍色《にびいろ》の光ならぬ光の中へのびあがっていた。空無から生いでたとはいえ、もう以前から二六時中存在していた建築、当初からなんの希望もなく、永劫にわたる殺戮《さつりく》をたたえ、災厄を永遠にわたって維持するために建立された、まやかしの生の堂宇、まやかしの死の堂宇、礎石には血をそそがれ、石のように生の上にのしかかる建築、しかもいかなる血も、災厄によってきずかれ災厄の囲壁をめぐらし、災厄の石をかさねたこの建築を、掟と創造の営みのうちに組み入れることはできない、いかなる祈願も、氷のように冷ややかな時の円環を破壊する誓約の更新へとみちびく力はない。創造以前の世界は創造よりも強く、創造にいたらぬ存在はまやかしの死の状態にとどまったまま、創造の循環を中断し、創造の圏からのがれこれに対立し、もっぱらみずからの存在のみを永遠化しようとのぞみ、みずからを記念碑としてうち立て、みずからを墓窖と化する、ことばを失い、罪を自覚し、呼吸の世界から脱落し、みずからを石の記念碑と化しながらしかも永遠の持続を得ることはない、それは——一切の創造をふるい捨てたがゆえに——再生を知らぬ墓となり終《お》せ《お》るのだ。このとき、非空間の円蓋、天ならぬ天の円蓋さえただひとつの墓窖のアーチとなり、蛇のようにわだかまる天の腸の円環のうちに、神々にさげすまれた創造以前の、運命がふるえ、時を侮りながら示現する創造以前の、腐植土をみたした内臓のうちに埋没していた。この墓穴へ彼ははこばれていたのだ、あたかも帰路をたどってでもいるかのように、旅程はそこをめざしていた、諸天から追放され、われとわが身にさえ蛇の本性をからませながら、しかも彼は天の腸に埋もれていたのだ。なんという内部と外部の逆転！　なんという恐るべき顚覆！　あたり一面には死者の住まう地上の墓の道、墓の都が炎々と燃えさかり、なんの目的ももたぬ人間の狂乱、人間の勝利の歓呼、犠牲をもとめる人間の陶酔が石のように凝固し、冷ややかに発火する地上の焔が硬直してたちのぼっていた、人間はその被造物としての特性を剝奪され、神は創造者としての権能を失い、死にむかう運命すら消えうせた創造の死の世界が、石化した歯をそのまわりにむきだしていた——、そしてこれら一切の必然をつかさどる神々の議決は、不安にみちた確執のうちに紛糾をきわめていたのだった。創造とはそもそも不断に復活をもとめるものである。ただ不断の復活のうちにのみ創造は成就する、そして創造の存続するかぎり、それと寸分の時の違いもなく復活の営みも生起する。おお、くりかえし再生の焰の中へ降り行き、難攻不落の要素がふたたび奔出しないように、母たちより古い非創造の世界がふたたび発現して石の沈黙をかもしだすことのないようにとたえず努力をつづけているもの、ただそのもののみが被造物なのだ、被造物の名に値するのだ、おお、被造物とは創造の営みに参加するもの、下降しながらわれとわが身を犠牲に供するもの、いささかのためらいもなく反転の憂いもなく、陶酔へのいかなる逆転からも、いな、認識あるいは再認識へのいかなる逆転からもまぬかれて、一切の生物的な不安をふりすて、生物の最後の望みさえもふりすててしまうもののことなのだ、生物的な要素をあますところなくふるいすて、認識からさえも、生物にふさわしい認識であろうとその外にある認識であろうと、そこから解脱してしまうことを学んだとき、心をふるいおこして最後の悔恨をも甘んじて嚙みしめ、われとみずからの墓窖をこぼつことができたとき、そのときはじめて、われわれは創造から生まれた存在となるのだ！　このことを彼は重くはるかな夢のように悟ったのだが、それはさながら夢の中に横たわっているとき、もうひとつの夢からの声が最初の夢のうちへとささやきかけるかのようだった、神々の不安、神々の復讐、神々の衰弱が今一度うち破られ、今一度、というよりおそらくはじめて神々が慈愛あふれる憐みをふりそそぐかのよう、あのひそやかな無言のささやきは神々の恐怖が今一度うち破られた所から直接生まれでて、彼に勇気を吹きこむかのようだった、寂滅への勇気、矮小さをたえる勇気、遺棄され、悔恨へとさらされた状態をたえる勇気を——だが、ことばの外なることばにも似たこのささやく無言のうちには、さらに凝集した意味が、あのもうひとつの夢よりさらにはるかな夢からの無言のことばが聞きとられた。さらにかすかな、さらに切迫したささやき、とらえるよしもなく、しかも行為へと呼ばわり、たまゆらにひびき消え、しかもかぎりなく苛酷な命令、その仮借ない下知の声はこう叫んでいたのだ、まやかしの生に仕えまやかしの生を形づくっていた一切は、あとかたもたく消えうせねばならぬ、何ごとも生起せぬ世界に帰入し、無におちいり、すべての記憶、すべての認識からへだてられ、人間の領域と事物の領域に属していた一切が圧服されなければならぬ、と。おお、これははたされた一切を破棄せよという命令だった、かつて彼が書き創作した一切を火に投ぜよという命令だった、おお、彼の作品はことごとく火に投ぜられねばならなかった、ことごとく、『アエネーイス』にいたるまでも。このように彼は耳に聞こえぬ声を聞いた、だが、魅せられたように凝然と軒蛇腹を見つめ、そこにとまって動かぬまやかしの鳥たちを見つめていた彼が、呪縛から身をもぎ放すより前に、それと知れぬほどの波が色褪せた鳥たちの羽毛の上におこった、ながれるような、灝気のそよぎのような波また波、と思う間もなく、さながら音もなく泡だつように、鳥の群れは舞いたっていた、さながら羽ばたきもせず高みへのぼり、眼に見えぬ世界に散乱するかのよう、その結果、見なれた軒蛇腹が、一瞬あらわに眼にうつった、といってもそれはほんとうにただの一瞬で、次の瞬間にはこの建築は崩壊してしまった、飛びさった鳥の群れの羽音に劣らず音もなく、灝気と化して眼に見えぬ世界の中へ、一切を吸引する無の中へ散りうせてしまったのだ。このことに彼が気づいたとき、無音の状態も変化しはじめた、それは静寂へと変化した。不動の状態は平安と化し、はこびさられる彼自身の微動だにせぬ旅路は地上に静止し、妖怪どもは——植物や動物の形をしたものに加えて、最後には、透きとおった蒼い肉体をもち、焔のような髪をなびかせた魔女さえ現われたのだが——もう彼についてはこなかった、彼のそばを通りぬけ、墓窖が沈みさった所へむかってただよい、むなしくかすむ影の火口に迎えられ、つぎつぎに墓窖の後を追って沈んで行った。そしてこの火口はといえば、たった今まで、威嚇的なひとつの眼ならぬ眼のように、彼におそろしい凝視の視線を投げかけていた、しかもその眼ならぬ眼とは実は彼ののにほかならぬ、最終的な威嚇のおそるべき空虚だったのだが、飛翔する女面の妖怪がことごとくその中へ消えうせてしまったとき、この火口そのものが同様に溶けさりはじめた。吸引する力は一切を摂取する平和と化し、深みと化し、地上の夜の眼、重くゆたかな灝気の涙を宿した夢の眼と化した、灰色と黒のビロードのようにそれは彼のうえにやすらい、軽やかに彼をいだき、夢みながら夢を超脱し、帰還にむかってひらけていた。ふたたびひらかれた夜、そして夜のまなざしの深みのきわまる所に、灯油ランプの小さな黄色い焔の尖端が、恥じらうようにまたたきながらまたしてもきらめき昇っていた――おお、間近にかがやくひとつの星――月影ももはや射しこまず、夜の静けさのうちにいこう室内のかがやき、ふたたびよみがえった和やかさと眠りへの待機のさなかで、長押の装飾はもはやさだかに見分けがたく、壁面はくろぐろと沈み、この室内は、さながら永遠の昔からそのままの姿だったとでもいうように、慣れしたしんだ地上の家具ばかりをひそませているのだった。これは帰還だった、しかし帰郷ではなかった。熟知した世界ではあったが、なんの回想もまつわりついてはいなかった、和やかなよみがえりではあったが、実はおそらくさらに和やかな消滅だった。それは温和きわまりない寂滅のうちに名状しがたくひとつに融けあい、寂滅を甘受しながらこの世ならぬふしぎさへと化する解放と幽閉だった。壁の噴泉はかすかな音たててながれ、暗黒はかすかに湿り気を帯びた、そしてこのほかには何ひとつ動くものとてなかったのに、沈黙していたものは沈黙から解きはなたれ、硬直していたものは硬直から解きはなたれ、時はまたしてもやわらかに生気をはらみ、まやかしの死におちいっていた月影の冷ややかさから解きはなたれ、新たな動きへとうちひらけていた。まさしく、それゆえに彼も、同じように硬直から解放され、途方もない苦労の末ではあったが、ともかくゆっくりとまた起きあがることができたのだった。指をいっぱいにひろげた両手の掌《てのひら》を褥《しとね》に押しつけ、怒らせた両肩のあいだに心もち落ちこみ、緊張のあまり小刻みにふるえている熱っぽい頭を、幾分前にさしのべながら、彼はかすかなものの気配をうかがっていた。彼がうかがっていたのは、いかなる熱によってもそこなわれることなく立ちもどってきた、生の流れの和やかさだったが、それればかりではなく、浮かびあがったかと思えばまた沈み、とらえたかと思えばまたのがれさり、もはやとらえるすべもない夢の声、あのささやくような夢の命令でもあった。それは彼にわれとわが著作を破棄するよう命じていたのだが、救いをさらに確実なものとするために、彼はこの命令に心から耳かたむけようと思ったし、またそうせねばならないのだった。どれほど耳をかたむけそれに従おうと願っても、隠微な命令を成就することは不可能だった、ことばのないささやきを補うことばが見いだされないかぎり、それは不可能だった、が、ひそやかに大らかに彼をめぐる茫漠たるささやきの中に、この命令は有無をいわせぬ勢いで動きまわりながら、ことばへ帰る道を見いだそうとしていた。今もなお沈黙の壁は彼の四周をつつんでいたが、それはもはや威嚇ではなかった、おお、今もなお驚愕は持続していたのだが、それは恐怖をともなってはいなかった、恐れを知らぬ驚愕だったのだ、おお、今もなお外と内とのきわみの境界は反転し交錯していたのだが、耳かたむけつつうかがうみずからの営みが、いかにその境界を解消しかつ結合したかを、ひしひしと彼は感じとることができたのだ。もちろんそれは以前の認識の秩序を回復するためではなく、またもちろん人間や動物や事物の秩序のためでもなく、かつては彼がその中で活動していたが、彼の記憶の消滅と運命をともにしてもはや存在せず、もはや存続するよすがもない世界の秩序のためでもなかった。ここにひらけたのはまた美の統一でもなかった、ほのかに光りながら消えて行く世界の美の統一でもなかった、そう、やはりこの統一でもなく、そのかわりそれは夜の中にながれ入ってはまたあふれ出、感じとるすべもない世界に鳴りひびきながら滔々とみなぎり進む潮による統一だった、それはある静止への回想ならぬ回想、そのさなかにおいては完成しがたいものも完成に到達する静止への回想がもたらす統一、そしてことばにつくすことも到りつくこともかなわぬ、巨大な純粋さと純潔さとをそなえた法外に新しい記憶のうちにひそむ、根源的な孤独の創造へのあこがれが、この回想と結びついているのだった。彼がうかがいながら聞きとったものは、このあこがれにみちた潮の中にあって、外界のきわみの暗黒から生まれながら、彼の耳と心と魂の奥底で同時に鳴りひびきはじめるのだった、彼の内部にもことばはなく、四周にもことばはなく、倍加された根源のささやきの、心を圧しひしぐようにせまる静かな巨大な力が、息をひそめて耳かたむければかたむけるほど、彼を支え彼をみたしてくるのだった。だがしかし、それはたちまちささやきでも呟《つぶや》きでもなくなった、むしろそれは途方もないどよめきといってよかった、いうまでもなくこのどよめきは、現在と過去と未来の体験のおびただしい層を通じ、記憶と非記憶のおびただしい層を通じ、暗黒のおびただしい層を通じてはこばれてきたために、ささやきのはらむ強さにさえ達することはできないのだった、いや、それはささやきではなかった、それは数かぎりない声の交響、というよりさらに、一切の声の群れの交響だった、時のうちなる一切の空間と非空間から鳴りひびき、やすらかにひそみ隠れながら青銅のようにどよめき歌い、柔和ゆえにおそろしく、悲哀ゆえに慰めにみち、あこがれゆえに到達しがたく、はなはだしい遠方にもかかわらず仮借なく、いなみがたく、凝然として変化を知らぬ声の交響だった。彼の自我が屈伏すればするほど、抵抗を放棄し、鳴りひびく音にみずからをひらけばひらくほど、その声の大いさをありのままに捉えることに絶望し、みずからの卑しさを知れば知るほど、その声はいよいよ高飛車になり、いよいよ誘惑的にうたうのだった。苛酷な力に、そのやさしさに圧倒され、屈従と屈従の欲求へと強いられ、みずからの手から奪われるかもしれぬ作品をめぐる不安にとらえられ、作品の剝奪を命ずるであろう宣告を待ちのぞむ心地にとらえられ、不安と希望の双方に、生の寂滅を願う思いと、生を守るためにみずからを亡ぼそうとする思いにとらえられ、ささやかでしかも巨大なわれとわが身のうちに幽閉と解放とを同時に味わい、こよなく希求した無形の声の総体の力のもとで何ひとつ知ることなくしかも知り、ついに彼は、遠い昔から知り、悩み、聞きとっていたことをとらえることができたのだ、そして、永劫のように巨大な表現不可能な事実に対しては、ほんのささやかな、不十分な、けっして万全のものとはなりえない表現のように思われたが、彼の胸から辛うじてこのことばが洩れでた、ひと息に、ただひとつの吐息、ただひとつの叫びとなって、このことばが洩れでてきた——「『アエネーイス』を焼こう!」

このことばが彼の口の中で声となったのか? 彼にはわからなかった、わからなかったがしかし、そのこだまがさながら答えのように帰ってきたとき、ことさら驚きはしなかった。「お呼びになりましたか?!」と、こだまはやさしくなつかしげにひびいた、いずことも知れぬあたりからさながら故郷の風情をたたえて、思いもおよばぬほど近く、あるいは思いもおよばぬほど遠く聞こえるひびきだった。それがただよったのはさだかに見さだめがたい空間の中で、無限の中、声の総体が形づくるあこがれの空間の中ではなかったが、一瞬彼はプロティアの声を、その声のただようような暗さを耳にする心地がした、ふたたび平和を回復し、ふたたびあらわにうるおい、ふたたび凝集した夜のさなかでならば、彼女の声を待ちうけることが許されるような、というより待ちうけねばならないような気さえしたのだった。しかしもちろん、次の瞬間にはおそらくはるかに明らかに、それが少年の声だったということに気づかねばならなかった。やすらかに迎えたこの帰還の、なんのふしぎもない明白さが、まさしく歓喜にも幻滅にもかかわりない無関心さで、地上の岸辺のあいだを静かにながれる河のように彼をはこんで行った、そのあまりにも軽やかな地上の風情ゆえに、彼には、ふと眼をあげたり頭をまわしたりするだけで、この流れを中断することになりはしないかと気づかわれるほどだった。眼を閉ざしたまま彼は横たわり、身じろぎひとつしなかった。どれほど時間がたったのか、知るよしもなかった。しかしそれから、ことばがふたたび口の中で形づくられたような、こんなことをいったような気がした、「どうしておまえはもどってきたのかね？　わたしはもうおまえの声を聞きたくないのだ」はたしてこれがはっきり声になったのか、またしても彼にはわからなかった、少年がほんとうにこの部屋の中にいるのか、答えを予期していいものかどうかもわからなかった。それは、どこかで歌がはじまる前に琴がかき鳴らされたときのような、不安定な待機だった。するとふたたびすぐそばに、なんのふしぎもない間近さに声がひびいた。しかもその声は、さながら海をわたってくるように遠くはるかに聞こえ、月の息吹きに吹きよせられてかすかにかすかにきらめいていたのだった、「わたくしをお遠ざけにならないでください」——「いや」と彼は答えた、「おまえはわたしの邪魔になる、わたしはちがう声を聞きたいのだ、おまえのはまやかしの声にすぎない、わたしはちがう声へみちびく道を見いださなければならないのだ」——「わたくしはあなたの道でしたし、今でもあなたの道です」という声がその後に聞こえた、「わたくしは、そもそものはじめから、あなたとごいっしょに鳴りひびく音なのです、たとえ死んでも、永遠におそばをはなれることのない音なのです」これは誘惑に似ていた、甘い誘いにみち、素朴さと夢にみち、もう一度ふり返るようにと彼をうながす夢の呼び声、幼時の国からのこだまだった。そしてかすかな、遠くかつ近い故郷のような、悩みをいやすような少年の声は語りつづけた、「あなたの詩のこだまは永遠なのです」そこで彼はいった、「いや、わたしは自分の声のこだまをもう耳にしたくない。わたしは、自分の外にある声を待っているのだ」——「あなたには、ひとびとの心がいっしょに鳴りひびくのを妨げて、それを沈黙させることはもうできません。その心から帰ってくるこだまは、あなたの影と同じように、いつも変わらずおそばにただよっているのです」これは誘惑だった、どうあっても拒否せねばならなかった。「わたしはもうわたしでいたくはないのだ。影ひとつささぬ自分の心の奥底に、かぎりなく孤独なその奥底にわたしは消えさりたい、そしてわたしより先にまずわたしの詩が、そこへ消えうせなくてはならないのだ」答えはなかった、眼に見えぬ世界から夢のようなそよぎが寄せた、夢のように長く、夢のように短く。ついにこういう声が聞こえた、「希望はその希望をわかちあう相手をもとめるものです、そしてあなたのお心の孤独さえ、そもそものはじめにあったかつての希望なのです」——「そうかもしれない」と彼は認めた、「だがそれは、孤独のうちに死んで行くわたしを助けてくれるような声への希望なのだ。もしその声が聞こえなかったら、わたしはなんの励ましも得られない、永遠になんの慰めもないままでいなくてはならないのだ」またしても、はっきりとはしないがかなりの時がたち、やがてこんな答えがもどってきた、「あなたは孤独でいることはできません、未来永劫、けっしてできません。なぜなら、あなたからひびきでたものは、あなたご自身よりも大きかったのですから、あなたの孤独よりも大きいのですから。そしてそれを破棄することももうあなたにはおできにならない。おお、ウェルギリウスさま、あなたの孤独から生まれた歌の中には、すべての声、すべての世界があるのです、それらはそのこだまともども、いつもあなたのおそばにつきまとっている、そしてそれらがあなたの孤独を決定的にうち破り、未来の一切とかたく結びついている、というのも、あなたのお声は、ウェルギリウスさま、そもそものはじめから神の御声だったのですから」ああ、たしかに以前、このように夢みたこともあった、どこか、過去をもたない国で夢みたことだった、これはかつて彼がみずからにあたえ、それ以来まるで成就されたかのように見えていた約束への逆戻りを意味していた、どこから見ても苦悩を解消しよろこばしい希望をもたらすとしか思えない約束、しかもそれはいつわりの希望だった、自己欺瞞へと逃避するひとりの少年の、ひとりの幼児のはかない希望にすぎなかったのだ。唐突に彼はたずねた、「おまえはだれだ？　なんという名前かな？」――「リュサニアスと申します」と答えがひびいた、今度は明らかに間近に、たしかな方角から聞こえた、どうやら入り口の扉があるはずのあたりからだった。「リュサニアス？」と、まるでよく聞こえなかったように、実は別の名前を期待していたかのように彼はくりかえした、「リュサニアス……」身じろぎもせず横たわり、この名前をひとり呟きながら、この一件になんのふしぎもないにもかかわらず、彼は奇異な思いにとらわれていた、名前の奇妙な不調和のためばかりではなく、自分が名前をたずねたということのせいでもあった。というのも彼は、この小さな夜の伴侶を、それが彼のもとにきたときのままの不確定な無名の状態においておこうと思ったのではなかったか？　だからこそこの少年を無名の世界へ送り帰したのではなかったか？　奇異な思いにとらわれたまま彼はさらにたずねた、「わたしはおまえに町へ行けといったのだ……どうして行かなかったのかね？」――「行ったのですが」と答えが帰ってきた、今はすぐそばにせまった、親しげな快活な調子の、幾分田舎じみた少年の声だったが、そのつつましさの裏には、ささやかな農夫らしい狡猾さがおどけたようすで身をひそめ、底意ありげに次の問いを待ちうけているのだった。思わず知らず、彼はその調子に乗ってしまった、「そうか、出て行ったというのだね……でもここにいるではないか」――「お部屋の戸口に控えていることを、おとめにはなりませんでした……それで今、お呼びになったものですから」これは真実だったが、完全に真実ではなかった、嘘がそのあいだから透けてみえた、ほんのささやかな無邪気な嘘だったが、しかしそれは、彼自身の生活をつらぬいていた大きな虚偽の反響のようなものだった。ことばに執着し、真の現実にけっして公正とはいえない、あの狡猾なまやかしの真実、というよりむしろ、狡猾なまやかしの真実以上のもの、それのこだまにほかならなかった、ああ、遠い昔から、死を瞞着しようと夢みはじめた子どものころからすでにあやつられていたまやかしの真実。真実と虚偽、呼び声と沈黙、間近さとはるけさとがたがいに溶けあっていた、遠い昔から変わらず溶けあっていた。少年が戸口で警護をつとめていたというのは、はなはだもって不可解に思われた、なぜといって、ちょうどその同じ時間に、さながら永劫かけて変わらぬ様相を呈して、恐怖につつまれた一件が窓の下の小路で出来《しゅったい》していた、怪物どもが蹌踉《そうろう》としてそこを通りすぎて行ったのだから。ああ、不可解、いつになっても解けぬ謎としかいいようがなかった、すでに終結し、しかもなお依然として持続している事態の同時性のとらえがたさ、推移を知らず、過去もなく、未来もなく、しかも新たに獲得されたこの地上の世界にまで入りこんでいる第二の現実のとらえがたさ、すべての損失が来世においてうける利得を贖いとることもない、いわばいつわりの名のもとにおける仮象の現実のとらえがたさよ。そしてかくも謎めいた運命の推移に対する不安、運命を爆砕するかのようにひびきわたった哄笑に対する不安、無名のものに対する不安、それがいつでも偶然の誤りにみちたものでしかないと判明しても、なおかつ名前を問わずにはおられない衝動に対する不安、おお、再認識の謎に対する不安、この不安ゆえに彼は、事態の同時性を拒否し、かつてあったもの、すでに終結したものからのがれ、疑う余地のない現在へ、直接触知されるおのが肉体の領域へ逃避したのだった。彼は眼をあけた。かなたの窓側の壁にはまだ、移ろった月影が幾条か帯のように降りそそいでいたが、室内はくろぐろとした影にかこまれ閉ざされていた。凝然たる静寂を破って頭をめぐらすのは、いまだに策を得たこととは思われなかったのだが、まばたきしながらそっと横目でうかがうと、影にひたされた戸口の輪郭の前に、少年の姿がおぼろげにあるかなきかに浮かびあがっているのが感じられた。こうした一切は、不安定な、奇妙に浮動し軽やかになった地上の現在のうちにあった、いかなる同時性からもまぬがれ、今、ここの境域において過去からも未来からもまぬがれた、名状しがたい無名の地上世界だった。彼をここまで連れてきたのはあの少年だった――、では、呼ばれもしないのに彼がまた姿を現わしたのは、呼ばれもしないのに奇妙に気疎い名前をひっさげて現われたのは、あるいはここから彼を連れもどそうというつもりだったのだろうか？　地上世界での先導はもう終っていた、未来なきこの地上では、先導はもう不必要だった、かりにまだみちびき助ける手が必要だったとしても、それはもう少年の役目ではなかった、なぜならば、役に立つのはただ呼びもとめられた援助ばかりなのだから、そして、助けを呼ぶことができない者に、助けのあたえられることはありえないのだから。少年の姿が戸口の影の中からはなれはじめたとき、彼は念を押すようにもう一度ことわった、「わたしはおまえの助けをもとめはしなかった……おまえは考えちがいをしている、わたしは呼ばなかった……」そして、声を落として彼はつけ加えた、「リュサニアス」語りかけられた者は、この拒絶にもいささかもたじろぐことなく、背面の暗黒から灯油ランプの静かな光の圏内にあゆみ入ってきた。名前を呼ばれたために、夢のようにおぼろな少年の顔は、明るく無邪気な、人なつこい微笑を浮かべた。「あなたをお助けするですって？　助ける者への助力ですって？　あなたは、たとえ助けをおもとめになるときでさえ、やはり助けをあたえておいでなのです……せめてわたくしにお酒の用意をさせてください」こういったかと思うと、彼はもう調膳台で仕度にとりかかった。助力について何をこの少年が知っていたのか？　生涯にわたってなんの助力もはたしえなかった、その消息について彼が何を知っていたのか？　助けを呼ぶことさえもできず、まさしくそれゆえに永遠に救いをこばまれているよるべない人間の、戦慄にみちた覚醒について彼が何を知っていたのか？　それとも彼は、救いを欲しない偽誓について、寂滅の贖いについて知っていたのか？　それとも彼は新たな転回へとうながすつもりだったのか、運命によってさだめられた陶酔へのまやかしの転回は、もはや避けようもないものなのか？　恐怖がふたたびもどってきたかとさえ思われた、熱のためにはげしい渇きをおぼえているにもかかわらず、彼は驚いたそぶりであわただしく拒絶した、「酒はいらない、いや、いや、酒はいらない！」それに対して少年の答えは、またしても奇妙な、またしても愕然とさせるようなものだった。たしかに彼は、この拒絶に一瞬鼻じろんで調合器を下におきはしたが、すぐまたそれを取りあげると、両手でその重さをはかりながら、ゆったりとおちついた、奇妙に人の心をおちつかせるようなそぶりでこういったのだ、「神さまへお供えしてもまだ十分ありあまるほどはいっております」おお、神へのささげものとは！　少年はとうとうそれを口にしたのだ！　まさにその通り、肝腎なことは犠牲だった、犠牲が肝腎だったのだ！　犠牲の純一性を回復し、純一なるものをうつす象徴の鏡を回復すること、それが肝腎だった、犠牲の陶酔、血の陶酔、酒の陶酔をふたたび克服し、われとわが身を寂滅へとみちびくことによって世界に犠牲をささげ、かつて存在した万有の一切を、創造の契機をはらんだ寂滅へとみちびくこと、それこそが肝要な問題だった。この寂滅のさなかで彼は、同時に犠牲をささげる司祭となりささげられる犠牲となり、父となり子となり、人間となりそのつくる作品となり、みずから祈りと化さなくてはならなかった、父も水ももらさぬ細心さと子のかぎりないささやかさに立ち帰り、心のうながすままに助力の手をさしのべ、影につつまれみずからを影に編みあわせながら完全な寂滅のうちにわけ入らなくてはならなかった。それもただ、さまざまな影像が結びあって地上につくる圏の中、暗黒の深みがこれをかぎりと騒ぎたつそのざわめきの中で、動物と植物との双方の特性をあわせ、血を葡萄酒に、葡萄酒を血に反映させてたち登りながら、感じとるすべもない永劫のはるけさが、さながらこだまのように明るくひびきつつ眼に見える世界から解きはなたれることを願うからこそだった。肝腎なのは犠牲をふたたび浄《きよ》めることだった、そしてもしものような使命をゆだねられた彼が、この復讐の女神たちに汚された室内で清浄な儀礼をとりおこなおうとするならば、そう、もしも彼が、怖るべきものからようやくのがれたかのがれないかのときに、ここでただ一滴の酒でも口にしようものなら、酒はたちまち怖ろしくもさらに怖るべき血に化してしまうことだろう、犠牲は浄められることなく、作品の破棄は無意味な草稿の焼却以外の何ものでもなくなってしまうだろう。いや、犠牲の場は清浄でなくてはならない、ささげられる犠牲もささげる者もともに清浄でなくてはならない、浄らかに澄んだ酒をそそぎ、昇りそめる太陽の光のもとにひろがる海原の潮に犠牲をささげるとき、真珠母色にふるえる朝まだきの大空の円蓋――それは海辺でなくてはならないだろう、海辺にゆらめく焔の中で詩は焼きつくされねばならないだろう――、だがしかし、このような企ては、生の誓いを破るべき宿命を負うた、ことばと事象とのあのなめらかな美のたわむれの、忌まわしい復活ということになりはしなかったか？　海辺と昧爽《まいそう》と犠牲の焔との組み合わせとは、ほかならぬあの夢遊病者のようなたわむれにひとしくはなかったか、美に身をゆだねた世界をたちまちつつみこむ、あの血と殺戮をはらんだ猥褻なたわむれにひとしくはなかったか？　そこに復活するのは硬直した殺戮的なまやかしの犠牲ではないか、その犠牲をもとめる神々も、実はみずからの意志ではなくそうするように命ぜられているにすぎない、歌にうたわれた仮象の現実におけるまやかしの生から、仮象の現実性を帯びた詩の中間領域からのがれるすべはないのだろうか？　いな、あくまでもいな、犠牲の場を設けることもなく、酒の灌奠《かんてん》もなく、美の儀礼もなく、それはただちにおこなわれなくてはならなかった。一刻の猶予も許されなかった、よしいかなる事情があろうと、日の出を便々と待つことなどあってはならなかった、即刻それをおこなう必要がある、絶望的な力をふるいおこして彼は臥床の上に起きあがった。すぐ外に出よう、どこでもいい、火の燃えている所へ行こう、と彼は思った。荷厄介な草稿の巻き物を片づけるのだ、少年が手をかしてくれるだろう、どこかの星空のもとで詩のことばは灰とならねばならぬ、太陽に『アエネーイス』を見せてはならぬ。これが彼の使命だった。彼は草稿を納めた行李にじっと眼を据えた――だが。行李はいったいどういうことになったのか？　突然はるかかなたに押しやられてしまったかのように、それは途方もなく小さくなっていた、小人の家のそれのように小さくなった家具のあいだにまぎれこんだ、小人の行李だった。あい変わらず前と同じ場所におかれていたのに、そこへたどりつくことはできなかった、手をさし伸べてとらえることはできなかった。しかもそのうえ、すべてが小さく縮んでしまったのに、少年だけはもとのままの大きさで、行李と彼のあいだに立ちはだかっていたのだ。その手の中にはなみなみとみたされた酒杯があった。「どうぞ一口。眠り薬のおつもりになさってでも」と彼はいった。いつのまにやら責任ある一人前の人間に成長していた息子が父親に示すような、まめやかな心づかいをこめた口調だった。もちろん幾分子どもじみた、というより、あわれを催すほど子どもじみた調子ではあった、それというのも、責任をはたそうとする意欲とはたす能力とが一致していたわけではなく、その結果、人を軽く鼻であしらうようなそぶりにはまさしく滑稽感さえ感じられる、ささやかな傲慢さがそこからうかがわれたのだから。眠り薬を彼にさしだすとは！　神も人間もひとしく感ずる覚醒時の不安を、今一度克服することがさながらなんの問題でもないかのように、万有を今一度受け入れるために、現在もっとも肝要かつ緊急なことが覚醒ではないかのように！　それとも、この鼻であしらうような態度にはそれなりのいわれがあったのか？『アエネーイス』は小人の持ち物のように縮まり、周囲の一切が小さくなってしまったのに、少年の姿だけはもとのままだったということは、彼の傲慢を正当化するひとつのしるしでもあったのだろうか？　彼の軽侮は彼岸の世界に根ざすより高い軽侮のしるし、犠牲の受けられることはついにありえないと告げる軽侮のしるしではなかったか？　司祭として父として供犠の任にあたる資格が、彼には決定的に欠けているとそれは宣告しているのではなかったか？　では、下降もかなわず、帰還もかなわず、角の門はおろか象牙の門の鎖鑰《さやく》を解くことすらかなわず、彼はわれとわが夢の中に閉じこめられていなくてはならなかったのか？　しかもなお！　しかもなお希望はあった、おお、しかもなお彼でさえ、道に迷える者なる彼でさえ、あの浄らかな恩寵にあずかる可能性はもっていたのだ！　いかにも、ありとある苦痛にもかかわらず、堕落の償いはまだはたされていなかった、しかし地獄の前にひろがるまやかしの死の世界は、すでに彼を放免していた、ことによると成長したこの少年が、今こそ真の先導者となるのかもしれなかった、おとろえやつれた彼を負うて恩寵の門をくぐるのは、ことによると真の先導者かもしれなかったのだ！　おお、きらめく光の容器のように、盃は少年によってたかだかとささげられていた、彼はそれにむかって手をさしのべた。だが、そのかがやきをまだ捉えることができないうちに、成長の印象は少年の姿から跡かたもなく消えうせてしまった。小さく縮んだ周囲の事物が以前の大きさにもどったのか、それとも——これは簡単に見さだめられることではなかったが——少年のほうが小人なみになってしまったのか。それではやはり少年は成長することはできなかったのか？　矮小化の脅威は少年をもおそったのか？　よるべなく、先導もなく、ただひとりで彼はうち捨てられていた、最後までただひとりで決断の義務をになえとのことであろうか。飲み物をとることは許されなかった。「眠り薬？　いや……わたしはたっぷり眠った、寝すぎたくらいだ。もう出かける時間だ、起きなければならない時刻だ……」またしても労苦にみちた地上の世界のおとずれだった。少年はもう一度大きくはならなかったし、彼に手をかし、彼を支えようともしなかった、出発の際にも供犠の際にも。ましてやそれから先は——おお幻滅よ、おお不安よ、お助けをもとめる懇願よ！　今できることはただ、ふたたび褥《しとね》に身を横たえ、幻滅と疲労のために息もたえだえの、声にもならぬささやきを口にすることばかりだった、「もう眠ることはない」しかしそのとき、さながら救いのように、三度目の驚くべき答えが帰ってきた。「だれもあなたのようにめざめている者はありません、父上。お休みください。お休みになるのが何よりです、父上、もう眼をおつぶりください」父という呼びかけのもとで瞼は静かに閉じた、この呼びかけはさながら贈り物に似ていた、寂滅への酬い、よみせられた注意深さへの祝儀に似ていた。心おこたりない用意が容赦ない悔恨の用意へと変化し、過去と未来への注意深い奉仕が、生起する一切を排除する自発的な謙抑へ、現在の容認へと変化して以来、この注意深さはいよいよ意味あるものとなったのだった。そう、その呼びかけはたえず新たにはじめる努力への祝儀だった、償いのようにかぎりなく一切の誕生の以前と一切の行為のかなたに存在している報酬だった。というのも、犠牲と恩恵とはひとつのものなのだから。両者は一方が他方につづいてくるのではなく、たがいに相手の中から生まれでるものなのだ。そして、父と呼ばれるにふさわしいのはただ、幸いにめぐまれて影の深みに降り行き、われとわが身を犠牲としてささげながら、犠牲をささげる司祭としての浄めを受ける者、高くかぎりない父祖たちの系譜につらなる者ばかりなのだ。父祖たちの系譜は高く到達しがたい原初にまでさかのぼり、ここで影の群れにとりまかれて玉座についている始祖、寂滅ゆえに強大な始祖から、無限に新たにはじめるための活力と、人間存在への永遠の祝福とを不断に受けとっている。祝福をさずける始祖、硬直のかなたの町々の建設者、法をきずいた命名者、いかなる発端も終末も知らず、誕生を知らず、永遠に推移を知らぬ始祖。その神にもまごう面貌の前に歩みでるべく、たしかに彼は選ばれていたのか？　ひとりの少年に、この少年に、門の鎖鑰《さやく》を解く力がたしかにあったのか？　あたかもそれがひとつのことであるかのように、自己自身に対する疑いははなはだ奇妙にも、少年の使命に対する疑いとむすびついていた、それは奇妙に時を遊離した疑いだった、そしてあらためて若々しい面立ちをさぐる視線は問いかけだった、懇願するようなそぶりに応じて、盃を手にとり飲みほしたのも、その問いかけだった。「おまえはだれだ？」と、盃をおいてからあらためて彼はたずねた、おのれのうちにあって問い、おのれのうちから問いかける力の執拗さが、あらためて彼を驚かせた。「おまえはだれだ？　わたしは以前おまえに会ったことがあるね……もう、ずいぶん昔のことだ」――「あなたがご存じの名前をわたくしにおつけください」という返事があった。はっとして彼は考えこんだが、わかったのはただ、この少年がみずからリュサニアスと名乗ったことだけだった、ここまではたしかにわかっていた、だがあとは朦朧《もうろう》としていた。心はおぼろにかすむばかりで、もうその名前を見つけることはできなかった、名前という名前、母が昔自分のことをなんと呼んだのか、その名前さえ思いだすことはできなかった。しかもちょうどこのとき、母が彼を呼んだような気がしたのだ、ほかならぬこのうすれ行き見いだしがたい世界の中から、彼が無名のうちへ帰るように、母の国と一切の母の国のかなたとにやどっている無名のうちへ帰るようにと呼んでいるような気がしたのだ。ああ、母にとっては子どもは名前のないものなのだ、母は子どもを名前から守ろうとたえず心をくだいている、いつわりの名、災厄をもたらす偶然の名ばかりではなく、偶然から脱して無限の父祖たちの系譜のうちに保存されている正しい名までも、というより正しい名ならなおのこと、子どもから防ごうとするのだ。というのも正しい名前は、みずからは名もないまま降り行き、一切の実在の根源で、父として司祭としての浄めを受けた人間によってのみ高められるのだが、その名前は犠牲のうちにつつまれながら、みずからのうちに犠牲をつつんでいるのだから。しかし母は、まさしく彼女の本質をなす誕生という創造の犠牲に固執したまま、再生という犠牲の前からは恐れおののいて遠ざかる。みずからが生んだ子どものために彼女はそれを恐れる。ふたたびくりかえされる創造を恐れる、近づくすべもない奈落のような、ひとつの名前にこもる真実のかがやきを予感させぬともいえぬ、不羈《ふき》奔放の到達しがたいものを恐れる、何かみだりがましいもののように、彼女は名前の中での再生を恐れる、そして、子どもはむしろ無名のうちにいてくれたほうがいいと思うのである。存在は名を失う、母が呼ぶところではそれは無名に化する、そしてこのような覚醒以前の無名の世界の気をあびて全身をふるわせながら、無名の世界に守護されてほっと息をつきながら、彼はいった。「わたしにはどんな名前も思い浮かばない」――「父上、あなたはすべての名前をご存じなのです、あなたは物に名をつけておやりになったのです。それはあなたの詩の中にございます」名前、名前、人間の名前、野の名前、土地や町やすべての創造物の名前、故郷の名、窮迫の中にあたえられた慰めの名、物とともにつくられ、神々の誕生以前につくられた物の名、ことばの神聖さとともにたえず新たに復活する名前、真にめざめている者、呼びさます者、神にもまごう建設者によってたえず新たに見いだされる名前！　そのような命名の権威を要求することは詩人には到底許されない、いやそれどころか、たとえ、物の名をたかめることが詩の窮極の、もっとも本質的な使命であろうとも、たとえ、そのもっとも偉大な瞬間の発端には、けっして硬直することのない言語の本性に一瞥《いちべつ》を投げることが詩に可能となろうとも——その言語の深みからさす光のもとに清浄無垢な物のことばがただようのだが——、物の世界を基盤とする名前の清浄さは、たしかに詩の中では創造をことばによって重複させることはできようが、重複したものをふたたび統一にもたらすことはできない、それというのも、まやかしの転回であれ、予感であれ、美であれ、名の無垢を詩としてさだめ詩と化するこれら一切は、もっぱら重複の世界に生ずるのだから。言語の世界と物の世界とは依然として分断されたままであり、ことばの故郷も二重なら人間の故郷も二重、存在の奈落も二重、しかもそればかりか存在の無垢さえも二重となり、猥褻とかさなりあうのだ、さながら誕生を知らぬ再生のようにすべての予感とすべての美に滲透し、世界爆砕の萌芽をみずからのうちにひそめている猥褻、母の恐怖の的となる存在の根源の猥褻と。詩の外套は猥褻である。詩はけっして基礎をきずくことはない、その予感のたわむれからけっしてめざめることはない、詩はけっして祈りとなることはない、犠牲をささげるにふさわしい真実の祈りとなることはない、その真実の祈りとは、物の正しい名の中にゆたかにふくまれていて、その祈りをささげる者にとっては、祈りのことばの圏内で重複した世界がふたたび合一し、ただ彼のためにのみ物とことばはふたたび一体と化するのだが――、おお、祈りの浄らかさよ、詩には到達しがたい浄らかさよ――おお、しかもなお到達不可能とはいえないのだ、詩がみずからを犠牲とするかぎりは、詩が克服され絶滅されるかぎりにおいては。そしてふたたび彼の内部から、溜息《ためいき》となり叫びとなってもれでるものがあった。「『アエネーイス』を焼こう！」――「父上！」この呼びかけからひびきでる深い驚愕を、彼はその企てに対する拒否と感じた。おそらくそれは正しかったろう。不機嫌そうに彼は答えた、「わたしを父と呼ばないでほしい。アウグストゥスが守っていてくださるのだ、ローマを守ってくださるのだ。あの方を父と呼ぶがよい、わたしではない……わたしではない……詩人は守りにつく者ではないのだ」――「あなたはローマです」――「子どもはだれでもそんな夢を見る、わたしもきっと昔はそんな夢想にふけったのだろう……だがわたしは名前を使っただけだ、ローマの名前を用いただけだ」少年は黙っていた。それから彼は、思いもうけないようなことをした。農家の少年らしい幾分無骨だが器用な身のこなしで、彼は燭台の枝に、それが楡の枝ででもあるかのように身をおどらせて飛びつき、火の消えた蠟燭を一本折りとると、灯油ランプの焔に近づけて点火した――、いったい何をするつもりだったのか？　だがその理由をなんとも解しかねているうちに、少年は蠟燭をしたたり落ちる蠟で一枚の皿に固定し、行李の前にひざまずいた。「詩をおとりになりたいのですか？　わたくしがおわたしいたしますが……」そこにひざまずいているのは少年時代のウェルギリウスではなかったか？　それとも小さな弟のフラックスでは？　このようにして兄弟はよくいっしょに地面にうずくまっていたものだった、あるときは庭の楡の木の下で、あるときは玩具箱を前にして——、この少年はだれなのか？　今や行李の革紐は硬直したままはねかえり、革の蓋はかすかに空を切る音を立ててひらき、紙と革の匂いが、長い歳月にわたって書きつけた筆先の鈍いきしみが、おぼろげな雲のように、ほのかに故郷をしのばせながらひらかれた容器の中からたちのぼった。その内部には几帳面に整頓された草稿の巻き物の端が見えた、几帳面にならべられた巻き物と巻き物、歌と歌、なつかしい、誘惑的に心をなごませる労作の光景だった。少年は注意深くその幾巻かをとりあげて、ベッドの上においた。「お読みください」といいながら少年は、光がちょうどそこにあたるように蠟燭を立てた皿を近くへずらした。では彼は父の家にいたのではなかったか？　これは彼の小さな弟ではなかったか？　フラックスが生きているのに、どうして母はもう生きていないのか？　どうして母は悲嘆のあまりおさない死者のあとを追わねばならなかったのか？　これはあのとき暗い部屋の机の上にかがやいていた、それと同じ蠟燭ではなかったか？　あのとき戸外には、アルプスにふちどられてマントゥアの野がやわらかくひろがり、ゆるやかな秋雨が夕べの闇の中にうす暗く降っていたのだが――。読めというのか――、ああ、読むとは！　それがまだ可能だったろうか？　彼はそもそも読む力があったろうか？　彼はかつて読むすべを、拾い読みするすべさえも学んだことがあったろうか？　ためらいがちに、ほとんど不安げに彼は巻き物のひとつをひらき、ためらいがちに、ほとんど不安げにひらいた巻き物の端をのばし、おそるおそる紙に触れ、さらにおそるおそる乾いた文字の跡に触れ、触れてはならぬ神聖な供物にでもふさわしいような畏怖の念をもって、その上に指をすべらせて行った。しかしそこにはほとんど良心のやましさに近いものがあった、というのもこれは一種の再会に似ていたのだから。仕事との、かつての仕事のよろこびとのささやかな再会、しかしそればかりではなく、もはや是認することもできない巨大な再会、それはすべての記憶とすべての忘却の背後にむかい、いかなる修練も仕事の成就もなく、ただわずかに企図と希望と切願とがあるにすぎない世界にたち帰って行くのだった。眼ではなく、ただ指先ばかりが読んでいた、文字も知らず、ことばも知らず、指先はことばのないことばを読んでいた、ことばの詩の背後にひそむ無言の詩を読んでいた、そして彼が読みとったものは、もはや詩行から成りたっているのではなく、かぎりなく多様な方向をもったかぎりなく巨大な空間だった、この空間の中では、おのおのの文章は順次に配列されてはおらず、無限に交錯しながらたがいに覆いあい、すでに文章とはいえず、表現不可能な世界の穹窿だった、意識以前に企図された生の穹窿、世界創造の穹窿だった。表現不可能なものを彼は読んでいた、表現不可能な風景と表現不可能な事象、創造から解脱した運命の世界、そこでは創造にもとづく世界はさながらひとつの偶然のように深く埋もれているのだった。そして、彼が再創造しようと願い、再創造しなければならなかったこの創造の世界が、ここでありありと姿を現わし、文章の波と文章の円環とが交切するすべての個所で表現へと展開したところでは、かならずといっていいほど戦いへとうながす確執と血なまぐさい犠牲が現われ、死者にほかならぬ人間たちの催す生気なく硬直した戦いが現われ、神性を剝奪された世界における神々の争いが現われ、無名の世界における無名の殺戮が現われた。名前にすぎぬ幻影によって遂行され、神々をも呪縛する運命の委託によって遂行され、ことばのうちで、ことばを通じて、無限のことばの委託によって遂行される殺戮、その表現不可能な無限のことばには、神々をも制圧する力がやどっており、その中で運命は永遠に生起し終結するのだった。彼は戦慄を感じた。眼で読んでいたわけでもないのに、彼は視線を紙からそむけた、もう読みつづける意欲をうしなった者のように。「ことばを捨てるのだ、名を捨てるのだ、ふたたび恩寵がおとずれるように」と彼の唇からつぶやきがもれた、「母もそれを願っていた……ことばのない恩寵は運命を超越しているのだ……」——「神々はあなたに名前をお贈りになりました、それをあなたは神々にお返ししたのです……詩をお読みください、名前をお読みください、お読みください……」このとき彼は、かさねて少年が口にした要求の切迫した調子に、ほとんど笑いをおさえることができなかった。何を自分がいっているのか少年にはすこしもかかわっていないこと、何にかかわることであるのか、おそらくそれさえ理解していないらしいことが、彼を愉快がらせたのだった。「読めって？　それも眠り薬のうちなのかね、小さな酌人よ……いや、われわれには暇がないのだ。出かけよう、ここへきて、わたしに手をかしておくれ……」しかし少年は——そしてこのことも奇妙に正しかったのだが——彼に手をかすようなそぶりをすこしも見せなかった。そのとき同時に、少年には手をかす権利がいささかもないのだということがこのうえなく明らかになった。たとえ時が静止しようとも、円環は閉じ、燃えあがる焔と消える焔がひとつになろうとも、母の手に守られた子の服従が心くじけた屈伏と弁別しがたくなろうとも、完成された一切が永遠に企画にとどまろうとも、いやそれどころか、たとえ彼がけっして、おおけっして語ることを学ばなかったのだとしても、先導と助力に最初の円環の圏内をこえる力はなかったのだ。少年の声はこだまと化していた、たしかにまだ答えはするが、むなしく反響するばかりで何ひとつ理解しない、覚醒以前の領域から生まれるこだま以前のこだまだった、それは口につくせぬほどの期待をこめて待ちうけられている、最後の巨大な寂滅の前にかざされた鏡だった。それはことばのない世界でことばとなるはずのひとつの声、まだ語られないものともはや語られないものとを、一切の言語空間の深淵にかがやく表現不可能な要素において統一する声の、はやばやともたらされた告知だった。ことばを学ぶことはできなかった、読むことも、耳そばだてて聞くこともできなかった。「片づけなさい」と彼は命じた、すると今度は少年は命令にしたがった、あまり気の進むようすではなく、むしろ子どもじみた失望を露骨に現わした反撥的な態度で、草稿の巻き物を行李に納めるかわりに机の上においたのは、ささやかな抵抗の底意を示すものかもしれなかった。このこともまた多少愉快でないことはなかった。もう一度、これが見納めとでもいうように、彼は少年の顔をしげしげとながめた、その顔の中で幾分かげりはしたが、あい変わらず期待をみなぎらせてかがやいている眼をながめた、そのとき不意に、今まで見なれていた顔が気疎いものになってしまったように思われた、ひそかに心の弱まりを感じながら、別れを告げでもするように、もう一度彼はいった、「リュサニアス」この声には焦燥の影はなかった。卓上の蠟燭は蜘蛛の糸のようにかすかにきしみながらゆらめいていた、それはこだまの光だった、未来のかなたにかがやきながら、犠牲を期待し寂滅の劫火を期待して星々のもとに待っているどよめきの、こだま以前のこだまだった。しかしここでは、さらさらとながれる壁の噴泉が、影のようにやわらかくおぼろめきながら呟いているのだった。なかば机の上に身をこごめなかば直立したまま、したがってなかば読むように、なかば記憶をたどるように、最初は口ごもりがちに、しだいに声を高め、小さなこぶしで卓上をたたいて拍子をとりながら、少年は——これは最後の誘惑だったろうか？——詩を、ローマの名前にみちた韻文を朗誦しはじめた、詩は夜の中へ、夜の呟きを載せてさらさらとながれつづける水音の中へすべりこんで行った。

「四囲のものひとつとして精神《こころ》と眼とを誘《いざな》わざるはなし
地の往昔《そのかみ》の記憶に重く　上《かみ》つ代の勲功《いさおし》にあまねくみちたり。
かくてアエネーアスはことばなくはじまる古譚《こたん》に耳かたむけ
ローマの塞《とりで》を築きし王エウアンドルスの語に耳かたむけぬ。
ファウヌスやニュンパたち（野の神および森や水の女神）——と王は語りぬ——かつてこの地に住みてあ

りき
もとより樹の髄より生まれたる人の族《うから》も住まいせしかど
たまさかの森の果実《このみ》やあらけなき狩りの獲物に生《いのち》をつなぐ
槲《かしわ》のごとく節くれだちし未開の族　土地墾《は》るすべも知らねば
貯えを得るたずきも知らず　牡牛に軛《くびき》つくるすべさえ知らぬ
放恣無残の族なりき。サトゥルヌスこの未開の境にのがれきて
この地をラティウム（イタリア中部の古称。本来「隠れ家」の意だったという）と名づけしがそは
彼より天と地と　至高の王権を奪いたる　怒れるゼウスより
この地が彼を守りしがゆえ。さてもサトゥルヌス来りしより
放恣の民は法に服し　礼節を知りすみかを定め
黄金時代の恵みをうけ　黄金の平和のうちにやすらいぬ。
されど時はやすらわず。やがて頽廃の兆は現われ
時は劣情　貪婪《たんらん》　利欲　戦いを解きはなち
サトゥルヌスの国を異郷の征服者にゆだね
ラティウムの名をアウソニアの名に　やがてシカニア（いずれも古イタリアの種族名）の名に変じぬ。

アルブラの流れさえ　その名を忘却にうちまかせ
テュブリス（テヴェレ河のこと）となりぬ　そは荒く猛々しく
新たなる異郷の主のうちにもひときわ秀でしテュブリス王を記念のためなりしが。
されどわがエウアンドルス　ニュンパなるカルメンティスの子は
諸王の末につらなりながら　またしても悲しき流謫《るたく》のさだめを負いたれども
ついに運命の力はわれに幸いし　あらがいがたき烈しさもて
いと遠き浜辺よりわれを駆りたて
迷いもとむる者を　ついにこの地に住まわしめぬ
アポロの神託にしたがいて　わが母の命じたまいしそのままに。
かくエウアンドルスは語りぬ。さて客人と歩みつつ
彼はカルメンティスの記念のために築かれたる門と祭壇とをさし示す
アエネーアスの族の栄誉とパランテウム（ローマ市の古名）の偉大をはじめて予言せし
母なるニュンパをしのばんがため　今なおローマびとは
この門をカルメンタリスとぞ呼ぶなる。ついで彼らの到りしは
ロムルスが聖域とさだめし大いなる森

さらには涼しき巌《いわお》の影深きルペルカルの洞
こはその名をアルカディアのパン神の別称《となえ》リュカエウスより得たるなり。
さて次にエウアンドルスの示ししは　アルギレトゥムと呼ばるる畏ろしき森
ここに彼がかつての客人アルグス　生《いのち》を落とせしゆえにその名いでたり。
さてはタルペイアの岩　カピトリウムの丘
今は黄金にかがやけど　往昔《そのかみ》は茨しげれる叢林なりし。――

いかにもせよ――と王は語りぬ――この境域を前にして
田舎びとらはかしこき戦《おのの》きに襲われ　うちふるえつつ森と岩とをながめたり。
そはかの頂の木の葉蔭深きあたりに　なんの神とも知れねども
ひと柱の神しずまりますがゆえなり。アルカディアびとらは
大空をうち暗ます楯をもて嵐をおこすユピテルをさえ
見たりと思うなり。さてかなたに見ゆるは二つの町の
こぼたれし囲壁とかしこき古《いにしえ》びとらの記念
塞の一はヤヌス　他はサトゥルヌスが築きたり

さればその名もヤニクルム　サトゥルニアとぞ称《とな》うなる。

かく物語かわしつつ　彼らはついにエウアンドルスの
貧しき家に到りつき　ここかしこに鳴く畜群を見たり
そは今ローマの公共広場《フォールム》と　カリナエ（古代ローマ市の邸宅地区）の壮麗に飾られしあたりなりしが。

この閾《しきい》こそ――と、　エウアンドルスは家に入らんとして語る――勝利者
ヘラクレスの踏みこえしものなれ。　これぞ彼を迎えし王の館なる。
客人よ　心を励まして神にひとしく思いをたかめ
浮華を重んじ　貧窮をあざけることなかれ。――
かくいいて彼は　尊き家の屋根のもとに
大いなるアエネーアスを導き入れ　客待ち顔の褥《しとね》の上に
木の葉を敷きリビュアの熊の毛皮もて覆える臥床に依らしめぬ。
夜はたちのぼり　褐色の翼をひろげて大地をいだけり」

夜はたちのぼり、夜はたちのぼり……朗誦の声はしだいにかすかになり、やがて潮の引くように消えて行った。詩はさらにつづくのか？　それは声のはてた後にもなおつづくのか？　それとも、見せかけの眠りをさまたげないために、跡かたなく消えうせたのか？　あるいはまた、彼はほんとうに眠りこんでしまって、少年がそのあいだにそっと去って行ったのに気がつかなかったのか？　それをたしかめるいかなる方法も許されないかのように、眼を閉じたまま彼は待っていた、アエネーアス同様耳をそばだてる客人となって、もう一度声がたかまるのを待ちうけていた、しかし沈黙は破れなかった。それにもかかわらず、最後の詩句は耳のうちにひびきつづけ、いつまでも尾を引いていた、ただそれは、時がたつにつれてしだいに形を変えて行った、形を変えたというより、より正確にいえば、一種感覚に訴える影像に似た何ものかへ凝集して行ったのだ。だがこの影像とは、たとえば月影を浴びた窓が、閉じた瞼の裏になお残像としてとどまってはいても、もはやその形体と光においてはほとんど音とまぎらわしい、まさしくそれと同じように本来の具象性を失った影像だった。それは耳にとどまるひびきであり、眼にとどまる像であり、どちらの場合も非感覚的でありながら感覚に訴え、たがいにからみあってひとつの統一を形づくるのだった。眼に見え耳に聞こえるもののかなたにあって、わずかに感じとることができるばかりな統一、その中に、奇妙に融けあい奇妙に一体化しながら、少年の声と微笑がながれこみ、さながら永遠にそこから消えさらぬかのようだった。サトゥルヌスはみずからがあたえた名をふたたびとりもどそうとしていたのか？　詩の風景も、大地の風景も、魂の風景も名を失っていた、そして、眼を閉じてサトゥルヌスの平らかな世界にひしと身をよせたまま、非感覚的でありながら感覚に訴えるこの現象を感じ味わっていればいるほど、その中に深く分け入れば分け入るほど、いやそればかりか、この現象が完全な現実へと還帰することを願い、朗誦する少年がまたもどってくるように願えば願うほど、彼の胸のうちには同時にまた、これら一切が消えうせればよいという願いもひときわ強くわきおこってくるのだった。なぜならば、悩みからの解放をほのめかしながら少年からさしのべられる誘惑の手は、彼をとらえたばかりではなく、窮極の存在をはやばやと告げ知らせるこだま以前のこだまとなってひびいたばかりではなく、窮極の声へ通ずる道をふさいでしまってもいたのだから、思量にあまる世界への門をひらいたばかりではなく、それを壁で閉鎖してしまってもいたのだから。彼が聞くすべもなしにしかも聞いたあの万有の声、大らかにささやき、やさしくどよめき、おしつけがましく好意的で、ふしぎに遠くかつ近い万有の声が、その門の背後にひそんでいたのではなかったか？　地上の世界をはなれたわけではないが、しかも地上に属する一切のものより深く、声の生まれでるひそやかな墳塋《ふんえい》が存在している、始原の墓窖、生みだす力をはらむ終末の源泉が存在している、一切の眼に見え耳に聞こえるものの奥深く、すべての声を保有し、その拡散と収斂をつかさどるいわば声の集結点が存在する、うかがうすべもない声の、およそうかがうすべもない結合と共鳴の地点が存在する。それは一切の声の共鳴であり、したがってみずからもおそらく声にほかならないのだ、一切の他の声を包括する唯一の最強の声、それみずからのほか一切を包括する声なのだ。一切の生を包括しながら、しかもいかなる生のうちにも含まれない――これは、死の声だったのだろうか、これがすでにそうだったのだろうか？　これがそうなのか、それとも、ひそかにかくれた存在はこれよりもさらに巨大なのか？　彼はうかがうすべもないものに耳かたむけた、おのれの意志のおよぶかぎりの力をこめ、心のこまやかさをこめて、彼は耳かたむけた、しかし沈黙の海の上、根源の音の隠微な風景の上には、根源の発端と終末につつまれ、原初の認識が沈黙のひびきをかよわせる大空に覆われて、ただあるかなきかのほのかな息吹きがただよっているばかりだった、忘却にひたされ、忘却にゆだねられたものをひたしている息吹き、無色透明のひびきの野から、沈黙のひびきにみちたその野面からたちのぼるきわまりなくほのかな露、少年の声の幻、それだけがまだ存在していた、それだけがまだ秘密を解きあかしていた、しかしいうまでもなくそれはすぐまたうすれ消えて行く地上の余韻だった、もはやことばでもなく、詩でもなく、色彩の有無もさだかならず、透明ともいえず、ただひとつのほほえみ、かつての日の幻、ひとつの微笑の幻にすぎなかった。名前？　詩？　それは詩だったのか、それは『アエネーイス』だったのか？消えさる一瞬、もう一度名前となってきらめきあがるものがあった——その名はアエネーアスだったのか？——さながらこの名の中に、永遠にうしなわれた巨大なやさしい命令の予感が保たれているかのようだった、が、もはや何ひとつ見いだされはしなかった。生きられ創造された一切のもの、それらの一切の内容と融けあった広濶な存在全体、すべてはおぼろにかすみ、ぬぐいさられてしまった、記憶をどれほどたどってみても、彼はいかなる歳月も日々も、いかなる時も見いだすことはできなかった、かつて知っていた何ものをも見いだすことはできなかった、記憶のうちに耳かたむけると、聞こえてくるものはただガラスのふれあうようなざわめきばかり、まだ地上に属してはいるものの、すでに地上の時から解きはなたれ、地上の記憶からまぬがれて、非時間の世界に生いたち非時間の世界にひろがる、ガラスのように熱を帯びたもろもろの形式の、とりとめもなくもつれた歌ばかりだった。彼の記憶が『アエネーイス』を追いもとめれば追いもとめるほど、いよいよあわただしく、跡もとどめず、この詩は巻また巻と、鳴りひびくかがやきの昏迷のうちに溶けさって行くのだった。

これは詩の根源への回帰だったか？　内容に関して記憶によみがえってくるものは何ひとつなかった。詩の中でうたわれた事柄、航海と陽に照らされた浜辺、戦いと剣戟《けんげき》の音、神々の運命と星辰の運行、これらその他さらに多くの書かれまた書かれなかったこと、それらはすべて脱落し、抹消されていた、詩はさながら不用の衣裳をぬぎ捨てるようにそれらをかなぐり捨て、生誕以前の赤裸の状態に、一切の詩の母胎となる鳴りひびく不可視の世界に回帰して行き、そこで純粋な形式にふたたび吸収され、その形式において、さながら自己自身の反響のようなおのれを見いだし、水晶の容器の中でおのずからひびきはじめる魂にも似た風情を見せるのだった。余計なものは放棄され、しかも、それにもかかわらずそのままとっておかれ、不易の形式の中でゆるぎない堅固さに到達していた、その形式の純粋さはいかなる忘却にも介入の余地をあたえず、このうえなく移ろいやすいものにさえ永遠の特性をさずけているのだった。詩と言語はもはや存在していなかったが、しかもそれらの共通の魂は存在しつづけ、みずからを映す水晶の鏡の中に変わらぬ姿を見せていた。人間の魂は記憶をうしなったかぎりなく深い世界に亡び失せていた、しかしその魂の言語は生きつづけ、透明なうたう形式の中に変わらぬ姿を見せていた。截然《せつぜん》とわかたれながら、しかもたがいにからみあい、みずからを映しあう魂と言語――、それらはこの反映するかがやきを、すべてが出発しすべてが還帰するあの近づくよしもない深淵から受けとっていたのではないか？　それらは、おのおのがきびしく孤立しながら、いずれもあの故郷の声に封じこめられていたのではないか、たえず新たに一切の境界を突破し、すべての境界のかなたに鳴りながら目標を、激励を、援助を、慰藉を約束するあの故郷の声に？　おお、生まれては消えさるかつての日の声よ、おおい隠しつつ世界を開示する、かつての日の揺籃のほとりにひびいたやわらかな声よ、揺籃の夜空の星の声よ、宇宙の総体の歌にあわせてうたわれたやさしい歌よ！「わたしはただひとりだ」と彼はいった、「だれひとりわたしのために死ななかった、だれひとりわたしといっしょに死ぬものはない。わたしは助けを待ちうけていた、助けをもとめて身をもだえ、切願していた。しかし助けはあたえられなかった」――「まだそうではない、でも、もうそうなのです」と彼自身の胸のうちから、夢のようにほのかに答える声があった、それはもはや少年の声ではなく、むしろ夜の声、すべての夜々の声、夜のわびしさそのものの銀のさざめきの声、数えきれぬほど数多くながめはしたものの、かつて一度もきわめたことのない夜の穹窿の声だった、その穹窿の壁を、数えきれぬほど数多く彼は手さぐりしていたのだが、今やそれが声と化したのだった。「まだそうではない、でも、もうそうなのです」やさしくて横柄で、心をとろかすようで強圧的で、夜のかがやきを帯びながら深くひそんでいる、自然のままにひびき出ることばと自然のままにひびき出る魂、言語と人間性との統一——それはさながらすべての地上の齢《よわい》を知らぬ過去の青春が、これをかぎりの別れを告げているようで、しかもすでに、永遠に終りを知らぬような故郷からの挨拶なのだった、なぜなら、すでに石さえも透明な物体と化し、墓を覆う石板も、さながら水晶であり同時に灝気であるかのように透明になっていたのだから。そして彼はその中を通り抜けて歩いて行った、いや、歩いていたのではなかった、突然、かがやきわたる声よりほかの何ものでもない夢の穹窿の中央にたたずんでいたのだった、光りかがやく床もなく壁もなく天井もない空間に、光りかがやく透明体の穹窿の中にたたずんでいたのだった、眼に見えぬ世界のさなかでなお見ることはできたのだが、ただ自分の姿を見ることはできなかった、彼みずからが透明体と化していたのだ。ひと足も踏みだすことなしに、そう、足を踏みだそうとか、そのほかからだのどこかを動かそうとかいうつもりはほんのいささかもなしに、彼は前進していた、しかしもちろん通り抜けたのではなかった。彼の四周にあったのはあい変わらず現実の前庭だった、地上を彼ははなれてはいなかった、これはやはり地上の夢だった、そして、夢の中で夢を見ているように、彼はわが身の上におこったことが夢なのだと心得ていた。これは夢の境界におかれた夢だった。なぜならば、たとえ光りかがやく透明さがいよいよ明るさを加えて、もはやかつての事物の騒擾をいささかも思いおこさせなかったにしても、物も人間も動物もことごとく影をひそめたにしても、そう、たとえそれらにまつわる記憶さえ拭いさられたように消えうせていたにしても、耳に聞こえぬ沈黙の波のかがやく音にひたされて、彼はやはり知っていたのだから、今もなお依然として自分がどよめく声のうちに封じこめられ、出口を見いだすこともできないのだ、と、ただ以前とちがうのは、声も、物も、さまざまな被造物も、植物も動物も人間も、おしなべて、およそ捉えるすべもない実体に、透明な組織に変化してしまったことだけなのだ、と。その組織の中では、わずかになおさまざまな名前が星のようにまたたいてはすぐまた消えて行くのだった。彼がおかれていたのは、もはやわずかに地上の物の数と序列と関連しか妥当しない領域、いうならば、さまざまな存在の形象とそのかつての構造から生まれでた認識しか妥当しない領域だった。それはただひとつの光彩陸離たる知覚に統一された行為であり認識であり、視野であり主張であり、内実をうしないながらしかも十全の相をそなえた、不可解な裸形を示現した創造の多様性であり、数かぎりもなく細分されしかも弁別しがたい、ありとある行為、および行為の可能性の総体であった。内実を欠きながら充足したものの、純粋な形式への、もはや透明な結晶体以外の何ものでもない裸形の形式への変容、存在のうちにありながら存在せず、その発祥の源も知らぬ、つらぬき破るすべもなく透明な光耀《こうよう》。それはまさしく無限なるものの領域だった。幾百万年がその上をこえて行った道は、一定の方向もない無限の光の束となり、無限をこちらへとはこびよせ、有限をきわみない永遠へと連れさるのだった。創造されたものもされなかったものもひとしい重さをもち、善も悪もひとしい放射力をそなえて相拮抗しながら交叉していた。盲いて見え、聾《みみし》いて聞こえる夢の世界からのがれるすべはなかった、夢の穹窿には出口はなかった、いかなる決断を入れる余地もなく、いかなる善への道をひらくこともない夢のきらめき、岸辺も磯も知らず渺茫《びょうぼう》とながれる潮。そして夢みるかがやきの銀のふるえ――それは魂にふれるのか、それは神にふれるのだろうか？　おお、たとえこの夢がどれほど地上のものであろうとも、それは地上の人間の営みをはるかにこえている、そして夢みる人間はその人間としての誕生を、人間として生みだされた命運を喪失してしまったのだ、劫初このかた彼には父もなければ母もない、彼がおかれているのは、母たちより古い純粋な運命の穹窿、のがれるすべもない窮極の穹窿の中なのだ。夢の中ではだれも笑わない、出口のない世界ではだれも笑わない、夢は不抜の牢獄なのだ。おお、叛逆さえ黙してしまったというのに、だれがなおあえて笑うだろうか！　夢にはいかなる叛逆もありえなかった、あるのはただ紛糾の甘受、夢の事象への唯々《いい》たる捨身ばかりだった。光芒の茂みの中へ、錯落と枝をまじえた夢の内界と外界へからみこまれ、夢の地点の一々とひとつになり、無数の透明な水晶の光芒の一条一条とひとつになって、彼みずからが透明化し、故郷をもたぬ根なしの存在と化し、劫初このかた天涯孤独の境涯におかれて夢みる孤児と化していた、みずから行為と知覚とを兼ね、夢の中にみずからを生起させ、夢をわれとわが身のうちに知覚しながら、彼みずからが夢だった、彼は語った、もはや胸ではない胸のうちから語った、もはや口ではない口から語った、もはや息吹きではない息吹きのうちに語った、もはやことばとはいえぬことばを語った、彼は語った――

運命よ　おまえはすべての神々に先んじて歩む
一切の創造より早く作られた
原初の裸形がおまえだ　ただみずからにのみ忠実な
万有に滲透する冷ややかな形体だ。
身ひとつに被造物と創造者を兼ね
行為にしてかつ知覚　かつ解釈
おまえのあらわさは神と人間に滲みとおり

創造された事物に下知をあたえる。
そしておまえが下知したとき　神はみずからの
非在を脱し　父となり
沈黙のさなかから　根源の夜の
母の胎から　光の名を呼ばわり
弁別しがたいものに名をあたえ
形姿なきものを　形姿にもたらしたのだ。
根源の沈黙はその時言語となり　根源の騒擾をうたいながら
諸圏がうたうのは　おまえのことばなのだ。
だが夢の中では　おお運命よ　おまえはそのことばを
ふたたび撤回する　裸形の沈黙のうちにそれを撤回する
おまえのあらわさのうちに万有を怖ろしくつつみ隠しながら。
そして神は水晶の薄片と化し
光に溶けながら　夢のうつろな穹窿に沈み行く。
不動の光耀をたたえたまま夢の穹窿は、この沈黙のことばを聞きとり、黙然とそれを反映しながら、こだまもひびきたえた終極の光の世界へはこび去って行った。それはさながら、これらのことば自体が光のこだまであるかのようだった。彼はさらに語りつづけた――
夢にひたされ夢のように冷ややかな運命よ　おまえは
夢の中でみずからを啓示し　その夢を
現実のやすらう往昔《そのかみ》の偉大にたかめ
創造の器とする　そして夢はおまえの力を力とし　おまえとともに
時を超えるのだ。なぜならおまえは既往も向後も知らぬ
現実そのものなのだから。――
おまえの行為は潮のようにただよう　おお根源の形体よ　分岐しながら
実体をはらみながら　黙然たる巨大な総体の雷雲のあいだを縫い
おまえの下知のもとにおこなわれた
創造の夜と光のあいだを縫ってそれはただよう　しかしおまえは
おまえのただよいの錯綜した潮とともに
さまざまに姿を変える　光へむかって
おまえはながれようとする――その望みははたされるのか？――だが

数多の潮流が目標をめざして交錯し
たがいに制御しあうとき　おまえがそこにのべひろげるのは
静止して一体となった　現世の真実に属する物と名ばかり
おまえの姿を映すため　一体となれよと命ぜられた物と名ばかり。
それこそは　運命に刻印された存在の原形
真実の原形。
夢の形は夢の形から生まれ　交叉し展開する
夢の中でおまえはわたしだ　わたしの認識だ
未生の天使としてわたしとともに生まれ
偶然の彼岸にあって　みずからを認識しつつ生成する
本質と秩序のかがやかしい至上の形姿
わたし自身の形姿　わたしの知覚だ。
神々から解放され　神々を破滅にみちびく運命よ
無限の現実よ　わたしもおまえとともに無限だ
死すべきものなるこのわたしも　夢の中で神々を破滅させるのだ

なぜならば　おまえのうちに移り行き　おまえのはなつ光の中にただよい消えながら幼時につつまれて　みずから神々の空間と化すのだから。

これは終極の空間だったのか？　これは最後の休止だったのか？　この休止さえもなお破れるのではなかったろうか？　この休止をさらに前へ推し動かす必要があったのではなかろうか？　彼は一歩足を踏みだそうとした、両手をあげようとした、光の空間――といってもそれは彼みずからにほかならなかったのだが――に、われとわが身を移し入れようとした、非常な意志の力をふるいおこし、極度に緊張して彼はこの行為をはたそうとした。すると、彼自身の実体がその中に消えうせていたあのガラス状の透明体が、ほんのわずかの身じろぎを許しもしなかったにもかかわらず、この行為は成就されたのだ。夢のようにはるかな戦《おのの》きが彼の全身を走りぬけた、おお、これは戦きの予感ではなかった、そのような予感についての知覚でもなかった、だが、それは同時に――どうしてそうでないはずがありえたろう――夢の穹窿もいっしょにふるえているような、行きつもどりつする潮のような感じだった、さながらその戦きが、微動もせずにかなたへと伸びる光の道を通り、さまざまな道の交叉を、あるいは一定の方角をめざしあるいはいかなる方向ももたず、あるいは表現にもたらされあるいは筆舌につくしがたいその交叉したかがやきを通りぬけて進んで行くかのよう、さながらあるかなきかの風情でしかもたしかに感じとられる最後かつ最初の衝撃のよう、かそけさこのうえもない陰影の息吹きとなりながら、しかもなお地上の記憶であるかのようだった。
彼は語りつづけた――
のがれがたいものよ！　わたしはおまえのもとへ昇ったのかそれとも
おまえの深みへまろび落ちたのか？
形体の深淵
上と下との深淵　夢の深淵よ！
だれも夢の中で笑うことはできない　しかしまた
夢の中で死ぬこともかなわない　おお　それほどまでに
笑いは死に近いのだ　おお　それほどまでに
笑いと死とは　運命からはるかなのだ　だからこそ
この純粋な形体を前にして　死が笑いを教えたことはないのだ――
運命よ　しかしそれはおまえの自己欺瞞だ。
死すべきものなるわたし　死に慣れむつび
死によって笑いへと強いられるこのわたしは

おまえに抗い　おまえに信をおかない。夢のうちに盲いつつ知覚する
このわたしは知っている　おまえの死を　おまえにおかれた限界を
おまえみずからは否認する　夢の限界を。
それを知っているのかおまえは？　みずからそれを欲しているのか？
おまえの行為はみずからの下知によって阻止されるのか？　それとも
おまえの行為はさらに強い意志に従っているのか？　おまえの背後に
さらに巨大な　のがれがたく見きわめがたい
別の運命が立っているのではなかろうか　そしてさらにその背後には
おびただしい運命が　空しい形体が
たえて到達するよすがもない無が　わずかに偶然とのみ
照応する多産な死が　相つらなりひしめいているのではなかろうか？
すべての掟は偶然と化し　深淵への落下にゆだねられる
おまえさえも　おお運命よ　おまえの領域でほしいままに荒れ狂う
終極の偶然の力によって　偶然へと引きさらわれてしまうのだ。
成育はにわかに阻止され　枝から枝と生いたった

認識の枝群はたちどころに砕け落ち　物とことばのうちに散乱した
言語の残骸と化する　秩序は崩落し
真実は崩落し　連帯と統一は
漠たる半成状態のうちに　仮象の現実の
存在の茂みのうちに硬直する。
満ちたらぬものを作りなしつつ　運命よ　おまえは偶然に甘んじ
さらに忍ばねばならぬ　災厄を　漠たる半成を　欺瞞を。
そのときおまえの現実性も失われ　形体の硬直も
もはや無限ではなく　運命の運命よ　おまえはわたしといっしょに
水晶の中に封じこめられて　災厄の死に落ちて行くのだ。
語っていたのは彼ではなかった、夢が語っていたのだ、考えていたのは彼ではなかった、夢が考えていたのだ、夢みていたのは彼ではなかった、夢の中にかがやきでる運命の穹窿が夢みていた、到達するすべもないもの、災厄によって硬直し災厄を硬直させた踏みこえるすべもない凝然たる光の穹窿が夢みていたのだ、そして微動もせず水晶の光の瀑布の中にながれこんでいたのは、到達するすべもない彼みずからの魂の穹窿だった。ほのかな息吹きひとつもらさぬ光、救済をはらんだ災厄の環、ふともれでることもない息吹き。
そして息ひとつすることなく夢は語りつづけた──
たとえ原初のものであろうと　形体は人間にとっては亡び行くもの
神にとっても亡び行くもの　非現実のさなかに死滅しながら
紛糾に仮象の統一をあたえる　亡び行くもの。
おお救いがたい形体よ！　よし半ばが全体をいつわり装おうとも
よしそれが　母たちにも似たかつての根源の夜の
胎にのがれ帰ろうとこころみようと　さらにはなお
声高に名乗りをあげて　みずから全体を詐称しようとも
呼ばわる父の威をみずから僭しようとも
運命よ　おまえを無への帰入から救うものは何ひとつとしてないのだ。
われとわが運命に酔いしれて　おまえは空しく方角を転ずる
そして世界は　踏みこえがたくとめどなく美のうちに
空しく循環しながら　おまえに酔いしれ
死に酔いしれている

なぜなら　創造とは形体以上のものなのだから　区別なのだから
悪を善から分つ力なのだから　おお　区別する力こそ
まことに不死の力なのだ。
だが　形体にすぎぬおまえは　はたして神と人間を呼びおこし
真実をもとめさせ　おまえにかわって
区別する力をゆだねられ　永遠に世界の形体を満たすよう促したのか？
この使命をおまえはわたしに課し　創造へ組み入れたのか？
おまえにはその力はない　おまえは悪の道具にすぎぬ
災厄を生みだしながら　おまえみずからが災厄となり　そのもとに圧しひしがれるのだ。
おお　神はいたずきやつれ　人間はそのひ弱さを
まぬがれんよすがもさらにない――おまえの手になるこの両者とも
おまえとともに　より大いな運命につつまれた偶然なのだ　そして呼びかけられた存在は
おまえにひとしく名を失い　形体にすぎぬその存在は
到達しがたい　見返りもせず進むその存在は
消え行く夢の中で　もはやいかなる呼び声も聞かない。

そう、呼ばわることはできなかった。沈黙が彼自身の沈黙をつつんでいた。何ものものもはや彼に語りかけず、何ごとももはや彼は語ることができなかった。何ものも彼を呼ばず、何ものにも彼は呼びかけることができなかった。しかし不透明なかがやきを帯び、凝然としてゆるがぬ夢の声が、彼の周囲に広大無辺にひろがっていた、神々をも圧服する災厄のかがやきを放ち、あますところなく一切を包括し創造を止揚する夢の声、善と悪とはわかちがたく融けあい、交錯は数かぎりなく、光の道は無限に伸び、光はこの世のものとも思われず、しかもなお数えうる世界のうちにあり、有限なこの地上に属し、死滅のさだめを負うているのだった――、夢は消えうせたのか？　そして消え行く夢とともに、夢みる者もまた消えて行ったのか？　何ひとつ思いおこすことはできなかった、しかも一切は記憶だった、不浄な災厄にみちた、区別を知らぬ美しい影のない光の中へ、踏みこえるすべもない境域の光の中へ埋もれ、燦爛として不動の運命の境界のたわむれに、ふかぶかと埋もれている記憶だった、しかしたわむれが終りを告げるやいなや、目もあやなその深みの極限まで測りつくされ、おびただしいその散乱と交錯が数えつくされるやいなや、この境界は突破された、突破されねばならなかった、善と悪とを混和した溶液を滓《おり》まで飲みほしたとき、おお、災厄を滓までのこらず飲みほし、運命の形体も汲みつくされ、もはやみずからを想起することさえできない死滅した記憶の中で亡びさってしまったとき、この境界は破られねばならなかった。おお記憶よ、おお光の消滅よ、天体の歌の消滅よ、おお世界のかぎりないつらなりよ、地上のものの消滅と再燃に示現する運命のたえまない循環よ、創造がはやばやと着手する試みにつぐ試みよ、悪が光の世界から顚落する日まで、たえずくりかえされ反復へと強いられる試みよ——その日の到来の暁には、みずからを創造する存在から、創造にいたらぬまま硬直した存在が峻別《しゅんべつ》され、大空はふたたび終極の穹窿を形づくり、終極の存在はふたたび生まれでて光をはなち、人間の面《おもて》は諸圏の境界にまでたかめられ、眼に見えぬ星辰の軌道のたわむれに、石のように冷ややかな大空の星の面ざしにひそみ入るのであろうに。そしてあたかも、光の沈黙のさなかであまりに強烈なかがやきのために消えうせた内界と外界の星宿が、なおいくばくかの息吹きを通わせていたかのように、呼びよせるすべもない星々がなおいくばくかの暗黒きわまりない発光力をそなえているかのように、大空の琴と心の琴とが今一度ひびきはじめるかのように、あたかも存在はまだ完全に結晶体と化したわけではなく、その平衡はまだ完全に回復されたわけではなく、万有の秤はまだ完全に静止したわけではないかのように——つまり、まだ知覚が存在していた、結晶体の自覚、夢の自覚、未来と終極をめぐる、恒常にして到達しがたいものをめぐる知覚が存在を許されていたかのように、銀の音をひびかせながら、夢の結晶体の言語をひそませているかぎりなく隠微な万有の記憶の中から、はやばやと未来の音がこだまを返してくるかのように――、そのように最後の沈黙のさなかで語ることばがあった――

いつ　おお　いつ？
いつ形体から解放された創造が存在していたのか？
おお　いつ創造は運命をまぬがれていたのか？　おお　命を知らぬ創造
それは夢もなく　覚醒でも眠りでもなく
ただひとつの瞬間だった　歌だった　一回かぎりの
声　呼びかけるすべもない微笑の呼び声――
かつて少年がいた
かつて創造があった　いつかまたそれは成就されるだろう
偶然から解きはなたれた奇蹟が。

では大空の円蓋が、夢の穹窿の中にふたたび微光をはなとうとしていたのか、夜のきらめきの中央に十字星をささげながら、光まばゆい盾座にささえられた大空が？　新たな創造の営みの現実性にみちた光耀の中に、それはふたたびかがやき出ようとしていたのか？　期待のうちにそれはみずからをすでに告げ知らせていた、期待となってすでに存在していた、しかしそれはまだ出現してはいなかった。なぜならば、黙然とかがやく夢の声の上に、さらに深い沈黙が妖しい美しさをたたえてひろがっていたのだから、そしてほかならぬこの沈黙が期待と化していた、われとわが沈黙と妖しい美しさに深くひたっている期待、第二のよりゆたかな形体のように、第二の光のように、不動の光輝をそそぎつづけるあらわな運命の形体をつつみこむ期待だった、それはさながら期待において早くも富が増大するかのよう、とはいえやはり、さらにゆたかな富、さらにゆたかな光、おそらくは第二のさらに強固な無限さえ期待されるのだった、というより期待しなくてはならなかった、神聖な力が無限を新たに照らし、永遠に災厄をはらいのけることを願いながら。それは方向のさだまらぬ、光同様方向のさだまらぬ期待だった、しかしそれにもかかわらず、待っている者自身へ、夢みる者へとその期待はむかっていた、たとえていえばそれは、最後の力をふりしぼり、最後の創造力をふるいおこして、夢の外へ立ちいでよ、運命の外へ、偶然の外へ、形体の外へ、われとわが身の外へ立ちいでよと呼びかける促しにひとしかった。どこからこの期待にみちた促しがおとずれてきたのか？　いかなる外界から、いかなる無方向の世界から、方向なき総体そのものなるこの促しが、夢の穹窿の総体の中へくだってきたのか？　それ自体夢での強さをはらみながら、この促しはけっして呼びかけではなかった、どこからかおとずれ、どこからか彼のもとにたどりついたというものではなかった、それはただ、夢をみたしたと同じやりかたで、突然彼の中にみちあふれたのだった、光となって光の中へ、透明体となって透明体の中へ落ちこんできたのだった。夢を真実へ呼びもどすのでもなく、方向の多様性を一元化しようというのでもなく、そもそも帰還や創造の放棄をもとめる声でも、ふたたび収縮して狭小な世界に帰することを促す声でもなかった、いや、たしかに夢を乗りこえ、夢の超克を促してはいたのだが、それでもこれは夢の圏内をはなれてはいなかった、むしろ夢の中にとどまれと命じ、夢を知覚しながら新たな知に到達せよと促す声だった。沈黙の光輝にあふれた記憶のさなかにあって、この促しを眼にとらえるすべはなかったが、しかもありありと認められ、その夢の命令もたしかに会得されるのだった。そして彼はといえば、夢の中に封じこめられ夢をみずからのうちに封じこめ、われとわが透明さを夢のそれとからみあわせていたのだが、今彼は夢の命ずるままに神にひとしい法外な力をふるいおこした、そしてついに、夢の境界が窮極的に突破され、一切の影像と一切の発語が完膚なきまでに爆破され、記憶があとかたなく砕けうせたとき、夢は彼とともにみずからをこえて成長した。彼の思考の形体よりも大きくなった、そしてこの結果、運命よりも大きく偶然よりも大きい領界についての知識となり、第二の無限となって第一のそれを封じこめつつそこに封じこまれ、水晶を生い立たせる法則となり、水晶のうちに語られ音楽のうちに語られ、しかもそれを超えて水晶の音楽を語る音楽の法則となった。それは第二の記憶だった、世界の戦慄をあび形体の戦慄をあびて第二の形体へと分解した、一切の経験をへながら何ひとつ想起しない世界の時の記憶だった。それは、たとえまだ永遠そのものではないにせよ、はやばやと永遠性を約束された人間の第二の言語だった、回復されたものの中における到底回復しがたいものだった。ふたたびひらけ、ふたたび穹窿を形づくった大空には、またしても星々がめぐっていた、その存在の法則にしたがって、無常のうちなる恒常の相を示しながらめぐっていた、偶然から解きはなたれた永劫の奇蹟、亡びを知らぬ冷ややかな夜の音楽、きびしく甘やかな月の息吹きにそっと触れられ、微動もせずにながれ行き、微動もせず銀河にふかぶかとひたされ、およそ思量にあまるものに封じこめられながら、思量にあまる一切の人間性を封じこめて鳴りひびく銀の空間、帰郷、夢の第二の帰郷——

——おお帰郷よ！　おお、もはや客人となる要のない者の帰郷よ！　かつてわれらがその中にふかぶかと埋もれていた、あの微笑を取りもどすすべはない、微笑につつまれた抱擁を、光をあびながらなお暗い覚醒と未醒の存在の総体を取りもどすすべはない、眼にしたものが偶然と化さないことを願いながら、その中にわれらが面を埋めていた、あのやさしさを取りもどすすべはない。おお、一切はわれらのものだった、なぜなら一切がわれらに返しあたえられていたのだから、われらにとっては何ひとつ偶然ではなかった、何ひとつ移ろうものはなかった、なぜなら宇宙の時は持続を知らぬ恒常のうちにあるのだから。おお、宇宙の時よ、その中では幼児《おさなご》のものいわぬ眼にとって何ひとつ沈黙したものはなく、すべてが新たな創造だった宇宙の時よ——

——おお帰郷よ、おお内界と外界の音楽よ！　われらの内部に滲透して、それは往昔《そのかみ》をめぐる知識となった、われらの内部に滲透して、それはより大いなみずからの存在のうちにわれらを高めた、そしてわれらは、われらより巨大なこの音楽の中にひたされながら、それが偶然の彼岸にあることを悟るのだ。おお内界と外界の音楽よ！　われらの自我のうちにひそむもののみがわれらより巨大なのだ、亡びを知らず偶然から解きはなたれ、もろもろの天体のことばに唱和する存在なのだ、しかしわれらがみずからのうちにになわぬもの、それは偶然だ、たえて変わらぬ偶然、亡び行くものだ、それがわれらより巨大になることは永劫にない、永劫にそれはわれらを閉じこめない——

——おお帰郷！　一切は幼児によって閉じこめられる、幼児にとって一切は音楽となる、亡びを知らぬものとなる、一切は総体の大いさをそなえ、その微笑によって永遠に幼児をつつみ幼児をみたす、なぜなら幼児はこの大いな存在の腕にいだかれて、眼と眼とを見かわしながら、みずから一切と化することができるのだから。おお、幼児の時を取りもどすすべはない、なぜなら空しい成長のさなかにおいて一切を取りもどすすべはないのだから！　そしてよしわれらがいかに成長しようとも、よしわれらの腕が河流のように分岐し、われらの肉体が陸と海をこえて世界のはてまで伸びひろがろうとも、月を髪に宿し、われらみずからが空間となり、星々にかざられた夜の穹窿となり、きらめく夢の穹窿となり、かぎりないただ一条の光輝となろうとも、われらは依然としてみずからの外にある、放逐されている、いかなる夜もわれらをつつまずいかなる朝もわれらをつつまぬ、なぜならわれらは呪縛のうちにあるのだから、逃亡するすべもなく逃亡の目途もなく、われとわが身に没入さえしない、なぜならわれらの腕はわれらの心臓に届かなかったのだから——

——おお帰郷よ！　たえて捉えるすべもないものへの帰郷よ、その中へのがれ入ることがわれらにかないさえすれば、それはわれらへの贈りものとなるのだ、おお捉えがたないものよ、夢の中でさえわれらはおまえをもとめる、運命といえども、われらの運命といえども、夢の中では夢のように捉えることができるからなのだ、移ろう夢、移ろう運命、ふたつの偶然、かくて夢の中でさえわれらは呪縛されている、無常に呪縛され、偶然に呪縛され、死に呪縛され、夢からのがれようとつとめながらしかも逃亡を恐れている、到達するすべもないものを前にして意気沮喪《そそう》しながら、逃亡を忌避しているのだ。おお、われらによって閉じこめられもせずわれらを閉じこめもしない偶然は亡びのさだめを負うている、偶然においてわれらが捉えるのはただ死ばかりだ。まこと、偶然においてのみ死はわれらの前に姿を現わす、しかしわれら、みずからを閉じこめもせずみずからに閉じこめられもせぬわれらは、死をみずからの内部にないつつ、しかもその随伴を受けているにすぎないのだ、死は偶然となってわれらのかたえにたたずむ――

――おお帰郷よ！　神への帰郷、人間への帰郷よ！　われらが救いの手をさしのべもせず、その運命をわれとわが手に受けとめもしなかった隣人は亡びのさだめを負うている、われらがみずからのうちに閉じこめもせず、それゆえにわれらを閉じこめ、抱きすくめる力を失った、愛を知らぬ人間は亡びのさだめを負うている、おお、われらにとって彼は不浄だ、われらも彼とともに不浄だ、偶然にともなう偶然だ、現身をわれらの前に浮かびあがらせるその人間、われらのかたえを蹌踉《そうろう》として歩みすぎ、街角を曲がって消えて行くその人間が、万人とひとしく、われらとひとしく運命の被造物なるその人間が、すでに遠い昔に世を去ったのではないか、あるいはまだ生まれてさえいないのではないか、われらには知るよしもない――

――おお帰郷よ！　おお、プロティア！

――おお帰郷よ！　取りもどすすべもない帰郷よ。死すべき者とともにわれらは亡びのさだめを負うている、いかなる運命をわが手に受けとめもしなかったわれら、かくてみずからを偶然と化したわれらは、おのずからに死のさだめを負うている。われらの行為と存在と認識は、まぬがれようもなく運命のあらわな形体に緊縛され、不死のうちにあって、星辰の音楽のもとにあってわれらは死のさだめを負うている、罪ゆえに死のさだめを負い、声の茂みの中をさまよい、弁別するよすがもなく荒れ狂う沈黙の光に囲繞され、夢の死に落ち、もはや不死をおのれのうちにひそめもせずいよいよ苛酷になりまさる死の手に落ち――

――おお帰郷よ！　かぎりなくひろがるサトゥルヌスの沃野に身を憩わせて静かに耳をそばだてること、サトゥルヌスに領された世界と魂の風景の中に、永遠の地上の故郷の金色にかがやく平和の中に憩いつつ、ヤヌスの呪いをまぬがれて静かに待ちうけること、とはいえそれはやはり両様の待機となって、ヤヌスのように上方と下方に面を向け、サトゥルヌスのあたえた物の名を空の深みと地の深みから聞きとろうとしているのだが。争いと戦いとの死の酷薄をまぬがれ、破滅をまぬがれ、ふたつの世界に結びついた二重の休息、とはいえ待機は同時に忘却でもあるのだが、名の忘却、名にまつわる故郷の風情ゆえの忘却でもあるのだが――

――おお帰郷よ！　帰郷を許された者は創造の中へ還帰する、ながれただよう発端と終末の境界の背後、捉えうるもの捉えがたいもの一切のかなたに終極の律法の予感がほのめく所、そこへ彼は還帰する、善も悪もあらわな運命の形体へと硬直する無差別の世界をのがれ、およそ思量にあまる親密さの中へ彼は顔を埋める、この親密な存在のきびしくやさしい声から、存在をふたたび形体から解きはなち、右と左に区別する判決が、運命に先んじ運命に下知するひびきを帯びて生まれでる――

――おお帰郷よ！　おお悩みのうちにおける悩みからの解放、不死の奇蹟よ！　おお、われらはそれに触れることができる、おそらくは胸の鼓動の一拍の間にもせよ、心に奇蹟を味わいつつ、捉えがたいものを予感のうちに把捉することができる、もしも閉じこめ閉じこめられるわれらの運命が、献身においてさらに大いになりひろやかになり、隣人の運命をわが手に受けとめるなら、その運命のうちにのがれ入りつつそれをみずからのうちに包むなら、永劫にわたって捉えるすべもないものを捉えることができる、もしも、われらが燃えさかる炎を分けてはこび行く第二の自我の奇蹟とともに、変容して父のものとなる第二の幼時があたえられるなら――認識の営みをはたしつつみずからも認識される認識、一切の認識と行為と存在を包括して奇蹟と化した偶然、運命の超克、いまだなお、しかもすでに、おお、奇蹟よ、おお、かくもあざやかによみがえった内界と外界の音楽よ、晴れやかにうちひらけた諸圏の面ざしよ、おお、愛よ――

――おお帰郷よ！　愛とは区別なのだ！　おお永劫の帰郷よ！　愛とは創造の用意なのだ――

――そして区別とは認識だった、夢から生まれしかもみずからを生みだす認識、行為にひとしくしかも眼に見えかつ見えぬ世界から彼にながれよせてくる認識だった、ことばなき世界の認識、みずからを呼びさましつつおのれの限界を悟るための夢の最後の緊張、誕生の暗黒に封じこめられながら、しかも暗黒を光のように大らかに封じこめている、そのわれとわが誕生をめざす夢の恒常の帰郷。認識は彼のうちにはなかった、それは眼に見えぬ組織の結晶体の中から、水晶のように透明におとずれてきた。それは夢の水晶だった。精霊たちや天使たちは、生まれながら創造に属しつつ未生の姿のまま創造の世界をただよう使者として、神々の下知に耳そばだてるとき、このように認識するのだろうか？　精霊や天使とともに彼がただよっていたのは、夢の外か夢の中か、それとも記憶の中か？　夢を爆砕し運命を爆砕するための途方もない努力はいっこうにおとろえなかった、というよりむしろそれはたかまり、いよいよ急迫し、いよいよ目標をめざし、いよいよ認識をめざしていた、そしてこの努力がたかまればたかまるほど、夢のうちで眼にうつるものはいよいよゆたかになってきた、見きわめるすべもない夢の光は、記憶と記憶以前の知識に貯えられた一切の地上の過去と、いよいよ密にからみあった。この知識の内実は、たとえいかほど形体を変じようともなおありありと認められながら、第二の夢のように第一の夢の穹窿に沖《ひひ》っていた、穹窿にまつわりつきながら、影像に影像をかさね、風景の上に風景をひろげつつそれをゆたかに装っていた。これらの影像と風景は、さながらその昔いとけない幼児の夢に宿ったと同じ風情で、記憶の深みの透明さをたたえ、河や湖や花環にからまれ、その上には層々と星宿のたたなわれたかつて見も知らぬ大空がひろがり、沈黙と音楽は合一して結晶を形づくり、たえず体験と化しながらけっして想起されることはなく、たえず耳に聞こえながらけっして捉えられはしないのだった。そしてこのとき、影像の生起に心を奪われていたほかならぬこのとき、彼は夢の心臓が鼓動するのを聞いた、最初はかすかに、やがて強く明瞭に、夢の心臓の鼓動を耳にした。というのも、彼をめざして上昇してきた、あるいはその中へ彼が沈みこんで行った記憶の中では、生起する事象の不動性につつまれて方角すらさだかではないのだが、わき立ちかえっては吸いよせるこの光のさなか、およそ動きを知らぬ空間にただよいながら物らがたがいに融けあい消えうせる、この出会いのさなかでは、彼がかつて言語あるいは詩のうちにもとめたものも、同じく不動の形象となって維持されていたのだから。とはいえそれは他方では認識のために抹消されていた、ことばということば、詩という詩は亡ぼしつくされ、ただわずかに夢の最後の根となる深淵ばかりがほのかな光をかいま見せているのだった。たとえていえばそれは、のがれるすべもない形体の多様性の内部における、運命の窮極の形体、のがれるすべもない光輝のただなかの一切の形体の中枢だった、そしてまさしくこの光輝が、交錯しからみあい、ながれかつ凝《こご》り、しかもありとある形体と形姿を借りながら夢の光の沃野をこえてはてしなくひろがり、夢のようにうちひらけてその根源の深みから夢を生誕させていたのだった。おお、ただようように心へ浮かびあがってきたのはこれだった、この深みだった、おお、この深みの中へ心はただよい入り、そこから光を汲みそこへ光をそそぎこみ、ともどもに光輝と化しておよそ筆舌につくしがたい認識を形づくるのだった、この深みこそは、人間の心臓の中に滲透しながれ入り脈動し、水晶の統一と終極にいたる夢の心臓だった。そして彼には、みずからがそこに沈み行き、しかも彼をめざして上昇するあのふるえる光の鼓動の中で、運命の変容がふたたび開始されねばならぬような気がした、この窮極の根の深淵において、永遠の内実へと形体を変容する営みが、改めてはじめられねばならぬような気がした——すなわち、覚醒の営みが。おお、夢に思いえがかれた覚醒の苦しみ、この覚醒さえも運命に制約され、夢の境界のうちに、認識においてさえなお生起する夢の、その境界のうちに封じこめられている、それにもかかわらずこれはすでに夢の境界の突破なのだ、それにもかかわらずこれはすでに区別なのだ、なぜなら心臓は、ひとたび鼓動をはじめたうえは、たえまなく突破孔をもとめ実現におもむく用意をしながら、境界まで波うって進みその門をうち叩くのだから——

——なぜなら愛は一刻のたゆみもない用意なのだから。そこにおいて一切は忍耐強い待機なのだ、なぜなら愛は創造のための用意なのだから。いまだなお、しかもすでに——この双方をむすぶ閾《しきい》の上に愛は立っている、現実の前庭にそれはたたずんでいる、門がひらかれるであろうあたりにたたずみながら、ひらかれた境界を死すべき者が踏みこえることを愛は願っている、覚醒へひらかれ、再生へひらかれ、すでによみがえった言語、よみがえりつつある言語、終極の救済をもたらす復活の言語、たえずもとめられていた未聞の復活の言語へひらかれ、終極の判決へひらかれる門、その判決はすべての夢の存在の外に、世界の外に、空間の外に、時間の外に鳴りひびくはずなのだ、おお、このような創造の革新を前にして愛は立っている、みずからはまだ薄明につつまれ、みずからはなお耳をそばだてながら、しかもすでに覚醒をうながす救いの手、はじまりつつある覚醒――

――そしてみずからをこえ、さながら心臓の鼓動のように、夢の穹窿のかがよいは波うちふるえていた、穹窿そのものがふるえていた、その光全体のかぎりない声のゆたかさとなって、散乱し合一し紛糾した形となって、見きわめるすべもない光の軌道、かがやきの道となってふるえていた、そして星を宿した円蓋もこの穹窿とともにふるえていた、夢の全体がみずからを吸いかつ吐きながらふるえていた、呼吸は待ちうけ、夢は待ちうけていた、その心の深淵の中で待ちうけていた、水晶からなる天体の器は待ちうけていた。新たな言語、新たなことば、新たな声がこの呼吸の中から漏れてくるのだろうか？　それはうちひらけて時の発端と終末の声の泉となり、交錯の中点を、夢の無限の深淵を走るすべての道の目標をあらわにするのだろうか？　おお、この夢の中から、宇宙の統一、宇宙の秩序、宇宙の全認識を告知しつつふたたび鳴りひびくこだまの和音が生まれでるのだろうか、声の総体をつつみ声の総体につつまれて、宇宙の最終的な解決となるべきあの和音がひびきはじめるのだろうか？　これはまだ予感にすぎなかった、予感以上のものではなかった、夢の根から心臓をかきあげる予感、しかしすでにそれはかぎりなくはるかな夢の遠方にまでひろがり、かすかにふるえる行為の光の息吹きの中で声を封じこめつつ解きはなっているのだった、心臓の鼓動はまだ地上のものだった、しかしその待機においてはすでに地上をこえていた、無差別に災厄と悪と偶然と死をみずからのうちにになっている運命の力が夢の中であつかう、夢の道具としてはそれはまだ地上のものだった、しかし下知に従おうとする用意において、覚醒への用意においてそれは地上をこえていた。まことに、いかなる他の用意よりもこの覚醒のための用意はこの世ならぬものに近かった、死のための用意よりさえ近かった、死への用意とは、息を引きとる筋道においてなお地上と結びつき、我欲や名誉欲、陶酔や憎悪にとっぷりとひたされているものなのだから――まことに、覚醒への用意は彼自身の死の用意よりも死の展開の相に近かった、死の用意をせよと仮借なく不断に呼びかける声に、おのれの生を従わせながら、みずからを犠牲にささげ死にみちびくことによって、帰郷をあがない取ることができるのではないか、境界を踏みこえその声を聞きとることが、それどころかさらにはこの声を模倣し、模倣を通じておのがものとすることさえできるのではないか、そんな妄想を彼はいだいていたのだが。しかしこの声を模倣することはできなかった、めざめよと叫ぶその呼び声を獲得することはできなかった、模倣もかなわず、おのがものとするすべもない声だった。なぜなら、声のうちなる声ともいうべきそれは、一切の言語の外にあって一切の言語より強く、音楽の言語、歌よりもなお強大だったのだから。それは鼓動、ただ一度かぎりの心臓の鼓動だった、そのような形においてのみこの声は、存在の認識の総体を、鼓動のようにすばやく、瞬間のようにすばやく包括することができるのだ、捉えがたいものを表現しみずから捉えがたい存在と化する声、人間の言語にも、地上の象徴にも到達するすべのない、およそおよびがたい直接性ゆえに一切の声と一切の象徴の原像と化する声、それが思量にあまる境界の彼岸に照応するのは、それが可能となるのは、ただみずから地上の一切を克服したときにかぎられている、しかももしそれが地上のものに似ていないとしたら、このことは不可能であろう、というより考えることさえできないだろう。つまり、たとえ地上の声、地上のことば、地上の言語といかなる共通性ももたず、もはや地上の象徴とは呼びがたいものだとしても、この声が原像を啓示し、原像の地上をこえた直接性をめざすのは、それが地上の直接性のうちに原像を映すときにかぎられている。陸続《りくぞく》としてつらなる影像また影像、地上においてはすべての象徴の連鎖が地上の直接性へ、地上の生起へと通じる、しかもそれにもかかわらず――人間にとっては極度の強制をともなうことだが――その連鎖は地上をこえ行かねばならない、ありとある地上の直接性に対して、それに属しながらしかもさらに高い境界の彼岸を見いださねばならない、地上の生起をその此岸性から超脱させ、高められた世界において今一度象徴と化さねばならない、そしてたとえ境界で、象徴の連鎖が再三にわたって引きちぎれんばかりになろうとも、地上をこえた存在の境界にくだけ散り、到達しがたい存在の抵抗にあって消滅し、もはや永劫に継続不可能なまでに寸断されようとも、そのたびごとに危険は遠ざけられるのだ、到達しがたいものがみずから到達可能なものに変容するたびごとに危険は遠ざけられ、象徴の連鎖はくりかえしつなぎ合わせられるのだ。変容した到達しがたい存在は、くりかえし地上に下降して、みずから地上の生起、地上の行為へと凝集し縮小し、眼にうつる存在と化し、このように自己を感覚化することによってみずから境界を止揚する、その結果表現の連鎖も上昇と下降をはたしうるようになり、円環を閉ざすことができるようになるのだ、真実の円環、永遠の象徴の円環、そこに含まれた影像の一々において真実な、ひらかれた境界の周辺に保たれる永続的な円環の平衡によって真実な、神と人間との行為の永遠の交換において真実な、この双方の行為の象徴性と相互の反映の象徴において真実な円環、それはまた、その中で創造が窮極的に更新され、掟の中へ、偶然と硬直と死を克服するために設けられた恒常の再生の掟の中へ参入するゆえに真実なのだ。いかなる地上の死の用意も、たとえそれが神聖な供犠の予感にみちた模倣であろうとも、地上をこえた存在がはたすこの地上の行為を呼びよせることはできない、ここで真に有意義なのは、ただたゆみない覚醒への用意ばかりなのだ。そして夢みる者は、運命同様夢にいましめられ、救済のあてどもなく、運命同様死に対してかたくなに門を閉ざし、いかなる死の用意とも無縁のまま、おのが夢のうちにいつもただ覚醒への用意ばかりをひそめている、ただこの用意にのみ彼は、あきらかに知覚しながら心をひらく、疑う余地もない夢の知覚において、覚醒とその十全な妥当性について、疑いをいれぬ明らかさで知覚しながら心をひらく、この覚醒の妥当性のために、夢はきわめがたいその深みの声の奈落において、その光の竪坑の暗くかがやく根の深淵において明らかに知覚しながら、みずからをひらいたのだ、その知覚よりさらに明らかに知る彼の心、ふるえながら声にむかってひらく心、その声はもはや声ではなくすでに行為だった、というのもそれは名前を獲得するために降り行き、名前をわがものとした後は運命に下知しながら、転回へと、帰還へと、帰郷へと呼ばわるのだから——

——おお愛という行為への帰郷よ、ただ奉仕し助力を惜しまぬ行為のみが、名をあたえ、空しい運命の形体をみたすとき、運命よりも強大になるのだ——

——いまだなお、しかもすでに！　それは夢の心の中核にひそむ、捉えがたい愛のはるけさの心についての知覚だった、それはひとしいものの融和合一についての知覚だった、此岸の心と彼岸の心とはひとつに脈うち鼓動し、神の象徴は燃えたちながら人間の象徴に溶け入って共通の言語となった、神と人間の盟約の言語、創造の形象のさなかに上下しながら、祈りにつぐ祈りにおいて創造を持続する言語となった、それは救済の行為をはたすこの言語についての知覚だった、愛の献身をはたすこの言語についての知覚だった、さながら万有の声にそなわる彼岸性が地上の声の紛糾の上にただようように、さながら総体の認識にひそむ愛の彼岸性が人間と人間とのあいだにかわされる一切の愛の上にただようように、この献身はすべての人間的な献身のはるか高みをただよっているのだった、それは神によって閉じこめられ、人間によって閉じこめられ、しかも神と人間とを囲繞している神人一体の心だった。だがしかし、それはまた、行為をはたすべくさだめられた人間——というのも、地上で声が聞きとられるためには、常にひとりの告知者を必要とするのだから——についての、行為同様二重の起源をもたねばならぬ、地上を母とし地上をこえた世界を父としなければならぬ人間についての知覚だった。その出生においてすでに偶然をまぬがれている者のみが、偶然をふたたび運命さえも圧伏する終極の掟の奇蹟と合一させることができる、運命をこえた世界から生まれ、しかも運命の災厄を残りなく飲みほす者のみが、災厄をふたたび至福に転ずる力をあたえられている、救いをもたらす者となる幸せをあたえられている、おお、彼に、ただ彼のみに、人間の形を借りたとはいえ神を父とする神人のみに、災厄の焔をくぐって父をにない行く権能がゆだねられているのだ、おお、ただ彼のみに父の救出がゆだねられている、彼のみがみずからを受胎させた存在を肩にかきあげ、船にはこび、新たな国へ、いつも変わらず父の故郷であった約束の国へのがれ行かせることを許されているのだ。いまだなお、しかもすでに！　その国は、下知をくだし名前をあたえ、神を人間の肉体に化し人間を神の精神に化する父の呼び声の知覚とともに、彼の前に横たわっていた、降りそそぎ反射する光の中に、救いをもたらす者についての知覚、人間性にみちあふれた救済者の知覚とともに、その国は彼の前に横たわっていた。そして災厄の焔は浄らかな供犠の焔と化するかと思われ、硬直は破れ、中央の墓石はかかげられ、善は悪から分たれ浄められ、神と人間はよみがえった創造へとひろげられ、未来の存在は父の名において聖化され、子の名において聖化され、精神の中で未来の婚約をむすんでいた――いまだなお、しかもすでに――それは約束の地だった。これは、彼が眼にしたものは、すでに認識だったのか？　それは夢の認識だったのか？　それはすでに覚醒だったのか？　おお、それはまだ境界のこちら側にあった、そして夢が境界のほとりでふるえていたとしても、彼はまだこの境界を突破してはいないのだった。眼にしたものの意味ははかりがたかった、それは認識ではなく単なる知覚だった、夢の知覚、夢の記憶、たえて耳には聞こえずしかも常に鳴りひびいているかつての声のはるかな記憶、たえて足下に踏みしめたことはなくしかも常に横ぎっている境界のかなたの国の、かぎりなくはるかな記憶にすぎなかった。はるけさゆえに大きく、はるけさゆえに小さい、起源にして同時に終末、それは記憶のゆたかさによる境界へのかぎりない接近であり、しかもなお呪縛であり、ふるえであり、脈動しながら待ちうけるかがやきにすぎなかった。まさしくそれゆえに、まさしくこの凝視する知覚のうちに、認識と化することはなくしかもさながら認識の形式のように彼の両眼の前に透明な眼帯をかける、このかぎりなく透明な盲目状態のうちにあってこそ、たとえ夢の野に身を沈めいや高く生いしげる野の蔓草にからまれようとも、まさしくそれゆえに、彼はまったく突然に途方もない高山の頂にさらされ、境界のかなたをながめよと命ぜられでもしたかのようだった、見ることはできても何ひとつ告知することのできない彼が、青銅のように堅くしかもやさしい手に支えられ保たれ、たえまなく過去となって行く未来の中へささげ入れられ、彼みずからのうちにひそみながらしかも彼をつつみこむ大いさをもち、現実を呼吸しているひとつの心臓の鼓動を、脈々と身のまわりに感じているのだった。この鼓動があまねく身内をめぐるのを感じたとき、彼は両腕を透明な結晶体からもぎはなし、高みへさしのべることができるようになった、光の穹窿にむかって高く手をかざすことができるようになった、その穹窿の中では星々がきらめき、幾多の巨大な太陽が旋回しはじめ、それらすべての上にただひとつの星がかがやいているのだった。夢の沃野を、はるかな昔から行為の舞台となるべくさだめられていた国々の沃野を見はるかしたとき、その野はまた彼の直視にとっても舞台となった、ふれるすべもなく、踏みしめることもかなわず、しかも劫初から彼自身のものなる舞台だった。彼は見た、ここ夢の中にかたくいましめられ、みずからの夢から訣別することも遠ざかることも許されぬ幽閉者、彼は見た、ふれることも踏みしめることもかなわぬ風景をはるかに見はるかし、みずからの夢が放射する夢の光耀とともにその風土の中にながながと身を横たえた。風景と夢との双方を見わたしながら、それらがたがいに重なりあっているさまに彼は眼をとめた。風景のただなかにすべての結晶体が、すべての夢の光芒の立方体、光芒の円、光芒の稜錐体《りょうすい》、光芒の束線が見え、夢の光の軌道のはかり知るよしもない錯綜の中に、ゆたかな透明な記憶を魔術的に喚起する風景が、のびやかにひろがりつつ埋もれているのが見えた、そう、そのすべての昼の時、すべての夜の時とともに、この風景は夢の中に埋もれていたのだ、光明と暗黒とのあいだに交替し、朝と夕べの二重の薄明のもとでほの白みまたほの暗み、ありとある地上の存在の形姿に、一切の実在の雑沓に、一切の地上の声の錯綜にみちみちていたのだ、陶酔と苦悩と憧憬にみちあふれ、創られ成りいでた創造にみちあふれ、岸辺とふるえる野面とはかなくかき消えて行く山々の頂の静寂にみちあふれていたのだ、孤独をやどす嶺《みね》、都市をやどす平原、この風景は平和にみち戦争にみち、人間の存在と居住から発するおだやかな光耀にみち、しかもまた音たてては砕ける災厄の業火にもみちあふれていた、はてしなく、はてしなく、はてしなく、一切は踏破可能でありながらいずこにも足を踏み入れるすべはなく、夢と風景はたがいに埋もれあい、光と影を投げかけあい、相たずさえて待ちうけ、あこがれ、めざめの用意をとどのえ、みずからのうちを踏み通りながらめざめよと呼ばわるであろう者をひたすらに翹望《ぎょうぼう》していた。そして彼もまた待っていた、腕を高くあげて夢や風景とともに待ちうけていた、眼には凝然たる牧場、その上に凝然として草食む家畜がうつり、耳には音もなく凝然と燃えさかる業火の沈黙のひびきが聞こえた、上空の灝気をよぎって飛ぶ一羽の鳥の影もなかった。凝然たる世界に業火はいよいよ高く燃えあがり、不動の沈然の中でおびただしく多様な声のとどろきはさらにたかまり、あこがれはいよいよ深くなりまさり、もろもろの太陽は運行を停止し、心臓は内界と外界の無限の壁にむかっていよいよ重く打ちつづけていた――おお、終末はいつなのか？　終末はどこにあるのか？　災厄はいつ残りなく飲みほされるのか？　たかまり行く沈黙の最後の段階は存在しているのだろうか？　このとき彼には、今こそそのような最後の沈黙に到達したような心地がした。なぜなら彼には、恐怖にみちて大きくひらかれた人間たちの口が見えたのだ、乾いたそれらの穴からはいかなる音もほとばしりでなかった、そしてだれひとりもはや他人のいうことを理解しなかった。罪の意識ゆえに彼らはことばを失い、ことばを失ったゆえに罪を意識しているのだった。これは地上の世界における沈黙の最後の段階だった、これは人間の最後の沈黙だった、このさまをながめるとき、彼の口もひらかれて沈黙の恐怖の叫びをあげんばかりになった。だが、まだながめている最中に、まだながめ終ったともいえないうちに、早くもその光景は視界から消えてしまった。というのも、思いもかけず不意におそってきた闇の中に眼に見えるものは消えうせてしまったのだから。夢のかがやきも消え、風景も消え、業火も消え、人間も消え、口も消えた、夜、時もなく、世界もなく、音もなく、かぎりなくうつろな暗黒、形体も内実ももたぬうつろな夜。期待はむなしく黒くなり、心臓の鼓動さえ沈黙しむなしさの中に吸いこまれてしまった。存在の終末が到来していた。彼は境界の前に立っていた、運命の境界、偶然の境界の前に立っていた、境界の前に立ちながら、期待はうつろとなり、待機はうつろとなり、凝視はうつろとなり、知覚はうつろとなっていた、しかしこの空漠たるうつろさの中で、彼は境界がひらかれることを知っていた。きわめてひそやかに、あたかも彼をおびえさすまいとでもいうかのようにそれははじまった。すでに一度耳にしたことのあるささやきとともにそれははじまった、彼の内奥の耳、彼の秘奥の魂と心の中でそれははじまった、そして同時にそれは彼をめぐり、彼の内部に侵入し、かぎりなくはるかな闇から生まれ、夜にそそぎ入り夜からそそぎ出ているのだった、それは彼がかつて悔恨のうちに屈伏せねばならなかったのと同じ、静かな強大な音の力だった、あの頃と同じようにそれはふくれあがりながら、彼をみたし彼を覆いつつんでいたのだが、しかしもはやおびただしい声の共鳴ではなかった、すべての声の群れの共鳴、多様な声全体の共鳴ではもはやなく、むしろただひとつの声、ときとともにいよいよ孤独になって行く声だった。その声の法外な孤独は、さながら闇にまたたくひとつ星にもことならなかったが、しかも眼には見えず、不可視の世界にかがやきを放っているのだった、というのも、その叫びが大きくなりありありと聞きとることができるようになるにつれて、耳にも聞こえずうかがい知るよしもない無限の不可知によって、それに劣らず大らかに引きこまれ吸収されてしまったのだから。ここに成就された行為の生起の場は、服に見える耳に開こえる世界の外、一切の感覚性の圏外だった、夜ではあったが、それにもかかわらずありありと聞きとることのできる強烈な明るさが支配し、実体を欠いてはいたが、それにもかかわらず一切の存在の形姿を包摂していた。おお、この行為は平衡を回復するための営みだった、感覚をこえた無限の平衡の秩序、意味を賦与し、内実を賦与し、形式を賦与し、名を賦与し、あらゆる存在とあらゆる記憶をつつみこむ平衡の秩序、大海の青銅のどよめきと秋の白銀のざわめき、星々のシンバルのひびきと畜群のあたたかな息吹き、月の笛の音と陽の光降りそそぐ幼時の茂みにおく露、それら一切をつつみこむ秩序の営みは、眼に見えぬ世界において見、耳に聞こえぬ世界において耳そばだてる営みだった。そして彼みずからも暗黒にひたされ、宇宙の多様と宇宙の統一の平衡も暗黒にひたされ、唯一の現実として偶然を止揚するこの窮極の平衡の掟のうちに、ありとある象徴のこの形象なき象徴、この美を払拭した美のうちに彼は聞いた、いや、聞いたのではなかった、この状況を成就した声を彼はまざまざと眼にしたのだ、そしてそれは、現世に帰属しつつ現世の事物の組織に適合し、それらの事物を相互に象徴と化しことばにおいて象徴と化する、あのさまざまな声のひとつではなかった、それは現世の真実ではなかった、さまざまな現世の真実のひとつでもなくその総体でもなく、耳にも聞こえず眼にも見えぬ現世をはなれた声、現世の外の声、それは現世の外にあって真実を成就する力、現世の外にあって平衡を成就する力、外界の一切の力と一切のひろがりを近々ともたらす純一な外界そのものだった、内界を囲繞し内界に囲繞されながら近々とせまりくる、一切を摂取するもろもろの天体の器だった。彼が聞きとったのはこの声だった、見つつ聞き、聞きつつ見た声、そのことばの影には永劫に変わらぬ故郷の静けさがひそむ声、時を知らず永劫に持続する創造の声、発端の終末との裁きの声、夢の外にある平衡の声、ひそやかに守りはぐくむ声、それは青銅のひびきと水晶のひびきと笛の音とがひとつになった声、雷のとどろきと圧倒的な沈黙、仮借なく下知をくだしつつ温雅な、赦《ゆる》しをあたえつつ峻厳に差別する、一切にしてただひとつの音、ただ一閃の電《いなずま》、おお、それは窮極の静けさをたたえたいうすべもなくやさしい眩惑《げんわく》だった、おお、恩寵と誓約とを同時に体現しつつそれはみずからを啓示したのだった、啓示、とはいえことばではなく、言語ではなく、ことばの象徴として、ありとあらゆる言語の象徴として、一切の声の象徴、その原像として、神聖な父の叫びとなって運命を克服しながら、それは告知的な行為を現わすひびきの像のうちにみずからを啓示した——「愛にむかって眼をひらけ!」

ひとつの行為、それが彼にはたされた。彼は眼をひらく必要はなかった、やさしさが彼の眼をひらいてくれた。彼は呼吸する必要はなかった、彼を呼吸する存在がそこにあった。それは象徴ではあったが、その像のさなかにおいて夜はふたたびみずからのうちに引き退き、声の象徴のさなかに沈黙は静寂へと還帰した、さながら静寂が、空虚な形体を新たにみたす最初の内実であるかのようだった。この充足の行為にともなって、おびただしく分岐した夢の方向はふたたび地上の空間にむかってそそぎ入り、非空間から空間に回帰し、ながれる夜となり、みずから空間と化しつつ夜の時にふたたびひたひたとひたされていた。静寂のほとりにはなんの物音も聞こえなかった、そのほとりにも、またみずからの内部にもみずからの外部にも、彼はなんの音も耳にしなかった。ふかぶかと夜にひたされた存在が彼にみちあふれ、静寂が夜をひしとつつんでいた。吊りランプの油からたちのぼる焰さえ、すべてをみたす静寂が小さな硬い光の切尖《きっさき》によって中断されさまたげられることのないようにと、暗黒のやさしさによって吸いつくされたかのようにかき消えていた。夢の大らかな脈動も同様に消えかけていた、時とともにおとろえ弱まり、やがて、どこではじまりどこではてるともないが、それでもやはり壁の噴泉から生じているにちがいない銀のさざめきの中に沈みこんで行くのだった。静寂に洗われて、とらえるすべもない過去と未来のあいだのものは、ふたたび大らかに現前する今となり、時の秤はかすかにゆれ、秤皿を吊る銀の鎖はかすかにきしみ、秤皿は静かに浮き沈みしながらつぎつぎに象徴を載せてはおろしつつその真実をはかり、はかりながらつぎつぎに象徴を作りだしているのだった。ふたたびみたされた存在のおだやかな流れの中で、鎖の環がかすかに鳴っていた。影像のない静寂にみちあふれ、しかも影像にみちみちた存在。そして静寂になわれた夜がひらいた彼の眼の前に生起し、静かなおだやかな夜の鐘の音がふたたび鳴りわたり、彼の眼はふたたびひろがり、彼自身がふたたびひらけ、夜がふたたびひらけた、静寂のためにひそかに盲い、ふたたび見いだされた自然さのうちに影をはらみながら大らかに美しくはこばれて行く夜、その夜が改めて彼を、みずからの枝にかけ、羽毛にくるみ、腕に抱き、息につつみ、胸にかかえてはこんで行くのだった。彼は横になっていた、横になって休息していた、彼はふたたび休息することを許されていたのだ。だが、まさしく休息していたからこそ、彼にはまた、この夜の生起の静けさは別の生起の序奏にすぎないのだ、それゆえにいつかは終止しなければならないのだ、ということもわかっていた。なぜなら、空間が非空間の世界から還帰してきたばかりではなく、彼の肉体もそこからまたただよい戻ってきたのだったから。たしかな肉体をそなえて彼はベッドに横たわっていた、時とともにいよいよ彼の感覚は具体的になり、休息は具体的になった、そしてこの休息の中で、熱のひいたことが感じられた。記憶によみがえるかぎりでは、いつの夜の終りの涼しい静かな波も、さわやかに元気づける軽やかなものだった。熱のひく時間の地上的なたしかさとともに、この夜もその境界をめざして足早に歩む時となり、地上を前進する充溢、地上を前進する形姿の時となり——地上の夜となった。まだ何ごともおこらなかった、夜の暗黒はいささかも破れなかった、ただ静寂は色褪せ、そのゆたかさをうしない、あるかなきかの線条、きわめて不安定な、よほど鋭い耳でなくては聞きとれぬほどの線条を刻みつけられていた、静寂はそのもっともはるかな境界からほころび、ゆるみはじめるように思われた。なごやかに生成する暗黒にひたされた創造が、ひそやかな愛の手で行為を知らぬ静寂に刻みつけられたのだった。かすかな夜の叫びのもとでつぎつぎに名が生まれ、記憶と一体となり、記憶によって強固になり、記憶のうちで創造に参加した。はるかかなたで鶏がときを告げたのか？　犬が吠えたのか？――衛兵の歩みは、それもまた非空間の世界から返しあたえられたかのように、先ほど同様宮殿の外を巡回し、壁の噴泉は水量を増したかのようにひときわ音高くざわめき、窓枠は改めて満天の星をとらえ、その中央には蛇使いヘラクレスの頭が壮麗なきらめきを放っていた。静寂は息吹きによみがえり、夜は息吹きにみたされ、夜と静寂の中から恒常にたえることのない眠り、息づく世界の眠りがわき出ていた。暗黒は深く息づき、いよいよ形姿をそなえ、いよいよ被造物の世界に近づき、いよいよ地上的になり、いよいよ影濃くなっていた。はじめは形姿をもたずほとんど見さだめがたく、いわばざわめきの点のようにきれぎれの孤立した音にすぎず、しかしそれから凝縮し耳に聞こえる明らかな形に結集して、被造物の世界が近づいてきた。ぎしと鳴り、がたりときしむ音、それは、食糧を朝の市場へはこぶために、陸続とつらなって進んで行く農夫の車から生まれているのだった。眠っているようにのろのろと前進する車、石だたみの轍《わだち》の跡に食いこむ車輪のきしみ、車軸のきしみ、縁石に大輪がふれて立てる鈍いひびき、鎖や輓具《ばんぐ》の擦れあう鋭いひびき、しかしまた時おり一頭の牛が息をあえがせながら唸り、時おり眠たげな叫びがあがり、そしてまた時には重くやわらかな動物たちの歩みが、さながら息づく行進曲のように整然と歩調を合わせることもあった。この息づくものは夜の息吹きの中を通り抜け、野と庭と食糧はその行進にともなってひとつに息づき、そして万有の息吹きは被造物をむかえるためにひらき、愛を受け入れながらわれとわが形姿を獲得する宇宙の総体にむかってひらいていた。なぜなら愛は呼吸のうちにはじまり、呼吸とともに不死の世界へ上昇するものなのだから。下の通りを農夫たちが進んでいた、眠気の去りやらぬ頭をこくりこくりとゆすりながら、サラダ菜やキャベツを山とつんだ荷車の上に腰をおろして進んでいた、顎があまりに深く胸に垂れると、眠りの中からまるで獣のような唸り声がもれてくるのだった。人間の眠りには植物の要素と動物の要素がまぎれこんでいる、そして死の手に落ちたときの農夫の顔は、まるでこわばった粘土のようだ。運命を知らぬ世界から発し、運命を知らぬ世界をめざし、もはや偶然にゆだねられることもなく、運命の縁辺に、眠りの縁辺に密着して農夫の道を走っている。偶然からの解放を願う彼の祈りがかなえられると、大地も植物も動物も彼にとっては運命を知らぬ存在となる、そしてたとえば市場に出かけるとき、あるいは深夜産気づいた牝牛の世話をせねばならぬとき、たまたま星をふり仰ごうとも、それからすぐまた昼夜を問わぬ夢のない明るい眠りの中におちいろうとも、彼はいつも変わらず愛着の心をいだいて、運命をまぬがれた存在に固執しているのだ、運命をまぬがれた存在は、あるいはなめらかな金色の穀粒となって彼の指のあいだからこぼれ落ち、あるいは獣の皮膚となって軽くなでさする手にふれ、あるいは肥沃な土となって検査する手のもとに砕けるのだが、その手の愛と認識の営みの、大地と動物と穀物を覆いつつむその営みのあまりの大いさゆえに、農夫みずからさえ愛情にみちた認識の手につつまれ、とらえられ、守られ、年々と日々の規則正しい交替につれて彼のまわりに閉じてはひらくその手の中に、安らかにひっそりと保たれているのだ、手の中に、その規則正しい交替の中に、その安らかなあたたかさの中にひしと身を擦り寄せ、おのが存在の安らぎの一切をこの手から受けとっているのだ、たとえいつかはこの手も冷ややかになるだろうと知ってはいても、いつかはこの手からすべり落ちて粉々に砕け、運命を知らぬ始原の眠りの胎内に沈みこむだろうと知ってはいても、なお安らかに憩うている農夫、死んで大地に帰する農夫、しかし大地をはなれてのびやかに吹きかよう彼の息吹きは、鎖鑰《さやく》を解きはなたれた彼の息吹きは、立ちのぼりつつ外界へむかい、声に変じた不可視の世界へむかい、神の世界へむかうのだ！　下の通りを農夫たちが進んでいた、引きもきらずにつぎつぎと車が通りすぎ、去って行った、どの車の上にも眠りほうけて頭をゆすり、いびきをかきながらうずくまっている者、そのひとりひとりがもはや運命ではなく、もはや偶然ではなく、被造物の気にみちた夜の圏のさなかを進んで行った、老いも若きも、髭もじゃらも、逆立ったもみあげも、髭のないのっぺりも、彼らの父や祖父や遠い祖先がしてきたと同じように、ひそやかな大きな安らぎにつつまれ、彼らを支える大きな交替のリズムに安らかにつつまれて進んで行った、運命を克服する忍耐の安らぎのうちに、眠りほうけながら、頭上にただよう声も露知らずに彼らは進んで行った、その声とは、彼らにとってはおぼろげに明けそめるあこがれ、というよりむしろ確信を意味していたのだが、彼らはそれにほとんど気をとめなかった、というのも、世代から世代へと受けつがれる時を知らぬ経過の中には、一刻の猶予も存在していなかったから、また、あこがれが父にかなえられるか孫にかなえられるか、あるいははるかな末孫にかなえられるかなどということは、彼らにはどうでもよいことだったからなのだ。みずからより大きいひとつの行為につつまれ、しかも思慮深い愛情をもってそれをおのれのうちにつつみながら、彼らは思慮深く闇をぬけて夜の縁にむかって進んでいた、だからこそ彼らは眠ることができたのだ。しかし彼、かつてはやはり彼らの一員に属していた彼、かつてはやはりひとりの農夫であった彼は、昔の仲間からへだてられ大地からへだてられ、植物と動物からへだてられてここに横たわっていた、いよいよ堅く運命にいましめられ、ひとりの夜の幻視家となって彼はここに横たわっていた。おお、すべての人間の魂の中にはひとつの行為がひそんでいる、人間自身より大きく、その魂より大きく、到達するすべもない行為が、そしてただわれとわが身に到達しえた者のみが、いやはての死の用意のさなかにおのれの行為に到達することができる、亡びのさだめを負うた世界の眠りの上に、怠りなくめざめたまま見張りをつづけることができるのだ。おお帰郷よ、おお覚醒よ！ それはどこにあったか?! だれがめざめて世界を見張っていたか、だれが、かしこの闇を縫って眠りながら進んで行く者たちを見張っていたのか？ そのつとめをはたしたのは声だったか？ それとも、声を耳にする幸が恵まれたというわけで、彼がそのつとめをはたしたのだったか？ では彼自身が見張りに任ぜられていたのか？ いな！ 彼にそのつとめがはたされようはずはなかった、助力の手をさしのべることもできず、常に奉仕をいとうた彼、おのが作品を破棄せねばならぬことばの職人にそれのできようはずはなかった。人間的なもの、人間的な行為と人間的なよるべなさとがおよそ無意味なものと思われたために、そのほんの一端さえ彼には愛情をこめて確保することも、いわんや詩に定着することもできなかった、そしてすべては書きとめられぬままに終り、ただむなしい美の壮麗と化したにすぎなかった、まさしくそれゆえに、彼はみずからの作を破棄せねばならなかったのだ。心に思うすらなんという僭上であったろう、真に見張りをつとめる者、声の告知者が現われもせぬうちに、彼自身が見張りに任ぜられるであろうなどと！　では今もなお、はかない夢のうちにすぎなかったのか？　声はほんとうにその一切の現実性をそなえたまま彼に恵まれたのか？　なぜそれは沈黙してしまったのか？　どこに行ったのか、その声はどこに行ったのか？　彼は問うた、問いに問うた！　彼は声の行くえを問うた、今もなお、しかもすでに——彼はもはや問うてはいなかったのだ！　彼はなお声を捉えようとした、今もなお、しかもすでに——彼の捜索はもはや捜索ではなかったのだ！　なぜなら、彼がもう信じてはいないつもりだった啓示が、今はいたる所に存在していたのだから、いたる所にその啓示の音を聞きとることができたのだから。車のきしみに、ものうげな動物たちの足どりに、皺を深く刻まれた農夫の寝顔、その息吹きに、暗黒の息吹き、夜の息吹きにその音は聞きとられた、そして一切が、運命を負うたものも運命をまぬがれたものも、地上のものも人間のものも、彼の中に侵入し、彼の行為に侵入し、彼自身の運命となった、これら一切が、たとえ書きとめられぬにもせよ、たとえ永劫詩にうたわれぬにもせよ、不滅の約束をあたえられたほど、まぎれもない彼の運命となった、純粋なやさしさゆえに永劫にたえることなく、無限に引きつがれて行く愛の無限の賜の約束、消え去ろうとしながら涙しとどに耳をかたむけている夜。眠りと不眠はひとつになり、発端と終末は同時となり、噴泉と起源、根と樹冠は合一する、諸圏からあふれでて立ちのぼる濶葉樹、その枝に人類は、運命となれむつびつつしかも運命からまぬがれて宿っているのだ。時はすでに到来していたが、しかもまだ到来してはいなかった。全体のうちに編みこまれ、全体の運命に囲繞され、その運命をおのが運命のうちにないながら、彼もまた安らっていた、全体との結びつきを幸福感にあふれながら彼は感じていた、熱から解放された肉体のすべての繊維でもって、その結びつきをひしひしと感じとっていた、幸福感にあふれた涼気の中で彼はしっかりと毛布に身をくるみ、ふたたびひらけた夜の世界をかすめながら涼気をはこんで行く時間を感じ、世界のすべての泉がさざめき鳴りつつ呼吸する、その暗黒の息吹きの中にふかぶかと身をひたしたまま、幸福感にあふれて安らかになった呼吸を感じ、世界のつぶやきを感じ、自然を感じていた。いよいよ冷ややかになる泉のさざめき、いよいよ冷ややかになる星、その空間、そこから聞こえてくる音。下の通りを行く車の行列はしだいにまばらになり、きては去って行く車輪のひびきは間遠にはなればなれになり、ついには幾台かのおくれた車がのろのろとやってくるばかりになった。車のひびきとひびきのあいだの間隔がひらくにつれて、その間隔にはいよいよ明らかにざわめきに似たものが充満してきた、銀色に明るくひろやかに巨大な暗黒の中にゆらぐざわめき、それは、久しく待ちうけられ期待にみちあふれたもの、夜の世界にさざ鳴りざわめきながら、しかもすでに近づく朝に呼びかけられて波だつ海だった。おそらく、おお、おそらく彼は錯覚におちいっていたのだろう――ほとんど彼は愕然とせんばかりだったのだが――おそらく彼の耳は彼を欺いていたのだろう、彼はただ、今一度自己欺瞞におちいろうとしていたのだろう、おそらくこれは単なるあこがれにすぎなかった、単なる心のあこがれ、海へのあこがれ、そのざわめきのさなかに救いの声が鳴りひびいて、その声と話をかわすことができればよい、ざわめきの力によってその声がゆるぎないものとなれば、自然の威力によってその告知がゆるぎないものとなればよい、と願うあこがれ――だがそうではなかった、おお、そうではなかった、これは海だった、トリトーン（海神ネプトゥヌスの子）の領する広大無辺な海の現実だった、そして声によって啓示された筆舌につくしがたい沈黙の行為が、月影をあびた銀色の騒擾の中にゆらいでいた、寄せてはくつがえる数知れぬ波の中に、鎖を脱した下層の存在と解きはなたれた上層の存在の中に、暗黒の中に、夜の消滅の端緒となる光の薄紗の中に、うすれはじめた星のかがやきの中にそれはゆらいでいた、いや、それはかりではない、それはかりではなくさらに——声にみちあふれたまま海原は耳をそばだてていた、もろもろの海と星が、暗黒が、すべての人間が、眠っている者もめざめている者も一様に耳をそばだてていた、すべての世界が耳をそばだてていた、みずからをみたす一切から、われとわが声を聞きとろうと耳をそばだて待ちうけていた。自然は自然に寄りそい結びつき、そしてこの結びつきから愛が生まれでるのだった。悪はなお存在していたのか？　裁きはすでにくだされたのか、それとともに悪は除かれてしまったのか？　万有に溶け入った声はなんの答えもあたえなかった、さながら答えは夜が明けてはじめてもたらされるかのよう、今はすべてが太陽を待ちうける期待であるかのよう、その期待よりほかは今は何も許されないかのように思われるほどだった。夜はその終着点のまわりに凝集していた、一途に終着点をめざしながら、その夜の黒さは柔軟な感触をうしなって行った。かなたの星のきらめきは緑に染まりはじめた。空気の色は暗黒の中でこゆるぎもしなかったが、こゆるぎもせぬまま影の中からさまざまな事物をつぎつぎにさぐりだしていた。窓のほうから一寸また一寸と部屋は部屋になりはじめ、壁はふたたび壁になりはじめていた。窓の外の残《のこ》んの星のきらめきをあびて、その前に燭台がさながら葉の落ちた樹木のように、その枝になお夜のなごりをとどめながらそそり立っていた。そして出窓の安楽椅子の上には、まだおぼろげながら、それと知られるほどにははっきりと、坐ったまま眠っている少年の姿があったのだ！　椅子の上に脚を引きあげ、顔を手に埋めて彼は眠っていた、黒い髪が影をつくり、閉じた瞼の影にかくれて明るい眼は見えなかった、しかし彼が耳かたむけているさまは、眠りの中でわれとわが身に告げ知らせている、その告知に耳かたむけているさまはありありと見てとれた。みずから悩みながら苦悩から解きはなち、みずからはよるべもないまま助力の手をさしのべ、欲求しながら無欲の境に入る、渇望を知らぬ愛、地上に生まれた人間にやどる未生の天使、眠りのうちにある人間。おお、臨終《いまわ》の時に到るまで、眠りのうちにある者をかなたへとはこび去りながら消えて行く夜よ、いやはるかにいや遠く、かぎりないその枝にのせ、羽毛にくるみ、かぎりないその腕にかかえ胸に抱きよせて眠れる者をはこび行く夜よ。夜の巨大な穹窿は今一度彼の前にかけわたされていた、赤みがかった地獄の瘴気と喧騒とともに窓の前にかたまり、そそり立って一切の死の火口と化し、一切の死の渋面と死の叫喚をともなって無残きわまりない無の空隙に顚落し、しかも告知の声のやさしく命ずるような呼びかけにふたたびすくいあげられ、やがて鐘の音のようにかすかにひびき消えながら、ひそやかに滲みとおる朝の光の中にしたたり、光に滲み入りながら光とひとつに溶けて薄明となり、薄明の中でおぼろにかすんで行くのだった。この窓は、その前であの行為がくりひろげられた、それとやはり同じ窓だったのか？無常の存在は鳴りひびいてはひびきたえ、くりひろげられては転じ去り、恒常の存在と化していた、彼の前に立ちのぼる白日の無常、彼はもはや期待の眼をはるかにむけてはいなかった。彼の眼は見ひらいたままに茫漠とかすんでいた、涙ならぬ涙にくもってかすんでいた。このおぼろな霞《かすみ》を透して彼は気疎げな視線の中に生まれでてくる一日をとらえた、薄明がその色ならぬ色を、窓外の家々の屋根にしだいに厚くかさねて行くさまを、異様な感銘を受けながらながめていた、ながめていた、とはいえそれはもはやながめているのではなかった、見るというよりそれは触知だった、そしてこの触知のさなかに、この触知とともに、一日が生まれでながらその新たな光ごと彼の所有に帰するのだった。味爽の気がたかまるにつれて、それはいよいよ純粋になる香りとともに、このうえなくあざやかに澄んだ灰白の光とともに、彼にむかってただよい寄せてきた、その光をつらぬき、しかもそれとひとつに溶けあうことはなしに、朝の最初のかまどの火から糸のように細くてきびしい煙が立ちのぼっていた——味爽は朝めいて晴れやかな鋭さのうちに、海の潮の銀の息吹きとともにただよい寄せてきた、銀のように軽やかに遠くかすかな銀のざわめきから、冷えびえとぬれた浜辺の最初のかがやきから立ちのぼる海の息吹き、浜辺は砂も岩もかがやかしく朝の銀色の波に洗われて、朝の犠牲をむかえる準備をととのえていた――昧爽は彼にただよい寄せ、くりひろげられつつくりひろげ、自然と化し、ふたたびはじまる創造と化していた、そしてこのくりひろげる力を受け入れ、その中にいだかれながら、彼は自分がしめやかにながれて行くこの展開の営みによって、洋々たる潮にかき載せられたように遠く遠くはこばれて行くのを感じた、ざわめく営みの息吹きにつつまれているのは、さながら冷えびえとした翼の上にいるかのよう、ひとつの巨大な呼吸のうちにひそんでいるかのよう、しかも地上の安息にひたりながら、月桂樹の茂みの影深い呼息のうちに憩うているかのよう、暗い雨と明るい露にみちたさわやかな雨の一刻を経て息づいているかのようだった。こうして彼は遠く遠くはこばれて行った、そして旅路のはてる所、黄金の野の実りが波うつなごやかな上陸地、麦の穂は風にそよぎ、茨の藪に葡萄の房は垂れ、獅子と牛とがともどもに憩うている所、そこにひとりの天使が彼の前に立っていた、天使というよりはむしろひとりの少年、にもかかわらずやはり、九月の朝の冷ややかな翼に身をつつみ、黒い巻き毛を垂らしつぶらな瞳をかがやかせたひとりの天使だった。その声は、告知の営みとなって象徴的に万有をみちあふれさせるあの声とはちがっていた、いや、それはむしろ、その告知の上にただよう象徴的な原像のはるけさきわまりない反響だった、天使の語る声はかぎりなくかすかで、しかも青銅のように堅くきびしい永劫の影なのだった――「かつて存在し、今またためぐり来った創造の中に歩み入るがよい。しかしおまえはウェルギリウスと呼ばれるがよい、おまえの時が到来したのだ！」やさしさのうちに怖ろしさをたたえ、悲哀のうちに慰めをたたえ、あこがれのうちに近づきがたい威容をたたえて、天使は彼にこう語った、このようなことばを彼は天使の口から聞きとった、その地上的な素朴さにもかかわらず、ことばのうちなることばとしてそれを聞きとった、そしてこのことばを耳にしながら、名を呼ばれその名をわがものとしながら、彼は今一度、岸辺から岸辺へとひろがり波うつ野面を見た、かぎりない実りの波、かぎりない海原の波、そのいずれもが斜めにさす早朝の冷たい光をあび、間近なあたりもはるかかなたも冷えびえとしたかがやきにみち――彼はこの風景を見た、するとそれにつづいて、一切を認識しながら何ひとつ認識せず、一切を知りながら何ひとつ知らず、一切を感じながら何ひとつ感じない状態の甘美さがおとずれ、一切の忘却の甘美さがおとずれ、夢もなく眠りがおとずれた。

ヘルマン・ブロッホの『ヴェルギールの死』

原田義人

本章は『反神話の季節』（原田義人著一九六一年白水社発行）からの抜粋で、一九五九年に発行された季刊文学誌『声』（丸善発行）に発表された論評です。人名・書名・地名など本書訳文と違うものがあります。また下巻の内容にも言及されています。

今日、ドイツ現代文学あるいはドイツ現代小説が論じられる場合、トーマス・マンやヘッセの晩年の作品、あるいはカフカの作品と並んで、ローベルト・ムージルの『特性なき男』とか、ヘルマン・ブロッホの『ヴェルギールの死』とかは、忘れることのできない記念碑的作品とされている。ブロッホの作品のうち『罪なき人々』はすでに浅井真男氏の訳業によって紹介されているが（一九五四年・新潮社）、ブロッホの仕事はわが国では一般にまだ広くは知られていない。

ブロッホは一八八六年、紡績工業家の子としてウィーンに生まれ、工業大学卒業後、着々実業家としての地歩を固めていった。ところが四〇歳に至ったとき、彼には大きな転機が訪れた。一九二七年、彼は一切の社会的地位を抛棄《ほうき》し、ウィーン大学において改めて数学・哲学・心理学を学ぶようになった。それと同時に、文明批評と文学とに生涯の問題を集中し始めた。多くの人びとが言うように、こうしたブロッホの経歴には、ムージルと類似性がある。ムージルもはじめは将校教育を受け、次に大学で機械工学・哲学・心理学を学び、一時は哲学講師になる寸前までいったし、技術家としても若干の技術的発明さえ遺《のこ》している。

大学時代にまとめられた処女作長篇『夢遊病者たち』は、一九三一年から三二年にかけて出版された。この作品は三部作であり、一八八八年、一九〇三年、一九一八年の三つの時点を取り、軍人・貴族・市民の三階級における価値観の崩壊を描き出したものである。この長篇の第三部では、数多くのエピソードやエッセイが投入されロマンとしていちじるしく破格の形態を示している。作家ワルター・イェンスのいう「学者詩人《ポエタ・ドクトウス》」の風貌は、ブロッホにあっても当初から特に顕著であったということができる。（もっともブロッホは、一九三一年夏のある手紙のなかで、「博識なロマン《ポリヒストーリッシュ》」の時代の到来について語り、ジッド、ムージル、マン、ハクスリーらの仕事はそうした博識なロマンの徴候として充分に評価すべきではあるが、その危険も大きい、ということを述べている）。ブロッホの友人エーリヒ・カーラーは、ブロッホの作品を高く評価した一人であるが、現代叙事文学が、ジョイスの諸作とかマンの『ドクトル・ファウストゥス』とかブロッホの『ヴェルギールの死』のように多くの象徴の層を担うという特徴を持つ点を指摘して、次のように言っている（『叙事文学の芸術形式の没落と過渡』）。「シェークスピアからスタンダール、バルザック、フロベールに至る前世紀までの偉大な芸術作品はただ一つの象徴の層を持つだけである。二十世紀の諸作品はそのほかにさらにいくつかの象徴の層を附け加えるようになった。いくつも階を重ねたような芸術作品が生まれ、そうした作品のうちでは出来ごとが多くの面上で同時に演じられる」。カーラーによれば、それらの作品の人物像は合成的・綜合的に組み立てられているものである。

このカーラーの見解と関連して考えられるのであるが、ブロッホが『夢遊病者たち』の執筆当時からすでにロマンの「多層的構造」という方法を意識していたことが、手紙そのほかによって明らかである。

一九三五年ごろからブロッホは通称「山のロマン」と呼ばれていた長篇の執筆に着手したが、これは生前には完成されなかった。五三年全集版に収められた『誘惑者』という作品がそれである。これは友人フェリックス・シェテシンガーが重複する三つの草稿から編集したものである。インスブルックとガルミッシェ＝パルテンキルヒェンとのあいだのオーストリア・アルプスの農村を舞台に、村を訪れた他所者《よそ》のあやしい指導者的人物、それと対抗する村医、さらに誘惑者の魔力に全く影響されない母なる大地を象徴するような老婆を中心に置き、いわばファッシズム発生の心理と救済とをテーマにした作品と見ることができる。

一九三八年、ブロッホは短期間ナチスに拘禁されたが、イギリスを経てアメリカへ亡命、はじめはニューヨークに住み、のちにプリンストンへ移り、プリンストン大学において哲学・群集心理学の研究に没頭した。四九年からニュー・ヘーヴンに住み、五一年同地で心臓麻痺で倒れた。その前、五〇年にイェール大学のドイツ文学教授に任命されていた。アメリカへ移ってから出版された作品は『ヴェルギールの死』（四五）と『罪なき人々』（五〇）とである。後者はナチス制覇直前十年間の時代史ともいうべきものを十一の物語によって構成したものであり、その一部分は三〇年代の初め以来、短篇として発表されていた。この作品の主題は、罪なき人々の無関心および無自覚の罪過というものである。その跋文《ばつぶん》においてブロッホは書いている。

「ロマーン形式は……最近の数年間にはっきりと変化した。あらゆる芸術と同様にロマーンも世界の総体性を描出せねばならず、ロマーンは特に登場人物の総体性を描出せねばならぬわけだが、この要求は、世界がますます分裂的で複雑になるにつれて、ますます満たしにくくなるのである。ロマーンは今日では昔よりも遥かに大きな材料の幅を必要とするが、同時に、その材料の支配のためには、遥かに鋭い抽象と組織とを必要とする」(浅井真男訳)

過去のロマンは教養小説や社会小説や心情小説として部分的領域を捉え、科学、殊に心理学の先駆となることができた。今日では科学はいかなる種類の全体性をも提出することはできない。芸術にこそ全体性の要求は向けられるのであるが、その要求を満たすためにはロマンは古い自然主義の技法では達成されないような多層性というものを必要とする。また、短篇小説だけでは生の全体性を与えることはできず、状況の全体性を与えることしかできない。そこで人間の全体性を表現するためには抒情的なものを媒介することが必要である。

以上はブロッホの小説観と方法とを端的に表現した言葉にほかならない。

そうした意味の抒情的媒質が全作品に滲透し、のちに見るような事情があるにもかかわらず、渾然とした芸術品としての印象を与えるブロッホの作品は、『ヴェルギールの死』を措《お》いてほかにはあるまい。この作品をブロッホの代表作として挙げることに躊躇を感ずる者はいないであろう。もっとも、この作品を一個のロマンと見なすべきかどうかについては、異論や疑問提起もないわけではない。たとえばヴィルヘルム・グレンツマンは「この作品は、様式史的にドイツ文学のなかで孤立した位置を占めている。これを美学的ジャンルに嵌め込むことは疑問である。これはロマンではない。いわんや歴史小説ではない」と言い、オイゲン・ヴィエッタの言葉を引き「ラプソディ的独白である」としている（『現代ドイツ文学』）。またヘルマン・ポングスは、「エポスにまで膨れ上がった短篇小説のモティーフであり、多数平行というスタイルによって、耐えがたいほどに膨れ上がっている」（『時代の変革のうちに』）と断定している。

『ヴェルギールの死』の成立事情については、書簡集中のオルダス・ハクスリーや、ヘルマン・ワイガント宛のものなどがかなり詳細に語っている。その成立は偶然の動機に負うている。一九三五年の聖霊降臨祭に、ブロッホはウィーン放送局から自作の朗読を依頼された。

そこで「文化の終末期における文学」という歴史哲学的なテーマを取り上げることを放送局文芸部長に提案したが、その固苦しい題目は拒まれ、詩的な作品を朗読することを求められた。そこで右のテーマを短い物語に鋳上げるにあたって、紀元前一世紀のローマと現代とのあいだの類似性に思い至ったのであった。その際にウェルギリウスを選んだについてはダンテは頭になかった、と彼は繰り返して述べている。二〇頁ほどのラジオのための短い物語は、主題の豊富さのために次第に膨れていった。『誘惑者』の仕事を中断して『ヴェルギール』が書き続けられた。そして、さらに第二のモティーフがそれに加わった。一九三六年ごろ、ブロッホにはまだナチスの直接の迫害はなかったが、迫りつつある危険は彼に「いわば個人的な死の覚悟」を強いないではいなかった。こうして『ヴェルギール』作品の中心テーマである死の問題が、体験として発展していったのである。

ブロッホはこの作品のプランを携えてアメリカへ亡命した。群集心理学の研究に没頭していた彼は(「この仕事は私にとって本質的に『ヴェルギール』よりも大切です。なぜならおそらく、私たちが体験した世界の恐怖が繰り返されることを防ぐのに少しばかり貢献するでしょうから」と書いている)、この作品を完成したことについてある種の苦渋な諦念をこめて述懐している。「この私のように現代の世界にあってはもはや芸術はかつて与えられていたような（そしておそらくはいつかまた与えられるかもしれないような）尊厳な地位を保ってはいないのだ」（これはこの作品の中の言葉に酷似している）と確信している場合、自分の作品を焼き捨てるべしという信条によって右のような見解を実証しようなどとすれば、それはほとんど滑稽なジェスチャーとなり、悲愴げな誇張となるだろう。従って自分は、この作品の完成を、助けてくれた友人たちへの約束として果したのであり、この書物を真に芸術的に完成することは断念した、と。

この告白は『ヴエルギールの死』という作品の内容そのものとかなり近い。ブロッホは着想の当初から、ウェルギリウスが『アエネイス』を破棄しようとしたという伝説に注目し、「この絶望の意図には、彼の時代の歴史的・形而上的な内容の全体が働きかけていた」と考えたのではあるが、この作品の執筆当時のブロッホ自身の内的なアンビヴァランスがこの作品に反映していると見ることもできなくはないように思われる。この意味でフランスのゲルマニスト、ジャン・ボワイエが『ヘルマン・ブロッホと孤独の問題』（一九五四）において、『ヴェルギールの死』の中心テーマとして特に「芸術の虚偽」という問題を抽出しているのは、興味深い見解と言わなければならない。

もとよりこの長篇の核心には「死の認識」というテーマが横たわっている。しかし、それと同時にボワイエの置いた力点も充分に併わせ考える必要があろう。

日本流に数えれば千何百枚かになるはずのこの大作の筋書きはきわめて簡単である。ローマ最大の詩人プブリウス・ウェルギリウス・マロオ（紀元前七〇—前一九）は、アテナイにあって『アエネイス』の推敲を重ねていたが、そこでアウグストゥス帝と会い、帝に勧められて帰国の途につく。この長篇は、帝の七艘の船団が、夕刻、ブルンディシウムの港に近づくところから始まる。すでに病篤く、「死のしるしが額に書かれている」詩人は、物を頬ばり食う人びとを見て、その欲望の有様を描く価値があろうと思う。「だがそれもなんの役に立とうか！　詩人は何もできないし、どんな禍《わざわい》を除くことにも手を借すことはできない。詩人が世界を美化するときにだけ、人は耳を借す。しかし、世界をありのままに描いては聞く者はない。ただ虚偽だけが栄光であり、認識はそうでないのだ！」大衆の歓呼に迎えられて皇帝の一行が上陸し、輿《こし》に乗せられた詩人も、貧民の群がる汚い町を通って宿舎である宮殿へ運ばれていく。眠られぬ一夜を閉ざされた部屋のなかで過ごしながら、詩人は熱の発作と小康状態との交代するうちに、死の思いに耽《ふけ》り、これまで自分が真実の認識を怠り、倫理的責任を果してはこなかったことを反省する。そしてついに、未完の大作『アエネイス』を葬り去ろうと決意する。明け方にしばらくまどろんだウェルギリウスは、めざめて二人の友人、年長の地主プロティウス・トゥッカと詩人ルキウス・ヴァリウスとの来訪を受ける。芸術と文学とについての対話が進むうち、病める詩人は自分の叙事詩を廃棄しようと思うと意志を打ち明ける。二人の友人は驚くが、詩人は「真実でないものはすべて遺されてはならないのだ」と言って、考えを狂《ま》げない。二人が退くと、宮廷医カロンダスがきて、わずかな治療と散髪とを行なう。次にアウグストゥス皇帝みずからが現われる。詩篇廃棄の意図を思いとどまらせようとしてやってきたのである。二人のあいだに長い激しい対決が行なわれる。大帝国の建設者には「死の認識」こそ詩作の目標なのだという詩人の言葉が理解できない。詩人は、言語も芸術も行為も認識するための比喩である、と考えている。皇帝にとっては、支配というものもローマ人の芸術である。詩人には認識を含まぬと思われる自分の仕事を遺す意志がない。ついに激した皇帝は、私の事業に対抗するのがお前の目的であったのだ。お前は私をだれよりも妬み、憎んでいるのだ、と叫ぶ。友である皇帝のこの人間的な絶望の声に同情を覚えて、ウェルギリウスは自己の決意を断念し、『アエネイス』を皇帝に贈ることを約束する。皇帝は去る。二人の友人に遺言を伝えたのち、詩人は沈黙する。生の限界を超えてゆく詩人のヴィジョンがこの小説のエピローグであり、最後に彼は「子を抱いた母」を見る。

右のような大筋に詩人の五十年の生涯のさまざまな事件や体験の回想をからませて肉づけ

しているというのではけっしてない。この作品全体が彼の内面独白なのである。ブロッホはこの作品のためにみずから註を書いている。（英語版に附けるはずであったもので、「翻訳者のノート」として第三人称で客観的に書かれているが、ブロッホ自身によって書き下ろされたものである。これは、パリのドイツ書専門書店フリンカーの一九五四年度カタログにはじめて発表されたが、さらに二つの同様な註とともに全集版エッセイ巻に収められている）。それには、「第三人称で描かれているが、これは詩人の内面独白である」と書かれている。第三人称で統一されているし、部分的に取り上げて見れば、客観描写の感じが強い個所もないではない。対話もある。しかし、客観描写も全体としてみれば独白の息のなかに吸収されているし、対話も劇的な性格のものではなく、独白への橋渡しの役目をしているのである。むしろマルティーニ（『言語の冒険』）の解釈が指摘しているように、内面独白が最後に極度の抽象的表現に移り、いわば一種のエッセイ化の傾向を持っているところに、問題があると言えば言えるだろう。

前述のカーラーは書いている。「ブロッホの『ヴェルギールの死』は、ただ一つの内面独白である。単に意識の独白ではなく、まさに実存的独白なのである。——人間ヴェルギールが死んでゆく十六時間（カーラーの思いちがいかもしれない。ブロッホの言うように十八時間ぐらいと見てよいであろう）は、死んでゆく詩人のうなされた体験のうちに、単に彼の全生涯の決着を展開しているだけでなく、彼の世界と彼の時代との崩壊、そしてそうしたものを超えて、生あるものすべての死という宇宙的ドラマを展開している。この十六時間はこのようにして、外的な計時を全く脱しており、実に最後には、この外的時間一般を止揚しているのである。偉大な現代叙事文学はすべてそうした傾向を持っている。つまり、超時間的・有機的な同時性のなかで、時間を止揚しようとする傾向、もっと適切に言えば、時間を統合しようとする傾向を持っている」

この小説には、ブルンディシウムへの到着を描いた序章の一部、また病詩人と友人たちとの対話を除いて、劇的進行というものがない。ほとんど全巻を埋めているのは、形而上思考の抒情的表現とでも言うべきものである。ここでは現実と非現実、過去と現在と、そして未来との境界が融解している。たとえばきわめて謎めいた人物が何人か現われる。航海中、船の舳先で歌を歌い、上陸後に詩人の輿の先導をするリサニアスという少年がいる。この少年は、幼い日の詩人自身のようでもあり、詩人を死へ導く道案内役でもあるように思われる。これが熱にうかされた詩人の幻想のうちに現われて語りかける。またかつて見捨てた愛人プロティアが現われて、充分に地上の生を生きなかった詩人の罪をいましめる。さらに、宿舎で詩人の最後を看とる一人の奴隷がいる。彼は賤しいが謙虚であることによって信仰に到達し、詩人に超越者の存在を伝える。あるいは、夜半、暫時落着いた病人の窓下で泥酔した三人の男女がグロテスクな一幕を演じる。この不気味で奇妙になまなましいイメージさえ、夜のしじまのなかに融け入ってもはや現実なのか幻影なのか分らない。

ブロッホの作品はすべてそうであるが、この長篇の構成は特に整然としている。第一章の導入部は「水―到着」、第二章の病熱の一夜は「火―下降」、第三章の友人たちとの対話は「土―期待」、第四章の臨終は「大気―帰還」と、それぞれ章名を与えられている。ブロッホみずからこの作品を交響曲または四重奏曲に譬《たと》えているし、なるほどそうしたいような誘惑に駆られるものがあるが、前述のボワイニがいましめているように、音楽形式を他のジャンルの芸術にあて嵌めて考えるということは、厳密な意味では適当とは言えないであろう。しかしブロッホが、この作品は音楽的な「モティーフの変奏」によって展開されていると言っている点は、適切に思われる。そして彼は、一瞬の諸状況を時間的な前後関係のうちに叙述しながらも瞬間の印象を与えなければならない叙事文学は、こうした音楽的性格によって同時性の問題を解決できる、と考えている。

作者自身、この作品を「抒情的作品」と見なすべきことを要求している。彼によれば、

「抒情的なものはもっとも深い魂の現実を捉える」。抒情的なものだけが、感情の非合理的な領域と知性の合理的な領域との相反する対立を統一することができる。つまりすでに『罪なき人々』の跋文において見た主張が、ここでも繰り返されているのである。彼は生涯において一巻分の詩作をつつましやかに遺したが、文学批評家K・A・ホルスト宛の手紙（五一年四月）のなかで、「抒情的予感というものが私のすべての著述の動因なのだ、と私は完全に確信しております」と述べている。ブロッホは数学的資質の持主であったようであるが、抒情的認識というものを媒介として非合理的なものの領域を捉えることを重視していた。そしてこうした彼のいきかたは、神秘的思想家としての彼の精神とかかわりがあるであろう。

ブロッホの自註はこの作品の文体に言及し、次の三点の特徴を挙げている。第一に、叙述の各瞬間に魂のなかの矛盾するものを統一しようとしていること、第二に、おびただしい音楽的なモティーフの全体を流動させておくこと、第三に、それによっていかなるときにも出来ごとの同時性をつかもうとしていること、である。これを要約して、「一つの思想、一つの瞬間、一つのセンテンス」という有名なモットーを掲げている。そのために一つのセンテンスが異常に長い場合がこの小説では特に多い。そして、「これらのセンテンスは、その複雑な透明さのうちに熱に病む詩人の明晰さを反映しているのであるが、振れ動くリズムにおいては、死んでゆく詩人を運び去る死の小舟の波打つような調子を忠実に写し出している」と、自信のほどを示している。

もう一度この作品の自註を引くと、それにはこういう個所が含まれている。「ブロッホの内面独白はジョイスの内面独白とは比較できない。ジョイスのそれは点描派風にさまざまな矛盾するものを並列させているものだからだ。だがまたプルーストの方法とも全然関係はないし、似た方向を歩んでいるトーマス・マンの試みとはいっそう関係がない」。四三年十一月のH・ザール宛の手紙にブロッホは書いている。「ヴェルギールはたしかに《心理分析的な点描法》ではありません。奇妙なことに私はかつてこれとそっくりそのままの表現をジョイスに使いましたし（あの場合でもこの表現はただ部分的にだけ当っているのですが）、ヴェルギールは全くこの方法と意識的に対立して書かれました」

ブロッホによれば、ジョイスは、少くとも『ユリシーズ』にあっては、厳格な文体構成のなかに嵌め込まれてはいるが、連関を持たない個々の点から作品を構成した。そして魂のなかにある善と悪とか、白と黒とか、熱狂と禁欲とかいうような一切の矛盾するものをたがいに結びつけることを必要ではないと考え、統一性というものはただ全体の建築性に委せておけばよいと考えた。しかし、これはまちがいである。たとえば内面独白というものにしてからが、自我から出ており、その自我のなかではきわめて矛盾するものが別な論理で発展してゆく。それがいわば夢の論理である。従って夢と芸術との関係によって、《抒情的な論理》を求めなければならない。このようにブロッホは自己の新しい試みを確実に意識していた。その試みが実験にとどまり、真の抒情的本質を貫いているかどうかについてはマルティーニそのほかの批判もあるのだが、ここではブロッホとジョイスとの関係について少しく見よう。それは同時にブロッホのカフカ観にふれることになる。

シュテシンガーの「ブロッホ論」(H・フリードマン、O・マン共編『二十世紀ドイツ文学』)は、『ユリシーズ』と『ヴェルギール』とのちがいを極力強調し、両者は同じように価値を持つ創造だが、根本的にちがう作品であり、両者における十八時間という時間経過は時間上の一致にすぎない、としている。ジョイスにあっては、十八時間というのは人間の時間のプロトタイプであり、『ユリシーズ』の時間は実は無時間的である。それに対して『ヴェルギール』の時間は「無限の星空の誕生」である、というのである。ブロッホ自身、ジョイスには以前から傾倒していたが、つねに自作をジョイスの作品と区別しようとした。別な自註においで言っている。「『ヴェルギールの死』はしばしばジョイスの作品に依存しているとされた。たしかにいろいろな類似はある。だがその類似はちなみに言うとグクス犬と鰐とのちがい程度だ。こんなばかげた比較にしがみついている者は、ジョイスの言語および文体の構成を全然知らないのであるから、ジョイスを不当に扱っているということにならざるを得ないばかりでなく、ジョイスが模倣しがたいということも知らないのだ。そこで『ヴェルギールの死』にあっては、ジョイスの方法、たとえば彼の言語の凝縮などの方法を受け継ごうという試みはほんの少しでもなされていない」。謙遜な表現ではあるが、自他の方法のちがいをはっきりと意識している。

ブロッホはジョイスの仕事をつねに高く評価していた。この作家について言及することも多かった。「ジョイスにおいて私ははじめて、ロマンを超えるロマンが具現されているのを見ました」（四八年十一月、女流作家エリーザベト・ランゲッサー宛の手紙）というのは、おそらくそのとおりであろう。彼は『夢遊病者たち』を書き上げた直後に『ユリシーズ』を読んだらしい。三〇年四月の作家フランク・ティース宛の手紙に書いた。「私がジョイスにおいて感嘆したものは、私が要求するこうした理想状態（芸術の建築的統一）に彼がきわめて接近していること、しかも私がそれまでに体験したことがないほどの非合理的なものの充溢《いっ》と幅広さと深さとにおいて接近していることです。もちろん私は、私が芸術作品へ至る道として求めており、またジョイスが全く決定的に歩んだ道が、なにも目標へ到達するための唯一の道ではなく、統一と非合理的なものを把握するためにはほかのいろいろな可能性もあるということを知ってはおります。しかし私にとっては、おそらく私の数学的＝構成主義的な資質のためでしょうが、ほかの道はほとんど歩み得ないのです」。こうして彼は『ジェームス・ジョイスと現代』という文章を遺している。

これは三六年に出版されたが、「ジョイス誕生五十年記念講演」というから、三二年に書いたものであろうか。既述の『罪なき人々』の跋文中にもジョイスの功績に言及している。「彼はその作品のなかで、超複合的となった世界は、ただ多次元的な手段の応用によって、特殊な象徴的構成と象徴的省略によって、はじめて大よその総体的描出にもたらすことができるということを明らかにしたのである」（浅井訳）。従って全集版エッセイ編集者の言うように、ブロッホは少くともジョイスから「十六時間（ブロッホ自身がそう書いているが、これは思いちがいであろうか）に一二〇〇頁を」つまり「一時間に七五頁、一分に一頁以上、そして一秒にほとんど一行を」あてて書くという勇気は学んだにちがいなかろう。

ところで、ブロッホがジョイスにもまして高く評価していたのは、カフカである。彼はカフカ論を書くことはなかった。しかし、彼のカフカ評価をまぎれもなく示している重要な証拠がある。その第一は、彼のすぐれた『ホフマンスタール研究』である。その一節においてホフマンスタールの未完の長篇『アンドレアス』からジョイスを思い起し、ジョイスにもホフマンスタールのいわゆる「チャンドス体験」、つまり言葉表現の因習性と不充分さとに対する嫌悪感があったにちがいないと指摘し、ジョイスの聴覚的特質に卓抜な解釈を加えたのち、『ユリシーズ』の仕事に現代小説の特質である神話への志向を見ている。しかし、ジョイスの描いた人物たちは神話的人間像にはなり得なかった。というのは多くの現代作家が描こうという野心に駆られている神話というものは、実は現代にはあり得ない。あるものはただ、ほんとうは「神話の反対のもの《ゲーゲンミュトス》」と呼ぶべきものである。神話は、人間を脅かし破滅させる根源力を描くものであり、そうした力を象徴するさまざまな形姿に対して、それに劣らぬほど大きなプロメテウス的な英雄の象徴像を対抗させる。ところが現代においてはそうした不安に脅かす力は、もはや根源的な自然ではなく、文明によって馴化された自然があるだけである。「これは極度の絶望状態である。そして、ジョイスではなく、カフカこそそうした絶望状態にうってつけの作家となった」。つまり「カフカのうちには、この状況に相応する「神話の反対のもの」へ向う素質が見られる。絶望状態そのものの象徴化を行なうことができる例外的な力を持つ作家は、カフカだけだというのである。

第二は、前出のK・A・ホルスト宛の手紙である。ゾラの『ルゴン＝マッカール叢書』以来、現代小説は神話になろうと求めてきた。「しかし、どんな芸術的な難解な方法も、どんな技法もそれには役立っていません。むしろそのためにはある真率さが必要なのでしょう。そうした真率さをつくり出した者は、ただ一人しかいませんでした。それはカフカです。皮相な観察者は私がジョイスの跡を追っていると信じています。私が理論的には彼とかかわりを持ったからです。……もし私の詩的な力がカフカのほどに大きかったならば、私はおそらくこのきわめて非ジョイス的な方向へと駆り立てられていったことでしょう。しかし、私はそのような不遜なことをいたしません。ただ一つの世代には二人のカフカはいないのです」

第三に英文の『神話時代のスタイル』というエッセイのなかで、カフカのうちに一つの新しい神話の実現を見、実存主義者の作品が実は彼らの哲学的理論を例証し、具体化しようとする寓話や伝説にすぎず、伝統的な文学の領域にとどまっているのに対して、カフカの目標は全く反対の方向、すなわち抽象というものにあり、具体化というものにはない、と言っている。カフカのこの「非理論的抽象」というものこそブロッホの理想としたところなのである。

しかし、「もちろんブロッホは、カフカの神話的な夢に倣って創作することができるにはあまりにも理論家であり、専門家であり、社会学者でありすぎた。カフカにとっては日常そのものがミスティシズムに充されていたが、ブロッホは愛と死という小道具が必要であった。……カフカがただ一つの世界と一つのパースペクティヴとだけを知っていたのに対して、ブロッホは文体を変えた。カフカは事実を書きとめたが、ブロッホはさまざまな可能性を解釈した。カフカにとっては書くということは祈りの形式であったが、ブロッホは認識を求めた」

このワルター・イェンスの言葉（『文学史のかわりに』）は、両作家についてのははだ適切な対比であるように思われる。

（一九五九年夏『声』4号）

原田義人　一九一八年生まれ。元東京大学教授。二十世紀ドイツ文学に関するエッセイや論評を数多く発表。加藤周一、中村真一郎、福永武彦などと同人誌『方舟』を発行する。一九六〇年に死去。

本書は一九七七年十一月発行集英社版世界の文学『ブロッホ　ウェルギリウスの死』を復刻したものです。言葉遣い・表現など、一部あきらかに誤りと思われる箇所を除き、底本に忠実に製作しております。現在では不適切と思われる語句を含んでおりますが、作品発表当時の時代背景を鑑み、また訳者が故人であり、改変は困難なため、底本のまま掲載しております。なお、本文中の括弧付き二行の注釈も訳者が加えていたものです。

原題　Der Tod Des Vergil（Rhein Verlag 版 一九五八年二刷より翻訳）

著者紹介

ヘルマン・ブロッホ Hermann Broch

1886年ウィーンでユダヤ系の裕福な紡績業者の長男として生まれ、実業家としての道を歩むも一転、1927年に工場を売却し、その後ウィーン大学で聴講生として数学、哲学、心理学を学ぶ。1931年から1933年に長編小説『夢遊の人々』を発表。1938年にナチスに逮捕拘禁されるも、拘束中に『ウェルギリウスの死』の執筆を続ける。ジェイムズ・ジョイスなど外国作家たちの尽力で解放後イギリスを経て、アメリカへ渡る。1945年に『ウェルギリウスの死』、1950年に『罪なき人々』を発表。プリンストン大学で群衆心理学を研究し、論文を発表。ノーベル文学賞候補となるも、1951年死去。『誘惑者』は生前には発表されず、遺稿を整理する形で1953年に全集に収められる。

訳者紹介

川村二郎（かわむらじろう）

1928年生まれ、ドイツ文学者。東京大学文学部独文科を卒業、名古屋大学などを経て、東京都立大学教授に。大阪芸術大学などで教鞭を執る。ムージルやブロッホなどドイツ文学の翻訳を数多く発表する一方で、1984年に『内田百閒論』（1983年）で読売文学賞を受賞するなど、文芸評論家としても活動。1996年紫綬褒章受章。日本芸術院元会員。2008年に死去。

ウェルギリウスの死《し》　上
2024年 5月25日　初版第 1 刷発行

著　者　ヘルマン・ブロッホ
訳　者　川村 二郎
発行者　竹内 正明
発行所　合同会社あいんしゅりっと
〒270-1152 千葉県我孫子市寿 2 丁目 17 番 28 号
電話 04-7183-8159
https://einschritt.com

装　　丁　仁井谷伴子
印刷製本　モリモト印刷株式会社

ISBN 978-4-911290-00-2 C0097